HELGA LIPPELT

Abschied von Popelken oder Ein Atemzug der Zeit

Meinem Vater

HELGA LIPPELT

Abschied von Popelken oder Ein Atemzug der Zeit

ROMAN

Für Gisela und Erik
herzlichst von
Helga Lippelt
März 1994

HERBIG

Umschlagentwurf: Bernd und Christel Kaselow, München
Umschlagbild: Zefa, Düsseldorf
Satz: Schaber Datentechnik, Wels
Gesetzt aus der 11/13 Punkt Palatino in PostScript
Druck: Jos. C. Huber KG, Dießen
Binden: Oldenbourg, München
Printed in Germany
ISBN 3-7766-1839-6

Die wichtigsten Personen

LIESA GRIGULL geb. IDELL, genannt LIESKE
BRITTCHEN, ihre kleine Tochter
MAX GRIGULL, ihr Mann
seine Eltern: AMALIE und FRIEDRICH
seine Geschwister: ELSA und EMIL
EMMCHEN IDELL, Liesas Mutter

AGNES GENSKE, Liesas Tante, Schwester von Liesas Vater Eugen
ALFRED GENSKE, Bruder von Agnes
HULDA DÜWELL, Liesas Tante, Schwester von Emmchen
ihr Mann: HERMANN
ihre Kinder: ERWIN, ERIKA, ELLA und HERBERT
LYDIA PEKAN und ihre Kinder: SOPHIE, RENATE und GÜNTER
FRÄULEIN SCHUKIES, ihre Mutter und das Baby

I

Von den Bäumen der Chaussee, die nach Tauscha führt, waren über Nacht Äpfel ins taufeuchte, struppige Gras des Straßengrabens und auf den Saum der Straße gefallen, dorthin, wo der Teer zerbröckelte, Blasen oder kleine Wulste bildete, bevor er in den Rand aus Erde und Steinchen überging. Zwei Äpfel waren sogar bis in die Straßenmitte gerollt, da lagen sie, lindgrün, leuchtend, unberührt im aufgehenden frühen Morgenlicht, das sonnenhell und dunstig die flache Landschaft vertuschte, den Waldsaum verschleierte und die ersten Häuser des Dorfes fern erscheinen ließ. Noch war niemand vorbeigekommen, der die Äpfel aufgenommen oder überfahren hätte. Liesa war die erste. Dafür, für diesen herrlichen Anblick, lohnte sich das Aufstehen um vier Uhr, das kilometerlange einsame Wandern mit bleiernen Gliedern; jetzt verloren sich Müdigkeit und Frösteln für Momente, und Liesa vergaß auch die Nässe des Grases, die ihre alten, ehemals weißen und eleganten Spangenschuhe aus Popelken durchdrang.

Vom Straßengraben aus sah sie oben das Apfelgrün blinken und lächelte vor Freude, als sie herauskletterte. Das war heute ihr bester Fund. Zwar hatten die beiden Äpfel auch kleine, vom Fallen braune und molsche Stellen, doch wenn sie die wegschnitt, waren sie gut zum Rohessen geeignet, während die anderen, die sie an diesem Morgen gesammelt hatte, diese insgesamt magere Ausbeute in ihrem Sack, in dem sie sonst immer die Späne aus dem Sägewerk holte, ein schönes Apfelmus für ihr Kind abgeben würden. Die Schalen der Äpfel wurden noch mit Wasser zu einem säuerlichen Tee aufgekocht, den Mutter für sie bereithielt, wenn sie gegen vier mit dem großen Sommerdurst aus der Firma heimkam.

Für sich verdünnte Mutter ihn noch mal mit Wasser; wie alles, so war auch der kalte Apfelschalentee noch zu gut für sie, genau wie früher zu Hause, wo sie nur das Schlechteste, das fast Verdorbene aß, immer das, was weg mußte; und nun, wo es nur Schlechtes gab, wenn es überhaupt etwas gab, aß sie fast nichts, selbst die Wassersuppe war zu schade für sie, erst recht die wenigen wertvollen Kartoffeln und die von den abgeernteten Feldern aufgelesenen Ähren, alles mußte für die Kinder bleiben, für ihr Kind und für das unerwünschte Enkelkind, das sich so plötzlich und laut in ihr Leben gedrängt hatte, das immer nach dem nicht vorhandenen Essen schrie und das wenige, das sie hatten, an sich riß, so daß es in diesen Hungerzeiten im Gegensatz zu allen anderen dick und rosig aussah, als hätte es keine Flucht gegeben, als säßen sie noch zu Hause in Ostpreußen, in dem guten alten Popelken, wo es auch in Kriegszeiten nicht an Eiern, Butter und Speck gefehlt hatte.

Jetzt leuchteten Brittchens Augen, wenn mal etwas Talg in der Suppe war, ah, Fettaugen, rief sie und strahlte. Sieh Mama, Fettaugen. Diese im Wasser abgezirkelten Kreise, die man mit dem Löffel auf dem Teller herumschubsen konnte, waren für das Kind der Inbegriff des Guten, des Wohligen, mehr noch als das Stückchen Schokolade, das ihr einmal ein langer, schwarzer amerikanischer Soldat geschenkt hatte, der vorbeigekommen war, als sie auf den Stufen zur Hahnschen Badeanstalt gesessen hatte. Es war das einzige Stückchen Schokolade, das Brittchen je gegessen hatte.

Die Amerikaner waren längst weg, jetzt führten die Russen, vor denen sie geflohen waren, das Regiment. Im Gegensatz zu den langen Kerls, sahen sie klein und verkrutzt aus, wenn sie sich auf dem Ausläufer des Marktplatzes von Peinig, vor dem sogenannten Schloß aufstellten, dem alten Gebäude mit eisenbeschlagenem Tor neben der Papierfabrik.
Jetzt brauchte man nicht mehr vor ihnen fliehen, wohin auch, es war Friede. Endlich war Frieden. Endlich. Sie brauchten keine Angst mehr zu haben vor Luftangriffen, vor Bomben, Tod und Zerstörung, wie in den ersten Wochen in Peinig, als die Sirenen heulten und Brittchen im Keller der Schule, in der sie untergebracht waren, zwischen Angst und der Neugier auf zusammengerollten Landkarten und Spirituspräparaten hin und her schwankte.
Sie brauchten keine Angst mehr vor der Roten Armee zu haben, die sie nun doch eingeholt hatte, hier in der Fremde, in der sie Flüchtlinge waren, unfreiwillige Eindringlinge, die nicht hierher gehörten, die nicht nach Peinig gehörten, sondern nach Popelken, das es nicht mehr gab, nicht für sie, die Heimatlosen, die in einen Abstellraum der Badeanstalt Hahn eingewiesen worden waren, wo sie nur widerstrebend geduldet wurden und lästig fielen, wenn sie zum Kochen und Wasserholen in die Küche kamen.
Dort, wo man nur geduldet ist, kann es keine Heimat geben. Heimat, die suchten sie hier nicht, denn sie hatten ja eine. Ach, dachte Liesa in dieser Herrgottsfrühe auf der einsamen Chaussee nach Tauscha, ich hab die Heimat im Kopf, da kann sie mir keiner wegnehmen, und ich hab die Liebe im Kopf, den Mann, den ich liebe; Max können sie mir nicht nehmen, auch wenn sie es vielleicht schon getan haben; ich hab so vieles im Kopf, das weiße Voilekleid, in dem ich nichtsahnend

durch Insterburg ging, glücklich war und dachte, ich wäre es nicht, und der helle Strohhut dazu, den Tante Huldchen mir bei Primus gekauft hatte, und die schönen Spangenschuhe, diese da, die einstmals weißen, jetzt schwarzfleckigen, schiefen, nassen Schuhe, und den Geschmack des heimlichen Portweins bei Tante Agnes hab ich im Kopf und den Geschmack des Gänsefleisches in Skirbst, des frisch gebackenen Brotes, der herrlichen knusprigen Brotlaibe, die zu Kleinmittag mit Glumse und Leberwurst auf den Tisch kamen; und den frischen Geschmack der Buttermilch hab ich im Kopf, spüre die darin schwimmenden Butterklümpchen auf der Zunge, und den Schmandschinken und die Früchte, die Kirschen, die um Brittchens Ohren hingen, die vor Saft tropfenden Birnen und all die anderen Dinge, von denen ich jetzt träume, die ich besaß und kannte, unser Samtsofa und den Geruch von Großmutter. Der Geruch nach zu Hause.

Mein Kopf hat alles, was ich nicht mehr habe. Sogar meine Tage haben sie mir genommen, sogar das, unfruchtbar haben sie mich gemacht, obwohl ich die Fruchtbarkeit nicht brauche und nicht weiß, wohin mit dem Blut. Das Blut ist versiegt. Aus Wasser mit Fettaugen wird kein Blut, und von der Liebe im Kopf kommt kein Kind. Das Kind ist schon da, es liegt da unten in Hahns Badeanstalt neben Mutter auf der Matratze und schläft, hat nach dem Erwachen Augen so blank wie Spiegel, freut sich auf Fettaugen und Apfelfleisch und die Kodderpupp mit Kohleaugen und dem weinenden Lachmund aus rotem Garn, ruft: Sonnche scheint, Kunkelfußche weint! wie ich früher, und noch immer weiß keiner, wer Kunkelfußche ist. Einer von den vielen, die weinen.

Das Kind lebt, es hat die fünf Fluchttage und die fünf Fluchtnächte im offenen Viehwagen im eisigen Januar

1945 überlebt, es war kalt wie ein Pogg im Fuchs von Tante Agnes, aber es starb nicht wie die beiden anderen Kinder in Waggon, diese leblosen Kinder, die von ihren Müttern immer noch gehalten und gewiegt wurden, die sich weigerten, sie unterwegs irgendwo an der Strecke abzulegen, ohne Grab, ohne Schutz.
Das Kind lebt und ist jetzt Heimat und Liebe und Max, alles ist in ihm, alles Ferne, Entrissene, Vergangene, alle Erinnerungen blinken aus den wachen Augenspiegeln heraus, alle Gerüche von Skirbst und Popelken sind auf seiner Haut mitgekommen und auch die Kraft, so früh aufzustehen und schlaftrunken mit dem Spänesack zum Äpfellesen nach Tauscha zu laufen, bevor die Arbeit beginnt, bevor der alte Weitfeld mit strengem, väterlichem Blick durch die Tischreihen seiner Arbeiterinnen schreitet.
Zwei schöne, fast unversehrte Äpfel.
Liesa möchte reinbeißen, nein, nicht in diese, nicht in Brittchens Äpfel, der nächste, den sie findet, halb grün und halb zerschlagen, die grüne Hälfte am Ärmel abgewischt, wird ihr Frühstück.
Doch das, was sie sieht, läßt ihre Hand wieder sinken.
Auf der Straße von Tauscha nach Peinig kommt ein Mann. Sein Kopf ist in den matten Strahlenkranz der nebligen Frühsonne eingetaucht. Er ist groß, er trägt ein Bündel, er schreitet kraftvoll aus. Es gibt nur einen Mann mit diesem Gang. Es ist Max.

*

Die Sonne, die sich gleißend im Meer wälzt, schluckt den Kopf des Schwimmers, unmöglich, seinen Weg durch die Wellen verfolgen zu wollen mit Augen, die für soviel Helligkeit nicht eingerichtet sind, die sich verkriechen und warten, bis ein Schatten sich prustend und tropfensprühend nähert und herabbeugt.

Max mit nassen Haaren und kühler Meereshaut. Max, der Schwimmer, der durch die Nähe seines Körpers verwirrt. Max verstreut Liebe über den aufgeheizten Sand von Nidden, kleine prickelnde Stiche, Begehren, Küsse, von denen sie einer gleich erreichen wird. Liesa, die Frischverlobte. Liesa, die Beschenkte, die Beneidete, die Geliebte, die Geknebelte, Liesa, das Kind, die Marjell, das Lieske, das erwachsene Kind, liebessüchtig, schön, blondhaarig. Liesa, geliebt, geküßt, am Ziel. Liesa am Anfang einer Zukunft. Sie hielten sich an den Händen, als sie den Elch aus dem Wald heraustreten sahen, das stolze massige Tier, der einzige Elch in ihrem einzigen Urlaub. Es sollten viele gemeinsame Reisen kommen und viele gemeinsame Kinder, mit denen sie wieder zur großen Düne gehen konnten. Aber Max ist noch nicht zurückgekommen, er schwimmt noch da draußen irgendwo, unsichtbar, sich noch mehr entfernend oder schon heimkehrend. Naht er da nicht im Strahlenkranz der Sonne?
Neben ihr nicht der Sand von Nidden, sondern Taubnessel, Löwenzahn, Schafgarbe, Disteln und feuchtes Gras, in der Hand ein angebissener Apfel. Max taucht funkensprühend aus dem Meer auf, Liesa braucht nicht hinzusehen, sie weiß, daß er es ist, daß er jetzt näher kommt, daß er sie gefunden hat, nach Krieg und Meer und Flucht und Chaos, nach Tausenden von Kilometern ist er auf dem Weg zu ihr, und sie ist ihm entgegengekommen, auf der Straße nach Tauscha in schmerzender Frühe.
Ein Gesicht verdunkelt den Schimmer des Morgens vor ihren geschlossenen Augenlidern, eine Berührung sinkt herab, ein menschlicher Hauch, begleitet von schwer einzuordnenden Gerüchen und Vogelsingen, etwas rollt in ihren Schoß, etwas Rundes, Gewichtiges, das sie lähmt und am Boden hält, das ihre Augen beschwert

und ihren Körper an die Rundung des Grabens preßt. Matt und kraftlos, ein Fallen und Sinken. Erde wird zu Wasser. Entgegenschwimmen. Vorbeischwimmen. Wasser wird zu Luft, steigt auf, fliegt weg, ist nicht zu halten, ist nicht schwer genug, steigt auf an einer Schnur, an der jemand zerrt, so lange, bis der Fall ins Leere beginnt, tief und tiefer, das matte, tiefe, endlose Fallen.

Feldpostnummer zur Zeit nicht leitbar. Du siehst mich an und weißt nicht, was das ist. Dein Vater ist eine Feldpostnummer und nun vielleicht nicht mal mehr das. Du weißt nicht, wie er dich hochhob und mit segelnden Füßchen fliegen ließ, wie er dich stillhielt beim Fotografieren im Garten, das erste und vielleicht das einzigste und letzte Mal, das letzte Mal hielt er dich und wußte, daß es das letzte Mal sein könnte, und ich wußte, daß es das letzte Mal sein könnte, aber nicht, daß es das letzte Mal war, ich weiß es heute noch nicht. Niemand weiß irgend etwas. Du hast nicht gelernt, Papa zu sagen, sagst es nicht, weil du zu jedem Wort etwas brauchst, worauf du mit dem Finger zeigen kannst. Du zeigst auf die Fotografie, ein Stück festes Papier, ein Mann in Uniform. Gott mit uns, steht auf seinem Koppel. Nichts ist geblieben. Nur die nicht leitbare Feldpostnummer, das Strohlager im Klassenzimmer, in dem es keine Klasse mehr gibt, sondern nur Flüchtlinge.
Eine rote und eine gelbe Schule auf der Anhöhe über der Mulde hinter dem Wehr. Hinten die Turnhalle mit zerschlagenen Fenstern und ein Weg, der an einer Mauer entlang hoch zum Friedhof führt, zu einem verschlossenen Eisentürchen, das einem den Weg zum Friedhof versperrt. Auch in der Turnhalle sind Flüchtlinge untergebracht, aus Mehlauken, aus Labiau, aus Insterburg, aus Skaisgirren, aus Eszerninken und aus Popelken. Wie seltsam, wenn man dieses Wort in der

Fremde ausspricht, so als gäbe es den Ort gar nicht, als wäre es nur ein leuchtendes Wort, das man sich gerade ausgedacht hat.
In Popelken waren wir Menschen, hier sind wir Flüchtlinge. Fremde, arme Leute, die der Krieg von sonstwoher herangeweht hat. Wir liegen auf Stroh, unter Mänteln und Decken, die man uns zur Verfügung gestellt hat, bleiben kalt, so kalt.
Die Helfer bringen uns Suppe in Kübeln, sie schauen uns mitleidig an, weil wir kein Bett haben. Sie glauben vielleicht, weil wir jetzt kein Bett haben, hatten wir nie eins, als hätten wir immer schon im Stroh geschlafen und uns mit Mänteln zugedeckt. Ein Bett ist das Wichtigste im Leben. Wir hatten zwei Betten, zwei und ein halbes, und einen Ofen, einen schönen, warmen Ofen, und das braune Samtsofa und das alte Bild von Königin Luise an der Wand über dem Samtsofa, und zu Weihnachten gab es eine genudelte Gans von Fritz Besmehn, dem Bahnhofsvorstand vom Kleinbahnhof, der zum Volkssturm mußte und dessen Frau hinten in der Turnhalle liegt.
Du weinst.
Die Kodderpupp tanzt mit schlenkernden Beinen vor dir in der Luft, fliegt, wie du geflogen bist, vielleicht kannst du dich doch erinnern. Wer weiß schon, woran sich ein kleines Kind erinnern kann und woran nicht. Da sind die zwei gestorben, aber da ist auch ein Baby geboren, auf der Flucht im Zug, im offenen Waggon, während es schneite, auf dem Wagenboden, getauft mit Fluchtschnee, in Kälte und Bettlosigkeit hineingeboren, irgendwo auf der Strecke zwischen Popelken und Peinig, in einer kalten schneereichen Kriegsnacht unter mitleidlosen Sternen in einem in Auflösung begriffenen Land.

Die Kodderpupp weint mit ihrem roten gestickten Lachmund. Tränen tropfen aus ihren Kohleaugen.

Sonnche scheint, Kunkelfußche weint. Damit konnte man Karlchen Lotze am Strand von Schwarzort trösten, aber nicht dich. Du bist noch zu klein, um die unbeantwortbare Frage nach dem Kunkelfußche zu stellen, bist selber Kunkelfußche und weißt von nichts.
Elfriede hat ihre vielbewunderten, armdicken Zöpfe, einst ihr ganzer Stolz, abgeschnitten und gegen Mehl eingetauscht. Dicke, blonde Zöpfe, die beim Feuerwehrball im Hotel Drückler waagerecht in der Luft standen, als sie mit Ernst tanzte, der mich an diesem Abend das erste Mal richtig ansah. Etwas mußte mit mir vorgegangen sein, alle sahen mich an, aber der Ernst war wie erschrocken, wie hypnotisiert, immer wieder krallten sich seine Augen an mir fest, während er Elfriede herumwirbelte, daß sich ihre Zöpfe wieder breitbeinig aufstellten, die Zöpfe, um die ich sie so glühend beneidete. Alles weg. Der Ernst, die Zöpfe, das Hotel. Das Hotel vielleicht nicht. Tante Agnes bestellte Sekt, Mutter wartete auf mich zu Hause. Mutter wartete immer auf etwas. Auf eine Katastrophe, auf den Jüngsten Tag. Er kam. Mutter hat gewußt, daß er kommen würde.
Nun sitzt sie den ganzen Tag auf dem Strohlager und bewacht unsere Habseligkeiten, betet, hadert mit Gott, weil er uns diese schreckliche Prüfung auferlegt hat, bittet um Kraft, damit wir sie auch durchstehen, dankt für die Kraft, die sie noch nicht erhalten hat. Wenn sie sehr inbrünstig betet, wippt die abstehende Spitze ihres schwarzen Kopftuches mit dem Waffelmuster. Mutter hat Großmutters goldene Uhr aus Kalkeningken doch nicht eingetauscht, sondern wieder in ihren Strippengurt eingenäht, heimlich auf unserem mit einer Decke abgetrennten Schlafplatz. Ich mußte mich vorn an das offene Ende stellen, denn niemand sollte von der Uhr wissen. Nebenan sang die Bartuschatsche. Die singt im-

mer, ist immer fröhlich, ist auch im Unglück glücklich. Mag Elfriede ihre Zöpfe eintauschen, wir behalten die gute alte Uhr, die noch die Zeit von Kalkeningken anzeigt, die noch fernere Zeit, als Mutter jung war und ich noch nicht existierte. Auch da wurde gelebt, gelitten, gesungen, und nichts als die Uhr ist davon geblieben und ein paar Bilder in Mutters Kopf.
Sie sagt, lieber wollen wir verhungern, als Großmutters gute Uhr so einem dammligen Bauern in Dittmannsdorf oder Tauscha zu geben. Zwei Abhänge bis zur Mulde hinunter, der erste bis zum baumverdunkelten Grandweg und der zweite bis zum modrigen Ufer der Mulde, an dem angeschwemmter Unrat, Zweige und Tierkadaver schaukeln. Jesus Christus hat Mutter noch nicht erhört, er läßt uns an diesem häßlichen braunen Fluß wohnen. Noch ist Peinig nicht zu Popelken geworden, noch ist Krieg, noch heulen Sirenen und jagen uns zu den Landkarten und Spiritusobjekten in den Keller, noch wissen wir nichts von Tante Agnes, nichts von Huldchen und Erwin, noch ist die Feldpostnummer nicht leitbar.
Wir sitzen auf den Bänken am Grandweg in der Wintersonne. Ich schließe die Augen, spüre die Sonnenwärme, höre die Bartuschatsche singen und mein Kind lachen, höre das nahegelegene Wehr brausen, höre männliche und weibliche Stimmen näher kommen, höre das Knirschen der Schneereste unter ihren Füßen, höre, wie sie sich wieder entfernen, wie sich ihre Stimmen verlieren, höre das Blut in meinem Körper rauschen und weiß, daß ich trotz allem lebe.

Der Mann, der Max war, ist in den Strahlenkranz der Sonne hineingegangen, hat sich in ihm aufgelöst. War es nur ein Traum in diesem wirren Minutenschlaf, der Liesa in den Straßengraben sinken ließ vor lauter Mor-

genmattigkeit? Doch da lag ein Apfel in ihrem Schoß, den sie nicht aufgenommen hatte, und ihr alter, angebissener war verschwunden, und diesen kußähnlichen Hauch hatte sie wirklich gespürt.
Liesa erschrak. Was war mit ihr geschehen?
Und wieviel Zeit hatte sie verträumt?
Wieviel Zeit blieb ihr noch, wenn sie pünktlich sechs Uhr an ihrem Arbeitsplatz sein wollte? Kälteschauer liefen über ihren Rücken, ein nicht beherrschbares Zittern. Jetzt aber auf, schnell hoch, den Apfel, der ihr in den Schoß gefallen war, zu den anderen in den Spänesack, noch ein Stück in Richtung Tauscha, das jetzt, da der Dunstschleier aufgerissen war, sich mit scharfen Rändern in einiger Entfernung abzeichnete.
Der Mann, der Max war, mußte hier gesammelt haben, denn Liesa erspähte nur noch wenige Falläpfel auf ihrem hastigen Gang bis zur Abzweigung, bis zu dem abschüssigen Feldweg, der im Bogen zurückführte, erst zum Wald und dann weiter bis zu dem hohen, nach Peinig hin immer flacher werdenden Abhang zur Mulde hinunter. Jetzt oberhalb im Wald bis nach Amerika zu gehen, um bei Bauern nach Kartoffeln und Getreide zu fragen, wie sie es sonst bei dieser Tour machte, war es heute zu spät.
Liesa ging den steilen, von Tannennadeln glatten Waldweg vorsichtig mit seitwärts aufgesetzten Schuhen hinab, den Sack geschultert, die Augen auf den Waldboden links und rechts des Weges gerichtet, um vielleicht ein paar eßbare Pilze zu erspähen. Sonnenstrahlen schwebten mit schrägem, exaktem Schein zwischen den Kiefernstämmen. Kühle Dämmrigkeit und vereinzeltes Knacken aus dem dichten, undurchdringlichen Unterholz. Schon hörte sie das hüpfende Plätschern des Baches, der unten am Fuße des Berges durchs Gestrüpp floß.

Ein paar Schlucke Quellwasser aus der hohlen Hand und das Gesicht in den Bach hinabgetaucht, eiskaltes Wasser auf der Haut, um endlich munter zu werden und die Gespenster dieses Morgens in die Flucht zu jagen. Jetzt die kleine morsche Brücke über den Bach, und schon stand Liesa auf dem Weg nach Amerika. Sie bog links ein, zurück nach Peinig, ging ein Stück auf dem Weg, bis die Böschung zur Mulde frei wurde und sie unten auf der Flußwiese weiterlaufen konnte, auf dem nassen nachgebenden Boden durch hohes Gras. Hier wuchsen Sauerampfer, Löwenzahn und Brennesseln, die immer gut für eine wohlschmeckende Suppe waren.
Am Ende der Böschung, dort, wo der abgezäunte Kanal aus der Papierfabrik in die Mulde mündete, kletterte Liesa, sich an Grasbüscheln festhaltend, auf den Weg oben zurück, kam an der alten Kegelbahn und dem benachbarten, halbverfallenen Gemäuer an, vor dem sie jedesmal ein dunkles Grausen ansprang, seit sie drinnen mehrmals dumpfe Stimmen und Schreie vernommen hatte. Auf dem braunen Wasser der Mulde zeigten jetzt zitternde Schaumhäufchen und ein aufsteigender übler Geruch die Nähe der Papierfabrik an. Aus dem angsteinflößenden Gemäuer kam nichts als Stille. Peinig schlief noch, als Liesa schwach vor Hunger und Müdigkeit an Hahns Badeanstalt angekommen war, um ihre Beute, Äpfel, Pilze und Kräuter, abzuliefern, bevor sie sich auf den Weg zu ihrem Tagwerk machte. Sie hatte an diesem Morgen keinen Menschen gesehen, außer dem Mann, der Max war.

*

Der Anfang des Friedens und das Ende von Hitler waren erst wenige Tage alt, als Mutter die rundgeschwungene, breite Treppe herunterfiel, die rechts an der Wand mit Kachelmosaik entlang zu den oberen Baderäumen,

zu Hahns Wohnung und zu der uns zugewiesenen Bodenkammer führte.
Poltern und Kreischen, verdrehte Knochen, entsetzter Blick nach oben zur Glaskuppel, die Tageslicht in die Eingangszone zu Rundbänkchen und Kassenkäfig verströmte. Niemand hatte es gehört, niemand saß auf dem Rundbänkchen, um nach dem Baden abzudampfen. Frau Hahn war nicht in ihrem Kassenkäfig.
Ich kam gerade herein, das Säckchen Gerste, das ich gegen Zigaretten eingetauscht hatte, unterm Arm, und sah ein großes schwarzes Tier oben die Treppe heraufkriechen.
»Mutter! Mutter! Was ist passiert, um Gottes willen!«
Brittchen schrie hinten, Mutter stöhnte, wimmerte, fluchte, wollte sich nicht helfen lassen, wollte auf allen vieren weiterkriechen. Ihre Backen zitterten vor Wut.
»Laß mich man sein. Diese Sadrache, diese Teufelsbraten haben dem Linoleum blankgewichst. Da muß einer ja hinschlagen. Aaskreten! Dammelsköppe! Da kann sich einer zuschand schlagen, keiner kümmert sich. Wir sind man bloß die Aapen. Die Pracher. Da könnt sich einer totschlagen, und die würden nicht mal mit die Nas zucken.«
»Es ist niemand da, Mutter. Komm, ganz vorsichtig. Kannst gehen? Soll ich einen Arzt holen?«
»Einem Arzt holen! Denkst, ein Doktor kommt extra wegem so einem alten Pracherweib ins Haus. Laß mich man sein. Kümmer dich lieber um den Gnos. Hörst doch, wie er schreit. Hätt ich mich man bloß totgeschlagen, dann wär ich von dem Jammertal erlöst. Und du wärst von mir erlöst, könntst tun, was willst. Gib einem nassen Kodder für dem Bein.«
Brittchen ist auch gefallen, aber ihr Schmerz ist schneller vorbei als Mutters Haß. Mutter haßt, weil wir hier sind, weil wir noch nicht zurückgekehrt sind. Mutter

weiß nicht, wen sie hassen soll, deshalb haßt sie alle und sich selbst am meisten, deshalb liebt sie Gott, den fernen edlen Gott, der sich solche Prüfungen ausdenkt. Mutter liegt mit dem nassen Lappen auf dem Knie ausgestreckt auf der Matratze und betet, und ich darf in Hahns Küche das Abendbrot machen, das sonst ihre Aufgabe ist.

Manchmal denkt sie daran, daß der liebe Gott zur Nächstenliebe auffordert, zur Vergebung, dann will sie lieben und gut sein sowieso, hat Tränen in den Augen, wenn die Hahnsche ihr mal von der Suppe abgibt, dann ist sie gerührt, gibt eine von den kostbaren Tauschzigaretten. Da nehmen sie man für dem Herrn Gemahlche, geben sie ihm man. Acheu. Und das Marlenche, das klein Marjellche, wie unser Brittchen. Achott, achott, wenn sie man wüßten, was wir durchgemacht haben auf die Flucht. Vor dem Russ geflohen, wir hörten schon dem Kanonendonner, sahen die Christbäume am Himmel, fünf Tage und fünf Nächte im Viehwagen in die eisige Kält. Nuscht zu fressen, kein Tropfche Milch für dem Kind.

Mutter wollte leiden, sie wollte humpeln, eine schwarze gepeinigte Kreatur, die Verkörperung des Leidens, ein stummer lebender Vorwurf an die Welt, die uns so viel angetan hatte, sie wollte sich an der Wand entlangtasten und die Treppe wieder auf allen vieren hochkriechen, wenn Hahns es sahen oder Badegäste, es war nicht der verstauchte Fuß und der Bluterguß, es war ihre Art der Anklage, sie wollte ein schwarzes, bleichgesichtiges, gepeinigtes Tier sein, hier in diesem Ort, dem die Peiniger schon vor Jahrhunderten den Namen gegeben hatten. Hier wurden Menschen gepeinigt, auch heute noch, der Ort peinigte Menschen, er peinigte Mutter, die anderen peinigte der Krieg, uns noch der Ort dazu.

Wir sind Fremde in der Fremde.
Der Ort ist häßlich, die Menschen sind häßlich, die Mulde ist häßlich, die Sprache ist häßlich. Der Krieg ist häßlich. Der Frieden ist häßlich. Gott wird uns helfen, sagt sie. Gott, Gott. Sie will Gott ans Herz rühren, wenn sie auf allen vieren wie ein verwundetes Tier die Treppe hochkriecht. Sie will auch Menschen rühren, sie sollen sich entsetzen, sie sollen Angst bekommen vor dem schwarzen Tier, sie sollen sich erbarmen, Mitleid zeigen, mit ihr leiden, weil ihr Leid, unser Leid, was Besonderes ist. Sieh, der Fuß, wie geschwollen – das war auch bei Großmutter so in der letzten Zeit, in der letzten Zeit schwellen die Füße, sieh, die blauen Striemen am Bein. Blutvergiftung.
Gott hat kein Herz. Er tut nichts. Nein, Gott tut doch was, sagt sie, und was er tut, das ist wohlgetan. Das Blut ist nicht vergiftet, und der Fuß ist von dem Sturz dick.
Mutter dreht die gekochten Gerstenkörner durch den Fleischwolf. Sie sollen Klopse werden für das Kind, nicht für sie, nur für das Kind, das dicke, lachende Kind, das die Flickerjule fliegen läßt. Die Gerste wird Klopsfleisch. Und Zwiebel und Talg und Bucheckernöl. Mit dem bösen Fuß kann sie nicht zu den Bauern gehen. Die Bauern aber müßte sie gerade rühren mit ihrem Gepeinigtsein, mit ihrem schwarzen Kopftuch, ihrem fahlen Leidensgesicht. Die Bauern sind die Herrscher. Wer zu essen hat, ist reich.
Für zwei Tage war die Brücke über die Mulde gesperrt, die Russen saßen am Brückenkopf und ließen nur den durch, der auf der anderen Seite wohnte. Das Wasser rauscht über dem Wehr, weiße Gischt, immerzu weiße Gischt. Gleich hinter der Brücke teilt sich die Mulde, ein Arm wird zum Mühlgraben, geht zum Sägewerk, dort, wo man manchmal einen Sack mit Sägespänen be-

kommen kann. Wir sind nicht mehr im Schullager, haben ein eigenes eisernes Öfchen, in dem die Späne für kurze Zeit Wärme heranprasseln. Hinter dem Sägewerk liegt ein Haus wie auf einer Insel, zwischen Mulde und dem Mühlgraben, nur durch eine kleine Brücke erreichbar. Dort kann man die Wäsche zur Bleiche hinbringen, große weiße Stücke auf grünem Rasen ausbreiten. Wir haben nichts zum Bleichen. Auf zwei Häuser an der Gasse vor dem Graben ist eine Bombe gefallen, eine Wand steht noch, gezackt wie ein Pfeil weist der Wandfinger nach oben. Herr Hahn wirft das, was er nicht mehr haben will, in den Mühlgraben. Erst das Nazi-Parteiabzeichen und jetzt kommt er mit einem Sack voll neugeborener Kätzchen, die er im Kanal ersäufen will. Brittchen zeigt auf den Sack, in dem es zappelt. Der Stein hängt schwer nach unten, oberhalb des Steins piepst es. Weg mit dem Viehzeug. Weg damit.
Zwischen Sägewerk und Inselhaus plumpst der Sack. Das Sägewerk liegt auch auf dem Inselstreifen, und vorn bis zur Brücke sind Gärten auf der Insel und eine Laube, in der jetzt die zopflose Elfriede mit ihren Kindern wohnt. Ihre blonden Haare sind wie abgefressen, und auf ihren Armen ist ein blauer Fleck, dort hat sie der Hempel, der Gartenbesitzer, mit der Hacke geschlagen, weil in seinem Garten eine von den abgezählten Gurken fehlte. In meiner Laube wohnen und mich auch noch bestehlen, hatte er gebrüllt. In seinem Garten hatte noch nie jemand gestohlen, weil niemand über den Kanal kam und er den Übergang abgeschlossen und noch mit Stacheldraht geschützt hatte.
Der ersehnte Frieden ist da, aber Mutter kann sich nicht freuen. Für sie ist der Frieden bodenlos, man kann in ihn hineinfallen, tiefer und tiefer.
Mutter fühlt sich wie eins von Hahns Kätzchen, wie so

ein armes, unnützes Badehauskätzchen, das zu nichts als zum Ersäufen gut ist. Der Hahn, dies griese Pestgesicht, wozu der fähig ist, sagt sie, ein echter Teufelsbraten, tut, als wär er nie Nazi gewesen, dabei hat er seinem Stahlhelm mit aufgemalte Hakenkreuze auf die Kommod liegen. Das ist so einer, der wo gegen die Juden war. So einer hat dem guten Primus auf dem Gewissen, dem klein Mannche, der nur mit seine Plosen handelte und keinem nuscht was tat. So einer hat kein Mitleid mit gar keinem, so wie der alte Hempel, dieser Sadrach. Prügelt unsereins wegen seinem dammligen Garten, als ob das was Besonderes wär. Wenn ich da an die Gärtnerei unserer Agnes denk, an die Gewächshäuser, die Blumen, die Obstwiese, die Tannen. Und ganz früher erst, als wir noch den Hof in Kalkeningken hatten, Äcker und Vieh.
Gott hat vielleicht doch ein Herz.
Eines Tages kommt Post aus Berlin, aus dem kaputten, kapitulierten Berlin. Endlich! Endlich! Ein Wunder, weil keiner mehr daran glaubte.

*

Der Leipziger Hauptbahnhof glich einem Heerlager, Stapel von Kisten und Säcken, drängende Menschen, Familien, Soldaten, ein Feldlazarett mit Ärzten, Schwestern, Sanitätern, Verwundeten. Schreie, Befehle, Zugwind. Eine ganzen Nacht mußte ich warten, bis der Zug nach Berlin ging.
Ich verbrachte die Nacht im Wartesaal, an einem Pfeiler kauernd, eingeklemmt zwischen Menschen und Gepäckstücken. Viele wollten nach Berlin. Zu viele. Und es war nicht sicher, wann der Zug fahren würde. Die meisten schliefen über ihren Gepäckstücken. Ich hatte nur das Mitbringsel für Franz und seine Schwester bei mir, ein wertvolles, heute in aller Herrgottsfrühe in

Dittmannsdorf zusammengebetteltes Geschenk: zwei Kilo Kartoffeln.
Ich hielt den roten Lumpen, in dem sie eingebunden waren, fest im Schoß umklammert, besonders dann, wenn die Müdigkeit meinen Kopf nach hinten an den Pfeiler schlug und der hohe Raum sich in dunkler Schwere auflöste, einer Schwere, die drückte und die Glieder einschlafen ließ, die mich bald wieder aufweckte mit taumelndem, haltlosem Kopf, bis ich umkippte, liegenblieb, das Bündel als Kopfkissen. Ein Kind schrie, abfahrende Züge wurden angekündigt, es war ein Kommen und Gehen. Schließlich kehrte Ruhe ein, bis jemand über einen Koffer stolperte und fluchte und mich wieder aufweckte.
Vor lauter Müdigkeit aß ich den ganzen Reiseproviant auf einmal auf, drei gekochte Kartoffel und zwei Fallapfel. Die Hoffnung ließ mich rennen, als der Zug, an den ich schon nicht mehr glaubte, wirklich eintraf; im Nu war er gestürmt, man wollte keinen mehr hineinlassen, schrie, schimpfte, hier ist kein Platz mehr, nichts mehr frei, aber alles drängte, schob, stieß. Wohin, an welche Tür? Weiter nach vorn, schon fast in der Lokomotive, ich kämpfte mich vorwärts, teilte selbst Schläge mit dem Ellbogen aus, und endlich war ich drin, hatte eine Ecke gefunden, saß, rollte, war auf dem Weg nach Berlin.
Die Hoffnung ließ mich alles ertragen, die Hoffnung auf Nachricht von den Skirbstern, von Tante Huldchen, von Onkel Hermann, von Erwin und den anderen, von Tante Agnes, der lieben, guten Tante Agnes, die sich der Flucht widersetzt hatte, die ihre Gärtnerei nicht allein lassen wollte. Was mag aus ihnen geworden sein? Wo sind sie alle gelandet? Wo sind sie geblieben? Leben sie noch? Wie hatte Tante Agnes über den Brief vom Franz aus Schaltischledimmen, ihren einstigen Verlobten, geschimpft, der Dammelskopp machte zehn Fehler

in zwanzig Zeilen und drängte sie, alles stehen und liegen zu lassen. Ach, hätte sie bloß auf den Dammelskopp gehört und wäre beizeiten mit ihm zu seiner Schwester nach Berlin gegangen, damals, als wir alle die Kisten nach Berlin schickten und die Adresse zum allgemeinen Sammelpunkt erklärten, falls die Front doch bis nach Popelken käme und wir fliehen müßten, woran keiner so richtig glauben konnte.
Die Angst war groß, als ich sah, wie Mutter die beiden Holzkisten in der Küche packte, wie die gute, immer geschonte Damastwäsche aus Kalkeningken darin verschwand, die guten Bestecke, die vergoldeten Obstmesserchen, die geretteten Dinge aus jener verklärten fernen Zeit. Nie werden wir unser Eigentum wiedersehen, jammerte Mutter, niemals, es wird niemals in Berlin ankommen, es ist für immer verloren. Aber nun ist es dort, unsere Kisten haben in dem zerbombten Berlin überlebt, stehen in einem Keller in Charlottenburg. Aber von Agnes hat der Franz nichts geschrieben, nichts von seiner und unserer Agnes und nichts von Huldchen und nichts von Max. Von Max hat der Franz nichts geschrieben. Max hat sich nicht gemeldet. Dabei war er der erste, der die Adresse bekam, es war überhaupt seine Idee, er hatte gesagt, geht dorthin, wenn ihr wegmüßt, dorthin, wo die Kisten sind, aber wir konnten uns nicht aussuchen, wo wir hingehen, wir wurden in Peinig ausgeladen, aber auch das hatte Max berücksichtigt … Wenn ihr nicht nach Berlin könnt, wenn wir nichts voneinander hören, dann wollen wir uns dort treffen, dorthin schreiben. Nehmt den leichten Sportwagen für Brittchen mit, nicht den schweren großen Kinderwagen, nur Kleidung und Essen nehmt mit, sonst nichts, leichtes Gepäck. Aber ich hab noch mehr mitgenommen, seine Geschichten, seine Gedichte, seine Manuskripte, seine, unsere Fotos.

Auch wenn die Feldpostnummer nicht leitbar ist, kann er dorthin geschrieben haben. Alles ist möglich nach so einem Krieg. Max kann geschrieben haben, nachdem der Franz geschrieben hat. Er kann sogar selbst dort auf mich warten. Alles ist möglich. Alles.
Die Lok steht unter Dampf, sie fährt, daß die Funken fliegen.
Was schert mich Schlaf, was schert mich Hunger, wenn ich von der Hoffnung genährt werde, was das fremde, zerstörte Berlin mit seinen wilden Trümmern, und was der lange, unbekannte Weg in früher Nacht. Das ist also Berlin. Hier wollte der dicke Backendorff mit mir hin, das wollte er mir zeigen, das schöne, brodelnde, weltstädtische Berlin. Das unerreichbare Berlin. Nun bin ich allein hergekommen – in was für ein Berlin! Was ist nur geschehen? Wer hat zugelassen, daß das hier geschehen darf? Von hier ging das Verhängnis aus. Hier lebten die Teufel, die dich, mein Liebster, in den Kampf schickten, hier lebte der Satan, der sich umbrachte, bevor ich ihn umbringen konnte, der alles auf dem Gewissen hat, der schuld ist, daß wir in Peinig sein müssen, dem es gleichgültig war, daß da oben in Ostpreußen, in dem lächerlichen kleinen Popelken, ein blondes Mädchen lebte, das die Trennung nicht verwinden konnte. Warum haben sie uns das angetan? Warum haben sie dich getötet?
Warum hast du mich nicht erwartet? Du wußtest doch, daß ich kommen würde. Daß überfüllte Züge, Trümmer, Chaos, Hunger, daß Bahnhofsnächte, Verzweiflung, Kälte und Angst mich nicht davon abhalten könnten, nach Berlin zu kommen. Das wußtest du doch.
Ich bin da. Bin angekommen, sitze in einem fremden, modrig riechenden Keller mit kalkigen Wänden und Spinnweben, sehe durch das dreckverkrustete, aber unzerstörte Kellerfenster hinauf zu einer Straße, die ich

nicht kenne, in eine Stadt, eine ehemalige Stadt, die ich nicht kenne, sehe Schuhe, Stiefel, Beine vorbeikommen, sehe einen Ball fliegen, ein Paar schiefe große Schuhe zögernd stehenbleiben, da schaut sich jemand um, sucht vielleicht eine Adresse, die er die ganze Zeit in der Uniformjacke durch die Weiten Rußlands getragen hat, eingehüllt in Hoffnung, getränkt mit Empfindungen aus einem anderen Leben.
Wenn du das wärst, wenn du jetzt kämst, gerade jetzt, wo ich dabei bin, die Kisten aus Popelken zu öffnen, ganz allein in diesem Keller, wenn du jetzt kommst, wenn das deine Füße sind, will ich Gott um Verzeihung bitten dafür, daß ich ihn beschuldigte, kein Herz zu haben.

Mutter hatte mich mit Brittchen spazieren geschickt, damit sie in Ruhe packen konnte; wir sollten da nicht herumwirbeln, wenn sie schweren Herzens die Damastwäsche hineinlegte, ganz unten, darauf gut geschützt in Handtücher und Nachthemden eingewickelt, das Geschirr, obenauf wieder Kleider, schafswollene Socken, Leibchen; Sachen, die mich nun zuerst anspringen, die Schürze, die ich ihr schenkte, über die sie so schimpfte, die sie nicht wollte, nicht so was Helles, Kreischriges, und Großmutters schwarzes bekurbeltes Wollkleid, das Großmutter überlebt hat, das Krieg und Flucht überlebt hat, das noch genauso aussieht wie vor zwanzig Jahren und nach Mottenkugeln riecht wie immer.
Was hat das zu bedeuten, daß unsere Dinge in diesem fremden, stinkenden Keller sind? Wie ist das zustande gekommen? Was sollen Großmutters Kleider hier im Reich, das doch immer so unerreichbar fern war, daß man sich nie ganz sicher war, ob es auch existierte? Was sollen die Kalkeningker Damasttischdecken mit den

gelben Lagefalten in diesem Trümmerhaufen, der sich Berlin nennt? Wer kann mir erklären, was unsere schönen Sachen mit dieser vornehmen Dame zu tun haben, die oben englischen Tee aus dünnem Porzellan trinkt, die einen Vogel mit gelbgrün schillernden Schwanzfedern besitzt und einen Bruder, der im Schriftlichen nicht sehr gut ist.

Franz aus Schaltischledimmen hat sich zu seiner Schwester nach Berlin durchgeschlagen; schon vor Weihnachten zog er los, war weg, noch bevor dieses schreckliche Jahr 1945 anbrach. Er, der dammlige Franz, war der Klügste gewesen, ach, er wär schon viel früher weg, wenn er nicht immer wieder versucht hätte, Tante Agnes zum Mitkommen zu überreden. Willst hier hucken, bis die Russen kommen, hatte er sie bearbeitet, willst warten, bis der Krieg nach Popelken kommt? Zum Schluß mußt sowieso weg, und wenn du nicht gehst, wirst umgebracht. Dann hast was Feines. Was nützt dir dann dein ganzes Geld? Die Gärtnerei nehmen sie dir sowieso weg, selbst, wenn sie dich am Leben lassen. Es geht alles zum Deibel.

Aber Tante Agnes nahm doch nicht ernst, was der Franz, der Dammelskopp sagte, und ihr Bruder Alfred, der andere Dammelskopp und Söffke, der einstimmte, war auch nicht ernst zu nehmen, der soff und schrie den Frauen unanständige Dinge hinterher wie eh und je. Die Angst war groß, die Hoffnung auch. Die Kisten wurden nach Berlin geschickt, an die sichere Adresse der feinen Franziska. Aber was war schon sicher in diesen Zeiten.

Und doch war alles gegangen, die Kisten waren wirklich hier angekommen, und die weitgereisten Dinge aus Popelken, die sie nie wiederzusehen glaubten, standen tatsächlich hier, und nicht mal eine Tasse war entzweigegangen. Das gute Kaffeeservice, aus dem sie zu

Großmutters Begräbnis getrunken hatten und zur Hochzeit und zur Taufe von Brittchen und das letzte Mal, als Max sich heimlich, als schon Urlaubssperre war, auf seiner Reise nach München, wo er den Preis für seine Kriegserzählung bekam, weggeschlichen hatte, um seine Tochter zu sehen. Sie hatten fotografiert und Tee aus diesen Tassen getrunken. Wie hatte sie gewartet auf diesen Augenblick, als er sein Kind sehen würde!

Die Liebe bestand nur aus Warten.

Ihre Liebe, ihre Ehe, ein einziger Wartesaal. Fünf Jahre warten und vielleicht fünf Wochen beisammen sein, und die ganze Ehe hat nur fünf Tage gedauert, fünf Tage, an denen sie nicht allein waren, und eine einzige Nacht, die nur ihnen gehörte, diese eine eiskalte Hochzeitsnacht, in der Brittchen gezeugt wurde.

*

Die Kellertür wurde geöffnet, und Liesa sah durch den Lattenrost hindurch, wie die schadhaften Männerschuhe die knarrende Kellertreppe herunterkamen. Sie hielt den Atem an, noch die Popelker Tasse mit dem verschnörkelten Goldrand in der Hand.

Max kam. Er war hierher gekommen, so wie sie es vereinbart hatten, ganz nach Plan, es war klar, logisch. Er wußte, daß sie hier im Keller war, Franz und Franziska hatten es ihm oben gesagt. Natürlich kam er hierher zuerst und nicht nach Peinig, nicht in aller Herrgottsfrühe auf die Chaussee nach Tauscha. Wie hatte sie das nur denken können. Eine Halluzination, eine Fata Morgana war ihr in der dunstigen Morgensonne erschienen, die Fortsetzung eines Traums, aus dem sie sich mit Gewalt herausgerissen hatte. Dieser Kuß von Max war ein Windhauch, und dieser Apfel war vom Baum direkt in ihren Schoß gefallen.

»Na, Lieske! Freust dich, daß alles da ist? Sieh an, nicht mal die Tass ist kaputtgegangen. Ach Gott, nun kick man nicht so traurig.«
Der Franz, der gute Franz, der ehemalige Verlobte von Tante Agnes, kam mit dem Brecheisen, um auch die zweite Kiste von Emma Idell und Elisabeth Grigull aus Popelken/Markthausen in Ostpreußen zu öffnen. Ächzend hob der Deckel die Nägel aus dem Holz heraus; der Franz hatte sie hineingeschlagen, der Franz hob sie heraus und stemmte dabei den rechten Fuß, seinen großen, an den Zehen ausgebeulten Schuh, gegen die Kiste, dort, wo ein weiteres Mal zur Sicherheit die Namen der beiden Eigentümerinnen und ihre noch nicht außer Kraft gesetzte Adresse direkt aufs Holz geschrieben waren.
Obenauf Seidenpapier, darunter eine Tischdecke, zu der schon zu Hause kein Tisch gepaßt hatte, die zum Service gehörende Kaffeekanne mit Haube, eine Goldrandzuckerdose, zwei Wolldecken, Siebe, Schüsseln, Nähzeug, ein Fotoalbum, der blaue Rock, in dem Liesa Volkstänze getanzt hatte, ein Rilke-Gedichtband, Großmutters Gesangbuch, die wollene Trachtenstrickjacke, die Liesa im zugigen Laden von Drückler getragen hatte und später in Lotzes Büro.
»Lieske! Wenn davon was auf dem Schwarzmarkt bringst, kriegst gut zu futtern für euch drei. Ich weiß schon was. Paß man auf, wie Emmchen staunen wird, wenn bepackt heimkommst.«
Während Liesa mit Franz sprach, wartete sie darauf, daß er sich vielleicht doch noch in Max verwandelte, daß sie sich in dem Halbdunkel des Kellers getäuscht haben könnte. Augen zu, um nicht genau zu sehen, Ohren zu, um nicht die falsche Stimme zu hören. Plötzlich – war es der faulige Kellergeruch, die schimmligen Wände – kam ihr der Traum in den Sinn, der sie in den

Peiniger Nächten oft verfolgte, der Traum, in dem sie durch kniehohen stinkenden Modder waten mußte, durch Berge von Schlamm und Scheiße, um das andere Ufer zu erreichen, das unerreichbar blieb, so sehr sie sich auch anstrengte.

Franziska Beduhn war schon vor dreißig Jahren aus Schaltischledimmen weggegangen, um in Berlin den Karl Beduhn, auch einen Ostpreußen, zu heiraten, der später Nazi wurde und sich 1938 ohne ersichtlichen Grund in seiner Kanzlei erhängte. Seither war sie sehr empfänglich für das Leid anderer Menschen, sofern sie nicht ihren minutiös festgelegten Tagesablauf durcheinanderbrachten, was jetzt, seit Bruder Franz bei ihr untergekrochen war, aber häufig geschah.

Interessiert begutachtete sie die Dinge, die Franz und Liesa aus den geheimnisvollen Kisten, die schon seit Monaten in ihrem Keller standen, hoch in die Wohnung brachten. Sie überlegten, was Liesa mitnehmen sollte, was Franz hier zu tauschen versuchen könnte und was dann später nach Peinig geschickt werden sollte.

»Wollt ihr da in diesem Peinig bei den Russen bleiben?« fragte Franz. Eine Frage, für die seine Schwester ihn irritiert anblickte.

»Also hierher könnt ihr nicht kommen. Die Wohnung ist zu klein. Ich kann keine drei Personen mehr aufnehmen. Und Sie sehen ja, Liesa, was aus unserem schönen Berlin geworden ist, wie es jetzt hier aussieht«, sagte sie und wies aus dem Fenster auf die Ruinen und Schuttberge an der gegenüberliegenden Straßenseite, in denen Kinder mit einer zerrissenen Hakenkreuzfahne spielten.

»Hierher kommen wir nicht«, sagte Liesa. »Keine Angst. Erst mal müssen wir ja in dem Peinig bleiben. Wir haben ein Dach über dem Kopf und ein Federbett, das wir

abwechselnd benutzen, und Brittchen ist auch nicht gesund. Nächtelang Husten und Keuchen und Quiemen. Wir warten dort, bis Max wiederkommt. Die Adresse ist beim Suchdienst angegeben. Später gehen wir dann bestimmt weg. Ursprünglich wollte Max nach Köln ziehen, das wäre eine herrliche Stadt, sagte er, und günstig für seinen Beruf. Mein Mann ist Schriftsteller, müssen sie wissen, Frau Beduhn.«
»Ich weiß, Liesa. Und Sie haben keine Nachricht von ihm? Nichts?«
»Überhaupt nichts. Weder vom Roten Kreuz noch von seiner Einheit. Er gilt als vermißt.«
»Wahrscheinlich ist er in Gefangenschaft, Lieske«, sagte Franz. »Oder vielleicht ist er schon auf dem Weg hierher. Er wird zuerst zu uns kommen, und wir schicken ihn zu euch nach Sachsen. Und mit unserer Agnes wird es genauso kommen. Wäre sie doch damals bloß mit mir gekommen. Aber nein, sie konnte die dammlige Gärtnerei nicht im Stich lassen. Wir mußten doch alle unser Hab und Gut zurücklassen, denk doch an die Bauern, die Ländereien. Die Hulda Düwell, deine Tante Huldchen, die hatte doch so großes Gut, eine Menge Vieh. Alles mußten sie stehen und liegen gelassen und sind in Leiterwagen weg. Und du hast wirklich keine Ahnung, was Agnes und Alfred gemacht haben?«
»Nein, Franz, es ging doch alles so Hals über Kopf. Am 21. Januar hab ich doch vormittags noch bei Lotzes in der Mühle gearbeitet, und nachmittags hieß es dann, schnell weg, sofort. Wir mußten uns mit Handgepäck auf dem Markt versammeln. Wehrmachtswagen kamen. Die Front war schon zu hören. Grollen und Geschützdonner.
Wir hatten zwar gepackt, aber wir hofften doch, daß sich alles noch irgendwie zum Guten wenden könnte. Es war schrecklich. Agnes sagte nur: ›Geht, geht, küm-

mert euch nicht um mich!‹ Sie verschwand im Haus. Alfred sah ich dann noch mal von weitem auf der Straße rumtorkeln.«
»Ja, der Alfred, der Söffke. Vor lauter Angst hat der sich wahrscheinlich vollaufen lassen ... Und was ist mit deinen Schwiegereltern und den Geschwistern von Max? Hast du von denen was gehört?«
»Nein. Sie wollten sich ja auch bei euch melden. Ich hoffte ja, hier bei euch etwas zu erfahren. Hier wollten wir uns wiederfinden, wenn es ganz schlimm kommen sollte. Nun ist wirklich das geschehen, was sich keiner vorstellen konnte.«
Franziska servierte in ihrem feinen Porzellan Tee, den Franz aus einem Wehrmachtsdepot gestohlen hatte. Dazu gab es Brote mit Dauerwurst und als Nachtisch Brote mit englischer Schwarzmarktmarmelade.
»Wenn wir wenigstens die Düwells gefunden hätten, unsere Tante Huldchen«, sagte Liesa. »Und der arme Onkel Hermann, der immer so kränklich und empfindsam war ... Wie er das wohl verkraftet hat, sein schönes Gut einfach zurückzulassen? Schon in Herbst vierundvierzig erzählte uns einer, daß Onkel Hermann einen Herzschlag bekommen hätte, noch bevor der Wagen den Ausweg vor dem Gut hinausgefahren war, aber dann kam einer der Knechte bei uns vorbei und sagte, das es nicht stimme, er sei zwar krank, aber lebendig aus Skirbst herausgekommen.«
Die Hoffnung, in Berlin nicht nur die Kisten, sondern auch eine in den letzten Tagen eingetroffene Nachricht, wenn schon nicht von Max, dann doch wenigstens von den anderen Grigulls oder von Tante Hulda vorzufinden, war nun zunichte. Liesa sah die Schrift ihrer Tante vor sich, die genauso war, wie sie selbst, so hoch und stolz. Ein bißchen Skirbster Sommerduft lag darin und so viele Erinnerungen, an Glumsbrote und Klunker-

mus, an die Dachbodenspiele mit Vetter Erwin, an die immer zu kurzen Sommerferien und die ersten Liebesaufregungen mit Erwin, immer wieder Erwin, wie er sie ansah, wenn sie mit der stolzen Tante Huldchen auf dem Kutschbock über Land fuhren, Erwin, der König, und Liesa, die Königin.

Franz hatte Großmutters Goldrandservice und die Damastwäsche gegen Mehl, Eier und Schmalz eingetauscht. Eine Büchse Fleisch aus seinen britischen Beständen tat er noch als Geschenk dazu. Als reiche Frau würde Liesa nach Hause kommen, ein Rucksack, ein Koffer und ein Sack, voll von Essen und herrlichen Besitztümern, sogar eine Tüte Zucker für Brittchen dabei und ein halbes Pfund Bohnenkaffee. Ganz früh, gegen fünf wollte Franz ihr das Gepäck im Handwagen zum Bahnhof fahren.
Einen Abend hatten sie noch, das war wie früher, das Zusammenhucken und reden und essen und trinken, bei dem sich das wohlige Gefühl, zu einer Gemeinschaft zu gehören, einstellte, und gleichzeitig dies besondere Fürsichsein mit Gedanken, die niemand ahnte, heimlichen Gedanken, die ein Eigenleben führten, während man von anderen Dingen sprach oder zuhörte, was so erzählt wurde, und wenn Liesa in die Gesichter der Runde blickte, fragte sie sich, ob hinter diesen Stirnen nur das Gesagte wohnte oder auch noch ganz andere, unausgesprochene Dinge. Aber es war keine Tafel wie zu Hause, Mutters boßiges Gesicht fehlte und Tante Agnes und Huldchen und Erwin und Alfred, der Söffke. Und Max.

*

Der Kind bölkt al wieder. Und hustet und schnoddert und weimert. Da kann einer nuscht tun. Da braucht die

Hahnsche gar nicht gegen die Küchenwand pochen. Als ob sie in die Küch schlafen, da kommt doch nuscht bis hinten durch. Nu wird sie das Gebölk al beim Wasserpladdern stören.
Was soll einer tun? So allein in der Fremde. Nur graurige Menschen hier. Überall im Weg. Überflüssig, nichtsnutzig. Lieber Gott.
Mein Heiland. Bring dem Lieske wieder gut nach Haus. Paß auf, daß ihm nuscht passiert auf die weite Reis bis nach Berlin, daß sie nicht aus dem Zugche fällt, wo doch die Menschentrauben manchmal an den Türen hängen. Laß sie gut hinkommen und wieder zurück, und laß sie gute Nachrichten dort vorfinden, von unserem guten Huldchen, meiner lieben Schwester, von ihren Hermann und den Kindern. Ach, der Erwin, der gute Jung. Hätt er doch man dem Lieske genommen statt dem Max, dem faulen Dichterling. Dann hätt sie einem feinen Mann bekommen, der wo für was sorgt, und in der Familie geblieben wär es auch. Denkt einer, daß so was nicht geht, Cousin und Cousine, aber geht doch.
So, Kindche, nu hast was gekriegt, bist bestopft, nun halt dem Schnauz, damit die Aapen nicht wieder anfangen zu pochen. Haben so zarte Ohren, die Badeherrschaften, dabei heult das Marlenche wie eine Siren. Ach, Brittchen, bist so dick und rund. Kein Wunder auch, bist in einem Fressen. Du frißt uns noch die Haare vom Kopf. Wie soll Lieske das alles heranschaffen. Ist bloß so ein Hemske, Rippen kicken raus, Loch statt einem Bauch. Und ich will ja erst rein gar nuscht, bin nur der Paslak, zu nichts nutze, alt, abgenutzt, krank. Zu Haus in Popelken, da war einer noch wer, obwohl einer dacht, früher in Kalkeningken, das war die gute Zeit. Einer denkt, er ist am End, aber dann kommt es noch schlimmer. So, nun schlaf weiter, Kindche, ist noch

nicht hell. Ganz früh. So früh steht Lieske auf, um Äpfel und Ähren zu lesen und zu die Bauern zu gehen. Alles für dich, nur für dich. Rebbelt sich auf für dich, und ich rebbel mich für euch auf. Wär besser, du wärst nicht da. Du kleines Gnos und die schreckliche Flucht, die Kält und nuscht zu fressen. Das bißche hätten wir selbst essen können, hätt uns gut getan, vor allem dem Lieske. Nun müssen wir uns alles vom Munde absparen, um dich vollzustopfen. Ja, weimer man, kannst ja auch nuscht dafür, daß da bist. Hätt sie man bloß nicht dem dammligen, stänkrigen Kerl getroffen. Was der alles mit ihr gemacht hat.
Nun ist er ja weg, unauffindbar, vermißt, sicher tot, in Rußland oder in Gefangenschaft. Braucht nicht wieder zu kommen, für dem haben wir nicht genug. Wußt ja immer, Männer bringen nur Ärger und Sorgen und sind weg, wenn sie gebraucht werden. Wollt ja nicht auf mich hören, der Lieske, nein, behängt sich mit dem Max.
Die heiße Supp hat dem Gequalster besänftigt. Schläft wieder. Wenn der Kind wenigstens gesund wär. Außen dick und innen molsch. Bin auch molsch. Kann einer nicht wieder einschlafen nach der Rawasche. Wenigstens haben wir eine Stub, ein Dach überm Kopf. Kickt einer nach oben und sieht dem blanken Himmel, wie furchtbar, Schnee fiel auf uns im offenen Zug. Da hat sich einer was geholt. Vielleicht bringt Lieske unsere guten Sachen von Berlin mit und Essen. Schön viel Essen. Möcht für dem Lieske kochen, wie früher. Bratkartoffeln mit Schmandschinken und Klopse, ein Hasenkukel für dem Kind und Glumskuchen, herrliche Torte mit Mandelstifte und echter Buttercreme wie zu Großmutters Begräbnis. Ein Glück, daß sie das alles nicht mehr mitmachen mußte.
Jesus Christus, mein lieber Heiland, ich danke dir, daß

wir noch am Leben sind. Mach, daß das Lieske gut zurückkommt. Mach das Brittchen gesund und mich auch, mach dem Fuß gut und nimm mir das Spicken im Rücken, das halt ich nicht aus. Will doch was tun, Hahns Holz im Schuppen einfleihen, damit sie uns was abgeben. Die Späne halten doch nicht vor, sind ripsch rapsch verbrannt. Mach, daß es dem Huldchen gut geht und unserer lieben Agnes und meinetwegen auch dem Alfred, dem Söffke. Mach, daß sie rechtzeitig weggekommen sind und daß wir sie finden und auch die Grigulls ja, die Mutter Amalie mit ihre kranke Marjellens. Wo werden sie geblieben sein? Kann ja nichts dafür die Amalie, kann nicht für ihrem Sohn, dem Max. Kann einer nichts für die Kinder, muß einer immer Angst haben. Mach, daß alle schlechten Menschen bestraft werden, die wo an allem schuld sind, am Krieg, an den Toten, an dem ganzen Unheil. Mach, daß wir bald in unsere Heimat zurückkehren können, in unser gutes Popelken, weil wir hier nicht bleiben wollen, hier, wo einer fremd ist und unerwünscht. Mach, daß niemand in unsere Stuben eingedrungen ist und was kaputtgemacht hat, daß alles noch heil ist, unser schönes altes Samtsofa, Agnes' Gärtnerei, die Häuser, das Land. Ich hab gut abgeschlossen, damit keiner rein kann. Dem Schlüssel kann ich nicht verkramen, hab ihn immer um den Hals hängen. Wenn es ganz graurig wird, wenn die Menschen uns aushunzen, dann spür ich dem Schlüssel hängen und denk für mich, ihr Dammelsköppe könnt uns nuscht anhaben, bald sind wir weg.
Mach, daß wir alles in gutem Zustand vorfinden, wenn wir heimkehren. Lieber Gott, mach, daß wir unser Geld wieder von die Kass kriegen, das bißche Geld, das sich einer von Munde abgespart hat und Lieskes klein Erbteilche von Kalkeningken.
Muß die Wäsch umhängen und gleich früh bei Bäcker

Schaufuss anstehen und eine Brennesselsupp kochen. Ein paar Mehlklunkern mit rein und dazu ein herrliches Kutzche Brot für die Kinder, wenn gibt. Zwei hat einer nun auf einmal. Vorbei das Quiemen. Schläft still. Im Hof knaut Hahns Katz. Die hat keine Kinder mehr.

*

Auf der Mitte der Brücke ging es nicht mehr weiter, Liesa brach unter der Last ihrer Reichtümer zusammen. Den Sack hatte sie schon die letzen Meter geschleift, der Koffer war zu Blei geworden, und der Rucksack riß sie nach hinten. Sie stützte ihn oben auf dem Brückengeländer ab, stöhnte, empfand eine kurze Erleichterung. Ihre Arme und Hände, mit roten Striemen übersät, waren taub und gefühllos geworden.
Unten floß die braune Mulde, brachte noch Reste der Gischt vom Wehr mit, das man von drüben, von der rechten Brückenseite, in so unendlicher Tiefe wahrnehmen konnte; Liesa wünschte, sie hätte die rechte Seite genommen, dann könnte sie jetzt ihren Blick in das tosende weiße Brodeln und Schäumen versenken, das einen fast hinunterzog, je länger man hinschaute. Ein paar Kinder kamen kreischend gerannt, um die Papierschiffchen zu erwarten, die sie auf der anderen Seite hineingeworfen hatten. Unten auf der Garteninsel blitzte Elfriedes abgegnubster Blondschopf zwischen Wäschestücken und Pflaumenbäumen auf, jetzt winkte sie herauf, zu ihr, oder zu den Kindern. Waren ihre dabei? Liesa schwamm alles vor den Augen, die lärmenden Kinder, die hellen Flecke da unten, das verwachsene, von hohem Gras und Brennesseln gesäumte Ufer des Flusses, der hinter dem Sägewerk eine Kurve machte und die Papierschiffchen weitertrug bis nach Amerika, nach Rochsburg und Lunzenau. In Lunzenau, da ist der Himmel blau, sangen die Kinder. In Peinig

war er heute auch blau, das sah Liesa noch, bevor der Rucksack sie nach unten riß und mit ihr, am Brückengeländer schabend, herunterrutschte. Sie fühlte, wie es plötzlich schwarz um sie wurde, Kinderstimmen etwas riefen, jemand sie unterfaßte und leicht, so leicht führte, über den eisernen Steg, durch Gras und Düfte, bis sie schließlich etwas Dunkles betrat und nach ein paar Schlucken heißer kräutriger Flüssigkeit wieder zu sich kam und sah, daß sie sich in Elfriedes Gartenlaube befand, umringt von neugierigen Kindern, Elfriede, dem alten Hempel und einem großen fremden Mann, der die Sonne im Rücken hatte.
»Mein Gepäck! Wo ist mein Gepäck?«
»Alles hier, Liesa. Mein Gott, ist das schwer. Wie hast du das nur schleppen können? Kein Wunder, daß du zusammensackst.«
Elfriede hob probeweise Sack, Koffer und Rucksack an. »Was ist denn da alles drin? Hier probier mal, Ekhard.«
»Ach, das ist nur alte Wäsche von zu Hause, die wir nach Berlin geschickt hatten. So, ich glaub es geht schon wieder. Ich muß nach Hause. Mutter wartet sicher schon. Danke für die Hilfe, Elfriede.«
»Ich bring Ihnen die Sachen nach Hause in die Badeanstalt«, sagte der Mann, den Elfriede Ekhard genannt hatte und der ihr irgendwie bekannt vorkam, obwohl sie sein Gesicht noch immer nicht richtig gesehen hatte.
Als sie hinter ihm über den eisernen Brückensteg ging und die große hagere Gestalt in einer unkenntlich gemachten Uniform ansah, wie er ihren Rucksack in der Hand trug, den Koffer und den Sack dazu, lässig und federnd, als wären sie ohne Gewicht, sein breiter Nacken, die dunklen Haare – das konnte ihr Mann sein, ihr Max, der die Sachen für ihr gemeinsames Leben mit schützender und sorgender Ernsthaftigkeit nach Hause trug, wie ein Familienvater, der nicht zuläßt, daß sein

Kind hungert und seine Frau sich in Gefahr begibt. Ein Moment der Geborgenheit, ein wärmendes Fühlen, das auch noch anhielt, als sie gegenüber vom Sägewerk, in der schmalen Gasse mit dem spitz aufragenden zerbombten Haus, hintereinander gehen mußten und Liesa sich, noch ein wenig schwindlig und schwach, an diesen Rücken klammerte, an die Illusion, die gleich zerfallen würde, wenn sie quer über den Marktplatz gingen und er ihr das Gesicht zuwandte.
Zielsicher nahm er den Weg am Schloß vorbei, das keines war, durch die Flinschstraße bis zur Papierfabrik, wo man durch die offenen ebenerdigen Fenster die ratternden Maschinen sehen konnte. Dieser Ekhard war einer, der sie offensichtlich so gut kannte, wie sie ihn zu kennen glaubte, aber er war nicht mit dem Flüchtlingszug aus Ostpreußen gekommen, wie sie zunächst vermutete.
Nach einer Weile des Schweigens lächelte er sie an, sagte etwas. Liesa hörte nur den sächsischen Tonfall, der Enttäuschung und Ablehnung in ihr auslöste.
Er war der Neffe des jähzornigen Hempel, dessen Schläge Elfriede offenbar vergessen hatte. Er sagte, daß er Liesa schon oft gesehen habe, was ja in einem Nest wie Peinig unvermeidlich sei, aber Liesa konnte sich nicht an ihn erinnern. Dabei war sie sicher, daß er ihr bestimmt aufgefallen wäre. Einen Moment lang glaubte sie, daß er es gewesen sein könnte, der ihr auf der Chaussee nach Tauscha als Max erschienen war und ihr den Apfel in den Schoß gerollt hatte.
»Nehmen Sie sich bloß vor dem Hahn in acht, diesem Erznazi, der jetzt die Russen zum kostenlosen Baden in seine Anstalt einlädt und demonstrativ als Hilfspolizist mit Armbinde herumläuft«, sagte Ekhard. »Läßt er euch wenigstens auch frei baden?«
»Manchmal«, erwiderte Liesa.

Eigentlich war es nur zweimal vorgekommen, als die Hahnsche gute Laune hatte. Besser, sie sagte nichts dazu, wegen Nazi und so, sie wußte doch, daß er wie Goebbels redete, wenn er sich sonntags mit irgendwelchen Männern unten im Badefoyer traf und nicht daran dachte, daß die gekachelten Wände den Ton laut schallen ließen. Vielleicht war es ihm auch egal, was die einquartierten armen Leute dachten.
Liesa mußte vorsichtig sein, jetzt, wo sie gerade ein Dach über dem Kopf hatten, endlich aus dem Massenlager in der Schule heraus waren, allein und ohne Schutz dastanden, mit dem ewig hungrigen und hustenden Kind und ohne Geld.
Es war ein eigenartiges, lange vermißtes Gefühl, neben einem Mann zu gehen, in ein Gespräch vertieft und dabei wieder Frau zu sein, eine Frau an der Seite eines Mannes, eine geachtete, verehrte Frau, der man die schweren Lasten abnimmt, die vielleicht sogar geliebt und begehrt wird, die einen festen Platz im Leben eines Mannes hat, auch wenn das natürlich nicht auf diese Situation zutraf. Es war nur ein Hauch von dem, was sein könnte, wenn es diesen verfluchten Krieg nicht gegeben hätte. Eine richtige Familie. Vater, Mutter und Kind. Ein schönes, behütetes, sicheres Leben mit Liebe, einer eigenen Wohnung, mit Erfolg, Ansehen und gutem Essen. Herrlichem Braten, zartem Gemüse, Wein, Kaffee und Schokoladenkuchen, Dinge, von denen Liesa immer träumte, wenn sie nicht von Max träumte.
Ekhard bestand mit ernster Besorgnis darauf, das Gepäck die Treppe hoch zu den hinteren Baderäumen und ihrer Kammer zu tragen. Die Hahnsche und die alten Männer, die auf der Rundbank unter der Glaskuppel saßen, schauten sie an, und Liesa glaubte, daß es andere Blicke als sonst waren, anerkennende Blicke, mit denen man seinesgleichen ansah. Ein wenig stolz war

sie schon, daß sich da jemand die Mühe machte, ihre Sachen durch Peinig zu schleppen und mit ihr zu sprechen, als gehöre sie hierher, als wäre sie ein richtiger Mensch und keine von den Pollacken, wie manche Leute hier die Flüchtlinge beschimpften.
Liesa wollte ihm oben schnell die Sachen abnehmen und sie selbst nach hinten tragen, damit Mutter ihn nicht zu Gesicht bekäme, aber da trat sie drüben schon aus der Tür, Brittchen auf dem Arm, blieb stehen wie eine schwarze Säule, wich zurück, und Liesa glaubte ein Entsetzen in ihren Zügen zu sehen. Ekhard verabschiedete sich schnell, sprang die Treppe hinunter und stieß fast mit Frau Hahn zusammen, die bestimmt aus lauter Neugier heraufkam, so tat, als müsse sie die offenen, unbenützten Baderäume inspizieren. Liesa gefiel es gar nicht, daß Mutter auf einmal lächelte. Das hatte nichts Gutes zu bedeuten, und Liesa wußte auch schon, was.
»Bringst jetzt al wieder einem Kerl angeschleppt? Fang das bloß nicht hier auch an! Wer war denn das? Nun komm erst mal rein. Ich hab ja schon so gelauert. Endlich kommst du, endlich! Hast ja keine Ahnung, was einer hier aushalten mußte. Das Gebölk die ganze Nacht und die dammligen Pomuchelsköppe klopften al wieder an die Wand. Und das Schlimmste heute früh bei Schaufuss.
Eine Riesenschlange, ich mit dem Spicken im Rücken und dem schweren Kind auf dem Arm, und da ruft doch einer hinter mir: ›Flüchtlingspack!‹ Ich kick mich um, das war für uns. Hinten die Hahnsche mit ihrem Gnos, der kräht es nach: ›Flüchtlingspack.‹ Gibt ihm eins drauf. Weiß ja nicht, was es sagt, so ein Kind. So graurig sind die Menschen hier, so graurig. Wer soll das aushalten. Früher in Kalkeningken waren wir die Herrschaft, in Popelken waren wir Pracher, und hier in Pei-

nig sind wir Abschaum. Wenigstens die Knorrsche war nicht so, hat mir ein gutes Stückche Speck gegeben, gut durchwachsen. Da mach ich dir nachher Bratkartoffeln. Aber nun zeig, was hast mitgebracht? Meine Güte, wie hast das alles nur geschleppt, armes Kind? Hat dir bei wenigstens einer geholfen? Keiner hilft einem hier. Einer dem andern sein Teufel.«

Liesa war zu kaputt, um auf das Lamentieren zu antworten, selbst für die Wut, die sie auf ihre Mutter empfand, war sie zu schwach, lag wie hingeschlagen auf der Matratze und sah zu, wie Brittchen mit der Flickerpupp spielte. Trank ein wenig vom Apfelschalentee und fiel dann in ein Loch mit braunem Modder, immer tiefer in immer mehr Modder, immer weiter entfernt vom Licht da oben, einem runden hellen unerreichbaren Fleck. Aber sie mußte hinauf, sie mußte einfach, weil heute Mittwoch war und weil man nur mittwochs Späne im Sägewerk bekommen konnte, weil sie nur in Hahns Küche kochen durften, wenn sie Späne brachten, weil das Kind den Klunkermus brauchte, weil sie doch verantwortlich war, für das Kind und für die Mutter, weil sie, das arme, kleine, verhätschelte Lieske, jetzt den Familienvater ersetzen mußte, Geld verdienen, arbeiten, immerzu, ob sie nun konnte oder nicht, ob sie geschlafen hatte oder nicht, ob sie unglücklich war oder nicht, ob krank oder gesund, sie mußte einfach aus dem Loch heraus. Nicht einschlafen, jetzt nicht einschlafen.

Mutter hatte den Spänesack, den sie mitnehmen mußte, als erstes leergemacht, saß vor den Popelker Schätzen mit roten Bäckchen im fahlen Gesicht, voll ehrlicher, seltener Freude. Wann hatte sie sich das letzte Mal so gefreut? Wie lange war das her? Vorbei und vergessen war die Schmach bei Bäcker Schaufuss, das Spicken im Rücken und die geschwollenen Füße. Inbrünstig sank Mutter auf die Knie und dankte dem Herrgott, daß er ein Stück Heimat durch all die Kriegswirren bis hierher gebracht hatte, sang ihm zu Ehren ihr schönstes Lied: »Herrlich, herrlich wird es einmal sein, wenn wir ziehn von Sünden frei und rein ...«, mit hoher, zittriger Stimme wie in der Popelker Kirche sang sie, bis Brittchen sie unterbrach und nach Säuberung schrie, gerade jetzt, da die Koddern, die sie als Windeln benutzten, noch feucht auf der Leine zwischen den beiden Badestühlen hingen.

Liesa kam aus dem Loch nicht heraus, aber sie wurde wach, während Mutter windelte, weiter auspackte, immer neue Entzückensrufe beim Anblick der heimatlichen Gegenstände ausstieß und immer wieder Jesus Christus aus tiefster Seele dafür dankte, daß er ihr diese geliebten Dinge geschickt hatte.

»Schwer getragen hat er dabei nicht«, sagte Liesa, während sie aufstand, die beiden Säcke nahm und runter zu Hahns ging, um den Handwagen zu holen, den sie sich manchmal ausleihen durfte. Ausgerechnet jetzt fütterte der Hahn seine Hasen im Hof, nun mußte sie ihn noch mal fragen,

»Bringen Sie uns einen Sack Späne mit, Frau Grigull? Hier ist ein leerer Sack. Sagen Sie mal, war das Ihr Mann vorhin? Ist er endlich gekommen?«

»Nein, das war nicht mein Mann. Ich weiß nicht, ob es drei Säcke gibt und ob ich sie auf den Wagen kriege.«

»Warten Sie. Hier, nehmen Sie den Strick zum Festbinden, dann wird es schon gehen.«

Liesa ging den gleichen Weg wie vorhin wieder zurück, über den Markt, durch die Gasse, dann über die kurze, breite Steinbrücke, wo man schon das Kreischen der Sägen hören konnte. Es waren einige Leute mit ihren Säcken da, und Liesa sah gleich, als sie die Halle mit dem fliegenden Holzstaub betrat, daß es nicht für drei Säcke reichen würde, auch schienen die Späne etwas

feucht zu sein. Mit beiden Hände schaufelte sie wie wild in ihren Sack, stopfte nach, band zu, holte den nächsten. Es roch nach Holz und Staub.
Einer der Arbeiter, dem der Zeigefinger an der rechten Hand fehlte und der sich ihrer immer ein wenig annahm, winkte sie auch diesmal nach hinten zu einem gesonderten Haufen in einer dunklen Ecke, half ihr einschaufeln und sah sie dabei mit glasigen Augen von der Seite an. Als der Sack voll war, kam er näher, um beim Zubinden zu helfen. Unvermittelt spürte sie seine Hände auf ihrem Körper und seinen Atem an ihrem Ohr. Ihr überraschter Schrei und seine heiseren Worte gingen in dem Gekreisch der einsetzenden Sägen unter. Er preßte sie an sich, Liesa fühlte etwas Feuchtes in ihrem Ohr und eine Hand zwischen ihren Beinen. Ehe sie noch zur Besinnung kam und gegen die Umklammerung ankämpfen konnte, ließ der Arbeiter los, lachte und verschwand in der Tiefe der staubdurchflirrten Halle.
Liesa stand einen Moment wie betäubt da, wütend und zornig. Konnte denn jeder mit ihr machen, was er wollte? Konnte jeder nach Belieben über sie verfügen?
Zwei Säcke waren fest gestopft, für den dritten blieb nichts mehr übrig. Der alte Hahn würde ihr das natürlich nicht glauben. Aber sie konnte nichts dafür. Immer blieb alles an ihr hängen.
»Ich kann nicht mehr!« sagte Liesa laut in den von Lärm erfüllten Hof hinein. Arbeiter schleppten Bretter, Leute luden Säcke auf. »Hört ihr, ich kann nicht mehr.«
Liesa bekam den Handwagen einfach nicht über die kleine Steigung und den hochgewölbten eisernen Gullideckel, immer wieder rollte er zurück. Ein Pferdefuhrwerk kam jetzt mit Baumstämmen beladen über den Kanal auf die Sägewerksinsel zu.
Ein warmer mitleidiger Blick aus dunklen Pferdeaugen

traf sie im Vorüberziehen, so traurig, so schwer, daß ihr die Tränen aus den Augen stürzten, unaufhaltsam, immer mehr, als ob ihre zermarterten Eingeweide sich auflösten und nun aus ihren Augen flössen; hier hinter einem Stapel langer Holzbretter kam alles aus ihr heraus, hier in dem Geruch von Moder und feuchtem Holz, beim Anblick der prallen Säcke und der kaputten Deichsel des Handwagens kam die Heimatlosigkeit heraus und die Liebeslosigkeit, der Hunger und die Sehnsucht, all das Unerträgliche, das sie doch ertragen mußte. Liesa weinte über ihr Leben, über ihre Schwäche, über die Verlierbarkeit der Dinge, über die Vergeblichkeit allen Tuns, darüber, daß es gerade sie getroffen hatte, gerade sie, die nicht genug Kraft dafür hatte, es blieb doch nichts mehr von ihr übrig, sie hatte doch schon alles hergegeben, fast alles.
Das Pferd, das aussah wie früher die dicke Jule in Skirbst, trabte mit dem leeren Wagen müde wieder hinaus. Liesa kroch hinter dem Stapel hervor, glättete ihren naßgeheulten Rock. Es blieb ihr nichts anderes übrig, als weiterzumachen. Aus Tränen wurde keine Milch, und ohne Herdfeuer gab's kein Klunkermus. Liesa stemmte sich von hinten gegen den Wagen und kam mit letzter Kraft über die gewölbte kurze Steinbrücke hinweg.

*

Am nächsten Morgen ging Liesa nicht wie geplant zum Ährenlesen in Richtung Langenleuba-Oberhain, sie ging auch nicht in Weitfelds Firma, um Schuhcreme einzufüllen und Lippenstifte zu formen. Es war bereits gegen Mittag, als sie von einem Klopfen an der Tür hochschreckte. Durch das schmale Fenster, noch mit Mutters Schürze verhangen, drängte die Septembersonne herein und zeichnete scharf die blauen Ornamente des Schürzenmusters ab. Auf dem Tisch vor dem Fenster lag alles zum Frühstück bereit, das Brot, die englische Marmelade, Teller, Messer, Trinktopf.

Niemand war da.

Auf Mutters Matratze waren die Decken sorgfältig zusammengelegt, vom Kinderbett her lachte Brittchens Flickerjule mit ihrem breiten Mund aus rotem Stopfgarn herüber. Da erst bemerkte Liesa, daß sie in weißer Damastwäsche lag, in herrlich feiner Wäsche mit Kreisen und Blütenblättern, die sich glänzend von stumpfem Weiß abhoben, mit Lagefalten und Knickstellen wie all die unbenutzten und immer geschonten Wäschestücke, und nun hatte Mutter, die große Schonerin, die gute Damastwäsche, die sogar zu Hause zu schade zum Benutzen war, hier auf die alten Decken gezogen, hatte das zarte Laken auf der Matratze ausgebreitet, wo es an den Seiten herunterhing und auf den Bodendielen schleifte.

Gestern abend hatte sie nichts von dem hochherrschaftlichen Bett bemerkt, war nach dem Späneholen zusammengesunken und hatte nur noch wie von fern in den Traumpausen die Abendbrotaufrufe und das Kindergebrabbel gehört und gespürt, wie sie ausgezogen und mit nassem Lappen bearbeitet wurde, ein feuchtes Fußkitzeln, bevor sie ganz hinabglitt zu ihren Träumen von Teufelsfratzen, die ihr dicht auf den Fersen waren, sie keuchend im Nebel verfolgten.

Es klopfte noch einmal. Herr Hahn trat in seinem grauen Arbeitskittel auf ihre Aufforderung hin in die von gedämpftem Licht durchflutete Stube, in der das weiße Bett inmitten der dunklen Wände und Gegenstände hervorstach und funkelte.

»Ihre Mutter sagte, daß es Ihnen nicht gut geht. Da wollte ich fragen, ob ich irgendwie helfen kann. Brauchen Sie etwas?«

»Nein, nein. Vielen Dank. Es geht auch schon wieder, ist nichts weiter. Tut mir leid, daß ich Ihnen gestern keine Späne mitbringen konnte. Es war nichts mehr da, es reichte nicht.«
»Das macht doch nichts.« Mit diesen Worten trat er ein paar Schritte weiter in die Stube auf Liesas Lager zu, die sich unbehaglich da unten fühlte, aber auch nicht aufstehen und sich in ihrem improvisierten Pyjama, einem von Frau Bartuschat organisierten weißen Fechtanzug, präsentieren wollte.
»Frau Liesa, das macht nichts. Ich habe Kohlen bekommen. Heute wird wieder geheizt und gebadet, und ich dachte mir, daß Ihnen ein heißes Bad gut tun würde. Hier ist der Schlüssel zur Nummer 17. Die Mutter und das Töchterchen können Sie selbstverständlich mitnehmen. Ach, Frau Liesa …«, seufzte er und setzte sich an den Tisch, das pockennarbige Gesicht unverwandt auf sie gerichtet … »Welch schöne Bettwäsche Sie haben und wie schön Sie darin aussehen … wenn auch etwas blaß … Kein Wunder in diesen Zeiten und so, wie Sie arbeiten. So ganz allein als Frau, das muß doch auch nicht einfach sein. Wissen Sie, was meine Frau immer sagt? Die Frau Grigull hat es noch schwerer als unsereins, der hat der Krieg die Heimat und den Mann gekostet. Aber er wird ja noch zurückkommen. Gestern, als sie in Begleitung mit dem vielen Gepäck aus Berlin heimkamen, dachte ich schon, das muß er sein. Jetzt ist der Herr Grigull gekommen. Na, das war er ja nun nicht. Ach, der Krieg hätte nicht so ausgehen müssen, es hätte eigentlich alles ganz anders kommen können, und sie könnten noch zu Hause in ihren Pepaken sein.«
»Popelken.«
»Ach ja, Popelken. Diese komischen Namen kann man sich nicht merken. Außerdem stimmen sie nicht mehr. Der Führer hat ja all diesen Orte da oben gute deutsche

Namen gegeben, und Ihr Popelken gibt's seit 1938 nicht mehr, seit es Markthausen wurde. Das hat uns Ihre Mutter erzählt. Aber ich kann ja verstehen, daß man am alten festhält, an dem, was man gewohnt ist, und erst recht so ein junges Mädchen, das zur Frau erblüht, das ganz andere Dinge im Kopf hat ...«

Er saß breitbeinig auf dem Stuhl, drehte abwechselnd das englische Marmeladenglas und den Badeschlüssel auf dem Tisch herum, während er starr auf Liesa herabblickte, die sich tiefer in ihr weißes Kissen vergrub, übermannt von Angst und Widerwillen vor diesem Mann, vor seinen unruhigen behaarten Händen, vor seinem grinsenden alten Gesicht. Sie waren allein in dieser dämmrigen Kammer, sie da unten, er da oben. Eine von den Teufelsfratzen. Die entwürdigende Szene aus dem Sägewerk fiel ihr wieder ein, der elende, widerliche Kerl, der sich auch unter der Maske der Hilfsbereitschaft herangeschlichen hatte, aber diesmal würde sie geistesgegenwärtig sein und den Stuhl, den sie im Notfall zu sich heranreißen konnte, als Waffe benutzen, wenn er es wirklich wagen sollte, sich ihr zu nähern. Liesa war auf alles gefaßt. Gegen Hahn würde sie sich wehren, nicht einen Grapscher erlauben, dem wollte sie die Stuhlbeine in Bauch und in die Weichteile rammen.

Liesa hatte sich im Bett aufgekauert, war gespannt und bereit. Den Kampfanzug trug sie ja schon. Der sollte nur kommen ...

Unten in der gekachelten Halle erscholl das gellende Kreischen von Marlene, danach Schimpfen und Frauenstimmen, und nicht lange, dann tappten Mutters Schritte über den oberen Badeflur.

Sie öffnete die Tür, setzte Brittchen und den Rucksack auf den Boden und stand starr im Raum, als sie Hahn, der sich erhoben hatte, an Liesas Lager stehen sah.

»Sie können heute baden, Frau Idell. Ich habe Kohlen organisiert«, sagte er und tätschelte Brittchen im Hinausgehen. »Kannst auch mit in die Wanne, kleiner Schreihals.«
»Was wollte der griese Kujel hier! Was hat der alte Sadrach sich hier rumzutreiben«, brummte Mutter wütend in gepreßtem Tonfall, als sich Hahns Schritte in Richtung Küche entfernt hatten. »Der sollte sich was schämen. Kann einer nicht dem Rücken kehren, schon ist wieder was los. Was hast dem reingelassen. Bleib man noch liegen. Ruh dich man aus. Ich war bei dem Weitfeld und hab gesagt, daß heute nicht zu arbeiten zwingst, daß krank bist. Sieh mal, was ich alles für die sechs Tassen bekommen habe. Und weißt wo? Ich ging an dem Weitfeld vorbei die Reitzenhainer Straße hoch einfach weiter auf gut Glück, und dann links ab, wo auch große Gärten sind. Da sind noch zwei Bauern. Ich zeigte die guten Tassen, sagte, mein Enkelkind hat Hunger, und schon gaben sie mir, vier Eier, Kartoffeln, Weizen und Pflaumen. Lieske, jetzt haben wir viel zu essen, jetzt sind wir reich!«
»Und gute Damastwäsche haben wir auch. Wie zu Hause.«
»Ja, da staunst, was? Hast gestern abend gar nicht gemerkt, so zuschanden warst.«
»Aber warum nur für mich, Mutter. Warum nimmst du nicht auch. Da ist doch noch viermal zu beziehen.«
»Ich werd doch nicht die gute Wäsch nehmen. Wo denkst du hin. Für mich altem Pracherweib sind die Pferdsdecken gut genug. Aber jetzt geht an Mittag. Heute gibt ein Festessen. Bratkartoffel mit Speck und Eier. Da werdet ihr euch alle Finger lecken. Ganz wie zu Haus, Lieske.«
Als sich Liesa von ihrem Luxuslager erhob, wurde ihr schwarz vor den Augen und dann noch einmal, als sie

nach einer Katzenwäsche in ihr weiß-blaues Blümchenkleid schlüpfte. In Hahns Küche, wo sie das Waschwasser ausschütten ging, lagen zwei Briefe für sie auf dem Küchenbüfett, einer von Franz aus Berlin und einer vom Suchdienst des Roten Kreuzes. Auf dem Herd brodelte unbeaufsichtigt ein Topf mit Suppe, der Deckel wurde von blasigem Schaum angehoben und tänzelte klappernd rundum.

Mutter kam mit den geschälten Kartoffeln herein, nahm Liesa, die zögernd, abwehrend und unentschlossen auf die Umschläge starrte, die Briefe aus der Hand, öffnete und überflog sie und steckte sie schweigend und ohne aufzusehen in ihre Schürzentasche, als die Hahnsche hereinkam, um nach ihrer Suppe zu sehen.

»Guten Tag zusammen. Sie sehen aber heute schlecht aus, Frau Grigull. Ich hoffe, es sind keine schlimmen Nachrichten in dem Rotkreuz-Brief?« fragte sie, während sie in ihrem Topf rührte und ihn, obwohl er schon überkochte, nicht von der heißesten Ofenstelle nahm, so daß Mutter ihren Topf nur hinten an den Rand stellen konnte.

»Wir haben den Brief noch nicht gelesen, Frau Hahn.«

»So, noch nicht gelesen. Also, wenn Ihr Mann zurückkommt, dann wird es ja wohl zu eng in der Kammer. Und einen weiteren Raum können wir Ihnen wirklich nicht geben, jetzt, wo wir den Badebetrieb bald wieder regelmäßig aufnehmen. Man hilft ja gern in Zeiten wie diesen, aber irgendwann möchte man ja auch mal in seinem Haus allein sein.«

In diesem Augenblick drang aus ihrer Kammer plötzlich ein dumpfes Klirren und Platzen und ein überraschter Kinderschrei, auf den ein Moment unheimlicher Stille folgte.

Mutter und Tochter ahnten Schlimmes, und wirklich – Brittchen hatte die wertvolle englische Marmelade vom

Tisch gerissen, das Glas lag zerschlagen auf den Dielen, die gelbgläserne Masse ergoß sich über die spitzen Glastrümmer und breitete sich auf den mit Weitfeld-Wachs rötlich gebohnerten Dielen aus.

»Aaskreet, du dammliger Aaskreet … was hast du getan! Die gute Marmelad, die schöne Marmelad! Nicht ein kritzche hab ich davon zu essen gewagt, immer nur für euch geschont, und nun hat der dammlige Gnos es verspenkert auf die splittrigen Dielen. Acheu, acheu … achott … achott! Schnell bring dem Teller, schnell aufkratzen. Jetzt, wo es auf die Erd liegt, kann ich auch davon kosten. Jetzt ist es für dem Paslak gut genug. Gott, erbarme dich!«

Brittchen, die bis dahin still und erstaunt auf die von ihr angerichtete Katastrophe geschaut hatte, fing jetzt an zu schreien, röchelte, hustete, weinte, von Liesa gewiegt und getröstet.

»Mutter, bitte. Brittchen kann nichts dafür. Sie ist doch ein Kind. Und ohne die Marmelade werden wir auch weiterleben.«

»Nur ein Kind«, äffte Mutter nach, »nur ein Kind. In diesen Zeiten Kinder in die Welt setzen, die einem die Haare vom Kopf fressen. Einer gönnt sich nuscht, hungert, bloß damit der Gnos was hat. Der Franz hat es organisiert, du hast es geschleppt, und nun liegt es da. Was hätten wir dafür eintauschen können, wer weiß, wieviel Mehl wir dafür bekommen hätten. Kaum hat einer dem Rücken gekehrt, hat der Gnos wieder was berissen. Denkst, ich hätt nicht auch gern was Feines. Aber ich bezähm mich, bloß, daß man für euch was bleibt.«

Mutter schabte die letzten süßen Reste vom Boden, leckte ihre Finger ab und rührte dann in der aufgekratzten Marmelade herum, um die Glassplitter herauszusuchen. Während des Mittagessens saß sie mit finsterem Gesicht, boßig und stumm am Tisch und aß aus Protest nicht ein Hachel vom gebratenen Ei, und auch die Speckspirgel klaubte sie sorgfältig aus ihren Bratkartoffeln, um sie Liesa auf den Teller zu schieben. Brittchen mundeten die zerdrückten Bratkartoffeln mit Ei so gut, daß sie ihre Ärmchen nach der Pfanne in der Mitte des Tisches ausstreckte. Sie hatte das tragische Ereignis längst vergessen, während es bei Mutter erfahrungsgemäß etwas länger dauerte, bis die aufgeputschten Nerven zur Ruhe kamen.

Als sie sich danach zum Baden fertig machten, als Liesa schon in Schlorren dastand, Handtuch und frische Wäsche unterm Arm, lockerte sich Mutters Zorn auf die Welt. Sie sprach wieder, wenn auch nur das Nötigste. Mutter legte ihre Schürze ab, holte die Briefe hervor, gab sie Liesa und sagte: »Da, lies selbst.«

II

Nachdem tagsüber die Wagen der Trecks in Richtung Westen aufgebrochen waren, wurde versucht, die übriggebliebenen Menschen mit Wehrmachtswagen vor der bedrohlich heranrückenden Front in Sicherheit zu bringen, bis dann am Abend des 20. Januar 1945 der Abtransport der Zivilbevölkerung aus Popelken eingestellt wurde. Einige versuchten noch, im Chaos des Rückzugs der deutschen Truppen einen Platz auf einem der durchfahrenden Wehrmachtswagen oder auf einem der letzten abfahrenden Pferdefuhrwerke zu finden, für die es auf der verstopften Chaussee kaum noch ein Durchkommen gab. Andere waren zu spät gekommen oder hatten gezögert, sich zu den auf dem Marktplatz versammelten Menschen, die auf ihren Abtransport warteten, zu gesellen, galt es doch jegliche Habe zurückzulassen und nur das nackte Leben zu retten.

Zu spät war es auch für Agnes Genske und ihren Bruder, den bekannten Söffke Alfred, die sich nicht rechtzeitig zum Aufbruch entschließen konnten. Es war unvorstellbar, die Gärtnerei, den Obstgarten, die Wiese und das Wohnhaus allein zu lassen, all die Blumen, das Gemüse in den Gewächshäusern, die tägliche Pflege benötigten. Sie konnten doch ihre Pflanzen nicht im Stich lassen, Lebewesen, die Wasser und Zuspruch benötigten. Außerdem hatte Agnes bis zuletzt die Hoffnung genährt, daß der liebe Gott, dieser Retter in höchster Not, den sie in all den guten Jahren nicht nötig gehabt hatte, ihr verzieh und das Allerschrecklichste noch im letzten Moment abwenden würde. Selbst die Fluchtvorbereitungen in den letzten Wochen, das Packen der Kisten mit dem guten Tafelsilber, der unbenutzten Aussteuerwäsche und all den anderen entbehrlichen wertvollen Dingen, die zusammen mit den Kisten von Emmchen und Lieske nach Berlin zur Schwester vom Franz abgegangen waren, hatten sie nicht glauben lassen, daß es so weit kommen könnte, daß sie selbst fortmüßten. Die Kisten mit den Erbstücken konnte man aus Berlin zurückbeordern, und Franz, der Feigling, der längst dort in Sicherheit saß und sie in Briefen beschwor, endlich zu kommen, würde sich schon um alles kümmern.

Vor vielen Jahren hatten sie heiraten wollen, aber dann überlegte sie es sich anders, er wäre ihr nicht fein genug gewesen, behaupteten damals die Lästerzungen, aber das stimmte natürlich nicht, und nun waren sie seiner Auffassung nach schon dreißig Jahre verlobt.

Franz war es natürlich leichter gefallen zu gehen, er mußte nur seine Haut in Sicherheit bringen, er ließ keinen Besitz zurück, kein Haus, keinen Garten, keinen Betrieb. Er besaß nicht mal eine richtige Wohnung, und seine Arbeit als Vertreter für Landmaschinen hatte er auch verloren. Kein Wunder, daß er sich an die listige, kluge, vermögende Gärtnereibesitzerin in den besten Jahren klammerte und darüber wachte, daß sie die eiserne Junggesellin blieb, die sie höchstwahrscheinlich auch ohne sein Zutun geblieben wäre, denn in Popelken und Umgebung gab es keinen Mann, der Agnes Genske das Wasser reichen konnte. Nein, einen Mann hatte Agnes nicht, aber eine Tochter, die beinahe die ihre war: Lieske, die kleine spiddrige Marjell, die im Nebenhaus mit ihrer komischen und stets verbitterten Mutter lebte und die zu einer schönen jungen Frau herangewachsen war, die geheiratet hatte und selbst Mutter geworden war, Lieske, die Tochter von Eugen, dem jüngsten Bruder von Agnes, der, als Lieske 1915 geboren wurde, im Krieg war und kurz darauf fiel.

Zur Heirat mit Emmchen war es nicht mehr gekommen, und vielleicht wäre es auch nie dazu gekommen, wenn er wieder nach Hause gekommen wäre. Emmchen verlor nie wieder ein Wort über Eugen, alles blieb in geheimnisvolles Dunkel gehüllt, und Lieske sollte nie etwas über ihren Vater erfahren, wenn es denn wirklich Eugen war, wofür allerdings ihr lebhaftes Wesen, der feingliedrige Körperbau und die flachsblonden Haare sprachen. Emmchen hatte alles mögliche versucht, um die Schande loszuwerden, war mehrmals vom Schuppendach gesprungen, hatte es mit Rotwein und Kräuter versucht, alles vergeblich. Selbst das alte litauische Rezept: ein Kilo Tabak abkochen und die Flüssigkeit trinken, hatte sie ausprobiert. Alles erfolglos. Selbst das Wurachen mit einer Stricknadel brachte außer einer Blutung kein Ergebnis.

Liesa überlebte alle Mordanschläge, trat gesund, wenn auch etwas spacheistrig in die Erdatmosphäre ein und bestimmte fortan das Leben ihrer Großmutter, ihrer Mutter, ihrer Tante Agnes und einiger anderer Leute. Das Haus von Agnes und Alfred war für Liesa immer Schutz- und Fluchtpunkt, wenn sie es zu Hause nicht mehr aushalten konnte, wenn ihr das ewige Jammern, Schimpfen und Klagen auf die Nerven ging und die wütende Liebe der Mutter ihre Seele würgte. Dann wußte sie, wohin. Unter den Kirschbäumen im Gras liegen, zu Alfred in die nach Erde und Wodka riechenden Gewächshäuser kriechen, mit Tante Agnes im Anbau sitzen und Kränze flechten oder später in Genskes guter Stube die Karten legen und ein Glas vom süßen, vor Alfred versteckten Portwein trinken. Liesa war genau wie Eugen ein Bücherwurm, immer hatte sie ein Buch zu Hand, immerzu las sie und träumte sich weg in ein anderes Leben, in andere Welten, in große Städte, in ferne Zeiten, zu anderen faszinierenden Menschen. Wie gern sie wegwollte aus dem engen Popelken, wie gern sie studiert hätte ... Agnes hatte manchmal schon daran gedacht, es ihr zu ermöglichen, aber dazu hätte sie ihre Ersparnisse angreifen müssen, was ihr zwar schwergefallen wäre, was sie aber angesichts der Tatsache, daß Liesa der einzige Nachkomme der Genskeschen Sippe war, auch getan hätte, wenn Liesa sie darum gebeten hätte. Liesa kam natürlich nicht auf diesen Gedanken, weil sie nichts von dem heimlichen Reichtum ahnte.

Einmal hatte Liesa sich bei der Mädchengewerbeschule in Königsberg – im Volksmund Klopsakademie genannt – erkundigt, aber Mutter fing den Brief ab, und es gab ein Riesengeschrei. Nach dem Abschluß der Mittelschule wurde für Liesa eine Lehrstelle bei dem dicken Backendorff besorgt, und später, als der Pleite machte, lernte sie im Drücklerschen Laden weiter und arbeitete dann in der Mühle bei Lotzes.

Agnes wollte die Liesa in ihrer Nähe haben, und deshalb unterstützte sie auch ihre zaghaften Ausbruchsversuche nicht, die Absicht, eine Stellung und ein Zimmer in Insterburg oder gar im fernen Königsberg zu suchen. Liesa sollte hierbleiben und später einmal die Gärtnerei von ihr erben. So war es beschlossen, das waren die Pläne von Agnes, und Liesa war nach Jahren auch einverstanden, sah ein, daß sie von diesem Popelken, das sie mit liebevollen, eisernen Schraubstöcken umklammert hielt, nicht loskam, und als sie sich in Max, den jungen Schriftsteller aus dem Nachbardorf Sprakten verliebte, wußte sie, daß sie auch hier glücklich werden konnte, daß auch hier das so ersehnte

wahre Leben stattfand und daß man dazu nicht in die Metropolen ziehen mußte.
Doch das Glück war nur von kurzer Dauer. Max wurde bereits 1939 eingezogen – zum Krieg der Nazis, zur Errichtung des tausendjährigen Reiches. Dafür mußte er kämpfen, dafür opferte er seine Gesundheit, dafür lag er in Rußland in Schützengräben, die nur allzuoft zu Gräbern wurden, dafür wurde er viermal verwundet und ebensooft dekoriert. Doch der Hitlersche Traum vom Raum im Osten wurde zum Alptraum, es gab immer weniger Raum im Osten, die Rote Armee rückte immer näher, und sie wütete dabei genauso gegen die Deutschen, wie die Deutschen in Rußland gewütet hatten und wie es wohl in jedem verdammten Krieg auf dieser Erde geschieht.
Sechs lange Jahre hatte Liesa auf das Ende des Krieges und auf die Heimkehr von Max gewartet, sechs unendlich lange Jahre des Wartens und Bangens, der ständigen Angst und Verzweiflung, unterbrochen von kurzen Fronturlauben, der Hochzeit am Neujahrstag 1942 und der Geburt von Brittchen neun Monate später. Gekämpft wurde irgendwo in der Ferne, dann aber war trotz der gemeldeten Siege immer öfter die Rede davon, daß man, falls die deutsche Wehrmacht immer weiter zurückgedrängt würde, aus Ostpreußen werde fliehen müssen. Ein unvorstellbarer, ein undenkbarer Gedanke. Und Liesa, die sich so sehnlichst gewünscht hatte, das enge, kleine Popelken zu verlassen, wünschte sich nun nur eines: bleiben zu können, Ruhe zu finden, eine vollständige Familie zu haben. Mit einem Schlag war nun das herrliche, glückliche, ruhige Leben – so erschien es jedenfalls im nachhinein – zu Ende; obwohl erwartet, hatte man doch nicht so recht daran geglaubt.
Tante Huldchen, Emmchens Schwester, hatte ihr Gut Skirbst im Memelland bereits im Herbst 1944 verlassen

müssen, und Liesa war später noch einmal mit Erwin, Huldchens Sohn, ihrem Spielgefährten aus Kindertagen, auf den verlassenen Hof zurückgekommen. Wie hatte sich ihnen das Herz zusammengeschnürt beim Anblick dieses Totenhofes? Und nun waren sie selbst an der Reihe.
Am Vormittag des zwanzigsten Januar ging Liesa sogar noch wie sonst zur Arbeit in Lotzes Mühle, aber Lotzes waren schon im Aufbruch begriffen, sie beluden in heller Aufregung ihren Leiterwagen und schickten Liesa nach Hause. Nachmittags kam dann der Befehl zur Evakuierung, hinausgezögert bis zum letzten Moment. Auf der Straße ein heilloses Durcheinander, Scharen beladener Flüchtlinge, abziehende Soldaten. In der Ferne das deutliche dumpfe Grollen der heranrückenden Front.
Dreifach und vierfach Jacken und Pullover anziehen, der Mantel geht kaum noch zu, Wolldecke, die Tasche mit Essen und den Dokumenten, einen Rucksack mit den nötigsten Dingen, alles stand bereit. Brittchen im Sportwagen, eingezwängt zwischen Mehl und Zucker und Brot, eingehüllt in den Fuchs von Tante Agnes. Eiskalt ist es auf dem Popelker Marktplatz. Eingemummte Menschen werden auf Lastwagen verladen. In Labiau soll ein Zug warten. Er steht auch da, ein Güterzug mit niedrigen offenen Wagen, er ist schon übervoll, man will niemanden mehr hereinlassen. Doch da, die Bartuschatsche winkt ihnen zu. Hierher! Lieske! Kommt rein! Sie zerrt den Kinderwagen hoch, Lieske schiebt Mutter von hinten nach, drängt sich hinein.
Der Zug fährt nicht ab. Worauf warten sie noch? Auf noch mehr Lastwagen mit noch mehr Menschen? Ein Schieben und Drängen und Heben und Knuffen ist das. Das Grollen rückt näher. Die Front soll nur noch zehn Kilometer weg sein, nur noch sechs, heißt es. Bald wer-

den sie da sein, bald wird der rote Fronthimmel mit den zerplatzenden Christbäumen hier sein, bald wird der Schreckensruf: »Die Russen kommen!« auch hier ertönen. Endlich ruckt der Zug an, die Lokomotive faucht, sprüht Funken. Sie fahren, sie sind auf dem Weg nach Westen, jede Minute ist ein Schritt in Richtung Sicherheit. In der Dämmerung verblaßt der Horizont, den sie hinter sich lassen.

Sie rollen, unten die Räder und oben der kalte offene Sternenhimmel, der sie begleiten wird, wohin sie auch fahren.

Doch wo ist Tante Agnes geblieben? Mit welchem Transport ist sie gekommen? Ist sie irgendwo hier im Zug, oder steckt sie mitten in den großen Trecks, die überall die Landstraßen verstopfen, mitgenommen von Lotzes oder von Rigoleits?

Ich komm gleich! hatte sie Lieske zugerufen, als sie sich auf den Weg zum Sammelpunkt machten. Da stand sie in ihrem winterlichen Garten, an den zugeschneiten Himbeerbüschen, still im aufgeregten Durcheinander, das auf der Straße herrschte, still stand sie und winkte den beiden Gestalten, die gemeinsam den Kinderwagen schoben, hinterher.

*

Die Tiefflieger kamen jetzt so niedrig, daß Agnes die roten Sterne auf den Tragflächen erkennen konnte und manchmal auch einen russischen Piloten in der Kanzel sitzen sah. Sie stand am Fenster, zuckte zurück. Hinter dem Wäldchen stiegen Leuchtkugeln in den Himmel, gelb und grün. Wo war das? In Mehlawischken? Was hatte das zu bedeuten? War es jetzt so weit?

Immer noch tauchten zurückmarschierende deutsche Soldaten auf der Straße auf, auch wenn es immer weniger wurden, die, gehetzt und verdreckt, vorbeizogen,

die erstaunt und entsetzt darüber waren, daß sie hier, so dicht an der Front, noch so viele Frauen und Kinder antrafen, die man bis zuletzt im Ungewissen gelassen hatte und die darauf vertraut hatten, daß man sich noch um sie kümmern werde. Doch jetzt gegen achtzehn Uhr war alles zu spät, der offizielle Abtransport der Bevölkerung war vorbei.
Wer Pferd und Wagen besaß, konnte nur noch in letzter Minute versuchen, davonzukommen, auch wenn die Chaussee überfüllt war. Rechts die Pferdefuhrwerke, Leiterwagen, Karren, beladen mit Hausrat, Wagen mit flatternden Planen, ein chaotischer Zug, der nur im Schrittempo vorankam. Links die Kolonnen der Wehrmachtsfahrzeuge, Munitionswagen, Panzer, auf ihren breiten Ketten kriechend, die Geschützrohre wie Rüssel in die Luft gestreckt, Lastwagen, die Flüchtlinge aufnahmen, deren Wagen zusammengebrochen am Straßenrand lagen oder die einfach ihre Wagen stehen ließen, um schneller wegzukommen.
Krachende gelbe Blitze am Himmel über der Chaussee. Hatten sie jetzt den Treck unter Beschuß genommen? Zwei Soldaten sahen Agnes und Alfred am Fenster stehen und riefen ihnen zu: »Das sind die Russen. Geht! Lauft! Bleibt ja nicht im Haus. Und wenn ihr euch in den Wäldern versteckt. Schnell, gleich ist der erste russische Panzer da!«
Agnes war in diesem entscheidenden Moment ihres Lebens ganz ruhig und ohne Angst. Wenn es bestimmt war, daß heute und hier ihr Leben zu Ende gehen sollte, dann war es gut so. Dann wollte sie sich damit abfinden, dann wollte sie in Ruhe und Würde, ohne Jammern und Wehklagen das entgegennehmen, was das Schicksal für sie vorgesehen hatte. Sie hatte ein erfülltes Leben gehabt … In diesem Augenblick, da sie es mit seherischer Klarheit überblickte, schmolzen die sieben-

undfünfzig Jahre zu einer einzigen abgerundeten Minute zusammen. Sie war bereit. Hier war ihr Paradies; diesen jetzt verschneiten Garten Eden sah sie noch einmal in einem sonnenüberfluteten, minutenlangen Sommer in voller Pracht aufleuchten, die rot blitzenden Tomaten, die Gurken, den Salat, die Blumen, die sie so liebte, die Dahlien, Astern, Levkojen in allen Farben, gelbe, rote, weiße Rosen, die Tulpen, die Magnolienbüsche im Frühjahr, die blühenden Kirschbäume, die duftenden Azaleen.
Hier war sie glücklich gewesen, hier war der Platz, an dem sie sterben wollte, wenn es schon sein mußte. Lieber hier, als unterwegs am Straßenrand erfrieren oder im eisigen Wasser des Haffs versinken.

Mit dem Schlimmsten rechnen, aber das Notwendige tun.
Das war die Devise dieser tatkräftigen Frau, deren Fähigkeit, die Zukunft mit Hilfe der schwarzen Kunst des Kartenlegens zu sehen, ihr schon so manchen Vorteil im Leben verschafft hatte. Für sich selbst allerdings nahm sie die meist eintreffenden Voraussagen nicht so ernst, und die Schicksalsschläge, Unglücke und Krankheiten, die ihr die Karten in der letzten Zeit prophezeit hatten – ihr und den meisten anderen, die sie in diesen Kriegstagen um Rat ersuchten –, beunruhigten sie nicht allzusehr. Sie glaubte nur daran, wenn sie wollte, und jetzt wollte sie nicht.
Eigentlich hatte sie sich mit Alfred, der sich dieser rauhen Wirklichkeit mit Hilfe seiner Notration Korn zu entziehen versuchte, im Keller verschanzen wollen, aber nun, nach den Worten des jungen Soldaten, war ihr klar, daß der Keller leicht zur Falle ohne Ausweg werden könnte. Agnes zog ihre Gamaschenstiefel an, zwei wollene Strickjacken, den Fuchspelz, ein wollenes

Kopftuch, darüber die Pelzkappe. Es gab keinen Grund zur Hast, langsam und intensiv führte sie jede Bewegung aus, wie um noch einmal das Leben und die Freude zu spüren, die in den sonst unbeachteten alltäglichen Gesten und Handgriffen verborgen war. Sie fühlte den schweren Pelz auf den Schultern, wärmte ihre Hände noch einmal an den warmen, braunen Kacheln des Ofens im Wohnzimmer. Leb wohl, sagte sie zu ihm, morgen wirst du vielleicht kalt sein.
Vor dem Spiegel rückte sie die Pelzkappe zurecht, als müsse sie jetzt besonders vorteilhaft aussehen, als ginge sie zu einem Rendezvous mit einem Mann wie vor dreißig Jahren. Es war gut, daß sie nicht mehr jung war, nicht mehr glatt und schön, nicht mehr das Leben vor sich hatte. Es war schwer gewesen, sich mit der schwindenden Jugend abzufinden, denn mit der Jugend schwand auch die Hoffnung auf das Glück, auf eine noch mal ungeahnte Wende in ihrem Leben, die sich hartnäckig in einem Winkel ihres Herzens hielt, trotz der Falten um die Augen, trotz der zunehmenden grauen Strähnen in ihrem ehemals schwarzen Haar. Wie seltsam, daß sie sich so etwas noch wünschte, ein Glück, einen Mann, wie seltsam, daß sie sich so etwas bis vor kurzem noch gewünscht hatte, heimlich natürlich, und wie seltsam, daß sie es jetzt nicht mehr wünschte, als ob sie die Unsinnigkeit dieses Wunsches erst jetzt erkennen könnte. Ein größeres Glück, als diesen Garten, dieses Haus und diese Gewächshäuser zu besitzen und die Pflanzen im Wechsel der Zeiten blühen und vergehen zu sehen, konnte es sowieso nicht geben.

Eine ältere, elegante Dame im teuren Pelzmantel verließ mit ihrem angetrunkenen Bruder das Haus und trat dem Inferno entgegen. An ihrem Leib trug sie Inhaberschuldverschreibungen im Werte von vierzigtausend Reichsmark. Im Koffer Schmuck, Papiere, Kleidung, Brot sowie Weihnachtsgebäck, Kathrinchen, Pfeffernüsse und Streuselfladen. Weitere Vorräte schleppte Alfred in seinem Rucksack, dessen Gewicht ihn zeitweise noch mehr taumeln ließ. Die Straße war jetzt leer, dunkel. Die Vorgärten, die Häuser wie ausgestorben. Nach einer Weile hatten sich die Augen daran gewöhnt, der flammende Widerschein des Horizonts und das weiße Licht, das der Schnee ausstrahlte, tauchte Popelken in ein eigenartiges unwirkliches Licht. »Bleib dicht hinter mir«, zischte sie Alfred zu, der, Flüche murmelnd, alle paar Schritte stehen blieb und den Rucksack zurechtrückte, und als sie sich nach ihm umdrehte, sah sie am Landkaufhaus Schneidereit ein paar Gestalten, die wie sie offenbar dem Wald hinter der Kleinbahn zustrebten.

Das Grollen der Front, einzelne aufblitzende Detonationen – all das schien jetzt schon in unmittelbarer Nähe zu sein. Aus der Mühle Popelken drangen keine Arbeitsgeräusche wie sonst, an der Rampe, an der die Bauern ihr Korn abluden, stand ein mit Säcken beladener Wagen. Tot auch das Büro, im ersten Stock, in dem Lieske sonst arbeitete, und der angrenzende Bäckerladen, in dem sie auch manchmal Brot und Kuchen verkaufte. Ob ich sie je wiedersehen werde? dachte Agnes. Hoffentlich ist sie gut weggekommen, hoffentlich ist der Zug nicht unter Beschuß geraten, hoffentlich hat sie ihn überhaupt erreicht. Sie und Brittchen und Emmchen. Mit neunundzwanzig Jahren kann man sein Leben nicht abschließen, kann man mit dem Tod nicht einverstanden sein, besonders, wenn man wie Lieske jahrelang nur von der Hoffnung auf die Zukunft gelebt hat.

Als sich ein Tiefflieger nähert, können sie gerade noch

die Kleinbahnschienen überspringen und den Waldrand erreichen. Geschosse jaulen über ihren Köpfen, und eine Salve kracht auf die Straße vor Lotzes Mühle, wahrscheinlich direkt auf die Gruppe, die gleich ihnen dem Wald zustrebte. Ein gellender Schrei. Agnes und Alfred versuchen sich abseits des Weges im schwarzen, undurchdringlichen Dunkel der Tannen zu verbergen, bleiben stehen, als sie auf dem Weg eine Gestalt sehen, die »Frau Genske! Frau Genske!« in den Wald hineinruft.

»Hierher!« antwortet Alfred und geht ihr ein paar Schritte entgegen.

Es ist die Witwe Miskat, die erregt stammelt, daß ihre Schwägerin und deren Kind soeben vom Tiefflieger getroffen worden seien. Zwei alte Leute, die sie nicht kenne, und ein deutscher Soldat, der ihnen riet, daß sie gemeinsam in den Wald gehen sollten, war auch noch dabei. Sie habe sich nicht umgeschaut und wisse nicht, was mit denen geworden sei. Sie habe den Umriß von Agnes' Pelzkappe gesehen und sei einfach drauflos gelaufen, ohne sich weiter um die Schwägerin und das Kind zu kümmern. Wahrscheinlich seien sie tot. Ihre Tasche habe sie vor Schreck fallen lassen.

»Wo sollen wir hin?« fragte sie. »Es hat doch keinen Zweck, weiterzugehen. Wir können nicht über Nacht hier im Wald bleiben. Wir erfrieren doch alle!«

Sie zitterte und bebte, ihre Zähne schlugen aufeinander, so daß sie kaum sprechen konnte.

»Vielleicht haben Sie recht, Frau Miskat. Bleibt ihr hier«, sagte Agnes und gab Alfred ihren Koffer. »Ich gehe nach vorn, um zu sehen, wie es aussieht.«

Nach einer Weile kam sie zurück und schlug vor, daß sie sich in dem kleinen, abseits gelegenen Holzschuppen der Mühle über Nacht verbergen sollten.

Vom Ortseingang her kam Motorenlärm, einzelne

Schüsse. Es sah so aus, als ob hinten aus der Ziegelei Thoma Flammen schlugen. Gerade noch rechtzeitig und unbemerkt konnten sie Lotzes Schuppen erreichen und von innen den Riegel vorschieben. Es war sehr eng und roch nach Moder und verfaultem Holz. Sie versuchten, im Dunkel einige Holzkloben hervorzuzerren und als Barrikade vor der Tür aufzurichten, stießen sich dabei gegenseitig, und schließlich geriet noch ein Stapel ins Rutschen, knallte Alfred, der aufschrie, auf die Füße.

Geschosse jaulten jetzt im hohen Bogen über ihren Köpfen. Granaten schienen durch die Luft zu schwirren. Sie konnten nichts sehen; sie spürten nur dieses unheimliche Zittern des Himmels, hielten die Luft an und zuckten zusammen unter den unmittelbar folgenden Detonationen. Jeden Augenblick erwarteten sie einen Treffer. Gleich würde alles vorbei sein ... gleich würde der Schuppen zerbersten und in Flammen aufgehen ...

Frau Miskat murmelte so etwas wie ein Gebet. Alfred stöhnte, rieb seinen verletzten Fuß.

Plötzlich trat Stille ein, unheimliche Stille. Sie wagten kaum zu atmen.

Dann erzitterte der Schuppen ein wenig, ein schweres Fahrzeug, wahrscheinlich ein Panzer, mußte vorn auf der Straße fahren, sie konnten es nicht sehen. Was sie durch die Ritzen im Bretterzaun erspähen konnten, war ein Teil der Mühle und der Vorplatz an der Rampe, der plötzlich von Lichtern erhellt wurde. Scheinwerfer von Fahrzeugen leuchteten vor der roten Backsteinmauer auf, Motoren heulten, Soldaten sprangen von den Wagen, fremde Stimmen, fremde Laute, Lärm, Brüllen, Geklapper. Stiefelschritte. »Mein Gott, der Iwan ist da!« stöhnte Alfred.

Fenster splitterten, Türen krachten. Sie schleppten Geräte ins Haus, luden was ab. Dann kehrte für eine Weile

Ruhe ein. Durch die Ritzen sah Agnes, daß der nächtliche Himmel über Popelken hell und blutrot war. Das mußten viele Feuer sein, das war nicht allein die Ziegelei, die da brannte. Der Geschützdonner grollte nur noch wie ein fernes Gewitter.
Später kamen einige der Russen grölend aus der Mühle, machten sich an ihren Autos zu schaffen und zogen mit Taschenlampen ins Dorf. Andere liefen auf dem Hof umher, sprachen laut. Einer löste sich aus dem hellen Rund und kam direkt auf den Schuppen zu. Sie sahen seine Pelzmütze mit dem roten Stern, die das Gesicht halb verdeckte, dann war er nur noch dunkel, eine dunkle, immer näher kommende Gestalt. Sein langer Mantel streifte die Bretterwand, als er den Riegel hochzuschieben versuchte.
Agnes, geistesgegenwärtig, drückte den Riegel mit aller Kraft nach unten. Ihr Herz klopfte so laut und geräuschvoll, daß sie glaubte, der Russe müsse jeden Herzschlag hören und jeden Atemzug. Er murmelte etwas, hustete; er schien betrunken, ließ von der Tür ab und pißte dann geräuschvoll gegen die Schuppenwand, daß es durch die Ritzen hineinspritzte. Agnes hielt den Riegel an der Tür fest, bis ihre Hände steif und trotz der dicken Handschuhe fast erfroren waren. Alles Blut schien aus ihnen gewichen.
Später wechselten sie sich ab, erst Frau Miskat, dann Alfred, der seine Aufgabe allerdings schlecht erfüllte. Sein Fuß schmerzte, schwoll an, wie Agnes fühlen konnte. Gerade, als wieder Rotarmisten über den Hof gingen und sich bedrohlich dem Schuppen näherten, war er eingeschlafen.
Agnes übernahm die Wache für den Rest der Nacht, ihr war nicht nach Schlafen zumute. Die Stirn an die eisige Bretterwand gelehnt, beobachtete sie das ruhiger werdende Geschehen auf dem Hof und das Stück Himmel,

das von diesem Beobachtungsposten aus sichtbar war. Die Sterne brannten, und sie kauerte hier in Lotzes Schuppen, die knisternden Wertpapiere am Körper, überwach, ruhig, eiskalt, glaubte manchmal zu träumen, glaubte mit Lieske in Nidden am Strand zu liegen und den roten Himmel der untergehenden Sonne vor sich zu haben, wachte aus diesen Träumen wieder auf, sah ihre absurde Situation, diese ganz und gar widersinnige und lächerliche Situation, daß sie einige hundert Meter von ihrem Haus, ihrem warmen Bett entfernt, die Nacht hockend in einem Holzschuppen verbrachte, zu Stein erfroren, vom Feind bedroht. Gar nicht mehr todesbereit. Siebenundfünfzig Jahre lagen hinter ihr, Jahre voll Arbeit, voll Leid und Freude. Voll Leben. Leben, leben, leben. Die Vergangenheit zählte in dieser Nacht nicht. Sie war nicht anwesend. Nur das zählte: Die Reste dieser Nacht. Der Tag, der kommt. Leben wollen.

*

Bei Tagesanbruch in winterlicher Dunkelheit, als draußen wieder Lichter aufflammten und Rotarmisten aus der Mühle kamen, im Hof herumstanden oder in ihre Fahrzeuge stiegen, ließ Agnes den Türriegel los, den sie offenbar auch im kurzen unruhigen Schlummer, hingekauert an die Schuppentür, festgehalten hatte. Sie hatte kein Gefühl mehr in den Händen, ihr ganzer Körper schien ein einziger Eisklumpen zu sein.
Im grauen Licht, das langsam durch die Ritzen drängte, sah sie Alfred undeutlich in einem Handwagen liegen. Frau Miskat hinten irgendwo in Dunkel.
»Mir ist, als hätt einer dem Fuß abgehackt«, stöhnte Alfred. »Achott, achott, ich bin ein einziger Eisklumpen«, flüsterte die Miskatsche, rappelte sich hoch, hielt aber sofort inne, als ein Brett mit einigem Getöse herunterfiel.

Zwei der russischen Soldaten, die an der Mühlenrampe standen und rauchten, blickten aufmerksam zum Schuppen herüber.
»Hört zu! Sie finden uns ja sowieso. Wir gehen jetzt hinaus«, schlug Agnes vor, »ganz ruhig und langsam. Wir kommen raus und gehen ganz ruhig hinten an der Mühle rum auf die Straße, ohne uns umzuschauen. Wenn Sie uns anrufen, dann hebt die Hände und geht mit erhobenen Händen auf sie zu.«
»Nein, nein, Frau Genske. Ich bin nicht so dammlig und lauf denen direkt in die Arme. Und wenn sie einfach losschießen? Besser ist, wir harren noch bis zur Nacht aus und versuchen uns dann im Schutze der Dunkelheit heimlich rauszuschleichen. Vielleicht ziehen sie ja auch weiter.«
Alfred, der sich jetzt aus dem Wagen rappelte, stieß einen Schrei aus, als er versuchte, sich auf die Beine zu stellen. »Mein Fuß! Mein Fuß!«
»Still doch, Alfred! Still! Acheu, acheu! Sie haben es gehört. Sie kommen!«
Die beiden Rotarmisten hatten wieder aufgehorcht, sahen sich kurz an, kamen langsam und vorsichtig, die Gewehre im Anschlag, auf den Schuppen zu. Sie zertraten mit ihren Stiefeln die zarte, jungfräuliche Schneeschicht, die den Schuppen wie ein weißes Meer umgab. Agnes schob den Riegel hoch und gab der Tür einen Stoß, so daß sie knarrend aufging und bis nach hinten umschlug. Zwei Gewehrläufe stachen in das Dunkel, begleitet von russischen Aufrufen und Kommandos. »Ruki werch! Ruki werch!« riefen sie in den Schuppen hinein. Agnes, die als erste herauskam, hob nur den rechten Arm hoch, links trug sie ihren Koffer. »Ruki werch!« schrie einer der beiden Soldaten wieder und leuchtete sie mit seiner Taschenlampe an. Er hatte eine piepsige Stimme, schien noch sehr jung zu sein. Sie ließ

den Koffer fallen, hob beide Hände. Inzwischen waren Alfred und Frau Miskat herausgetreten, der zweite Soldat suchte noch den Schuppen ab und stieß sie dann mit dem Gewehrkolben vorwärts.
Vor dem Haus wurden sie gleich von den anderen umringt. Ein untersetzter Mann mit pockennarbigem Gesicht, offensichtlich ein Offizier, schob die anderen beiseite, stellte sich vor sie hin und musterte sie von oben bis unten.
»Faschisti?« fragte er.
»Nein, nein. Wir sind keine Faschisten. Wir sind nur einfache Leute hier aus dem Dorf«, antwortete Agnes. »Keine Faschisten.«
Der Offizier wies den jungen Soldaten an, den Koffer, der vor dem Schuppen stehengeblieben war, herzuholen. Er öffnete ihn, wühlte herum und nahm die Tüte mit dem Weihnachtsgebäck und Alfreds Notration Schnaps heraus. Den Rest warf er hin. Überhaupt schien er sich nur für Agnes zu interessieren, trat dicht an sie heran, fuhr über Kragen und Schulter ihres Pelzes, streichelte langsam das Fell den Arm hinunter und wieder zurück, packte sie dann am Kragen.
Eine Frau in Uniform, die herangetreten war, sprach mit wütend funkelnden Augen in die Runde und forderte schließlich Agnes mit einer Geste ihres Gewehrkolbens auf, den Pelz auszuziehen.
»Hitlersau!« schrie sie Agnes an. »Hitlerschweine!« Und riß ihr noch die Pelzkappe vom Kopf.
Nachdem sie Agnes mit dem Ausruf »Uri! Uri!« auch noch die goldene Uhr, ein Geschenk von Franz, abgenommen hatten, gab der Offizier ein Zeichen, daß sie jetzt abziehen könnten. Agnes stopfte die herausgerissenen Sachen, darunter auch den unentdeckten, in einen Strumpf gefüllten Schmuck, wieder zurück, faßte Alfred unter und schleppte ihn vorwärts.

Am Waldrand hinter der Kleinbahn, dort, wo sie sich gestern abend verborgen hatten, ragten die Geschützrohre von russischen Panzern heraus, direkt auf sie gerichtet. Schüsse knallten. In der Ferne begann der über Nacht abgeflaute Geschützdonner wieder zu rollen.
Ein trüber und kalter Morgen war angebrochen, in dessen milchigem Licht das ganze Ausmaß der Zerstörung sichtbar wurde. Die Insthäuser von Thoma glimmten noch, über dem einstigen Drücklerschen Lagerschuppen stiegen Ruß- und Rauchwolken auf. Das Anwesen des Seilermeisters war bis auf die Grundmauern niedergebrannt, alle anderen Gebäude aber schienen bis auf zersprungene Fensterscheiben unzerstört. Nur der zur Mühle gehörende Bäckerladen war verwüstet und ausgeraubt.
An der Stelle, wo gestern die Salve eingeschlagen war, sahen sie zwei Menschen auf der Straße liegen. So wie die Tiefflieger sie erwischt hatten, lagen sie noch da.
»Oh, mein Gott!« schrie die Miskatsche auf. »Es ist meine Schwägerin und der alte Mann. Sehen Sie doch nur, Frau Genske! Sehen Sie!«
Agnes konnte sie gerade noch zurückhalten.
»Jetzt nicht da hinlaufen«, sagte Agnes. »Mitten auf der Straße wie auf dem Präsentierteller. Hier in den Feldweg hinein.«
»Wo mag nur die kleine Anni sein, das arme Kind? Meine Nichte Anni. Ein Waisenkind jetzt, wo ihre Mutter tot ist. Mein Gott, vielleicht hat sie auch was abbekommen.«
Das Dorf schien wie ausgestorben. Kein Mensch war auf der Straße zu sehen, die gestern noch so belebt war. Ein einzelner Schuß peitschte links von der Straße, sie hörten Glas splittern. Inzwischen hatten sie sich von hinten in den Genskeschen Obstgarten geschlichen, und Agnes, frierend und zitternd ohne ihren Pelz, war auf den

schlimmsten aller Anblicke gefaßt, als sie sich vorsichtig an die Gärtnerei und das Haus heranpirschten. Doch welche eine Freude war es, die Frühbeete und Gewächshäuser unbeschädigt vorzufinden und die Pflänzchen zu sehen, wie sie sich zart und grün unter dem Glasdach dem Licht oben zuwandten. Nicht ein Hälmchen war gekrümmt. Allerdings hingen die beiden Wohnzimmerfenster zur Straße hin zerschlagen und gezackt in ihren Rahmen, und Granatsplitter lagen auf den Dielen und dem Sofa, und es gab kein elektrisches Licht.
Agnes legte ihren alten Persianer bereit für den Fall, daß sie gleich wieder weg müßten. Für einen Moment fiel die Anspannung von ihr ab, sie empfand eine kleine Erleichterung, daß die Begegnung mit den Russen, die nur wenige Minuten gedauert hatte, noch verhältnismäßig glimpflich abgelaufen war, daß sie mit dem Leben davongekommen waren.
Sie heizte den Ofen in der Küche. Jetzt konnten sie sich waschen, Tee kochen und frühstücken. Alfreds Fuß, der ziemlich angeschwollen war, wurde verbunden, und mittendrin eilte die Miskatsche, die zur Beobachtung der Straße eingeteilt war, herbei mit der Nachricht, daß weitere Zurückgebliebene sich nebenan in der Wohnung von Emmchen Idell zusammengetan hätten, und sie sollten unbedingt mit herüberkommen, dort seien sie sicherer. Es wären auch einige Männer dabei.

Ungefähr zwölf Personen hatten sich dort verschanzt, als die drei herüberzogen: die Familie von Schneider Schmidt, Fräulein Schukies, die mit Lieske zusammen im Kontor der Mühle gearbeitet hatte, und ihre kranke Mutter, der Schlorrenmacher Alinske, Herr Schneidereit, eine fremde junge Frau mit zwei kleinen Mädchen und einem Buben und das so schmerzlich vermißte Waisenkind Anni.

Frau Miskat umarmte und herzte das Kind, das sie aber nur stumm ansah und weiter mit seinen blauen Glasmurmeln spielte.
Agnes krampfte sich das Herz zusammen, als sie das Chaos in der ehemals so geheiligten guten Stube von Emmchen und Liesa sah. Da war das braune Samtsofa mit dem Spitzendeckchen über der Kopflehne, das Porträt von Königin Luise, das Nähtischchen, an den zu Liesas Hochzeit der dicke Backendorff gesessen hatte. Und überall hing noch der Duft von Liesa, es war, als müßte gleich das Kind, das sie einmal gewesen war, mit lebhaften, hüpfenden Schritten zur Tür hereinkommen und atemlos von ihren Ferienerlebnissen bei Huldchen in Skirbst erzählen, von Erwin, ihrem Cousin, mit dem man so herrlich auf dem Dachboden spielen konnte.
Agnes sah den großen polierten Tisch vor sich – jetzt mit allerlei Gepäck, Hausrat und Essen bedeckt –, früher der Mittelpunkt bei den wenigen großen Familienfesten, die Emmchen hier ausgerichtet hatte. Agnes erinnerte sich an das Begräbnis der Großmutter, Liesas Hochzeit mit Max und Brittchens Taufe, die, obwohl sie erst fünfzehn Monate her war, ein Ereignis aus einer anderen, einer fernen Zeit schien, als die Welt noch in Ordnung war.
Bestimmt hatte Emmchen, als sie gestern gingen, sorgfältig wie immer die Tür mit dem Glaseinsatz zugeschlossen und jeden Staubkrümel von der Anrichte gewischt.
Wie schnell doch alles seine Bedeutung verliert, wie unwichtig ist vieles, was gestern noch das Leben bestimmte. Nebensächlich war auf einmal das so gehütete Samtsofa, um dessen Schonung es so oft erbitterten Streit gegeben hatte! Wozu um den guten Fuchspelz und um die goldene Uhr trauern, wo doch ringsum alles in Flammen aufging! Was hat das alles

noch für einen Sinn? Wozu ist dieser Krieg nötig, die sinnlose Zerstörung! Warum können wir nicht in Frieden leben?
Was nützt es, wenn Emmchen inbrünstig zu dem Herrn da oben betet, der all diese Dinge geschehen läßt und der sich vielleicht nur wundert, wozu das von ihm erschaffene Geschöpf Mensch fähig ist, welche Dummheiten es sich ausdenkt, welche Spiele es beginnt, ohne zu ahnen, wohin sie führen werden. Warum hast du, Gott, die Menschen mit Vernunft ausgestattet, wenn sie sie doch nicht benutzen, wenn sie ohne nachzudenken jedem Wahnsinnigen folgen, der ihnen Versprechungen macht. Und war ich nicht selbst am Anfang eine von denen, die den Heilslehren aufgesessen sind. Glaubte ich nicht selbst an neue, gute Werte? dachte Agnes. Bis hierher hat es uns gebracht. Entzweit, verloren, bestohlen, krank. Das Ende vor Augen.
Als wir aufwachten, war es schon zu spät. Die Mühlen sind nicht mehr zu stoppen, sie mahlen und mahlen unaufhaltsam, zerstören und zermalmen alles, was uns noch geblieben ist. Wir werden nichts dazugewinnen, wir werden nur alles verlieren, was wir je auf dieser Welt besessen haben.
Geblieben ist nur die Angst. Die Angst, weiterleben zu müssen, auch dann, wenn es nicht mehr geht. Das ist schlimmer als der Tod. Und jetzt kommt wieder eine Nacht, an deren Rand die Angst in tausend braunen Fratzen sitzt.

*

Die Nacht, die alle fürchteten, begann ruhig. Der Gefechtslärm war abgeebbt, nur die Tiefflieger dröhnten nach wie vor über dem Dach. Die Männer reparierten die Verdunklung an den Fenstern und schoben die Anrichte aus dem Wohnzimmer als Barrikade vor die Ein-

gangstür. Das Foto von Lieske auf dem Schoß der Großmutter, das dabei herunterfiel, nahm Agnes an sich.
Sie legte sich in Liesas Bett, deckte sich mit Liesas Federbett zu. Das Kopfkissen wurde für die Kinder benötigt. Agnes spürte das Knistern der in ihrem Korsett versteckten Inhaberschuldverschreibungen und die Schwere des Säckchens, das um ihre Taille gebunden war. Es war der mit ihrem Schmuck gefüllte Strumpf, der ihr am Körper sicherer schien. Neben dem Bett lag der alte Pelz bereit und als einziges Gepäckstück ein kleiner Rucksack, den sie am Nachmittag aus einem Kopfkissenbezug gefertigt hatte, nachdem sie letzte Nacht festgestellt hatte, wie schwierig es war, mit einem Koffer die Flucht anzutreten.
Im Bett von Emmchen durfte die kranke Frau Schukies mit ihrer Tochter liegen. Familie Schmidt wollte zunächst zum Schlafen in ihre darüber liegende Wohnung gehen, aber man beschloß zusammenzubleiben, um sich gegebenenfalls hier im Notfall gegenseitig beistehen zu können. Herr Schmidt, Herr Schneidereit, der Schlorrenmacher und Alfred saßen sozusagen in Verteidigungsstellung in dem kleinen Vorsaal auf dem Boden, die Rücken an die Wände gelehnt, sprachen leise im Dunkeln und horchten auf jedes Geräusch, das von der Straße ins Haus drang.
Frau Schmidt lag mit ihrer vierjährigen Tochter auf dem Samtsofa. Die Miskatsche saß mit Anni auf dem Schoß in dem großen Ohrensessel, der mit dem gleichen braunen Samt wie das Sofa überzogen war und wie dieses mit einem etwas kleineren Spitzendeckchen auf der hohen Lehne geschmückt war.
Die fremde Frau hatte eine Decke auf dem Fußboden ausgebreitet und sich mit ihren drei Kindern dort niedergelassen.
Zum Abendbrot hatte man auf Emmchens Herd Pell-

kartoffeln gekocht, dazu gab es Brot und was jeder so beizusteuern hatte, etwas Speck, Wurst und Rauchfleisch. Der Schlorrenmacher hatte sogar eine Feldflasche voll Wodka, die jetzt zwischen den Gestalten im Vorsaal kreiste und besonders freudig von Alfred begrüßt wurde.

Agnes, die sich ihren Persianer als Kopfkissen zurechtwickelte, dachte nüchtern und klar über ihre Situation nach und kam zu dem Schluß, daß es besser sei, nicht mehr an die mehr als ungewisse Zukunft zu denken, sondern nur noch an das Nächstliegende, die nächste Stunde, die nächste Nacht, den nächsten Tag, die nächste Mahlzeit. Die Angst, die alle beherrschte, sollte keine Macht über sie haben. Wieder spürte sie in sich die Bereitschaft zum Verlassen dieser Erde, wenn es sein mußte, aber gleichzeitig wuchs auch ihr Wille zum Leben. Leben, das sie noch nie so intensiv gespürt hatte wie hier in Lieskes Bett, in dieser verrückten Lage mit vierzehn Menschen in der kleinen Wohnung, während über ihren Köpfen wieder die Flugzeuge dröhnten. Sie fühlte ihren Körper, fühlte ihn auf dem Bett liegen, warm und vom Blut durchkreist, mit funktionierenden, lebenstüchtigen Organen, die vielleicht noch dreißig Jahre ihren Dienst versehen könnten, wenn man sie ließe. Ihr Herz klopfte ein wenig schneller als sonst, sie stellte sich vor, wie es arbeitete, wie es das Blut in die Adern pumpte, kraftvoll und verläßlich. Es war ein guter Körper, und sie war dankbar für ihn. Wem sollte sie danken? Ihren Eltern? Dem gleichmütigen Gott, der in Notlagen so gut Trost spenden kann und vielleicht auch in dieser.

Dann dachte sie an das Geld, das sie gespart hatte, und bedauerte zutiefst, daß sie nun vielleicht sterben müßte ohne eine Gelegenheit, Nutzen daraus zu ziehen. Hätte sie doch bloß mehr damit angefangen!

Lieske hätte eine gute Ausbildung bekommen können. Oder wenn sie wenigstens eine große Reise mit dem Kind gemacht hätte, nach Italien oder nach Paris. Ganz egal, was die Leute im Dorf, von denen die meisten nicht über Insterburg oder Labiau hinausgekommen waren, oder auch Emmchen dazu gesagt hätten.
Bald danach schlief sie ein und träumte von großen schwarzen Vögeln, die über ihr kreisten.
Gegen Mitternacht, gerade als sich die Vögel auf sie stürzen wollten, erwachte sie von einem Getöse draußen im Vorsaal. Die Männer hatten das Vertiko von der Tür weggerückt, um die Russen, die Einlaß begehrten, nicht noch zu reizen. Zwei Soldaten in Schneeanzügen, mit Maschinenpistolen bewaffnet, leuchteten mit ihren Taschenlampen die Nachtlager im Wohnzimmer ab. Sie sprachen nicht und gingen wieder, nachdem sie auch die Küche und die Schlafkammern inspiziert hatten.
Am nächsten Morgen zogen die Männer und Frau Miskat mit Spaten und Hacken aus der Gärtnerei los, um Annis Mutter und den alten Mann, die immer noch an derselben Stelle auf der Straße lagen, zu begraben. Sie wickelten sie gemeinsam in eine Plane und fuhren sie auf einem Handwagen zum Friedhof. Obwohl die Kälte einem trüben Regenwetter gewichen war, gab es keine Möglichkeit, in dem noch hart gefrorenen Boden ein Grab auszuheben. Sie legten die Plane mit den Körpern auf dem Miskatschen Familiengrab ab und beschlossen, sie später zu begraben.
Anni, die langsam aus der Erstarrung, in der sie seit jener Nacht lag, zu erwachen begann, fragte nach ihrer Mutter; immer lauter, immer eindringlicher, immer kreischender rief sie nach ihrer Mutter und beruhigte sich erst, als ihre Tante zurück war und was von Krankenhaus und vom Bald-wieder-da-sein murmelte.
Inzwischen war noch ein altes Ehepaar aus Skaisgirren

eingetroffen, denen die Russen Pferd und Wagen weggenommen hatten. Unterwegs hatten sie ein herrenloses Pferd, einen schweren Ermländer, eingefangen, auf dem sie abwechselnd geritten waren.
Sie waren sehr erschöpft, und die Frau weinte ununterbrochen. Man kümmerte sich nicht weiter um sie, jeder hatte schließlich seine eigenen Sorgen. Emmchens Wohnung war für die mittlerweile siebzehn Personen zu klein, so daß man sich nun doch nach oben in Schmidts Wohnung verteilte hatte.

Nach ein paar Tagen relativer Ruhe – die Sowjetsoldaten aus der Mühle waren weitergezogen – kamen weitere Truppenteile durch Popelken und manche direkt auf den Hof des Hauses. Irgendwie schien es sich rumgesprochen zu haben, daß hier noch Bewohner anzutreffen wären. Sie fragten nach Essen und nach Wodka, rissen das Treppengeländer und die Türklinken ab und zertrümmerten das kleine Korbtischchen im Vorsaal, auf dem früher immer die Post von der Front für Lieske bereitlag, wenn sie aus der Mühle zum Mittagessen herüberkam.
Abends kamen sie ziemlich betrunken noch einmal zurück und forderten Frau Miskat, Fräulein Schukies und die junge Mutter auf, ihnen zum Verhör zu folgen. Agnes, die sich noch sehr gut an die Russenpatrouille 1914 im Ersten Weltkrieg in Popelken erinnern konnte, wußte, welche »Verhöre« mit Frauen im Krieg angestellt wurden. Sie hatte schon nachmittags das hungrige Flackern in den Augen der Männer gesehen, und als sie dann das Grölen auf der geländerlosen Treppe hörte, ahnte sie, was die Stunde geschlagen hatte. Blitzschnell nahm sie ihr Gebiß heraus, veruschelte sich die Haare und schmierte sich etwas Dreck von ihren Stiefelsohlen ins Gesicht. Das Kopftuch in die Stirn gezogen, so lag

sie, das gute Federbett von Lieske unter einer alten Pferdedecke verborgen, im Bett und bot einen jammervollen Anblick, uralt, häßlich, abstoßend. Während zwei der Burschen angewidert auf sie herabsahen, krampfte sie unter der Decke die Hände um den Schmuckstrumpf, den sie oberhalb des Korsetts mit den eingenähten Wertpapieren am Bauch trug.
Sie kam für dieses Verhör nicht in Frage.
Die kranke Frau Schukies war außer sich. Sie weinte und jammerte. »Was werden sie dem armen Kind antun! Achott! Achott! Sie werden sie vergewaltigen und umbringen. Oh, mein Gott, wenn ich doch sterben könnte!«
Umgebracht wurde das ältliche Fräulein Schukies nicht. Gegen drei Uhr nachts kamen die drei Frauen zurück. Die junge Frau aus Tilsit, der Blutrinnsale an den Beinen hinunterliefen, legte sich auf ihren Schlafplatz, die Arme um ihre drei Kinder gebreitet. Frau Miskat legte sich zu Anni. Keine sprach ein Wort, nur Fräulein Schukies gab in gleichmäßigen Abständen kleine fiepende Töne wie ein kranker Hund von sich. Sie war zweiundvierzig Jahre alt und hatte noch nie in ihrem Leben näheren Kontakt zu einem männlichen Wesen gehabt.

Der Frost war zurückgekehrt, und als die bunte Gemeinschaft, die das Schicksal zusammengewürfelt hatte, am Morgen zu den immer noch intakten Fenstern hinaussah, lag wieder eine dicke Schneeschicht über dem geschundenen Ort.
Über die vergangene Nacht wurde kaum ein Wort verloren, man beschloß aber, daß alle Frauen die kommende Nacht in einem anderen Gebäude, das sie jetzt aussuchen wollten, verbringen sollten. Man begab sich auch auf Nahrungssuche, fand reichlich Bohnen, Kar-

toffeln, Getreide und Eingemachtes in Kellern und Speichern, und auch in den Genskeschen Frühbeeten war allerhand Gemüse herangewachsen. Agnes und Alfred gingen in ihr Haus hinüber, in dem sie sich aber wegen der kaputten Wohnzimmerfenster nur in den hinteren Räumen und in dem Anbau aufhalten konnten, dort, wo sie einst mit Lieske die Kränze für die Begräbnisse geflochten hatte. Drähte, Tannenzapfen, die künstlichen roten Beeren und andere Utensilien für die Kränze lagen zuhauf in der Truhe bereit. Dafür aber interessierte sich niemand mehr. Wer jetzt starb, bekam keinen Kranz.

Alfred arbeitete wie gewohnt in den Frühbeeten oder untersuchte die Schankräume des leeren Hotels in der Hoffnung, dort etwas Alkohol zu finden. Die Angewohnheit, allen Frauen aus sicherer Entfernung unanständige Sachen hinterherzuschreien, hatte er unter diesen besonderen Umständen aufgegeben.

Herr Schneidereit ging jeden Tag zu seinem ausgeplünderten und halbzerstörten Landkaufhaus, saß zwischen den Resten von Fahrrädern, Kochtöpfen, Spitzendecken und Stoffen und dachte an seinen früheren Konkurrenten Primus, den kleinen Juden, dessen Textilgeschäft die Nazis bereits 1940 demoliert hatten und der dann unter mysteriösen Umständen aus Popelken verschwunden war.

Und er dachte an seine Familie, die mit zwei Leiterwagen losgezogen war. Keiner hatte ihn überzeugen können, mitzukommen, zuerst an sein Leben und dann erst an das Geschäft zu denken. Er setzte andere Prioritäten.

Gegen mittag kamen dieselben Russen wieder, zerrten ein Schwein in den Hof und befahlen, es zu schlachten. Wenn nicht binnen eines Tages das Schwein in gebratenes Fleisch, Speck und wohlschmeckende Würste um-

gewandelt sei, dann pffft ... pffft ... und der Russe machte eine unmißverständliche Geste mit seinem Maschinengewehr in die Runde.
Einen Moment lang waren sie erleichtert, die Angst ließ nach, aber nun stand diese Aufgabe vor ihnen, für die keiner die erforderlichen Fähigkeiten besaß.
Das alte Ehepaar und die junge Mutter, die an diesem Morgen so merkwürdig alt aussah, stammten zwar von einem Bauernhof, aber sie selbst hatten wenig Erfahrungen in diesem Metier.
Es war allen klar, daß die Arbeit getan werden mußte, entweder das Schwein starb oder siebzehn Menschen. Schneider Schmidt holte Agnes herüber, und man beratschlagte, wie das Unternehmen, das keinen Aufschub duldete, zu beginnen sei. Agnes hatte bei Huldchen in Skirbst schon mehrfach an Schlachtfesten teilgenommen und auch bei der Herstellung von Würsten geholfen. Aber selbst Hand anlegen? Sie, die es nicht mal fertigbrachte, Mäuse, die sich im Saatgut rumtrieben, zu erschlagen. Derweil schrie das Schwein unten vor Hunger, riß an dem Strick und stob Schnee an die Hauswand.
Doch wie das Schwein vom Leben zum Tode befördern? Frau Schmidt machte den Vorschlag, man solle einen der Russen herholen, damit er das Schwein mit seinem Gewehr erschieße, mit dem Rest würden sie dann vielleicht fertig. Ein Vorschlag, der als zu gefährlich abgelehnt wurde. Auch ihr nächster Vorschlag, diese Arbeit sei Männersache, wurde zumindest von den Männer abgelehnt.
Schließlich, als die Zeit drohend fortschritt, nahm Agnes die Sache generalstabsmäßig in die Hand. Große Töpfe, Schüsseln und eine Wanne wurden zusammengesucht, Pfeffer und Salz und Majoran zum Wurstmachen; Schneider Schmidt mußte passende Bindfäden

zum Wurstabbinden schneiden, und die Kinder mußten genügend Brennholz für Emmchens Herd herbeischaffen. Alfred, der sich Mut angetrunken hatte, versuchte das Tier in der Waschküche mit der Axt zu erschlagen, was erst mit dem fünften Hieb nach entsetzlichem Geschrei und Gequieke gelang. Agnes fing das Blut in einer Schüssel auf, rührte kräftig, damit keine Klumpen entstanden. Inzwischen war ein Waschkessel mit kochendem Wasser bereitet, um das Tier abzubrühen, damit die Borsten entfernt werden können. Als der Schlorrenmacher, der eingeteilt war, das an den Hinterbeinen an einem Deckenhaken der Waschküche aufgehängte Tier zu zerlegen, mit geschlossenen Augen den Bauch aufschlitzte, wurde ihm übel. Der Geruch des warmen Blutes und der herausquellenden Gedärme vernebelte ihm die Sinne. Er ging auf den Hof, um in den Schnee zu kotzen.
Schließlich hatte man das Schwein mit vereinten Kräften zerlegt und das Fleisch in die Küche hinaufgebracht, und es tauchten auch schon Visionen von gebratenen Filets und knusprigen Speckspirgeln auf, die man eventuell abzweigen könnte. Renate, Sophie und Günter, die Kinder der jungen, alten Mutter, und Anni mußten in der Küche das glibbrige, glitschige Fett in Würfel schneiden, die dann in der eisernen Pfanne ausgelassen wurden. Agnes wusch auf dem Hof die Därme aus, die eigentlich über Nacht in Wasser stehen mußten. Aber diese Verzögerung wollten sie nicht riskieren. Aus ihrer Küche holte sie den Fleischwolf herüber, und sofort gingen die Frauen daran, Fleisch und Leber durch den Wolf zu drehen und mit Gewürzen, Blut und Speck die Massen für Leberwurst, Blutwurst und Grützwurst herzustellen; dann wurden die Därme gefüllt, gut nachgestopft und abgebunden. Bei Einbruch der Dunkelheit war man soweit, die Würste in das siedende Wasser des

Kessels gleiten zu lassen. Agnes spickte ab und zu mit einer Stricknadel in die Haut, damit die Würste nicht platzten.
Ein aufdringlicher Geruch zog durch das Haus, der, so befürchtete man, wieder ungebetene Gäste und Vergewaltiger anziehen könnte. Fräulein Schukies, die Miskatsche und die junge alte Mutter Lydia Pekan hatten nun doch Angst davor, sich wie ausgemacht in das geeignet erscheinende Haus der Raiffeisenkasse zu flüchten, die zumindest auf dem Papier noch die Spargelder vieler Popelker besaß, so auch Liesas über die Jahre hinweg gerettetes kleines Erbanteil an dem einstigen Hof ihrer Großeltern in Kalkeningken. Die Frauen wollten dort nicht ohne männlichen Schutz sein, und sie beschlossen, sich hier im Haus in einem Bretterverschlag auf dem Boden zu verbergen, dessen Existenz mit einem davorgerückten alten Schrank kaschiert werden sollte. Man versammelte sich in Emmchens Küche, um die nahrhafte Brühe, die Wurstsuppe, aus dem Kessel zu verzehren. Der zehnjährige Günter, ein hübscher schwarzhaariger Junge, der seit der Flucht aus Tilsit und dem Tod des Vater innerhalb weniger Wochen erwachsen werden mußte und der alle ihm gestellten Aufgaben mit besonderer Sorgfalt ausführte, wurde nach unten auf Beobachtungsposten geschickt. Bei der Annäherung des Feindes wollten die Frauen dann blitzschnell in dem Verschlag verschwinden, und der Schrank sollte davorgeschoben werden.
Zu vorgerückter Stunde löste ihn der Schlorrenmacher ab, der sich wieder erholt hatte. In der Küche wurde bis weit nach Mitternacht gearbeitet, Fleisch wurde eingesalzen und eingeweckt, Schwarzsauer hergestellt. Nach der Wurstsuppe gab es Pellkartoffeln und Speckspirgel und rohes, noch körperwarmes Klopsfleisch. Als die Arbeit in der Küche beendet war, zogen sich die drei

Frauen in das vorbereitete Kaburr zurück. Agnes, todmüde, warf die von Blut und Fett schmierige Schürze ab und ließ sich, entstellt wie am Abend zuvor, in Lieskes Bett fallen.
Sah sich selbst im Traum weiß und erstarrt am Boden liegen, während die schwarzen Aasgeier wieder ihre Schatten warfen.

Die Nacht blieb ruhig. Morgens kamen die Frauen aus ihrem Versteck in die nach fettem Dunst stinkende Wohnung herunter, verschwanden aber wieder, als Alfred, der amtierende Beobachter, draußen die Annäherung dreier Rotarmisten mit Säcken und Tornistern meldete.
Diesmal war ein Offizier dabei, der etwas deutsch sprach. Während die anderen, offensichtlich zufrieden, die nicht ganz vorschriftsmäßig hergestellten Fleischwaren einpackten, breitete der Offizier eine Karte auf dem Tisch aus und sagte, daß bald Kampftruppen hier auftauchen würden und daß es dann besonders gefährlich werden könnte. Sie sollten besser hier weggehen, sagte er. Dann begutachtete er die eingesackten Waren und wies seine Leute an, zwei Würste und eine Speckseite wieder herauszunehmen und auf den Tisch zu legen. Als er ging, sagte er: »Gut Dank.«

*

Es war klar, wer in diesem Krieg Sieger sein würde. Nur der Schlorrenmacher glaubte noch daran, daß es dem Führer buchstäblich in letzter Minute durch Mobilisierung aller Kräfte, durch Einsatz der Volkssturmmänner und des Jungvolkes, gelingen könnte, das Ruder herumzureißen. Der Führer in seiner Größe und Genialität würde nicht zulassen, daß er seine Schlorrenschnitzerei, mit der er Popelken und die weitere Umge-

bung versorgte, und sein Häuschen mit Garten an die russischen Untermenschen verlöre.
Schmidt und Schneidereit warfen ihm Blindheit vor, er solle doch mal aus dem Fenster schauen, da könne er sehen, was die angebliche Genialität des Führers in dem einst so schönen Großbauerndorf Popelken bewirkt habe. Von selber wäre der Iwan nicht gekommen. Allerdings, so räumten sie ein, hätte alles auch anders kommen können, wenn Hitler nicht so viele Fehler gemacht hätte. Den USA den Krieg zu erklären, das war sein größter Fehler. Wenn er das nicht getan hätte, und wenn er mehr auf seine Generäle gehört hätte, die Deutschen wären als Sieger aus diesem Krieg hervorgegangen.
Über den Krieg war in den letzten Jahren genug geredet worden, jetzt waren die meisten zu müde und zu verzweifelt, um darüber nachzudenken. Auch wollte man den Rat des russischen Offiziers befolgen und so schnell wie möglich aufbrechen. Das alte Ehepaar schlug vor, nach Elbing zu gehen, wo einer ihrer Söhne Verwalter einer Domäne sei. Wenn sie zu dem Pferd, das sie unterwegs aufgelesen hatten und das in dem Genskeschen Geräteschuppen untergebracht war, noch einen Wagen auftreiben könnten, dann wäre für den Transport der alten Frau Schukies, für die Kinder und das Gepäck gesorgt. Man beschloß, soweit es möglich war, zusammenzubleiben und sich gegenseitig zu helfen.
Die Beschaffung eines Wagens erwies sich als schwierig und eigentlich unmöglich, da alle verfügbaren Gefährte bereits über Ostpreußens Straßen rollten, und außerdem war der Gedanke so neu nicht – von Anfang an hatte man nach einer geeigneten Möglichkeit gesucht, doch noch den Schritt zu wagen, den man anfangs gefürchtet oder auch nur verpaßt hatte. Zu guter Letzt

wurde der Vorschlag von Agnes angenommen, einen alten baggrigen Leiterwagen instand zu setzen, der in dem Geräteschuppen, dort, wo das herrenlose Pferd bisher vom Feind unentdeckt sein Dasein fristete, mit diversen Defekten stand und mit dem sie früher Gemüse zum Insterburger Markt gefahren hatte.
Alfred, der trotz seiner zitternden Hände recht geschickt war, Herr Schneidereit und der Schlorrenmacher zerrten das gute Stück in den Hof und begannen mit der Instandsetzung, die sich aber aufgrund nicht beschaffbarer Teile als kompliziert herausstellte.

Die Totenstille in diesem Niemandsland, in dem sie sich seit einigen Tagen befanden, brachte keine Erleichterung, kein Verschnaufen, kein Aufatmen, nein, sie steigerte in ihrer Unheimlichkeit die allgegenwärtige Angst und kündete lautlos von noch schlimmeren Bedrohungen, die sich am klaren Winterhimmel über Popelken zusammenzuziehen schienen.
Noch bevor der alte Wagen notdürftig geflickt zur Beförderung leichterer Lasten bereit stand, kamen Anni und Günter auf den Hof geschossen und verkündeten schlotternd das Nahen grausamer Gestalten. »Grausame Gestalten! Sie kommen näher!«
Die drei Männer, die fieberhaft um die Wiederherstellung des Gefährts bemüht waren, wußten zunächst nicht, was sie davon zu halten hatten, und konnten auch nicht weiter nachfragen, da die Kinder mit Entsetzensschreien die Treppen hochsprangen, erst in Emmchens Wohnung und dann gleich noch höher, um sich in dem für die Frauen eingerichteten Kaburr zu verstecken.

Agnes hatte sich in den letzten Tagen heimlich in ihrem Anbau zehn kleine Säckchen aus einem Laken genäht,

die nun ihren Schmuck aus dem Strumpf am Korsett aufnahmen, Ketten, Broschen, diverse Ringe, zwei massive Gliederarmbänder aus Gold, ein Brillantkollier, Perlen und Korallen. Die gefüllten Säckchen nähte sie gut verteilt an ihrer Kleidung fest, drei am Korsett über den Wertpapieren, drei am Innenfutter des Rockes, zwei an der Strickjacke und zwei mit dem am ehesten zu verschmerzenden Korallenschmuck am Saum ihres Pelzes, einem Versteck, zu dem sie kein rechtes Zutrauen mehr besaß. Außer dem Kopfkissenrucksack, der Papiere, ein paar Fotos, Strümpfe, Socken, Wäsche, zwei Wollblusen, Brot, Speck und ein Ersatzgebiß enthielt, hatte sie sich aus demselben Laken zwei geräumige Beuteltaschen mit abgeteilten Fächern genäht. Die eine band sie sich wie eine Schürze um den Bauch, die andere, etwas längere, schnallte sie sich auf den Rücken und verschloß sie über der Bauchtasche. Als die Krepsche mit Uhren, weiteren Kleidungsstücken, Medikamenten, Verbandszeug, Bargeld, Mehl und Zucker, Tee, Seife, Streichhölzern und Schuhen gefüllt waren, hatte sie eine bisher unbekannte, gleichmäßige Beleibtheit erreicht, die Alfred trotz des Ernstes der Situation einen Lachanfall aufzwang.
Ihm hatte sie auch eine Schürzentasche genäht, etwas kleiner und über dem Bierbauch zu tragen. Er hatte den richtigen großen Rucksack bereitstehen, der nur umgepackt und ergänzt worden war. Außerdem hatten sie noch eine Tasche und einen kleineren Koffer mit den nötigsten Dingen gepackt, aber ob sie diese auch mitnehmen konnten, war doch sehr ungewiß.
Agnes zog über die Taschen eine Bluse, einen Pullover und zwei Strickjacken. Erfrieren werde sie jedenfalls nicht so leicht. Da der Persianer sich jetzt nicht mehr schließen ließ, hatte sie Schlaufen an die linke Seite genäht, mit denen sie die fehlenden Zentimeter bis zu

den Knöpfen überbrückte. Außerdem hielt ein langer Männergürtel das Ganze zusammen.
So gerüstet, mit Kopftuch und übergestülpter Persianerkappe, Fellhandschuhen und Gamaschenstiefeln und einem unter all dem Wust hämmernden Herzen, war sie bereit, als Uniformierte polternd in Emmchens Wohnung eindrangen und die hier versammelten Menschen mit lautem »Dawai ... dawai!« auf die Straße jagten.
Lydia Pekan schrie verzweifelt nach den Kindern, die sich oben in dem Kaburr versteckt hielten und nicht auf das Rufen reagierten, immerzu zeigte sie hoch, bis einer der Antreiber mit nach oben ging und Günter und Anni aus dem Kaburr zerrte. Alle Bewohner bis auf die alte, kranke Frau Schukies, die sich nicht mehr auf den Beinen halten konnte, mußten hinunter. »Geh, Kind, geh!« rief sie ihrer Tochter zu, deren Versuche zurückzubleiben durch Schläge mit dem Gewehrlauf beantwortet wurden. »Kümmere dich nicht um mich!« hörte sie die alte Frau noch aus der Wohnung rufen. »Gott ist mit uns! Leb wohl, mein Kind! Leb wohl!«
Jetzt kamen auch die »grausamen Gestalten«, die die Kinder gesehen haben mußten. Auf einfachen Schlitten hingen die Verwundeten, blutig, zerfetzt, entstellt, wimmernd, gleichgültig, phantasierend, zerlumpt, mit Dreck, Blut und Kot beschmiert. Grausam. Grausam.
Diejenigen, die noch laufen konnten, wankten hinterdrein, und ihre haßerfüllten müden Augen streiften die Menschen am Straßenrand.
Deutsche hatten ihnen die Gliedmaßen weggeschossen. Deutsche hatten sie zu menschlichen Wracks gemacht, Deutsche hatten ihr Leben zerstört. Deutsche waren in ihr Land eingefallen. Deutsche hatten ihre Dörfer zerstört. Deutsche hatten ihre Angehörigen, Freunde oder Kameraden getötet. Deutsche waren Barbaren.

Die Menschen, die da am Zaun von Schmidts Vorgarten vor Angst zitterten, waren Deutsche. Also schuldig. Also Feinde.
Die sechzehn Feinde mußten sich in einer Marschkolonne aufstellen und sich dann zu den anderen Zivilisten, zusammengetriebenen Flüchtlingen wie sie selbst, gesellen, die hinter einer Gruppe deutscher Kriegsgefangener gingen. Viele der deutschen Soldaten hatten Kopf- oder Armverletzungen. Mühsam schleppte sich der Zug mit den Neuankömmlingen am Ende im nebligen Winterdunst durch das Dorf, dessen Brandruinen gnädig mit Neuschnee zugedeckt waren. Kreuz und quer flogen die Rufe der Bewacher, die mit ihrem ewigen »Dawai ... dawai!« den Zug erfolglos zur Eile antrieben.
Agnes sah die ermatteten Gestalten vor sich, Kinder, Frauen, alte Leute. Beinahe wäre sie über einen Koffer gestolpert, der plötzlich im Weg stand, einfach stehengelassen von jemandem, dessen Kräfte wohl nicht mehr ausreichten, und sie fragte sich, wie lange wohl ihre Kräfte ausreichen würden. Aber das Schlimmste war, daß sie, eine stets unabhängige, stolze und weithin geachtete Frau, die weder geschäftlich noch privat je geduldet hatte, daß jemand über ihr Leben bestimmte, hier aufs Unerträglichste gedemütigt wurde. Ihrer Würde beraubt, wurde sie wie irgendein armes altes Pracherweib davongejagt, mußte den Befehlen dreckiger, verlauster Rotarmisten gehorchen. Sie und andere angesehene Bürger, zusammengetrieben wie eine Herde Vieh, wie Diebe und Schwerverbrecher, rücksichtslos, gemein. Zum ersten Mal in diesen langen Kriegsjahren fühlte sie Haß, einen Haß, der ihre Angst und ihre Trauer übertönte, Haß gegen die Russen, gegen die Nazis, Haß, daß sie, Agnes Genske aus Popelken, für etwas büßen mußte, für das sie nicht verantwortlich war,

Haß gegen die, die sie in diese entwürdigende Lage gebracht hatten, der sie nun ohnmächtig und hilflos ausgeliefert war und die sie vielleicht nicht überleben würde.

Vor sich sah sie den grauen, jetzt gekrümmten Rücken von Fräulein Schukies, die wieder alle paar Minuten diese fiependen Töne wie nach dem nächtlichen Verhör ausstieß. Rechts neben Agnes schleppte sich Alfred mühsam mit seinem immer noch kranken Fuß dahin und hielt sich mehr an dem Koffer, den sie beide trugen, fest, als daß er Gewicht abnahm. Links das fremde alte Ehepaar. »Das arme Pferd kann jetzt nicht aus dem Schuppen«, sagte die Frau, »es wird verhungern. Und die arme Frau Schukies. Was wird aus ihr werden? Und all die armen Menschen. Was soll das nur werden. Armes Deutschland. Armes Deutschland.«

Das Fiepen vorn veränderte nach diesen Worten seinen Rhythmus, es kam schneller und nahm einen durchdringenden, heulenden Ton an, so daß die anderen, schweigend marschierenden Flüchtlinge sich umdrehten und ein Kind, das sie von vorn sah, mit dem Finger auf Fräulein Schukies zeigte und zu kichern begann.

Agnes nahm Abschied von dem Dorf, in dem sie siebenundfünfzig Jahre lang ein herrliches Leben geführt hatte, so erschien es ihr jedenfalls in diesem Augenblick, als sie an dem Haus vorbeizogen, in dem der kleine Jude Primus einst seine Plosen verkaufte. Wie hatte sich Lieske gefreut, als sie den Fuchs geschenkt bekam? Wie damenhaft sie ausgesehen hatte, den Fuchs um den Hals, sein spitzes Gesicht mit den blauen Glasaugen elegant um die Schulter drapiert. Wie höflich hatte das klein Mannche sie aus seinem Geschäft geleitet, ihnen nachgeblickt und sich verbeugt, als sie sich noch einmal umdrehten.

Popelken war heute so verschneit wie damals, als sie

Arm in Arm durch den Schnee stapften und zu Hause im warmen Wohnzimmer dann den Kauf mit einem guten Glas Portwein feierten. Agnes mußte direkt ein bißchen lächeln, als sie daran dachte, wie es ihr immer wieder gelungen war, den Portwein vor Alfred zu verstecken. Alfred, der Söffke, der ihr reichlich Ärger gemacht hatte. Wie oft hatten sich die Frauen, denen er schweinisches Zeug hinterherschrie, bei ihr beschwert? Wie oft hatte er seine leeren Schnapsflaschen aus Angst vor ihr im Obstgarten vergraben? Und dann seine Marotte, mit einem Koffer voller Steine, eben diesem Koffer, den sie da trugen, zur Kleinbahn zu gehen und allen zu erzählen, er mache eine große, weite Reise.
Die Miskatsche, den Arm um Anni gelegt, riß Agnes mit ihrem Anruf aus den Träumen, sie wies zum Friedhof, wo sie für einen kurzen Moment den Blick aufs Familiengrab erhaschen konnten, auf dem die Plane mit den beiden Leichen lag, von einer Schneehaube bedeckt. Der Kirchturm mit den drei stummen Glocken ragte über das Pfarrhaus, über die alten Buchen und Linden und über das Schiff der Kirche, in der eines der hohen Fenster zerschlagen war. Im Straßengraben lag, die Augen mit Schnee gefüllt, der Taufengel und reckte den grünen Kranz, den er in den Händen hielt, zum Himmel empor.
Agnes dachte an ihre so weit zurückliegende Konfirmation, bei der der Engel noch über dem Mittelgang der Kirche hing, das Gesicht dem Altar zugewandt. Später wurde er an der linken Seite des mit rotem Samt bezogenen Altars befestigt, und während der Gottesdienste hatte Agnes immer in dieses so milde und schöne Gesicht geblickt. Zur Taufe schwebte er an einer elektrischen Winde herunter, und in seinem grünen Kranz trug er die Taufschale; so war es auch bei Brittchens

Taufe vor ungefähr einem Jahr, am neunten Januar 1944, als sie still und staunend den herabgleitenden Engel entgegengesehen hatte.

Im Hof von Bauer Rigoleit waren schon Russenfrauen angekommen. Sie winkten und riefen: »Hitler kaputt! Hitler kaputt!«

III

Am sechsundzwanzigsten September 1946, einem strahlend-sonnigen, warmen Herbsttag, an dem die Luft nach Blüten und Honig roch und ein stahlblauer wolkenloser Himmel sich über dem braunen Wasser der Zwickauer Mulde spannte, wurde Brita Grigull drei Jahre alt.

Weit weg von ihrer Heimat im Norden von Ostpreußen, von der sie nichts wußte und die nun ein verlassenes, totes Land war, verloren durch einen verlorenen Krieg, der von einem, wie es schien, überheblichen, herrschsüchtigen Volk geführt wurde, das sich vorübergehend für die Krone der Schöpfung hielt und das nicht nur Rußland, sondern die ganze Welt erobern wollte und am Ende hungrig und zerlumpt vor einem Trümmerhaufen stand, in einem Deutschland, das in Militärzonen aufgeteilt war und von alliierten Siegermächten beherrscht wurde.

Nichts anderes als der Zufall hatte Emmchen, Lieske und das Kind hierher nach Sachsen geführt. Zufällig war der Flüchtlingszug diese Strecke gefahren, zufällig mußten sie hier aussteigen. Zufällig waren sie in der sowjetisch besetzten Zone gelandet. Das einzige, was sie mit dieser Kleinstadt verband, war der Zufall, der nun schon ein Jahr und acht Monate währte, davon vier Zufallsmonate des totalen Krieges und ein Zufallsjahr und vier Zufallsmonate des trostlosen Friedens.

Bedeutungslos war die Länge der Zeit, die sie schon hier waren und die, die sie noch bleiben würden. Peinig blieb eine Durchgangsstation, etwas Vorläufiges, es hatte keinen Zweck, sich zu sehr einzurichten. Keine Erinnerung verband sich mit dieser Stadt, keine Kindheitsjahre, keine Spielkameraden, keine Schulfreundinnen, mit denen man gemeinsam aufgewachsen war, es gab keine verschwiegenen Ecken, die einen an die ersten Küsse erinnerten und es gab keine Tante Agnes, es gab keinen Alfred und keine Tante Huldchen, keinen Erwin und keinen Max.

Der Zufall war keine gute Grundlage für eine Heimat. Jedenfalls jetzt noch nicht. Vielleicht überwuchert die Zeit einmal den Zufall als Grund des Hierseins, vielleicht verliert er einmal seine Bedeutung, vielleicht erscheint der Zufall im Laufe der Zeit als eine unabänderliche Gesetzmäßigkeit, vielleicht findet sich der Mensch mit dem Zufall als Ordnungsprinzip ab. Vielleicht ist es gut, daß der Zufall Schicksal spielt. Vielleicht ist es notwendig. Vielleicht ist alles Zufall.

Nun war der dritte Geburtstag herangekommen, der zweite im Zufallsort, der zweite im Frieden.

Es war um die Mittagszeit. Von der Bank auf dem Hügel aus konnte man auf die Mulde hinunterschauen, auf den hellen Weg am anderen Ufer, der nach dem Dorf Amerika führte, und auf den Nadelwald, der sich dort den Berg hochzog wie auf dieser Seite.

Die Großmutter, schwarz gekleidet und mit einem straff nach hinten gekämmten Knups wie immer, hatte einen großen Kochtopf mit Brombeeren und Holunderrispen auf dem Schoß, die sie in der Schlucht am Bach und hier oben auf dem Berg gesammelt hatte. Jetzt war sie müde, betete halblaut murmelnd und ließ den Blick dabei zwischen dem Kind und der stillen, flirrenden Landschaft hin und her wandern.

Brittchen durfte nicht wie sonst auf diesen Ausflügen

mit Gräsern, Blättern, Stöckchen, Steinen und allem, was so herumlag, spielen, denn zur Feier des Tages trug sie ihr blaues Sonntagskleid aus seidigem Stoff mit Bubikragen und Perlmuttknöpfen, das auch kein noch so kleines Fleckchen abbekommen durfte, denn sie hatten heute noch einiges vor, bei dem sie gut aussehen mußten.

Sogar Emmchen hatte das gute, schwarze bekurbelte Wollkleid an, das noch aus Kalkeningken stammte und in dem sie an diesem warmen Spätsommertag ziemlich schwitzte, aber nun hatte sie einmal zugestimmt, nun gab es kein zurück mehr. Sie mußte mit zum Fotografen – ob sie wollte oder nicht – zu dem Gruppenbild zu dritt, zu dem Bild der Frauenfamilie, das zur Erinnerung aufgenommen werden sollte.

Was muß ich da unbedingt mit rauf? murrte sie innerlich. Wozu soll einer mich alte Zibb aufnehmen? Für wem denn? Sollen doch die Kinder bei dem Scheckel vor die Lins hucken. Was soll das alte verkrunzelte Gesicht. Davon will keiner nuscht sehen. Muß einer hier schwitzen bloß wegen dem dammligen Fotograf. »Kindche, laß doch dem schmutzigen Prickel liegen! Wirst noch dem guten Kleid benuscheln. Wenn nicht aufhörst, kommt die Roggenmuhme und holt dich. Paß nur auf. Hier nimm lieber dein Puppche.« Die geliebte Flickerjule, die Lieske im Luftschutzkeller der Schule genäht hatte, war schon ziemlich zerkrest und schmuddelig, aber ihr gestickter roter Mund lachte wie damals, und die nachgeschwärzten Kohlaugen sahen groß und ängstlich in die Welt. Wie ein Brummkreisel drehte sich Brittchen und ließ die Puppenbeine und ihr aufgebauschtes Röckchen fliegen, dann kletterte sie auf die Bank, umhalste ihre Großmutter und setzte ihr die Puppe rittlings auf die Schultern.

»Laß das man sein, Kind. Oder soll ich mit veruschelte

Haare auf dem Bild sein? Einer weiß ja nicht. So ein Foto kicken vielleicht Menschen an, wenn einer längst tot ist. So was ist für später. Wenn ich nicht mehr bin, wird Lieske ihm ankicken und du auch, wenn erwachsen bist und dich manchmal an deine alte Großmutter erinnerst. Die Frau, die immer nur gepiesackt wurd im Leben. Nuscht als Sorgen hat einer gehabt.
Spiel du man mit die alte Flickerpupp, armes Kind. Andere haben feine Puppen mit rosige Gesichter und Schlafaugen. Bloß wir sind arm wie die Pracher. Die Pupp ist wie ich. Alt und taugt nuscht. Aber gut, daß bei wenigstens einer noch das Alte braucht.
Hast ja heute Geburtstag, Kindche. Nachher kriegst eine Tort, nach der wirst dir alle Finger lecken. Hab lange die Butter von die Marken zusammengespart, bloß damit eine Cremetort hast fast wie zu Haus. Trocken Brot haben wir gefressen, uns alles vom Mund abgespart, bloß daß du dem Tort kriegst. Drei Jahre ist das nun al her. Drei Jahre wirst al. Und keinem Vater hast. Der hat sich aus dem Staub gemacht. Braucht sich nicht kümmern, wie er dem dicken Gnos sattkriegt, der in einem Fressen ist. Unsereinem spicken die Knochen raus, aber du bist dick und duhn. Außen dick und innen molsch.
Oh, mein Gott, Herr im Himmel! Was ist das für eine Zeit, in die du uns gestellt hast. Aber wir wollen dir danken, daß du uns beschützt und bis hierher geführt hast.
Gutes Kind, komm her! Setz dich und falte die Hände, Und nun wollen wir beten. Sag dein Gebet. Ich bin klein, mein Herz ist rein. Sag es. Los, sag es.«
»Ich bin klein, mein Herz ist rein.«
»So ist es gut. Nun wird das liebe Gottche auch in deinem neuen Lebensjahr bei dir sein. Immer wird er über dich wachen.«

»Wo ist er denn, Oma?«
»Da oben! Siehst du! Dort hinter der großen Wolke versteckt. Nun wollen wir gehen. Erst dem Topf nach Haus bringen und dann die Mutti abholen.«

Liesa fühlte das weiche Fell der Katze an ihren Beinen vorbeistreichen, während sie einen rosa Lippenstift aus der Kiste nahm, eine Hülse aus der anderen Kiste, beide zusammensteckte und dann die Verschlußhülse darüberstülpte. Einen Stift nach dem anderen produzierten ihre Hände, sie selbst war nicht daran beteiligt, sie konnte ihren Gedanken nachhängen, während diese selbständigen Werkzeuge ihren Dienst versahen. Die rotbraune Katze mit den Bernsteinaugen war der Liebling der zwanzig Frauen, die in diesem ehemals weißgetünchten Raum Bohnerwachs, Schuhwichse und Hautcreme in Dosen füllten, Lippenstifte formten und in die dafür vorgesehenen Hülsen steckten, je nachdem, was gerade nötig war.
Hochaufgerichtet schärfte die Katze jetzt ihre Krallen an einer Ecke des Pfeilers, der die Reihe der Arbeitstische unterbrach. Sie tat es immer an dieser einen Ecke, die schon deutliche Spuren ihrer Krallen trug.
Vor Lieske saß mit krummem Rücken die Bartuschatsche, füllte Schuhwichse ein und summte vor sich hin. Immer sang sie, immer summte sie, immer war sie glücklich, zu Hause in Popelken, hier bei der Arbeit. Für sie war das Leben ein einziges Fest, eine immerwährende Freude. Nur die fünf Tage auf der Flucht war sie verstummt, aber bald danach hatte sie ihr Singen wieder aufgenommen, sogar im Keller der Schule während der Luftangriffe. Und hier sang sie erst recht, manchmal fielen die Frauen mit ein, und sie sangen gemeinsam, sogar ostpreußische Lieder wie »Es gibt ja nichts Schön'res als Lieben«, die sie von der Bar-

tuschatsche gelernt hatten und die sie nun hier in Peinig sangen wie zu Hause beim Federreißen in der Küche.
»Kätzchen, du bist mein Augenstern ...«, legte sie jetzt los, »Kätzchen, ich hab dich gar so gern ... Kätzchen, mein süßes Kätzchen ...« Andere Frauen fielen ein, es gab ein Gejuchze und Gejohle, so daß der alte Herr Weitfeld in seinem Glaskasten vorn aufmerksam wurde und vom Schreibtisch zu seinen Arbeiterinnen in den Raum blickte, der von schrägen, staubdurchschwirrten Sonnenstrahlen durchzogen wurde.
Es roch nach Bohnerwachs, Fett und Parfüm.
Das besungene, sanfte, lärmhassende Wesen kroch unter den Tisch, schmiegte sich wieder an Liesas Waden, die den Druck zurückgab und bei der Berührung leicht erschauerte. Die Katze sprang auf ihren Schoß, zwängte ihr struppiges Fell an der Tischkante vorbei, sah Liesa mit ihren Bernsteinaugen an und kam zum Köpfchengeben näher an Liesas Gesicht. Während sie mit ausgestreckten Armen weiterarbeitete, neigte sie sich der Katze zu, den gelben kitzelnden Schnurrhaaren, den gelben, zärtlichen Augen entgegen.
»Seht mal!« rief die Bartuschatsche, sich umdrehend. »Der schöne Kater und die schöne Liesa! Welch ein Paar!«
»Paß nur auf, daß dein Verehrer nicht eifersüchtig wird!« rief Luzie, die am anderen Ende von Liesas Tischreihe saß und von ihrem Platz aus das Fenster zur Straße beobachten konnte. »Da unten steht er schon und kann es kaum erwarten. Scheint ziemlich nervös zu sein.«
Nein, nicht heute, durchfuhr es Liesa. Da der Chef gerade hinausgegangen war, sprang sie auf, die Katze von ihrem Schoß schüttelnd, und lief unter den anfeuernden Kommentaren der Frauen zum Fenster. Tatsächlich,

da unten stand Ekhard an der Wand mit den Schaukästen und blickte abwechselnd auf die ausgestellten Filmbilder des Capitol und auf die Fenster der Fabrik. Und da sah sie auch schon Brittchen, blau und leuchtend herausgeputzt, mit einer blauen Schleife im Haar, an der Hand der Großmutter, deren weißes Gesicht scharf von ihrer schwarzen Kleidung abstach, die ansteigende Straße hochkommen, sah, wie Mutter neben Ekhard, der sie interessiert musterte, stehenblieb, um den Schaukasten der Baptistengemeinde von nebenan zu studieren. Es war fünf vor vier. In der allgemeinen Feierabendstimmung ließ das Interesse an Liesa nach. Herr Weitfeld schritt durch die Tischreihen und achtete darauf, daß die fertig gefüllten Dosen und Behälter ordnungsgemäß gezählt und abgeliefert und die Arbeitsplätze aufgeräumt verlassen wurden und verabschiedete sich mit einem galanten: »Bis morgen, meine Damen.« Liesa ließ sich Zeit, zog langsam ihren blauen Arbeitskittel aus, hängte ihn über die Stuhllehne, und während sie darauf wartete, daß der Andrang am Waschbecken nachließ, überlegte sie, wie sie die Situation am besten meistern könnte.
Die Fenster an ihrer Tischreihe gingen auf den Hof hinaus, und man konnte von hier oben den Gemeindesaal der Baptisten einsehen, deren Gottesdienst Mutter neuerdings auch am Sonntagvormittag besuchte. Erst hatte sie, während sie auf Liesa wartete, nur den Schaukasten studiert, später war sie einmal zur Bibelstunde am Mittwochabend gegangen und dann immer häufiger. Sie hatte auch die persönliche Bekanntschaft des Baptistenpfarres gemacht, der völlig zu Unrecht den Namen Heide trug, und hier hatte sie erstmals ein wenig Wärme und Verständnis gefunden. Für ihn waren alle Kinder Gottes gleich, egal ob arm, ob Flüchtling, ob boßig, ob verkniffen. Hier hatte man noch Mitleid mit

ihr und ihrem Schicksal, hier war sie kein Pollacke. Zur Gemeinde gehörte auch der zärtliche Kater, der gerade auf das Harmonium sprang und sich in der Mitte des schwarzglänzenden Instrumentes ausstreckte.
Kaum trat Liesa durch die Hoftür auf die Straße, kam Ekhard lächelnd auf sie zu.
»Tag, Liesa. Ich dachte, daß du bei diesem herrlichen Wetter vielleicht Lust auf einen Spaziergang hast? Aber ich seh, daß ich nicht allein auf diese Idee gekommen bin.«
»Es geht heut nicht, Ekhard«, sagte Liesa, »wir wollen ins Rathaus wegen einer Wohnung und zum Fotografen, und außerdem hat Brita heute Geburtstag.«
Dagegen war er natürlich machtlos. Aber er lud sie ein, am Sonntag mit ihm auf Hamstertour über die Dörfer zu fahren. Er hätte Gelegenheit, ein Motorrad mit Beiwagen zu leihen. Also ganz bequem, ohne laufen, ohne schleppen. Er wolle einen Teppich bei einem Bauern in Mühlau gegen Lebensmittel für seine Familie, seine Eltern und seinen kleinen Bruder eintauschen.
Liesa nahm dies Angebot hocherfreut an. War sie doch ohnehin jeden Sonntag unterwegs, um bei Bauern nach Essen zu fragen und auf den abgeernteten Feldern Ähren zu lesen, ganz wie im vergangenen Jahr. Wenn sie dies nun so bequem erledigen konnte, war das eine feine Sache. Rührend, wie er sich nun schon seit Monaten bemühte, ihr zu helfen, ihr Gutes zu tun, wo er nur konnte. Und wie geduldig er ihr schwärmendes Erinnern an Max ertrug. Immerzu redete sie von Max, es war wohl ihre Art, ihm zu sagen, daß er dem Vergleich mit Max nicht standhielte, daß er sich keine Hoffnungen machen sollte, ihm zu zeigen, daß ihr Herz nicht frei war und daß dies auch durch noch so viel Freundlichkeit nicht zu erreichen sei.
Auch reizte sie an Ekhard immer etwas zum Lachen.

Wenn sie ihn ansah, wenn sie seine großen Füße sah, ihm zuhörte, wie er in seinem komischen Sächsisch von der Arbeit in der Papierfabrik erzählte, begann sie oft ganz unvermittelt und unmotiviert zu lachen. Sie konnte gar nichts dafür, sie wollte es nicht, es war einfach da. Es war seltsam und beschämend, und auch jetzt fühlte sie schon wieder dieses unangebrachte und alberne Kichern in sich aufsteigen.
»Gut, aber warte bitte am Schloß auf mich, Neun Uhr. Komm nicht zum Bad. Es gibt bloß Theater, wenn Mutter dich sieht. Für heute ist es jedenfalls unvermeidlich.«
Mutter, gerade beim Blubbern mit der Bartuschatsche, erstarrte, als sie ihre Tochter im Gespräch mit einem Mann sah. War das nicht der lange Kerl, der sie damals von Berlin nach Hause gebracht hatte und den sie danach offenbar mehrfach heimlich getroffen hatte, wenn man dem Geschabber der Hahnsche glauben konnte? Ihr Gesicht verfinsterte sich so sehr, daß sie die Bartuschatsche einfach stehenließ und, Brittchen hinter sich herzerrend, auf die beiden zuging.
»Endlich kommst, Lieske! Wir müssen nun aber ziehdraht gehen.« Den Schlosser Ekhard Salm, der einen zu kleinen Anzug trug, würdigte sie dabei keines Blickes. Sie riß Liesa weg, ließ ihr nicht mal Zeit, dem Kind zum Geburtstag zu gratulieren. »Was will der dammlige Kerl hier?« zischte sie, als sie die Bartuschatsche erreicht hatten, die summend und interessiert den spiegelnden Schaukasten des Capitol-Filmtheaters betrachtete.
»Mutter, das ist ein sehr netter und hilfsbereiter Mensch. Du hättest ihm wirklich guten Tag sagen können.«
»Ha ... ha ... Fängst al wieder an, mit Männer herumzukarjolen? Geht das jetzt los? Ich halt es nicht aus.

Eine verheiratete Frau mit Kind gibt sich mit fremde Männer ab. Oh, mein Gott, welch eine Schande! Ja, jetzt hat es auch noch die Bartuschatsche mitbekommen. Nun werden sie bald mit Fingern auf uns zeigen. Nicht nur, daß es heißt, die Flüchtlinge haben Wäsch von der Bleiche gestohlen, nein, jetzt treiben sie sich auch noch mit einheimische Männer herum. Acheu, acheu. Und ich dacht, du bist endlich vernünftig geworden. Hast langsam begriffen, daß einem Männer nur ins Unglück stürzen. Wer weiß, wofür sie dich hier halten. Die werden sich schon ihr Teil denken. Das fällt doch auch auf mich zurück. Ich bin es ja, die beim Bäcker anstehen und beim Fleischer Knorr und bei Efers. Auf mich werden sie mit Finger zeigen. Und was sollen die Brüder und Schwestern in der Gemeinde denken. Bald können wir uns nicht mehr auf die Straß trauen. Daß du dich nicht schämst. Achott, achott! Herr im Himmel!«

*

Wie ein zuckender Fisch saß der Haß im Bauch, zappelte, klopfte, wollte nach oben. Brechreiz in der Kehle. Wie soll man damit freundlich in die Linse schauen, gar lächeln? Seht her, was für eine glückliche Familie wir sind, männerlos und unvollständig, aber harmonisch zu dritt, glücklich gar vor dem drapierten schwarzen Vorhang, lachend vielleicht noch, weil wir froh sein müssen, überlebt zu haben. Das ist ja immerhin schon etwas. Kann nicht jeder von sich sagen. Ja, wir sehen noch ganz gut aus für das Jahr 1946, und wir würden noch viel besser aussehen, wenn diese Frau im richtigen Moment den Mund halten könnte, wenn sie ein normaler Mensch wäre. Soll ich weglaufen, um das nicht zu hören, was mich zum Hassen bringt? Unser Unglück kommt vom Reden. Reden, reden. Worte wie Messerstiche. Und kein Ausweg, keine Möglichkeit des

Entfliehens. Aneinandergekettet bis zum Ende. Ausgeliefert, bis der Haß zuckende Fische und Schmerzen im Magen gebiert.
Wenn sie jetzt tot umfiele, wie groß wäre das Gefühl der Befreiung und wie klein das der Trauer.
In der Mitte das dreijährige Kind, das mit ängstlichem Blick vor der noch nicht schußbereiten Kamera sitzt, mitten in einem Gebirge von schwarzem Stoff, umgeben von hellen, heißen Lampen. Der Fotograf kommt, sagt: »Bitte recht freundlich«, und vielleicht gelingt das aufgesetzte Freundlichsein auch für einen Augenblick, aber es dauert und dauert, die Freundlichkeit gerinnt zur Maske, und daneben sitzt mit schwarzem Körper die Frau, deren überlange welke Ohrläppchen vor Wut zittern, und der Fisch regt sich wieder in Liesa, zuckt und zappelt unter dem blauen Seidenkleid, gerade als die befohlene schräge Position eingenommen ist und das Licht über den Köpfen explodiert.
Schweigend treten sie aus dem düsteren Hausflur des Fotografen auf die Straße, gehen automatisch den etwas längeren Weg um das Rathaus herum, sehen im Vorübergehen die Stalinbüste auf dem roten Sockel im Eingang, die beiden roten Fahnen rechts und links, lesen wie vorhin das Transparent »Es lebe Friede und Fortschritt. Nieder mit den Imperialisten«, welches das Rathaus über der schweren Holztür ziert.
Vielleicht war es unklug, in diesem erregten Zustand und vor dem Termin mit dem Fotografen noch auf das Wohnungsamt zu gehen und sich nach ihrem Antrag auf eine andere Unterkunft zu erkundigen. Natürlich wieder erfolglos, aber wenigstens standen sie jetzt auf der Dringlichkeitsliste. Liesa war mächtig in Fahrt, ihre vehemente und erregte Schilderung der Wohnverhältnisse in der Hahnschen Abstellkammer hatte den Beamten so beeindruckt und mitgerissen, daß sein Blick ver-

dächtig lange und nachdenklich auf Liesa ruhte, was Mutter veranlaßte, sie auch anzusehen. Was tat sie denn nur, daß er so einen Blick bekam? Was hatte sie nur an sich? Irgendwas mußte die Kerle doch ermutigen?
Vielleicht könnten sie bald aus der Badeanstalt raus, könnten einen eigenen Herd haben, mehr Platz, mehr Gelaß. Die Aussicht wäre ein Grund zur Freude gewesen und die Torte, die zu Hause wartete, und der Geburtstag und das schöne Wetter und der Friede, der im Land herrschte. Aber warum konnte es zwischen zwei Menschen keinen Frieden geben? Wieder mal war ein Fest verpatzt, und Liesa dachte an das schreckliche Weihnachten 1943, als es ein furchtbares Gezeter gegeben hatte und sie am Heiligen Abend mit ihrem Kind zu Tante Agnes flüchten mußte.
Stumm gingen sie nebeneinander her, das Kind plapperte, hinter den offenen Fenstern der Papierfabrik ratterten wie immer die Maschinen.
Auf der hölzernen Rundbank der Badeanstalt saßen zwei Russen in Uniform und zwei deutsche Männer, die lautstark über den Faschismus diskutierten.
Als die drei die Treppe zu ihrer Kammer hochgingen, schrie einer der beiden: »Wenn es die Konzentrationslager wirklich gegeben hätte, glaubst du, wir hätten das nicht erfahren. Glaubst du, sie hätten das geheimhalten können? Ist doch alles nur Propaganda des Feindes. Alles übertrieben.«
»Pssst«, sagte der andere, »bist du verrückt!«
»Was denn? Die da … unsere Befreier … die verstehen kein Wort.«

*

Liesa hatte plötzlich das Gefühl, daß ihr Leben am Ende angelangt sei. Vorbei. Aus. Mit einunddreißig Jahren schon alles hinter sich. Vor ihr lagen nur Arbeit,

Kummer, Streit, Ärger, Haß, Einsamkeit, Armut, Fremdheit. Wenn das Kind nicht wäre, es gäbe keinen Grund weiterzumachen, das alles zu ertragen. Das Kind, das Kind. Es aß als einzige von der Torte, aß mit großem Appetit und guckte trotzdem wie ein Hubberhas, merkte, daß etwas nicht stimmte, daß keine Freude in der Luft lag, daß der Festtag nicht echt war.

Da saßen sie nun, herausgeputzt an einer festlichen Tafel, die nicht so recht in die Kammer mit den Matratzen paßte. Weißes Damasttischtuch, das feine weitgereiste Kaffeegeschirr, eine Vase mit lila Astern, die mit Kaffeecreme bestrichene und mit geriebenen Kartoffeln verlängerte Torte, zweimal durchgeschnitten und mit Pudding gefüllt. Die rötlichen Strahlen der untergehenden Sonne fielen auf die neue Flickerpuppe, die Brittchen geschenkt bekam und die wie die große, saubere Schwester der alten Puppe aussah: der gleiche, strohgefüllte Leib, die Kohleaugen, die Haare aus gelben Wollfäden, aber diese trug ein feines Kleid aus kleingeblümten Stoff und aus demselben Stoff ein Paar Schuhe und ein Band in dem wollenen Strähnenhaar.

Nur der rotgestickte Mund lachte nicht mehr, und die rotgemalten Bäckchen ergaben nicht die beabsichtigte Fröhlichkeit.

Melancholisch blickte das Flickerkind in die stumme Runde, die dann auch vorzeitig aufgelöst wurde, als es an der Tür klopfte und Mutter blitzschnell die Tischdecke hochhob und die Torte auf der praktischen zweiten Platte unten verschwinden ließ, wie sie das immer machte, wenn ungebetene Gäste während der Mahlzeiten erschienen. Es war die sechsjährige Marlene, die mit Brittchen spielen wollte und die nun gleich die neue Flickerjule vorgeführt bekam. Aber mehr noch interessierten sie die Reste des zweiten Tortenstückes auf Brittchens Teller.

»Ist das übriggeblieben?« fragte sie. »Darf ich das aufessen?«
»Du hast zu Haus genug zu essen«, sagte Mutter und riß den Teller weg. »Nimm sie mit rüber zum Spielen. Aber komm Brita, vorher ziehst das gute Kleid aus, hast es schon ganz benuschelt.« Damit zerrte sie dem Kind das Kleid über den Kopf und zog ihm den selbstgenähten Spielkittel über. Als die beiden Kinder hinausgegangen waren, nahm sich Mutter Brittchens Teller und aß bedächtig und inbrünstig die Reste auf. »So kann ich bei wenigstens auch von dem Tort kosten. Fehlte noch, daß die dammlige Marjell das frißt.«

Liesa hatte der Szene schweigend zugesehen, bemüht, das Zucken in ihrem Leib zu beherrschen, um diesen Tag, diesen lang geplanten und nun zerschlagenen Festtag nicht noch in einem lautstarken Streit enden zu lassen. Es lief doch immer wieder nach demselben Muster ab, und selbst bei ihrer Hochzeit mit Max am Neujahrstag 1943 hatte Mutter alles verdorben. Das blaue Seidenkleid, ihr Hochzeitskleid, dessen Stoff Max aus Frankreich mitgebracht hatte, war damals dasselbe wie heute, und Mutter war dieselbe wie heute mit ihren Krallen, ihrer unerträglichen Selbstaufopferung. Hatte sie nicht an der Hochzeitstafel gesessen und gesagt: »Da möchtet ihr aber schön kicken, wenn ich Torte eß.« Hatte sie nicht die Gäste halb hinausbefördert, indem sie anfing, in der Küche Abwaschwasser aufzusetzen? War sie es nicht, die sich diebisch gefreut hatte, als es zwischen Vater Grigull und Onkel Hermann zum Streit wegen der dammligen Kühe gekommen war?
War sie es nicht, die knurrend die in ihren Augen verderbte Hochzeitsnacht in ihrer Wohnung geduldet hatte und in aller Herrgottsfrühe ihren Protest durch lautes Aschekratzen im Ofen ausgedrückt hatte?

»Wo willst jetzt noch hin?« fragte Mutter, als sie sah, daß Liesa Strickjacke und Handtasche nahm. »Was hast denn heute nur? Was bist so obsternatsch?«
»Weg! Weg! Weg! Ich muß hier raus!«
Liesa knallte die Tür zu, lief die Treppe hinunter und zum Tor hinaus, ohne die Männer, die mit dem alten Hahn auf der Rundbank saßen, eines Blickes zu würdigen, ging an der Mulde entlang, den Blick von der Steinmauer hinunter auf das fettige braune Wasser mit den Schaumhäufchen gerichtet, das sich an dem kleinen Wehr hinter der Papierfabrik staute. Aus der langen Baracke vor dem Steinbruch drang Gelächter und das Rollen der Kugeln auf der Kegelbahn, und manchmal schien es, als ob das verfallene düstere Gemäuer daneben gegen die fröhlichen Laute protestierte. Wie oft schon war sie diesen Weg zum Wald gegangen?
Jetzt hatte sie die Gebäude hinter sich gelassen, der Wiesenabhang zur Mulde, auf dem sie sonst immer Sauerampfer und Brennesseln pflückte, begann. Sie setzte sich auf die erste Bank. Hier hatte sie diesen Sommer oft gesessen und heimlich an der Flickerjule für Brittchen genäht. Wie oft war sie müde und allein auf ihren Hamstertouren hier vorbeigekommen?
Drüben am anderen Ufer, das schon im Dunkel der untergehenden Sonne lag, ging ein Pärchen eng umschlungen. Liesa sah auf ihre Schenkel, die sich unter dem glatten, glänzenden Stoff abzeichneten, auf ihre Hände, die weißen Handrücken, den Ehering, die Fingerkuppen, die durch das Einfüllen von Bohnerwachs und Schuhcreme ganz dunkel eingefressen waren.
Ein klägliches Piepsen unter der Bank lenkte sie von ihrer Selbstbetrachtung ab. Da war ein Lebewesen, dem es offensichtlich noch schlechter ging als ihr, ein kleiner kranker Vogel, schwer atmend, mit aufgerissenem

Schnabel und zitternd vor Angst, als sie ihn hervorholte und auf die Bank legte. Er konnte nicht fliegen, er konnte nicht laufen, er lag nur da und sah Liesa aus seinen winzigen schwarzen Äuglein an.
Vorsichtig hielt sie ihm ihren mit Speichel benetzten Finger hin, und als er trank, einmal und noch einmal, stürzten ihr die Tränen aus den Augen. War sie es nicht selbst, die da schwach und ausgestoßen lag und auf Hilfe hoffte? Sie war wie dieser kleine Vogel, der so gern fliegen wollte und es nicht konnte, der seine gebrochenen Flügel immer wieder aufzurichten versuchte und es immer wieder aufgab, sie war der Vogel, der weglaufen wollte und doch bloß hinfiel nach ein paar Schritten, zu schwach für dieses rauhe Leben.
Liesa lief in den Wald hinein, rief »Max! Max!«, erst flüsternd, dann hörbar, dann lauter, immer lauter, so laut, wie sie konnte. »Max! Max!« Er mußte sie hören, oder er mußte ihre Rufe wenigstens spüren, ganz gleich, wie groß auch die Entfernung zwischen ihnen war. Die Entfernung spielte keine Rolle für zwei miteinander verbundene Seelen, aber je lauter sie rief, je lauter es in ihrem Brustkasten dröhnte und je fremder und seltsamer ihre eigene Stimme durch den dämmrigen Wald schallte, desto weiter flog ihr Ruf und desto mehr spürte sie ein Echo, eine Antwort, die zurückkam, von irgendwoher, aus einer fernen Welt, in der sie erhört worden war. Schwächer wurde ihre Stimme, leiser bis zu einem dröhnenden Flüstern. »Max! Max! Komm! Hilf mir!« Und er kam. Er war hier, ganz in der Nähe, sie spürte den Hauch seiner Anwesenheit und die tröstenden hellen Strahlen, die er aussandte. Ihre Seele, die schutzlos einen Ausflug gemacht hatte, kehrte in den Körper zurück, erschöpft, ermattet, gestärkt.
Als sie wieder an der Bank vorbeikam, hatte der Vogel den Lebenskampf ausgestanden. Er war tot. Liesa trug

ihn auf einem Blatt ins Gras und bereitete ihm ein Grab aus überkreuzten Farnblättern. Schlaf gut, kleiner Vogel.

Was half all das Heulen und Weimern und das Selbstmitleid? Es mußte ja doch immer weitergehen, es war auch immer weitergegangen. Sie wischte sich das Gesicht ab, malte sich mit einem rosafarbenen Lippenstift, den sie von der Arbeit hatte mitgehen lassen, die Lippen nach. Was jetzt? Nach Hause? Nein.
Sie konnte noch rechtzeitig zur Abendvorstellung ins Capitol kommen. Da waren doch Bilder von Zarah Leander im Schaukasten gewesen, das wäre jetzt das Richtige, ein bißchen Ablenkung, ein bißchen Freude nach all dem Jammer, ein bißchen den Geburtstag feiern, Menschen sehen, die ein besseres Leben haben, schöne, strahlende Menschen aus einer anderen Welt.
Schon als sie über die Brücke ging, sah Liesa die Lichter des Capitol und die Menschen, die am Eingang standen, und wenn daneben nicht die schmutzige Mulde und das Brausen des Wehrs wäre, könnte es direkt eine Szene aus einem Film sein, vielleicht ein Großstadtkino inmitten pulsierender Straßen und heller Restaurants; doch das Kleinstadtkino war nur eine kleine Lichtinsel im toten, menschenleeren Dunkel ringsum, nur ein Versprechen, das nie erfüllt würde. Aber drinnen wartete das kurze, vergängliche Glück. Es gab doch nichts Schöneres, als auf einem Balkonplatz in der ersten Reihe, wo kein großer Vordermann einem den Schaugenuß vergällen konnte, dem verheißungsvollen Gong zu lauschen, wenn die Lichter langsam verglommen und der staubige, rotsamtene Vorhang feierlich auseinanderging.

*

Neben ihr, hinter ihr – überall nur Paare. War sie denn der einzige Mensch auf der Welt, der alleine durchs Leben ging? Sie mußte sich dauernd umdrehen, um in die vom Leinwandlicht angestrahlten Gesichter zu sehen, als suche sie jemanden, und das war ja auch so. Aus der Vorführkabine schwirrte der kegelförmige helle Schein nach vorn. Noch war es unruhig im Publikum, ein paar Jungen begleiteten die Wochenschau mit dummen Kommentaren, kicherten, als zum wiederholten Male der historische Händedruck zwischen Otto Grotewohl und Wilhelm Pieck auf dem Gründungsparteitag der Sozialistischen Einheitspartei Deutschlands im April gezeigt wurde. SPD und KPD hatten sich zur SED vereinigt, und nun sollte sich die Arbeiterklasse zusammen mit den Bauern und der Intelligenz unter Führung der marxistisch-leninistischen Partei und mit Hilfe der Bündnispartner dem Aufbau eines neuen friedliebenden Deutschlands widmen.
Liesa interessierte das politische Gewäsch nicht, es war doch wie früher, immer dasselbe, sie interessierte sich nicht für die Bodenreform, für das Junkerland, das in Bauernhand überging, und die neu gegründete Freie Deutsche Jugend, für die Monopolkapitalisten und Imperialisten.
Sie schloß die Augen und dachte an etwas ganz anderes.
ER konnte hier irgendwo im Hintergrund sitzen, herbeigelockt, herangerufen, als unsichtbarer Beschützer in der Nähe, der sich vielleicht zu erkennen gab oder an sie heranrückte, wie bei ihrer ersten Begegnung im Kinosaal des Hotel Drückler, als er langsam mit seiner Hand die ihre streifte, während ihr Herz bis zum Zerspringen klopfte. Glückskinder, so hieß nicht nur der Film, der sie vor zehn Jahren zusammengeführt hatte, Glückskinder waren sie selbst, bis dieser verdammte

Krieg sie auseinanderriß und sie zu Unglückskindern machte.
Und dann stiegen Liesa zum zweiten Mal an diesem Tag vor Mitleid Tränen in die Augen, als sie doch wieder auf die Leinwand sah, wo die Bilder der Naziverbrechen gezeigt werden, Menschen, die nur noch Skelette sind, wanken aus dem KZ heraus, Massengräber mit übereinander geschichteten Leichen, Juden, in Gaskammern ermordet. Sie mußte die Augen schließen, konnte das nicht mit ansehen. Dies war schlimmer als das, was sie hatte ertragen müssen. Warum die Leiden? Wofür starben die Menschen? Wofür starb Max? Für nichts. Für einen verlorenen Krieg, für eine verlorene Heimat. Für ein paar Wahnsinnige. Ohne Sinn. Ohne Zweck.
Und wir sind machtlos, dachte Liesa, sind nur Spielbälle, unbedeutend wie ein Splitter in Weltall. Sie machen ihre Gesetze so, wie sie sie brauchen, und immer sind sie angeblich für das Gute und für die Gerechtigkeit. Morden moralisch. Führen ein klein wenig Krieg. Und jetzt sind wieder so ein paar Gute dran und unsere Befreier. Haben uns von Hitler befreit und von der Heimat und von den Menschen, die wir lieben. Und jetzt gibt es keinen Platz für uns. Wir sind fremd in der Welt.
Als kurz darauf Zarah Leander von der Leinwand strahlte und mit rauchiger Stimme sang, wunderte sich Liesa, wie irrwitzig eng die gegensätzlichsten Dinge nebeneinanderlagen, dort das schreckliche Leid und gleich darauf die Liebeständeleien, und sie wunderte sich über sich selbst, weil sie nur allzu bereit war, zu vergessen, und wie schnell sie vergessen konnte, weil sie vergessen wollte. Wenigstens für kurze Zeit, für zwei Stunden all das, was sie quälte, abstreifen, einmal auch so unbeschwert und so schön wie die im Film sein.

Und war sie es nicht auch? Hatte sie nicht auch so strahlende Augen, und war nicht ihr Lächeln in den Momenten des Vergessens und der Lebensfreude so mitreißend wie das der Leinwandschönheiten, und hatte ihr Körper sich nicht durch saftig-süße Butterbirnen aus Luzies Garten von dem mageren, menstruationslosen Kinderleib wieder zu etwas mehr Weiblichkeit gerundet? Zog sie nicht die Blicke der Männer auf sich, wohin sie auch kam? War das nicht eine kleine Entschädigung für die Bürde, die sie zu tragen hatte?
Und während die vielbewunderte Frau da vorn in einen offenen Sportwagen einstieg und sich zum Rückspiegel seitwärts reckte, holte Liesa den kleinen halbblinden Spiegel aus ihrer Handtasche, um ihr Gesicht zu betrachten, das so aussah, wie sie es fühlte. Ein übersteigertes inniges Leuchten perlte von diesem Gesicht, und es schien, als ob die Ereignisse der letzten zweieinhalb Jahre, die Ängste und Entbehrungen, die Sorgen und der Hunger, das tägliche, immer wieder enttäuschte Warten und Hoffen, sich zu einem Knäuel der Lebenssehnsucht zusammengeballt hatten, zu einer Kraft, die sie immer wieder antrieb, aufzustehen, stark zu sein. Sie war jung, und vielleicht konnte ihr Leben doch noch eine ungeahnte Wendung nehmen. Vielleicht schon bald.

Wenn die Lichter der künstlichen Welten verlöschen, schlägt die Realität in die noch verklärten Traumgesichter. Während sie mit entrücktem Ausdruck und flackernden Augen in die nächtliche Kleinstadt treten und hoffen, auch hier das wirkliche Leben zu finden, schlägt die Kirchturmuhr, rauscht und schwillt das stinkende Muldenwasser am Wehr, und auf der Brücke beleuchten zwei schwache Laternen die erbärmlichen Kinoheimkehrer.

Elfriedes Laube, dunkel auf der Muldeninsel, die beiden zerbombten Häuser am Mühlgraben, das Haus, in dem Ekhard wohnte, die finstere Brückenstraße – all das war, obwohl sie es schon Tausende Male gesehen hatte, so unerträglich fremd und abweisend. Noch nie hatte sich Liesa so einsam und verlassen gefühlt wie jetzt, als sie todmüde und hungrig an dem Schaufenster des Konsumladens vorbeiging und stehenblieb, um die eigenartige Schönheit mit den hochgesteckten Haaren zu betrachten, die auch hätte Schauspielerin werden können, wenn sie in ein anderes Leben hineingeboren worden wäre.

Aus der Schenke an der Kohlenhandlung kamen lärmend ein paar Betrunkene heraus, die ihr hinterherpfiffen und ihr in dem häßlichen sächsischen Dialekt was nachschrien. Schritte knallten hinter ihr, als sie eilig in die Mandelgasse einbog und dann immer schneller zu laufen begann, weil die Schritte immer näher kamen. Sie kannte dieses forsche Knallen, wußte, wer sie da verfolgte. Ihr Herz klopfte im Hals. Sie würde schreien. So laut sie konnte und wenn halb Peinig aufwachte.

Im Badefoyer hatte der alte Hahn sie eingeholt, faßte sie um die Hüfte und stieß ihr keuchend seinen Bieratem ins Gesicht.

»Du bist so schön. So schön. Sei doch ein bißchen lieb zu mir. Du magst mich doch. Du brauchst keine Angst vor mir zu haben. Komm, Mädel, komm, das gefällt dir doch. Du brauchst einen Mann. Ich seh es schon lange an deinen Augen. Ich weiß, daß du schon ganz verrückt bist, immer so allein. Es juckt dich doch da unten jede Nacht.«

*

Kurz vor Mühlau verdüsterte sich der Himmel, und es begann zu nieseln, erst ganz fein, dann stärker, bis es zu

einem peitschenden, von scharfem Wind begleiteten Guß kam. Die Tropfen platzten auf Liesas Gesicht, eiskalt im Fahrtwind. Nur der Unterkörper, ausgestreckt im Motorradbeiwagen, war geschützt, zusammen mit dem kleinen Teppich von Ekhard und dem Rucksack mit den letzten Kostbarkeiten aus Popelken, zwei Damasttischdecken, drei Sammeltassen und ein paar Besteckteilen. Alles Dinge, für die sie keine Verwendung hatten, weil sie keinen Besuch empfingen und weil sie offensichtlich auch allein nicht mehr in der Lage waren, ein bescheidenes Fest zu feiern, ohne daß es zu Zank und Streit kam. Wozu also noch diese feinen Dinge, die ohnehin nicht mehr in ihr armseliges Leben paßten. Die guten Tage von Popelken waren eben vorbei.
Ekhard, völlig durchnäßt, hielt das geliehene Motorrad an und versuchte eine rissige Plane hervorzuzerren. »So ein Mist«, schimpfte er. »Dabei sah es heute früh so gut aus. Hier, die Halterung ist kaputt, du mußt sie festhalten. So, auf beiden Seiten.«
Liesa kroch ganz unter die Plane, die knallend von Wind und Regen gebläht wurde und die sie kaum noch festhalten konnte; schließlich platzte die letzte Ecke, die sie noch an ihre ursprüngliche Halterung band, und nun flatterte sie hinten hochgestellt, heulend und zerrend wie ein wildgewordenes Tier, und Liesa, die sie kaum noch halten konnte, bekam einen Lachkrampf, lugte heraus zu Ekhard, dessen weite Jacke hinten zu einem Riesenbuckel geblasen war und ihm das Aussehen eines Kobolds verlieh.
Schließlich konnte Liesa die Plane nicht mehr festhalten, der nächste Windstoß riß sie ihr aus den Händen, wirbelte sie knirschend hoch und jagte sie in den Straßengraben. Ekhard hielt an und rannte der Plane hinterher, die jedesmal, wenn er sie gerade fassen wollte, listig weiterhüpfte. Endlich hatte er sie erwischt und

kam murrend zu Liesa zurück, die ausgestiegen und pitschnaß unter einen Baum geflüchtet war und sich immer noch vor Lachen bog.
»Was ist denn daran so lustig?« fragte er ziemlich mürrisch.
»Ich weiß auch nicht«, prustete sie hervor. »Diese Plane machte mich verrückt, und du sahst so komisch aus mit der geblähten Jacke. Deine Anzüge sind entweder zu klein oder zu groß.«
»Ja, stell dir vor, ich besitze keine Maßanzüge.«
Ekhard war ärgerlich, sah zu, wie Liesa sich krümmte, von immer neuen Prustern geschüttelt, und kaum war eine Weile Ruhe, brach es wieder aus ihr heraus.
»Mein Gott, so habe ich das letzte Mal gelacht, als Brittchen ein Jahr alt war und Mutter den Spinat ins Gesicht warf, daß sie wie eine grüne Hexe aussah. Und ich dachte schon, ich hätte das Lachen ganz verlernt!«
»Den Eindruck hab ich aber nicht, so oft, wie dir zum Lachen ist«, sagte Ekhard. »Manchmal denke ich, du lachst mich aus.«
»Aber nein, Ekhard! Denk doch nicht so was. Es ist nur, weil ich zu Hause nichts zu lachen habe. Du weißt doch, wie es bei uns zugeht.«
Der Sturm ließ nach, und sie fuhren weiter. Liesa hatte die Plane jetzt im Rücken eingeklemmt und über den Kopf gezogen, aber bald brauchte sie sie gar nicht mehr, der Regen hörte auf, und als sie in Mühlau ankamen, glänzten die nassen Häuser, die Gärten und der breite Bach, der neben der Dorfstraße floß, im schwankenden Sonnenlicht.
Ekhard breitete die Plane auf einer nassen Bank aus, und sie versuchten Kleider und Haare in der Sonne zu trocknen.
Liesa hängte ihre plietznasse schafwollene Trachtenjacke über die Lehne und betrachtete ihre zusammen-

gefallene Haarpracht im Spiegel, die nicht nur für den Ausflug, sondern auch für das Tanzvergnügen im Schützenhaus heute abend gedacht war, das sie trotz der zu erwartenden Proteste von Mutter besuchen wollte, natürlich in Begleitung von Ekhard, der sie dazu eingeladen hatte.

Dafür hatte sie sich also überwunden, zu Hahns in die Küche zu gehen, um die Brennschere anzuheizen und unter den mißbilligenden Blicken von Mutter Locken zu drehen, immer der Gefahr ausgesetzt, dem alten Hahn zu begegnen, dessen begehrliche Blicke sich in haßerfüllte gewandelt hatten, seit er sich neulich abend im dunklen Treppenhaus eine schallende Ohrfeige eingehandelt hatte, die ihn an die abstehende Wandlampe taumeln ließ und für die nächsten Tage mit einem blauen Fleck auf der Backe schmückte.

Nun müßte sie die Brennscheren-Prozedur nach ihrer Rückkehr wiederholen, wenn sie nicht wie ein ausgerupfter Polsterstuhl aussehen, sondern die ihr so oft bestätigte Ähnlichkeit mit Greta Garbo hervorheben wollte.

Ekhard zog seine Igelitschuhe und die nassen Socken aus, streckte seine bleichen knochigen Füße der Sonne entgegen und begann, sich die Pfeife zu stopfen, die bald darauf einen ätzenden Gestank verbreitete. Ob Max auch so aussah, so mager, so schlaksig und ausgehöhlt? Ob er auch Rosenblätter und Trockenkohl rauchte? Ob er auch nur ans Essen dachte, an all die herrlichen, unerreichbaren Lebensmittel, die es auf dieser Welt gab? Ob er mehr ans Essen dachte als an seine Frau und seine Tochter? Ob er nach ihnen suchte? Ob er noch heil war, noch unversehrt? Ob er sich von seinen Verwundungen erholt hatte? Ob er in russischer Gefangenschaft war?

Wenn sie Ekhard ansah, drängte sich oft der Vergleich

mit Max auf, nicht nur weil er eine ähnliche Statur hatte und den gleichen breiten Nacken, der, wenn sie hinter ihm stand, wie ein Versprechen war, das aber sofort zerstob, sobald er sich umdrehte; nein, es war auch diese unerklärbare männliche Art, die Dinge zu sehen und einzuschätzen, die männlich-technische Betrachtungsweise, die ihr in der langen männerlosen Zeit abhandengekommen war und die sie manchmal durch hervorbrechende Erinnerungen leicht berauschte. Und es war die Genugtuung, verehrt und geliebt zu werden, auch wenn sie diese Gefühle nicht so recht erwidern konnte. Manchmal wollte sie es, war auch schon nahe daran, doch dann kam ihr das Mitleid dazwischen oder die Lächerlichkeit seiner übergroßen Füße oder die Schlaksigkeit seines langen Körpers, für den es keine passende Kleidung zu geben schien.

Getrocknet und durchgewärmt machten sie sich auf die Tour, zuerst zu dem Bauern, den Ekhard kannte und von dem er wußte, daß er Interesse an seinem Teppich hatte. Auf dem Hof sprang ihnen ein wütender Hofhund entgegen, der sich zum Ärger von Ekhard in das gute Stück verbiß und erst, nachdem der durch das Getöse herbeigeeilte Bauer ihn zurückpfiff, knurrend davon abließ. »Willst du wohl abhauen«, herrschte der Bauer den Hund an. »Kennst du den Ekhard nicht mehr, dummes Vieh. Bist du vielleicht Adolf, daß du in den Teppich beißt.«
Der Bauer, entzückt von seinem Geistesblitz, bat die beiden in die gute Stube, dorthin, wo schon ein großer Teppich lag und wo nun in eine freie Ecke auch der kleine hin sollte und auch haargenau hin paßte, ungeachtet dem wenig auffallenden Abdruck der Hundezähne.
Während der Bauer mit Ekhard verhandelte, ihm Geld

anbot, was dieser kategorisch mit dem Hinweis, Geld könne man nicht essen, ablehnte, packte Liesa ihre Schätze auf die Paradedecke des Eßtisches. Die herzugerufene Bäuerin nahm alles in Augenschein und entschied sich schließlich auf Drängen des Hausherrn zögernd für die beiden Sammeltassen mit Goldrand, die den holprigen Transport zum Glück heil überstanden hatten.

Schließlich wurden sie sogar noch zu Tee und Marmeladenbrot eingeladen, direkt am Eßtisch in der guten Stube. Der Bauer und die Bäuerin tranken aus den Neuerwerbungen ihren Tee, die Sonne beschien den Teppich, und während Ekhard und der Bauer irgendwelche gemeinsamen Erinnerungen austauschten und leidenschaftlich über den Krieg und das neue Deutschland redeten, beobachtete Liesa die Bäuerin, die so selbstverständlich aus der Tasse trank, die doch Großmutter gehörte …

»Hier … die Liesa, kommt von weither«, sagte Ekhard und legte ihr den Arm um die Schulter, »aus Preußisch-Sibirien. Ihr Mann ist seit fast drei Jahren vermißt.«

»So, von Ostpreußen kommen Sie also, dort, wo die Russen jetzt sind. Überall setzen sich die Fremden fest. Sogar nach Mühlau haben sich ein paar arme Teufel vom Balkan verirrt. Aber ihr wart ja da oben selbst schon halbe Russen. Also, ich hab mal einen Pastor von dort kennengelernt, der konnte sogar Litauisch.«

»Da sind Sie sehr im Irrtum. Wir sind keine halben Russen«, sagte Liesa ärgerlich, »und unsere Nachbarn, die Litauer, sind auch keine Russen.«

»Nu regen Sie sich mal nicht auf, kleines Fräulein. Nehmen Sie noch eine Bemme, das beruhigt. Litauen gehört ja nun mal zu Rußland, also sind sie Russen.«

»Nach dieser Logik sind Sie auch ein Russe, Sie leben ja schließlich in der sowjetisch besetzten Zone.«

»Na, na, das ist ja schließlich etwas anderes. Wir sind hier in Deutschland, in einem zivilisierten Land.«
»Wieso denn? Litauen war auch sowjetisch besetzt. Vielleicht haben Sie schon mal etwas von dem Hitler-Stalin-Pakt von 1939 gehört. Und 1941 war es von den Deutschen besetzt und ab 1943 wieder von den Russen.«
»Oho, das kleine Fräulein will mich aufklären. Guck mal einer an. Denkt wohl, so ein dummer Bauer weiß das nicht.«
Vorsicht, versucht Liesa ihren Ärger zu dämpfen, aufpassen, denn noch hat der dammlige Kerl den versprochenen Sack Kartoffeln und die Eier nicht rausgerückt. Das Licht aus einem der kleinen Fenster traf sie voll ins Gesicht. Sie schloß die Augen, schloß den Mund, wollte nichts mehr sagen und wollte nicht daran denken, was sie für diese Menschen war: irgendeine Fremde aus irgendeiner Gegend, die sich hierher verirrt hatte, wie diese armen Teufel vom Balkan.
Der Duft des angeschnittenen Brotlaibs und der roten Marmelade stieg Liesa in die Nase, und obwohl sie schon zwei Scheiben gegessen hatte, raste der Appetit weiter in ihr. Dieses Brot war so köstlich. Sollte der Alte doch sagen, was er wollte. Es war ohne Bedeutung. Auf ihren schmalen Schultern lag die Verantwortung für zwei Menschen, sie mußte dafür sorgen, daß es zu essen gab. Morgen am Sonntag sollte es nicht nur grüne Falläpfel und ein paar Birnen von Luzie geben, nicht nur geriebene Kartoffelsuppe, sondern gute Bratkartoffeln mit Eierflinsen.
Diese Menschen hier waren reich, besaßen wahrscheinlich eine gut gefüllte Speisekammer, Kartoffeln, Eier, Milch und Fleisch; sie brauchten sich nicht um den nächsten Tag zu sorgen, mußten nicht befürchten, daß die Brotmarken nicht reichten und daß ihre Kinder

nicht mal ein einziges Fettauge auf der Graupensuppe entdecken würden.
Die dicke Bäuerin lächelte und bot eine weitere Scheibe Brot an, und obwohl Liesa fest entschlossen war, abzulehnen, griff ihre Hand danach, als würde sie gar nicht zu ihr gehören, und sie nahm auch das schwere Silbermesser mit einer unverschämt dicken Ecke gelber Butter und einen Teelöffel voll Marmelade. Ihr Stolz sagte nein zu dem fertig geschmierten Kunstwerk, aber ihr Bauch sagte ja, ja und nochmals ja.

Bei der Heimfahrt war im Beiwagen kein Platz für Liesa, sie saß, die Arme um Ekhards Leib geschlungen, auf dem Rücksitz des Motorrades, während im Beiwagen die Kartoffeln, der Weizen und, gut abgepolstert, die Eier lagen, die sie beide gemeinsam bekommen hatten und die sie nun teilen mußten, unterwegs am Straßenrand, da die einfachere Möglichkeit, dies zu Hause in entsprechende Behälter zu tun, wegfiel. Zu diesem Zweck hatte Liesa den Rucksack und einen Spänesack mitgenommen. Es war eine ganz gute Ausbeute, zumal Ekhard, dem das meiste zustand, recht redlich mit ihr teilte.
»Die werden sich noch bald einen Perser in den Kuhstall legen, wenn das so weitergeht«, sagte er. »Die Bauern, das sind die, die jetzt wirklich die Macht haben.«
Er war auch nicht gut auf sie zu sprechen, denn alle Versuche, auf anderen Höfen in der Umgebung etwas zu kaufen oder gegen Liesas Damastwäsche zu tauschen, waren gescheitert. Einer hatte sogar etwas von Pack gemurmelt und ihnen die Tür vor der Nase zugeknallt.
Sie waren nicht die einzigen, die heute auf Hamstertour gingen, ein ganzer Lastwagen voll Menschen mit leeren Rucksäcken kam ihnen auf der Landstraße entgegen,

und hier und da sah man an diesem sonnigen Samstag Menschen auf den abgeernteten Feldern nach liegengebliebenen Ähren suchen. Ekhard und Liesa versuchten es auch noch auf einem Roggenfeld und bekamen, immer das am Straßenrand abgestellte Motorrad im Auge, immerhin fast einen halben Sack Ähren zusammen, deren herausgepulte Körner auf der Kaffeemühle gemahlen bestimmt ein Pfund Mehl ergeben würden. Sie hätten auch noch weitergemacht, wenn sich nicht plötzlich wieder der Himmel bezogen hätte und breite Tropfen behäbig auf den seit dem Morgen wieder getrockneten Boden aufklatschten.
Liesa hatte das Kopftuch über ihre längst ruinierte Haarpracht gebunden und barg ihr Gesicht an Ekhards Rücken. Der Regen drang durch ihre schafwollene Jacke und das dünne Sommerkleid bis aufs Hemd. Die letzten paar Minuten würde sie schon durchhalten, Hauptsache, ihre lebenswichtige Beute unter der alten Plane blieb heil und trocken.
Auf der Chemnitzer Straße, als sie an der Firma vorbeifuhren, sah Liesa, wie Mutter mit Brittchen an der Hand aus dem Hausflur der Baptistengemeinde trat, wo gerade die Bibelstunde zu Ende ging, sich von Pfarrer Heide verabschiedete und mit eingezogenem Kopf, das Kind auf dem Arm, dicht an den Häuserwänden entlanglief. Das Motorrad hatte sie zum Glück nicht gesehen. So dauerte es noch mindestens zehn Minuten, bis sie zu Hause waren, und Ekhard konnte noch schnell die Sachen mit hochtragen helfen in das wie ausgestorben daliegende Badehaus. Zum Abschied umarmte und küßte er sie an der Tür ... »Und mach dich schön für heute abend. Ich will, daß man mich um dich beneidet!«
Als Liesa Wasser aus der Küche holen und die Brennschere in den Herd legen wollte, war zu ihrem Erstau-

nen die Küchentür abgeschlossen. »Mutter, was hat das zu bedeuten ... die Küche ist zu!« rief sie nach unten, als Mutter den Regen von ihrem schwarzen Mantel schlackerte und Brittchens Kodderjack ausschüttelte.
»Ah, hast al gemerkt, was die Hahnschen Kujels gemacht haben! Diese dreidammligen Pomuchelsköppe, diese stintäugigen Sadrache! Fahren weg und schließen die Küch ab und alle Badezimmer. Nicht ein Tropfche Wasser haben wir und können auch nuscht kochen. Kein Wasser, kein Feuer. Achott, achott!«
»Das ist ja unverschämt! Wann kommen sie zurück? Wie lange soll denn das so gehen?«
»Haben nuscht gesagt. Vielleicht eine Woch, vielleicht zwei. Weiß der Schinder. Wie sollen wir bloß leben? Ich bet schon zu dem lieben Gottche, daß er durch Menschenhand eingreifen möcht. Sieh, der Kind ist ganz benuschelt und wir können ihm nicht waschen. Müssen sehen, daß wir nebenan bei die dammligen Weiber ein Eimerche Wasser kriegen. Wie ein Pojaz steht einer da. Die werden schon wissen, warum sie das getan haben. Da kannst nun sehen, wo deine dammlige Brennscher läßt. Willst doch wohl nun nicht mehr tanzen gehen. Tanzen! In Lokale rumtreiben, damit die Leute noch, mehr zu schabbern haben.«
Die Mutter hörte auf zu klagen, als sie die heimgebrachten Schätze begutachtete. »Ah, so viel Kartoffeln, da könnt es morgen schöne Bratkartoffeln geben. Ach, weißt, was wir machen? Du mußt ja sowieso zu die Bartuschatsche gehen, dann kochst da gleich einen Topf voll Pellkartoffeln. Die können wir dann morgen auch noch kalt essen als Salat mit dem kritzche Fett, das wir noch haben.«
»Wieso soll ich zur Bartuschatsche gehen, das ist so weit, und ich bin kaputt. Morgen kann ich ja bei Elfriede oder bei Lucie versuchen zu kochen.«

»Ach, Kindche, das hab ich dir noch nicht gesagt, da war eine Nachricht, daß bei die Bartuschatsche einer ist, der wo was von die Grigulls ausrichten soll!«
»Von Max?«
»Nein, man bloß von die Alten. Ich weiß auch nichts Genaues. Nimm man dem Topf und geh hin, dann wirst schon erfahren. Und du, Marjellche, kriegst dann dem warmen Topf ins Bett.«
»Au ja«, freute sich Brittchen, die gerade von den nassen Sachen befreit wurde und einen Hustenanfall bekam wie immer, wenn sie einen Windhauch oder ein paar Regentropfen abbekommen hatte.
Liesa, die Kartoffel und Getreide aus dem Sack und dem Rucksack in die Kiste, die ihnen als Vorratsbehälter diente, einfüllte, dachte an die Bäuerin in Mühlau, die mit Großmutters Sammeltasse ein Stück Popelken im Schrank stehen hatte, ein Stück Vergangenheit, und wenn sie sonntags daraus trank, sah sie nur den Goldrand und die Magnolienranken, und nicht die Seele dahinter, nur ein schönes Stück Porzellan, über das sie – falls die Frage nach der Herkunft einmal auftauchen würde – wahrscheinlich sagen würde: »Ach, das hat mal irgendein hungriges Flüchtlingsmädchen aus dem Osten hergebracht.«
Ja, sie war eine aus dem Osten, und ihr Leben war eine einzige Kette von Schwierigkeiten, Klagen und Vorwürfen, eine ewige Litanei des Jammers. Von Anfang bis Ende. Ihr Leben vertropfte und versickerte langsam und unmerklich in der unbarmherzigen Zeit.

So wie der Regen heute nachmittag von dem stoppligen Roggenfeld geschluckt wurde, so erging es auch ihr. Das Feld war die unaufhaltsame Zeit, und sie selbst war nur einer der zahllosen Regentropfen, die darin versickerten, und das einzige, was von ihr blieb, war ein kleiner feuchter Fleck für kurze Zeit, ein dunkler Kreis, den niemand beachtete und an den sich niemand erinnerte, kein Mensch und keine trockene Erde …

IV

Seit siebeneinhalb Wochen zog Agnes Genske nun auf der Landstraße dahin, in Schnee und Eis und Regen, immer den Feind auf den Fersen und mehrere Male auch unter Beschuß der russischen Tiefflieger. Wenn es ein Nachtquartier gab, dann war es ein Kuhstall oder eine Scheune, und immer hatte sie einen Stock oder einen Spaten neben dem Lager stehen, um nächtliche Raubüberfälle, die an der Tagesordnung waren, abzuwehren oder die Mäuse und Ratten, die ihr während des Schlafs übers Gesicht liefen. Siebeneinhalb Wochen seit sie Popelken im Zug der grausamen Gestalten verlassen hatten, von dem sie schon im Schirrauer Forst getrennt wurden.

Die Verwundeten und Gefangenen blieben zurück, die Verschleppten wurden aufgeteilt, Männer auf die eine Seite, Frauen und Kinder auf die andere Seite.

Die abkommandierten Männer, Greise, Jünglinge, halbe Kinder wurden auf Lastwagen verladen, winkten noch einmal zurück und waren bald darauf verschwunden. Keiner erfuhr, wo man sie hinbrachte.

Unter ihnen die Männer aus der Popelker Gemeinschaft: Alfred, Herr Schmidt, Herr Schneidereit, der Schlorrenmacher und der fremde alte Mann, dessen Frau in das große Wehklagen einstimmte und verzweifelt ihrem Mann nachzulaufen versuchte.

Von den siebzehn Personen, die das Schicksal in Emmchens Wohnung zusammengewürfelt hatte, waren nun außer Agnes noch zehn übrig: Frau Pekan mit ihren

drei Kindern, Frau Miskat und Anni, Frau Schmidt und Kind, Fräulein Schukies und die alte Frau.
Der ganze langsame Treck, der von mehreren jungen Rotarmisten Richtung Schirrau getrieben wurde, bestand aus etwa fünfzig Frauen und Kindern, darunter viele alte Frauen und Kleinkinder, die in dem einsetzenden Schneetreiben oft nicht mehr weiterkonnten. Sie durften dann eine Ruhepause einlegen im Straßengraben unter kahlen Bäumen, die wenig Schutz boten.
Einer der jungen Soldaten ging während der Ruhepause herum und bat um Uhren und Schmuck. Er hielt die Hand auf und sagte: »Uri! Uri!« Agnes beobachtete, wie ein junge Frau mit einem schweren Rucksack auf dem Rücken und einem Baby vor der Brust ihm tatsächlich etwas in die Hand gab und dafür auf dem einzigen Pferdewagen vorn an der Spitze des Zuges Platz nehmen durfte. Eine andere Frau ließ ihren Kinderwagen einfach stehen und ging weiter. Die nachfolgenden Frauen bemerkten, daß das Kind noch lebte und schoben den Wagen wieder nach vorn zur Mutter durch. »Wozu denn«, sagte sie, »es stirbt ja doch. Es ist krank. Es gibt keine Milch, keinen Arzt, keine Medizin …«
Oft sahen sie am Wegesrand liegengebliebene umgekippte Wagen, Kriegsmaterial, tote Pferde, tote Menschen, die sie nur mit einem gleichgültigen Blick streiften. Einmal ein ausgebranntes Militärauto, in dem drei verkohlte Leichen saßen. Die Nacht verbrachten sie in einer Scheune, in der es zum Glück reichlich sauberes Stroh gab. Die meisten ließen sich in ihren nassen Sachen todmüde ins Stroh fallen, andere, die sich trotz der Angst vor den Russen auszogen, versuchten vergeblich ihre Sachen zu trocknen. Am nächsten Morgen hatten sie Mühe, in die klammen Kleider und Schuhe wieder hineinzukommen.

Die Bewacher rissen eine Bretterwand der Scheune nieder und begannen an drei offenen Feuerstellen auf dem Hof zu kochen. Als sie gegessen hatten, verteilten sie heißen Tee und überließen die Feuer denjenigen Frauen, die etwas kochen wollten, ein Angebot, von dem nur wenige Gebrauch machten, weil die meisten zu müde waren und außerdem die Nähe der Soldaten an den Feuern fürchteten.
Agnes war froh, daß sie bisher nicht ausgeplündert und untersucht worden war. Sie besaß noch alle ihre Schätze, auch wenn der Persianer nun plietznaß war und ihre sämtlichen Verstecktaschen durchgeweicht.
Während des Weges war sie zu dem Schluß gekommen, daß es möglich sein müßte, sich von der Marschkolonne wegzustehlen, entweder nachts oder während der Ruhepausen oder auch während des Marsches. Einige hatten sich auch schon abgesetzt, und die Bewacher zeigten wenig Lust, den Ausreißern hinterherzulaufen. Zwar hatten sie von den Schußwaffen bisher keinen Gebrauch gemacht, aber das konnte sich schnell ändern.
Agnes, wieder in den Zustand künstlicher Häßlichkeit versetzt, kochte aus ihrem nassen, verklumpten Mehl, aus etwas Milchpulver und Zucker einen Klunkermus, den sie mit den zehn Schützlingen teilte, zu deren Anführerin sie seit dem gewaltsamen Abgang der Männer avanciert war, und das genau war der Punkt, der ihr Sorgen machte. Mit einer so großen Gruppe war es unmöglich, sich unbemerkt davonzustehlen. Als sie sich nach einer Nacht bleiernen Schlafs in der offenen Scheune in ihren immer noch feuchten Kleidern auf den Weg machten, richtete Agnes es so ein, daß sie am Rand neben einem der jungen Rotarmisten ging, und während sie ab und zu einen Blick auf die dünne Gestalt in der olivfarbenen Uniform warf, auf die ausra-

sierten Nackenhaare und die roten Kragenecken, überlegte sie, wie sie einen Tauschhandel zustande bringen könnte. Ihre Uhr oder ein Schmuckstück gegen die Freilassung der Popelker Truppe.
Ob er sich darauf einließ? Ob sie sich ihm überhaupt verständlich machen konnte? Ob er nicht noch mehr Wertsachen vermutete und sie untersuchen wollte? Wer konnte sagen, ob er, nachdem er seinen Lohn empfangen hatte, nicht doch schoß? Ob er das überhaupt tun dürfte, ohne sich selbst einen Rüffel einzuholen? Während sie, die Gruppe um sich geschart, auf eine günstige Gelegenheit wartete, rief ein Pfiff den Auserkorenen nach vorn zu seinen Leuten, die sich über einer ausgebreiteten Karte berieten.
Nach einer Weile kamen sie zu den Frauen und Kindern und scheuchten sie wie Hühner weg. »Iditje! Iditje damoi! Weg, weg, weg! Doswidanja!« Sie jagten auch die Frau mit dem Baby und die alten Frauen von dem Pferdewagen runter und fuhren mit ihm davon, direkt auf Taplacken zu, dessen Dächer am Ende der Allee aufblitzten.
Die Frauen sahen sich ratlos um, glaubten, es wäre eine Falle und neues Unheil würde auf sie zukommen, aber dann, als der Wagen der Russen außer Sichtweite war und sie allein in weiter Flur standen, zeigte sich Hoffnung auf so manchem versteinerten Gesicht. Die Russen wußten also nichts mit ihnen anzufangen, wußten wahrscheinlich gar nicht, wo sie hinziehen sollten und warum. Diese Masse unnützer Frauen und Kinder war nur Ballast, den sie nun einfach stehen ließen. Sie waren frei. Frei und allein, irgendwo in diesem toten Land.
Die meisten zogen einfach die Straße weiter in der Hoffnung, leerstehende Häuser zu finden, in denen sie zunächst bleiben konnten, andere kehrten um und gin-

gen denselben Weg wieder zurück, um in ihre Heimatorte zu gelangen.
Von der Popelker Gruppe scharten sich Fräulein Schukies, die Miskatsche mit ihrer Nichte und Frau Pekan mit ihren Kindern Renate, Sophie und Günter um Agnes. Die alte Frau hatte Leute gefunden, die auch nach Elbing wollten, und sie hoffte, dort ihren Sohn zu finden und vielleicht auch ihren Mann, wenn er hatte fliehen können. Frau Schmidt wollte zu Freunden nach Preußisch-Eylau, auch wenn sie nicht wußte, wie sie dorthin gelangen sollte.
Die vier Frauen und vier Kinder zogen zusammen mit anderen in das nächste Dorf, wo sie tatsächlich unbeschädigte verlassene Häuser vorfanden, Brennholz im Keller, Bohnen, Erbsen, Kartoffeln und Eingemachtes. Sie konnten Feuer machen, ihre Sachen trocknen, Essen zubereiten und sich von den Strapazen der letzten Tage erholen. Immer in Angst, daß sie erneut überfallen und weggezerrt werden konnten. Agnes wollte wieder nach Popelken zurück, aber dieser Vorschlag wurde von den anderen Frauen energisch abgelehnt. Man einigte sich schließlich darauf, nach Norden zu gehen, über Laukischken und Labiau ans Kurische Haff zu gelangen, nach Postnicken und weiter zur Kurischen Nehrung, nach Cranz oder Sarkau und dann an der Küste lang nach Westen, nach Palmnicken oder Pillau. Irgendwo würde vielleicht ein Entkommen mit dem Schiff möglich sein. Jedenfalls immer weiter nach Westen, dorthin, wo die Russen noch nicht waren.
Sorgen machte Anni, die zu fiebern begann und immer wieder nach ihrer Mutter rief. Von Tag zu Tag wurde es schlimmer mit ihr, sie war glühend heiß und phantasierte. Andere Flüchtlinge wußten, daß in Schirrau noch ein Arzt praktizierte; sie stellten Pferd und Wagen zur Verfügung, und eines Tages wollte die Miskatsche

mit dem fiebernden Kind losfahren. Aber das Pferd weigerte sich zu gehen, es war störrisch wie ein Esel, sprang hoch und wieherte, blieb einfach stehen, und als es endlich loszog, das bewußtlose Kind und die Miskatsche davontrug, sagte Agnes: »Das ist ein schlechtes Zeichen, ein sehr schlechtes Zeichen«, und sie besann sich auf ihre fast vergessene Schwarze Kunst, holte ihre Karten hervor, die sie auch auf dieser ungewissen Reise begleiteten, und sah viele undeutbare Wirrnisse.

*

Siebeneinhalb Wochen zogen sie durchs Land, immer auf der Flucht, immer in Angst, mehrfach überfallen. Sie hielten sich in den Wäldern versteckt, schliefen am Tag, wenn sie ein Quartier fanden, gingen nachts weiter und wußten oft nicht wohin.
In Taplacken hatten sie den Zorn der eigenen Landsleute zu spüren bekommen, derjenigen, die aus Mitleid mit dem kranken Kind ihr einziges Pferd und ihren Wagen verborgt hatten. Beide waren nicht wieder aufgetaucht, und die Gefährtinnen der Miskatsche wurden beschuldigt, an dem Diebstahl ihres Eigentums beteiligt zu sein, ja mit ihr unter einer Decke zu stecken. Alle Beteuerungen, es könnte etwas passiert sein, oder vielleicht würde Anni behandelt und sie müßten solange dableiben, wurden in den Wind geschlagen.
Eines Tages waren Agnes' Schuhe und eine ihrer guten Strickjacken gestohlen. Sie wußte sofort, was das zu bedeuten hatte. Es war die Rache der Leidensgefährten; diesen Diebstahl sahen sie wohl nicht als Diebstahl an, sondern als schwachen Ausgleich für den erlittenen Verlust. Jetzt wurde es Zeit zu gehen.

Sie waren nur noch sechs – drei Frauen und drei Kinder, die sich auf den Weg machten, planlos, vorsichtig.

Agnes ständig mit kalten oder nassen Füßen, von denen sie früher mit Sicherheit eine Bronchitis bekommen hätte. Jetzt blieb sie zu ihrer großen Verwunderung von Krankheiten verschont, selbst ihre langjährige Migräne war seit der Flucht nicht wieder aufgetaucht. Aber sie war müde, müde des Herumziehens. Eine Woche lang lebten sie in einer halbverfallenen Hütte im Wald, zwei Wochen verbrachten sie auf einem Gut in Legitten, wo sie für Russen und deutsche Kriegsgefangene Essen kochten. Dort trafen sie einige Leute, die vom Haff gekommen waren und die ihre geräucherten Hechte und Zander mit ihnen teilten, die sie auf den überschwemmten Haffwiesen leicht mit der Hand gefangen hatten.
Sie erzählten von dem Chaos, das dort sichtbar geworden war, Pferdekadaver, noch eingespannt, umgekippte Wagen, verstreuter Hausrat. Unzählige Wagen waren auf dem zu dünnen Eis eingebrochen, viele Menschen hatten den nassen Tod gefunden.
In Agnes wuchs der Wunsch, wieder nach Hause zu gehen. Er wurde stärker von Tag zu Tag, beherrschte sie immer mehr. Sie wollte nach Hause, ganz gleich, was sie dort erwartete. Sie und das apathisch gewordene, fiepende Fräulein Schukies hatten es von Anfang an gewollt, und nun wurde es Lydia Pekan, Renate, Sophie und Günter mitgeteilt. Sie sollten sich entscheiden, ob sie mitkommen wollten oder nicht.
Agnes ging, während sie noch auf die Entscheidung der Pekans wartete, an diesem milden, hellen Tag, an dem der Frühling so unerwartet Einzug gehalten hatte, zu einem Bach im nahegelegenen Wald, um sich zu waschen und unbeobachtet ihre Unterwäsche und die Kleider mit den Geheimtaschen zu säubern und in der Sonne trocknen zu lassen, bevor sie sich am nächsten Tag auf den Heimweg machen wollten.

Vom eiskalten Wasser des Bachs erfrischt, die neue Wäsche und die neuen Kleider zum Wechseln angezogen, wusch sie Hemd, Hose, Unterrock, Bluse und Jacke und breitete sie an dem verborgenen Ufer zum Trocknen am Boden aus, auch das wertvolle Stück Seife wurde zum Trocknen auf ein Blatt gelegt. Die Wertpapiere und die Schmucksäckchen hatte sie unter einem Strauch versteckt, um sie dann wieder in die getrockneten Sachen zu verteilen, sauber und reisefertig für den Weg nach Hause. In den ausgebürsteten Persianer gehüllt, lag Agnes in der Frühlingssonne, das sprießende, frische Grün um sich, und dachte an ihre Obstbäume, die jetzt vielleicht schon zu blühen anfingen; auch wenn es in diesem Jahr wenig Frühlingsblumen gab, die Bäume würden blühen wie immer. Agnes sah sich im Anbau sitzen, von der Arbeit an einem Kranz aufblickend in den schimmernden Obstgarten, die Kirschbäume über und über mit weißen Blüten bedeckt, am Zaun hinten die drei Tannen, die ihre Eltern für die Kinder gepflanzt hatten, eine für Agnes, eine für Alfred und eine für Eugen, und daneben die ganz kleine, die sie selbst für Brittchen, für das Enkelkind von Eugen, gepflanzt hatte.
Alfred arbeitet in den Frühbeeten. Im Ofen steht der Gänsebraten für Sonntag. Bauer Rigoleit fährt mit seinen zwei Braunen zur Mühle Lotze. Bald wird Lieske ihre Arbeit in der Mühle beenden, nach Hause zu ihrer Tochter gehen und bald danach herüberkommen, um ihrer Tante bei den anderen Kränzen zu helfen, und nach getaner Arbeit, wenn die Kränze abgeholt und mit gutem, knisterndem Geld bezahlt sind, werden sie in die Stube gehen, die Flasche aus dem Versteck im Vertiko holen und ein Glas von dem herrlichen süßen Portwein trinken.
Lieske trägt ihren blaugeblümten Trägerrock mit unter-

gezogener weißer Rüschenbluse, sie lacht den hereinfallenden Sonnenstrahlen entgegen, erzählt vom dicken Herrn Backendorff, ihrem unglücklichen Verehrer, und von Brittchen und von Mutter, die sie mal wieder gepiesackt hat, und in ihren blauen Augen blitzt der Schalk auf, derselbe, der Eugen einst in den Augenwinkeln saß.

*

Von einem jungen deutschen Flakhelfer, der sich im Wald bei einem Franzosen versteckt hielt, erfuhren sie: Königsberg war gefallen. Der Weg nach Westen war abgeschnitten, aber sie wollten ja nach Osten, und nach ein paar Tagen – sie zählten sie schon nicht mehr – waren sie auf der Straße von Schirrau nach Melawischken; sie kannten die Dörfer, die am Weg lagen: Paschwentschen, Bittkallen, Bittehnen und Kalkeningken, wo früher Lieskes Großeltern einen Hof besaßen, von dem nur Lieskes kleines, von Emmchen über die Jahre wie ein Augapfel gehütetes und nun wohl endgültig verlorenes Erbteil von zweieinhalbtausend Reichsmark übriggeblieben war. Die Raiffeisenkasse, auf der kürzlich noch der dicke Herr Backendorff die Gelder der Popelker und auch Agnes' anderes, angeblich sicher angelegtes Vermögen außer den verlustig gegangenen Original-Wertpapieren verwaltete, war beschädigt und verwaist.

Agnes Genske, die angesehene und erfolgreiche Geschäftsfrau mit beachtlichem Geld- und Grundbesitz, näherte sich in Gesellschaft von heruntergekommenen Frauen und Kindern ihrem Heimatort.

Sie war all ihrer geretteten Reichtümer beraubt, seit sie an jenem milden Frühlingstag am Bach, eingehüllt vom Pelz und den warmen Sonnenstrahlen, sich den Träumen von besseren Tagen hingegeben hatte und wohl

auch ein wenig eingenickt war, bestohlen von Russen oder Deutschen oder herumstreunendem Gesindel.
Alles war weg, all ihre Wertsachen, der ererbte, gekaufte und geschenkte Schmuck, außer den im Persianer eingenähten Korallen, die Inhaberschuldverschreibungen, die Sparbücher, alles, was sie bisher dank ihrer listigen Tarnung als arme, alte, abstoßende Frau sicher durch alle Plünderungsversuche gebracht hatte, war dahin durch ihre eigene Dummheit und Unvorsichtigkeit.
Ihr Besitz belief sich nunmehr auf folgende Gegenstände: ein Paar Stiefel, ein Paar Halbschuhe, einen Persianer mit eingenähtem Korallenschmuck, etwas Wäsche, ein paar Kleidungsstücke, eine Persianerkappe, ein Kopftuch, Handschuhe, ein Ersatzgebiß, eine Brille mit abgebrochenem Bügel, den Schlüssel zu ihrem Haus, ein Mäppchen mit Fotografien und Papieren, eine Röhre mit Schmerztabletten, ein Säckchen mit Schlaftabletten, fünf guterhaltene Zuckerrüben, ein Stück Speck, mehrere gekochte Kartoffeln und ein Glas eingewecktes Schmalzfleisch.
Sie wußten nicht mehr, welches Datum, welchen Wochentag sie hatten, es gab keinen Kalender, und es war ihnen auch egal. Es ging nur darum, etwas im Bauch zu haben und die nächsten Stunden zu überleben.
Es mußte Anfang oder Mitte Mai sein. Ein strahlend blauer Himmel spannte sich über die hellgrün sprießende Natur, und in die Lichtung, auf der die drei Frauen ausruhten, spickte hell die Frühlingssonne hinein, als hätte es keinen Weltuntergang gegeben, als wäre ein genauso heiteres Frühjahr wie in den letzten Jahrzehnten. Sie konnten den Kirchturm von Kalkeningken sehen, auf dem merkwürdigerweise die Weißstörche in diesem Jahr nicht ihre Nester bauten.
Die Pekanschen Kinder tollten herum, liefen in den Wald hinein, ständig von der Mutter ermahnt, nicht zu

weit zu gehen. Für sie war es eine fremde Umgebung, Agnes aber, die jedes Fleckchen kannte, wußte, hier konnten sie sich nicht mehr verlaufen.
Ihr war aufgefallen, wie die anfängliche Zärtlichkeit, mit der Lydia Pekan ihre Kinder behandelte, fast gänzlich verschwunden war, es gab keine Küsse, kein Streicheln, keine Umarmungen mehr. Dies gemeinsame Leid schloß die Menschen nicht enger zusammen, sondern es verhärtete sie, Gefühle wurden ganz innen in den Tiefen des Bewußtseins eingefroren. Sie aufzutauen und herauszulassen, hätte alles noch viel schlimmer und vielleicht unerträglicher gemacht, es hätte dann mit den Tränen alles aus ihnen herausfließen können, das letzte bißchen Mut, die notwendige Härte; alles, was sie brauchten, um die Kraft zum Überleben zu haben, alles, was sie trieb, doch immer weiterzumachen, würde sich in einem Meer von Traurigkeit auflösen, in unbezwingbarer, tatenloser Schwermut, in gefährlicher Apathie, Lähmung und Selbstaufgabe.
»Nicht mal die Störche sind zurückgekommen. Jedes Jahr bauten sie ihr Nest auf dem Kalkeningker Kirchturm«, sagte Agnes. »Die Tiere spüren wohl auch, daß hier etwas nicht stimmt.«
»Wie das Pferd, daß die kranke Anni nicht ziehen wollte. Wissen Sie noch, Frau Genske?« sagte Lydia Pekan. »Was ihnen wohl zugestoßen sein mag?«
»Ich glaube nicht, daß sie noch am Leben sind«, warf Fräulein Schukies ein, und dann leiser und nach innen gekehrt: »Wie meiner Mutter wird es ihnen ergangen sein. Umgebracht. Erschossen. Hoffentlich ist ihnen wenigstens das Schreckliche erspart geblieben, das wir mitmachen mußten. Da ist es schon besser, man ist tot.« Bei dem Gedanken an ihre Vergewaltigung verfiel sie wieder in das alte Fiepen, krampfte die Hände vor dem Bauch zusammen und zitterte.

»Wie können Sie so etwas sagen, Fräulein Schukies? Natürlich war es entsetzlich und ekelhaft, aber Hauptsache ist doch, daß wir noch am Leben sind und nicht verletzt oder verstümmelt. Ich will leben und für meine Kinder sorgen. Sollen sie mit meinem Körper machen, was sie wollen, wenn sie nur meine Kinder verschonen.«

»Ich bin aber verletzt, ich bin verstümmelt«, murmelte Fräulein Schukies und zitterte vor Angst bei dem Gedanken, daß sie nun wieder an die Stätte des Verbrechens zurückkehren mußte, und mehr noch aus Angst um ihre Mutter, aus Angst vor der schrecklichen Wahrheit, die sie in fünf Kilometer Entfernung erwartete.

»Oh, mein Gott, was wird nur aus meiner armen Mutter geworden sein? Ich hätte von Taplacken zurückkommen müssen, ich hätte nicht weiter mitgehen dürfen. Wie sollte sie allein da überleben, wo sie doch kaum laufen konnte?«

Agnes hörte nicht auf das Klagen von Fräulein Schukies, sie trauerte dem Verlust des letzten Stückes Seife nach, seltsam, die Wertpapiere, das Geld und der Schmuck, deren Verlust ihr früher wie eine Katastrophe unvorstellbaren Ausmaßes vorgekommen wäre, ließ sie jetzt ziemlich kalt. Was bedeuteten diese Papiere schon, wertlos waren sie im Vergleich zu einem Stück Brot oder einem Stück Seife, und auch auf die Seife konnte sie verzichten, wenn sie nur genug zu essen fanden, und wenn auch das nicht mehr ging, dann besaß sie immerhin noch etwas, das sie von Läusen, Hunger und Schmerzen befreien konnte – das Säckchen, das sie mit einem Bindfaden um die Taille trug und das zwei Röhrchen Schlaftabletten enthielt, die sie unterwegs in einer verlassenen Arztpraxis gefunden hatte. Dies war ihr wichtigster Besitz, ihre Sicherheit, ihre Beruhigung. Dann war es eben vorbei, erledigt, abgehakt, aus.

Als ob der Mensch so etwas Besonderes wäre, mehr wert als der Käfer, der da über den Waldboden krabbelt, mehr wert als ein Tier oder eine Blume, die einst in ihrer Gärtnerei blühte. Gar nichts Besonderes ist der Mensch, ein Tier auf zwei Beinen, das grausam und gemein sein kann, so grausam, das es eine Beleidigung für ein Tier ist, mit den Menschen auf eine Stufe gestellt zu werden. Es tötet nicht zum Spaß, nicht wahllos und ohne Grund im Vorübergehen. Agnes hatte so viele Tote unterwegs gesehen, von Geschossen, Axthieben, Vergewaltigungen, Krankheiten getötet oder nur von der Unerträglichkeit des Lebens in diesem Krieg, so viele blutleere Gesichter, so viele offenstehende Münder, die alle etwas Gemeinsames hatten – die Zugehörigkeit zu einer anderen Welt, eine Verwandtschaft untereinander, die den Lebenden sagen wollte: Seht her, das waren unsere Körperhüllen, als wir noch zu euch gehörten, das waren unsere Gestalten, das Fleisch, das der Käfig für unsere Seele war, der nun, da er zerschlagen und bedeutungslos geworden ist, unsere wahre Gestalt und körperlose Seele freigibt. Ohne Hunger, ohne Schmerzen leben wir jetzt; ohne die quälenden Bedürfnisse der einengenden Hülle sind wir frei und leicht und schweben in einem weißen Licht, von dem ihr nichts wißt. Sehr weiß, sehr schön und so voller Ruhe, voller Frieden, Frieden, Frieden, daß ihr euch darauf freuen würdet, zu uns zu kommen, wenn ihr nur ein wenig von diesem Glück ahntet …

*

»Mama, da fallen bunte Sterne vom Himmel! Sieh doch!« rief Sophie und kam vom Feldrand in das Waldversteck gelaufen, wo die Frauen, Renate und Günter auf ihren Bündeln lagen, schliefen oder vor sich hindösten, um auf die Dunkelheit zu warten, in deren Schutz

sie sich zu Hause einschleichen wollten. Lydia Pekan fuhr hoch.
»Wo fallen Sterne?« fragte sie und folgte Sophie zum Waldrand, und die anderen kamen auch und sahen, wie direkt über Popelken Leuchtraketen in den Himmel stiegen, und dann hörten sie auch eine Salve von Schüssen.
»Das sind keine Sterne, Sophie. Die fallen ja nicht vom Himmel, die steigen auf. Das sind Leuchtraketen.«
»Sind das die Russen, Mama? Wollen sie den Mond totschießen?«
»Ich weiß auch nicht, was das zu bedeuten hat. Was meinen Sie, Frau Genske? Was sollen wir machen?«
»Wer weiß, was da los ist. Aber egal. Wir wagen es. Jetzt ist es dunkel genug. Wir pirschen uns vorsichtig heran. Vielleicht gehe ich auch erst mal allein weiter, wenn wir dort sind.«
»Mein Gott, wo Sie nur immer Ihren Mut hernehmen.«
»Mut? Ich und Mut? Ach, wenn Sie wüßten, was ich für eine Angst habe? Aber ich will zu Hause sterben und nicht irgendwo in der Fremde. Wenn es denn schon sein muß ...«, sagte Agnes und wandte sich nach Lydia Pekan um, die sie in der Schwärze der schnell hereingebrochenen Nacht kaum noch erkennen konnte.
»Immer reden Sie vom Sterben, Frau Genske. Ich kann das nicht hören.«
Wie spät es war, wußten sie nicht, keiner von ihnen besaß noch eine Uhr. Langsam gewöhnten sich die Augen an die Dunkelheit, an das Grau, das über der Straße lag, und an die dunkle Mauer des Waldes zu beiden Seiten.
»Den Mond scheinen sie wirklich totgeschossen zu haben, Sophie. Er ist weg. Man kann ja kaum die Hand vor den Augen sehen.«
»Und kommt er nie wieder. Ist er ganz tot, Tante Agnes?«

»Nein, nein, er ist nur heute weg. Morgen, du wirst sehen, steht er wieder rund und hell am Himmel.«
Zweimal mußten sie auf dem letzten Stück des Weges noch haltmachen; ein Lastwagen fuhr in Richtung Popelken, von dem aufmerksamen Günter so rechtzeitig bemerkt, daß sie beiseite springen und sich unbemerkt verbergen konnten, und danach, als der Wald aufhörte und sie schon auf der Chaussee an den Feldern waren, wurde Fräulein Schukies schlecht. Sie mußte sich übergeben und saß eine Weile stumm im Straßengraben, stumm wie sie schon den ganzen Tag war. Nach einer Weile raffte sie sich seufzend wieder auf. Agnes nahm ihr die Tasche ab. Sie selbst hatte ja nicht mehr viel zu tragen, nur die paar Sachen in dem Kopfkissenrucksack, alles andere war längst auf der langen Odyssee verlorengegangen oder gestohlen worden.
Als sie am Hof des Großbauern Rigoleit anlangten, auf dem damals schon die Russenfrauen standen, knallte hier und da noch ein Schuß im Dorf, das Leuchten am Himmel hatte aufgehört und ganz leise schien Musik in der Luft zu liegen. Musik? Musik und Leuchtraketen, als ob es was zu feiern gäbe!
Ob der Taufengel noch im Graben liegt, dachte Agnes, als sie an der Kirche vorbeikamen. Einen Moment erschien es ihr, als ob sie Schnauben und Pferdegetrappel in der Kirche hörte, aber sie liefen schnell weiter durch die Insterburger Straße mit ihren halb zerstörten Häusern, vorbei am geplünderten Geschäft von Herrn Schneidereit, und dann sahen und hörten sie auch, wo die Musik herkam, die Stimmen, der Lärm, die russischen Gesänge – aus der Gärtnerei, aus Agnes' Haus, aus ihrem Garten, aus ihrem schönen, schönen Haus …
Lydia meldete Bedenken an … ob es gut war, wenn sie jetzt wieder in die alte Wohnung gingen, so nahe bei der Gärtnerei, in der offensichtlich die Russen wohn-

ten? Aber die anderen beiden wollten dorthin, unbedingt, komme, was da wolle. Es gelang ihnen auch, ungesehen hinten über Garten und Hof ins Haus zu gelangen, das dunkle Treppenhaus mit dem abgerissenen Geländer hochzusteigen, bis sie vor der in der unteren Hälfte eingeschlagenen Tür zu der Wohnung standen, in der noch vor fünf Monaten, in einem anderen Zeitalter, Emmchen, Lieske und Agnes am Adventskranz gesessen, Kathrinchen und Pfefferkuchen gegessen hatten.
Fräulein Schukies, die wieder zu fiepen begonnen hatte, je näher sie der Wohnung kamen, machte plötzlich kehrt und rannte nach unten, um aus dem leeren Magen möglichst lautlos noch etwas herauszuwürgen. Geräusche waren in der Wohnung zu hören, und im Loch in der Tür erschien ein schwacher flackernder Lichtschein. Agnes klopfte vorsichtig und leise. Langsame Schritte kamen heran. »Wer ist da?« fragte eine Stimme, die Agnes' Herz höher schlagen ließ.
War das möglich? Konnte es ihre Stimme sein? »Huldchen«, flüsterte Agnes. »Huldchen, bist du es?«
»Mein Gott, Agnes! Agneschen! Ist das eine Freude! Wo kommst du denn her, mitten in der Nacht? Und Fräulein Schukies. Wie schön. Nun kommt doch erst mal rein!«
Die Ankömmlinge betraten die Wohnung, die unverändert war und von Hulda Düwell allein bewohnt wurde. Die Pekan-Familie wurde vorgestellt. Hulda bedeutete Fräulein Schukies, die gleich in die beiden Schlafkammern gelaufen war, mit einer beruhigenden, wissenden Geste zu warten, bis sie sagen würde, was zu sagen war.
»Mein Gott, Huldchen. Ich glaubte dich mit Hermann und den Kindern längst weit weg, irgendwo im Reich.«
»Ach, Agnes, wir waren schon in Braunsberg, aber er wollte unbedingt zurück nach Skirbst. Es ist alles verloren. Hermann ist tot. Sein Herz hat nicht mehr mitge-

macht. Ella und der kleine Hans wurden von Russen verschleppt. Die waren wie doll, wie wild, wir haben mit ansehen müssen, wie sie Leute erschossen. Von Erika habe ich keine Nachricht bekommen, weiß nichts. Herbert ist beim Arbeitsdienst, ja und von Erwin bekam ich im Sommer den letzten Feldpostbrief, seither keine Nachricht.«

»Der Erwin, der war hier«, sagte Agnes, »im Herbst, kurz nachdem ihr weg wart. Er sollte in ein Lazarett nach Allenstein und machte heimlich den Umweg. Er und Lieske fuhren sogar noch mit dem Backendorff nach Skirbst. Er hat euch gesucht.«

»Mein Gott, der Erwin war hier! Er lebt, Agnes, ich weiß es. Und Lieske, unser Lieske? Ist sie mit Emmchen und dem Kind beizeiten weggekommen? Und du? Und Alfred? Wo ist er? Wie ist es euch ergangen? Erzähl!«

Hulda Düwell, die große Frau, zu der Lieske, wenn sie in den Schulferien nach Skirbst kam, immer bewundernd aufsah, wenn sie hochaufgerichtet und ohne sich anzulehnen auf dem Kutschbock saß und die Peitsche schwang, war grau geworden, ihre zur Nacht aufgelösten Haare hingen in langen grauen Strähnen auf die Schultern herab, die Warze auf ihrer Nase glänzte wie früher. Wie eine Riesin stand sie, angeleuchtet von der Kerze auf dem Fußboden, in ihrem langen Nachthemd in Emmchens Wohnzimmer, von den Pekan-Kindern wie eine Erscheinung bestaunt.

Fräulein Schukies lief noch mal durch die Wohnung, kam mit wirrem Blick und einer schwarzen Jacke zurück, die sie Huldchen hinhielt.

»Wo ist meine Mutter? Wo ist sie? Sie ist tot, nicht wahr?«

So viele Fragen schwirrten durch diese Nacht, so viele Fragen. Doch bevor sie beantwortet werden konnten, nahm Huldchen die fremden, übermüdeten Kinder mit der ihr eigenen Fürsorglichkeit an die Hand, um sie in Lieskes Bett zu bringen, dessen dickes Federbett, unter dem Agnes sich damals mit ihren alten Reichtümern und ihrer neuen Häßlichkeit vor den nächtlichen Besuchern versteckte, längst verschwunden war. Mit ihren Mänteln zugedeckt, die Mädchen oben, der Junge am Fußende, schliefen sie schon, noch bevor die Mutter ihnen die Schuhe ausgezogen hatte. Huldchen begann in der Küche das Feuer im Herd wieder anzufachen und einen Topf mit Kartoffeln aufzusetzen. Von drüben, von der Gärtnerei her, war die Quetschkommode und ein Stampfen zu hören, grölende Stimmen vor der Tür, Frauenkreischen.

Zwei standen jetzt unter ihren Fenstern, rauchten und riefen »Matka! Matka!« Die Frauen wollten in das alte Kaburr auf die Lucht gehen, um sich zu verbergen, aber Huldchen beruhigte sie.

»Die wissen nicht, daß ihr hier seid, und mir tun sie nichts. Sie kommen nicht herauf. Ihr könnt ganz ruhig sein.«

»Wieso sind Sie da so sicher?« fragte Lydia Pekan.

»Mir tun sie nichts«, wiederholte Huldchen, und wie sie da gemeißelt wie eine Statue, das Kinn erhoben, mit der ihr eigenen unnachahmlichen majestätischen und zugleich gütigen Art die Teller auf den Tisch stellte, glaubten sie es, glaubten, daß sich selbst in dieser heillosen, moralverachtenden Kriegszeit, in der ein Menschenleben gar nichts wert war, an diese Frau niemand heranwagte. So viel Würde und Mütterlichkeit ging von ihr aus, ganz gleich, ob sie Gutsfrau war oder Russenmagd wie jetzt. Nichts und niemand konnte ihr nehmen, was sie war.

Der Verlust ihres Mannes und ihres großen Besitzes, die Ungewißheit über ihre Kinder, hatten sie grau, aber nicht klein gemacht. Noch größer als sonst erschien die

imposante Gestalt, die schon in Skirbst alle überragt hatte, noch aufrechter, als wollte sie sagen: Jetzt gerade, meinen Stolz und meine Würde kann niemand auf dieser Welt antasten.
Die letzte Kerze war ausgebrannt und die vier geschundenen Frauen saßen im nächtlichen Halbdunkel an Emmchens Tisch, an dem einst Lieskes Hochzeit gefeiert worden war, aßen Pellkartoffeln, feierten das Wiedersehen, während nebenan der Feind und Sieger mit melancholischen, langgezogenen Gesängen zur jaulenden Quetschkommode auch etwas feierte.
Hulda Düwell war vor vier Wochen, also drei Wochen, nachdem die Insassen der Wohnung im Zug der grausamen Gestalten Popelken verlassen hatten, hier angekommen, teils zu Fuß, teils von russischen Lastwagen mitgenommen. Ihre Hoffnungen und Befürchtungen, ihre Schwester Emma und ihre Nichte Elisabeth hier noch zu finden, hatten sie hergetrieben, auch Nachrichten von Erwin, Erika, Ella und Herbert, von Verwandten und Freunden konnten hier gelandet sein. Aber statt dessen fand sie die alte Frau Schukies in einem schrecklichen Zustand vor. Die halbverhungerte alte Frau war von Russen geschändet worden, lag in ihren Exkrementen und flehte Hulda um ihren Tod an. Diese Einzelheiten vertraute sie Agnes am nächsten Tag an. In der Nacht sagte sie Fräulein Schukies, daß sie die Mutter zwei Wochen gepflegt habe und diese dann friedlich entschlafen sei, immer in Gedanken bei der Tochter, was ja auch der Wahrheit entsprach.
Hulda erzählte, daß im Hause der Forstreuters sechs Leute aus Kraupischken untergekrochen seien und daß nebenan in Genskes Gärtnerei von den Russen eine Kommandantur eingerichtet worden sei, wo sie für die Russen koche und dafür auch Essen mitnehmen dürfe, für sich und vorher auch für Frau Schukies.

Als diese starb, habe der Kommandant, der recht gut deutsch spricht, zwei Männer angewiesen, ein Grab zu schaufeln. Die anderen Flüchtlinge haben ihr dann geholfen, sie zu begraben.
»Morgen zeige ich Ihnen, wo Ihre Mutter begraben liegt«, sagte sie zu Fräulein Schukies. »Ganz hinten am Zaun bei Eschmends.«
Die Russen waren schon hier, als sie ankam. Sie hätten ihr befohlen, für sie Essen zu kochen. Keiner habe ihr etwas getan, sie hätte auch keine Angst gehabt. Vier Wochen arbeite sie nun schon hier. Man kenne sich schon ein wenig. Die Mühle Lotze hätten sie zeitweise wieder in Betrieb genommen und in der Backstube auch schon Brot gebacken.
»Seit gestern sind sie nur am Feiern. Sie tanzten und tobten, schenkten mir ein halbes Brot und schrien: ›Woina kaputt, Woina kaputt!‹ Wißt ihr, was das heißt? Was? Sagt bloß, ihr wißt es noch nicht! Woina, das ist der Krieg. Er ist zu Ende. Es ist vorbei. Deutschland hat kapituliert. Berlin ist von den Russen und den Alliierten besetzt. Hitler soll tot sein, sie zeigten mir so eine unmißverständliche Geste mit dem Zeigefinger an der Gurgel. Vielleicht haben sie ihn aufgehängt. Ich weiß nichts Genaues.«
»Mein Gott, es ist vorbei. Das tausendjährige Reich währte nur zwölf Jahre«, sagte Frau Pekan. »Die ganze Welt sollte uns gehören, und nun haben wir gar nichts mehr. Wer hätte das für möglich gehalten. Man kann gar nicht glauben, wie das alles gekommen ist. Und nun soll es vorbei sein. Doch was nützt uns das noch. Unsere Männer sind tot. Ob wir jetzt wenigstens nach Hause zurückkehren können? Wie wird es nun weitergehen? Die Russen werden doch abziehen, wenn alles vorbei ist, nicht wahr?«
Vielleicht brauche ich das Tablettensäckchen doch

nicht, dachte Agnes, schöpfte neuen Mut und fühlte, wie alte, verlorengeglaubte Kräfte sie durchströmten. Vielleicht kann ich leben, ja leben. Arbeiten. Wieder den warmen, erdigen Duft der Gewächshäuser riechen, wieder Kränze und Gestecke für meine Kunden zusammenstellen, wieder eine geachtete Frau sein und kein Stück Dreck, das man am Weg einfach zertritt. Wieder baden können, ein schönes warmes Bad mit Seife und sauberen Handtüchern und ein weißes Bett, ein warmes sauberes Bett mit dickem Zudeck. Kein Dreck, keine Kälte mehr, gute Kleider und satt zu essen wie früher. Sie war schon bereit, all die grausamen Erlebnisse zu vergessen, einfach wie einen bösen Traum abzustreifen.

Die Fenster müßten repariert werden, das Haus in Ordnung gebracht, die geplünderten Gewächshäuser neu bepflanzt werden, Alfred würde zurückkehren, und gemeinsam würden sie arbeiten wie verrückt. Emmchen, Lieske und Brittchen könnten wieder in ihre alte Wohnung ziehen, alles würde werden wie vorher, nur noch viel schöner, weil sie jetzt ihr Glück zu schätzen wüßten. Das Geld, die Papiere, durchzuckte es Agnes, jetzt, wo sie das Vermögen dringend brauchen könnte, war es weg, alles, wofür sie und ihre Eltern gespart hatten, war dahin durch ihren Leichtsinn, durch diese verhaßten unbekannten Räuber, durch diesen verhaßten Krieg, durch dieses verhaßte, sinnlose Unheil.

»Das glaube ich nicht, daß sie bald abziehen werden«, antwortete Hulda. »Deutschland ist der Verlierer in diesem Krieg, und der Verlierer muß den Preis zahlen, den der Sieger fordert, und der wird nicht gering sein.«

Die letzten Pellkartoffeln waren kalt, der Morgen graute schon über Popelken, als Hulda, Agnes und Lydia

ihr Nachtlager aufsuchten – Hulda schlief in Emmchens Bett, Agnes auf dem geliebten alten Samtsofa, und Lydia quetschte sich in das Fußende des Bettes, in dem ihre drei Kinder lagen.
Es war die Nacht vom neunten zum zehnten Mai 1945.

V

Als Ekhard es ihr erzählte, hatte Liesa es als Spinnerei und übles Gerücht abgetan, aber an jenem Abend im Schützenhaus konnte sie sich mit eigenen Augen überzeugen: Elfriede saß in der Nähe des Russentisches, vorn neben der Bühne, wo die Musik am lautesten dröhnte, den weizenblonden, so echt arischen Schopf mit den nachgewachsenen, wenn auch nicht taillenlangen Zöpfen wie früher, eingehüllt in Machorkaschwaden.
Es war nicht zu fassen. Elfriede, die leidenschaftliche Anhängerin des Führers, die glühende Verbreiterin nationalsozialistischen Gedankengutes, die durch und durch arische Frau und Mutter, tanzte in den Armen eines Untermenschen, und wahrscheinlich tat sie noch mehr als das. Es wurde so einiges hinter vorgehaltener Hand gemunkelt. Die Gerüchte waren also keine Phantasieprodukte von Leuten, die Elfriedes Vergangenheit nicht kannten, die nichts von ihrer glorreichen Zeit als BDM-Führerin in Popelken wußten.
Liesa, die nach den Aufregungen dieses Tages, dem einträglichen Motorradausflug, dem Drama der Wasserlosigkeit zu Hause und dem Besuch bei der Bartuschatsche, ziemlich geschafft und eine halbe Stunde zu spät den ansteigenden Grandweg an der Mulde zum Schützenhaus hochhastete, wurde von Ekhard schon ungeduldig vor dem von mächtigen Linden gesäumten Eingang erwartet.
In der Halle standen junge Männer herum, rauchten

und beobachteten das Kommen und Gehen am Eingang, an den Toiletten, an der Garderobe und an der Tür zur Gaststube. Kleine Tauschgeschäfte wurden hier erledigt oder abgesprochen, und die Mädchen, die von Burgstädt bis Lunzenau zu dem Ereignis herbeigeeilt waren, wurden genauestens begutachtet. Musik flog aus dem Saal, in dem Ekhard an einem der letzten noch freien langen Tische, ganz hinten in einer schwachbeleuchteten Ecke, Plätze belegt hatte. Von den hohen, mit gelbem Stoff bespannten Fenstern her zog es. Liesa fror in ihrem blauseidenen Hochzeitskleid, doch als Ekhard sie zur Tanzfläche zog, wurde es ihr bald warm inmitten der zum Foxtrott kreisenden Leiber, der Rauchschwaden und Trommelwirbel, und erst recht, als sie die dicken kurzen Zöpfe von Elfriede sah, genauso waagerecht in der Luft stehend wie einst ihre sagenhaften langen beim Feuerwehrball in Drücklers Hotel. Die Sorgen um ihre eigene, nicht ondulierte, etwas verzodderte Frisur vergaß Liesa beim Anblick dieser fliegenden Zöpfe.
Doch da war plötzlich kein Russe, mit dem Elfriede tanzte, und da waren auch keine fremden Leute im Saal, sondern Tante Agnes, die als Anstandsdame von weitem über das Geschehen wachte, und Drückler und Alfred, und Eschmends und Besmehns und Lotzes und der alte, noch so flotte Rigoleit, der Vater von Ernst; und Liesa tanzte mit Backendorff, sah an dessen schweißtriefendem Gesicht vorbei, hin zu Ernst, der Elfriede noch rasender drehte, damit er schneller wieder in Liesas Augen schauen konnte. Der schöne, schwarzhaarige, gar nicht so arische Ernst, der Elfriede verließ, um Liesa zu lieben, und Liesa verließ, um Elfriede zu heiraten, und Elfriede verließ, um für Volk und Vaterland zu sterben. Wie in einem Film sah Liesa, daß sich alles um sie herum plötzlich in Zeitlupe bewegte, Paare

tanzten, immer und überall das gleiche, Paare, die einander umfaßt hielten und schwebten, und Liesa war noch so jung, hatte Max noch nicht einmal kennengelernt, kannte Liebe nur aus Büchern und hatte doch schon einen Heiratsantrag bekommen von dem dicken Backendorff, ihrem Lehrherrn, Freund und Beistand; alles war seltsam, unwirklich, wie ein Licht, tausendfach in vorbeihuschenden Spiegeln gebrochen, und dazu dies Gefühl der eigenen Macht, die die Schönheit verleiht, den Körper zu spüren, den eigenen Duft zu atmen und zu ahnen, was andere in ihm sehen, diese unfaßbare, entrückte und so schnell zerflossene Jugend, dahingerauscht auf einen anderen Stern. Alles rollte dahin, veränderte sich ununterbrochen, so schnell, daß die langsame Seele der rasenden Zeit nicht nachkam. Nichts blieb, wie es einmal war. Warum sollte Elfriede bleiben, wie sie war? Mal waren ihre Zöpfe kurz, mal waren sie lang, mal tanzte sie mit ihrem, dem Führer geopferten Ernst, mal mit einem, der sie von Haus, Hof und Heimat befreit hatte.

Elfriede machte sich gar nichts daraus, kam quer durch den Saal, um Liesa zu begrüßen und mit Ekhard zu tanzen, brachte sogar ihren Gönner mit, der Liesa, als sie plötzlich allein dastanden, angrinste und mit einer Geste zum langsamen Walzer einlud.

Im Nu hatte sich die Situation gewandelt, jetzt war sie zur Zielscheibe mißbilligender Blicke geworden, die zu sagen schienen: Was, du auch! Die Hand des ziemlich kleinen Russen mit mongolischem Einschlag war feucht, von seinem kahlgeschorenen Kopf, dicht an Liesas Gesicht, ging ein fremder, herber, eigentümlicher Geruch aus. »Du schön«, sagte er und blickte sie mit schmalen, schrägen Augen unverwandt an, während Liesa steif bemüht war, einen möglichst konstanten Abstand zu dem olivfarbenen Gesicht zu halten.

Über den Musikern, die immer mehr Stimmung in die Massen brachten, als sie einen der so modernen amerikanischen Boogies spielten, hing ein Spruchband, offensichtlich von den hier auch stattfindenden politischen Versammlungen herrührend:

»Den Faschismus mit Stumpf und Stiel
ausrotten«

Liesa mußte plötzlich wieder lachen, nicht, weil der Tatare, der ihr auf die Füße getreten war, lachte, nein, es gurgelte wieder einfach so aus ihr heraus, mochte das Plakat oder Ekhard oder der Tartare schuld daran sein, oder der Gedanke, daß Mutter boßig und ohne Wasser zu Hause saß, egal, all diese Leute hier waren irgendwie lächerlich, wie sie sprachen, wie sie tanzten, der arme Ekhard mit seinen großen Füßen, die dürren Musiker in ihren schäbigen Anzügen, die aufgeputzten Frauen mit ihren Entwarnungsfrisuren, die Männer, die in Trauben am Eingang und im gekachelten Flur standen und sich wichtig nahmen, einfach alles.

Ekhard, der mit Liesas Stimmungsumschwüngen nichts anzufangen wußte, war mit irgendwelchen Freunden in die Gaststube gegangen, und später sah Liesa ihn wieder mit Elfriede tanzen und dann noch mit einer anderen Frau. Erst das Lachen, von dem er sich wieder angegriffen fühlte, und dann so mir nichts dir nichts fange sie fast an zu heulen; während der Mund noch lache, schon Wasser in den Augen. Das könne er beim besten Willen nicht begreifen. Es sei natürlich ganz schuftig von den Hahns, einfach die Küche abzuschließen, das sei eine große Schweinerei, aber er könne ja schließlich nichts dafür, er habe es ja nicht getan, obwohl er sich so behandelt fühle. Immer nur mache sie sich über ihn lustig. Er versuche, ihr zu helfen, wo es nur ginge, und für sie da zu sein, sie aber tue nichts für ihn, weigere sich,

ihn mal auf seinem Zimmer zu besuchen. Das einzige, was sie könne, wäre ihn auszulachen. Das habe er gründlich satt. Mit diesen Worten hatte er sie allein gelassen, war zornig auf seinen großen Füßen nach vorn zu dem Männerpulk am Saaleingang gegangen und mit anderen in der Seitentür zur Gaststube verschwunden.
Liesa blieb zurück. Der lange leere Tisch, umzingelt von zwölf leeren Stühlen, allein und abgeschnitten in dieser düsteren Ecke, während sich vorn die Menschen drängten und Ekhards lange Gestalt wieder zwischen den Tanzenden auftauchte. Von der Bühne her wurde mit einem Trommeltusch die große halbstündige Pause verkündet, und schon strömte alles nach draußen unter die mit Lampionketten geschmückten Linden. Paare verdrückten sich zum verwachsenen Muldenufer hinunter oder zu den Schrebergärten hinter der Böschung.
So hatte er noch nie mit ihr gesprochen, so hart, so selbstbewußt. Es war alles ein Mißverständnis; sie mußte ihm sagen, daß sie nicht über ihn lache und daß ihre Tränen nichts mit ihm zu tun haben. Sie hatte vermieden, ihm von Amalies Brief zu erzählen, weil sie wußte, daß alles, was mit Max zusammenhing, ihn traurig und hilflos machte.
Wenn Ekhard sie verließ, ihr einziger Freund, dann war sie ganz allein, dann gab es nur noch die Weiberfamilie. Sie konnte sich zwar nicht vorstellen, daß er das fertigbrachte, aber vielleicht hatte er wirklich genug von ihrer ewigen Zurückhaltung, von ihrer Nurfreundschaft. So war es doch auch mit Backendorff gewesen; er liebte sie, und sie sonnte sich in diesem Gefühl, war nicht engagiert, zu nichts verpflichtet, nahm nur huldvoll die für sie selbstverständlichen Zuwendungen entgegen und dachte dabei an den Mann, den sie wirklich liebte.

*

Die braunen, lang bewimperten Augen des Pferdes am Zaun der Koppel sahen zu ihnen herüber, zu dem verschwiegenen Platz zwischen Gebüsch, Wiese und den weißen Stämmen der Birken, deren lichtes Grün leicht bewegt am Himmel zitterte, wenn Liesa die Augen aufmachte, kurz und blind, erschöpft und erregt, noch dem herben Zigarettengeschmack der männlichen Lippen nachhängend, die jetzt an ihrem Körper nach unten hüpften, verwehten, kreisten, saugten und Liebesstempel hinterließen.

Die Uniformjacke diente als Unterlage, im Gras lag das Koppel – Gott mit uns –, und auf dem schwarzen Haarschopf zwischen ihren Brüsten lief ein grünes, durchsichtiges Tier. Ihr Körper tat, was er wollte. Umfangen von der erhitzten Haut des Geliebten, von der Schwere seines Körpers, seiner Organe wurde sie zum Werkzeug der Natur und zum Spielball ihrer Gefühle. Sie war eingerichtet zum Lieben, das war ihre Bestimmung, der Sinn, der Anfang und das Ziel; sie beobachtete sich selbst, ihre Unersättlichkeit und wie das Glück sie in Strömen durchflutete, wie sie festhalten wollte, was nicht festzuhalten war, was schon dahin war, schon entschwunden; schon vorbei die kurzen, langen Augenblicksstunden, auch wenn sie noch dauerten, auch wenn sie die geliebte Haut noch spürte, das Flüstern und das ganze Kunstwerk Mann, das ihr Leben bestimmte.

Gott mit uns, dachte sie in einem klaren Augenblick. Welch ein Hohn! Die Lippen rutschten wieder herauf, preßten sich auf ihren Mund, sie spürte eine rauhe Stelle und wieder den Tabakgeschmack und die zärtlichen Hände. Aber kein Blau über ihr und keine säuselnden grünen Blätter, keine satte Weidekoppel, sondern ein nächtliches Zimmer, in dem der rot glimmende Draht eines länglichen eisernen Heizkörpers wie ein glühender Lindwurm in der Dunkelheit lag und mit einem schwachen rötlichen Schein den Gegenständen dieses fremden Zimmers undeutliche Konturen verlieh.

Liesa mußte immer wieder auf diesen Lindwurm schauen, so lange, bis ein leidenschaftlicher Mund näher kam und sie die Augen schloß, um sich besser ihrer Illusion hinzugeben. Es war ja so ähnlich wie mit Max, diese so ganz ungefähre Ähnlichkeit in allem war es auch, die sie damals so beeindruckt hatte, als er mit dem Gepäck aus Berlin vor ihr den Mühlgraben entlanggging, der fremde Mann, der ihr Freund wurde, und von dem sie immer erwartete, daß er sich wie Max verhielte, daß er wie Max ging, sprach, arbeitete, lachte, daß er sich wie Max kleidete, wie er rauchte, wie er dachte und wie er liebte.

Und wenn einer noch so viel tut und hilft und sich anstrengt, das kann die Liebe nicht hervorrufen, wie er vielleicht glaubt; Dankbarkeit, Mitleid, Freundschaft, aber nicht Liebe. Ekhard wurde nicht zu Max, so sehr sie es auch wünschte und so sehr er sich auch anstrengte. Er blieb er selbst. Nun war diese Liebesnacht, die längst überfällige und von Liesa immer wieder hinausgezögerte, doch zustande gekommen. Aus Angst. Um ihn nicht zu verlieren und nicht aus eigenem Triebe, war sie mit ihm ohne Schuhe über den knarrenden Korridor der elterlichen Wohnung zu seinem Zimmer geschlichen, spät nachts nach dem Schützenfest, das ihr das Gespenst der Verlassenheit in den verrauchten Tanzsaal gezaubert hatte. Aus Angst und aus Neugier war sie mitgekommen, und da war vielleicht auch der Wunsch nach einer anderen Zärtlichkeit als die, die sie gewöhnlich verstohlen beim Spaziergang in der Köbe oder am Muldenufer austauschten. Es war nur ein kleiner Schritt, aber einer, der den Schein von Treue,

den sie trotzdem immer noch irgendwie aufrechterhalten wollte, gänzlich zunichte machte.
Nun saßen sie im Bett, tranken Pfefferminzlikör, keuchten noch ein wenig, und Ekhard schaltete den roten Lindwurm ab. Sie hatten selbst genug Wärme erzeugt. Liesa sah, wie die lange, weiße Gestalt in teigiger Nacktheit leicht gebückt durchs Zimmer ging, eine Kerze hervorkramte, einen eisernen Leuchter und die Streichhölzer. Im flackernden Kerzenlicht krochen sie wieder unter die Decke, und Liesa träumte nicht weiter; er war eben nicht wie Max, aber er hatte auch seine Methoden und die Talente, die sich aus der Leidenschaft entwickeln.
Das Prickelnde und Außergewöhnliche der Situation, der gespenstische Raum, der ungewohnte Alkohol, die Nähe des nackten Mannes, all das ließ Liesa vibrieren und vermittelte ihr ein Gefühl der Lebendigkeit, wie sie es lange nicht mehr gespürt hatte. Das war Leben, das war Geborgenheit und Liebe, ja Liebe. In diesen aus dem Alltag herausgeschälten aufregenden Stunden glaubte sie an ihre Liebe zu Ekhard. Und die war kein Verrat, sondern ihr gutes Recht. Warum hatte sie nur so lange gezögert und ihm dieses Unterpfand ihrer Beziehung verweigert?
Und wie er da auf seinen großen, auf einmal gar nicht mehr lächerlichen Füßen in seiner blanken Magerkeit hinausging, um mit Brot und Schmalz aus der Küche zurückzukommen, verursachte ihr ein weiches, zärtliches Gefühl, und wie er die Brotscheiben überaus sparsam mit Schmalz beschmierte und noch mal hinauslief, um das Salz zu holen und ihr dann das fertige köstliche Brot reichte und noch einen grünen Likör eingoß aus der gehüteten, für außerordentliche Stunden aufgehobenen Flasche. Liesa zeigte ihren Körper und ihre Lust und wie sie alles genoß, was diese Nacht zu bieten

hatte: auch die Bewunderung des Mannes für ihren Körper, für ihre knabenhaften Brüste, ihren Bauchnabel, ihren Po und die glänzenden langen Schenkel. Alles versetzte ihn in Entzücken, er war glücklich zu sehen, was er sonst nur gefühlt hatte.

*

Grigulls hatten also nichts von Max gehört. Wie sollten sie auch. Max hätte ja über Berlin geschrieben, und er hätte die Adresse von Franziska, die verabredete Anlaufstelle, bestimmt nicht verloren, wie das Schwiegermutter Amalie passiert war.

Aber sie lebte, und das war die Hauptsache. Und welch ein Glück, daß sie durch mehrere unglaubliche Zufälle und Freunde von Portelors aus Sprakten die Adresse der Bartuschatsche in Peinig erfahren hatte und nun an sie schrieb und fragte, ob sie vielleicht was über ihre Schwiegertochter und ihr Enkelkind wüßte, ohne zu ahnen, daß sie alle zusammen hier lebten und arbeiteten. Mutter Amalie schrieb, daß sie ein Jahr in Westpreußen beim Polen gearbeitet habe. Ihren Mann, Tochter Else und das kleine Käthchen habe sie verloren, als sie während der Flucht von ihrem Wagen stieg, um in die Büsche zu gehen. Zurückgekommen konnte sie in dem Gewirr auf der Landstraße ihren Wagen nicht mehr wiederfinden und wurde schließlich von fremden Menschen mitgenommen. Elsa blieb auch in Westpreußen hängen und lebte zeitweise sogar ganz in ihrer Nähe in einem Dorf bei Marienburg. Dort hat sie nacheinander Vater Friedrich und ihre Nichte Käthe, das Kind ihrer toten Schwester Luise, begraben. Durch das Rote Kreuz haben sie sich wiedergefunden und wohnen jetzt zusammen mit dem aus englischer Kriegsgefangenschaft heimgekehrten Emil in einer Baracke in Stuttgart, das gehöre zur amerikanischen Be-

satzungszone. Und sie warteten auf die Rückkehr von Max. Sie wollen weiter hoffen und warten, jeden Tag. Wie viele kommen auch jetzt nach eineinhalb Jahren immer noch heim, und wer weiß, wie viele noch irgendwo in Rußland sind. Und das Lieske, die gute Marjell, wartet bestimmt auch sehr, schrieb sie, ist nicht einfach, so allein mit Kind und der boßigen Mutter. Und davon, wie Friedrich starb, und Käthchen, das schwache Kind, für das die Strapazen zu viel waren und das wohl die böse Lungenkrankheit seiner Mutter geerbt hatte. Ist besser für das Kind, und daß sie ihre nun einzige kleine Enkelmarjell so gern wiedersehen würde und Lieske natürlich und Mutter Emmchen auch. Und daß sie sich große Vorwürfe mache, weil sie die vereinbarte Wiederfindeadresse im Gewirr der Flucht verloren habe, wo sie doch Hoffnung habe, daß Max sich dort melde, auch wenn der Suchdienst sage, er wäre bislang nicht zurückgekehrt und eine Todesmeldung, achott, so ein furchtbares Wort ... läge auch nicht vor. Gott sei Dank.
Und daß Emil auf dem Bau arbeite, schrieb sie, und Elsa in einem Haushalt helfe und sie oft hungern müßten, daß es hier in der Stadt kaum etwas zu essen gäbe, und wenn Elsa nicht ab und zu was von ihrer Herrschaft bekäme und Emil nicht sonntags aufs Land fahren würde, sähe es schlecht aus. Aber heute gehe es doch allen gleich schlecht.
Aber bei wenigstens hätten sie ein Dach über dem Kopf; auch wenn sie im Winter sehr in der Holzbaracke gefroren hätten, so wollten sie doch dankbar sein, daß alles vorbei sei und sie noch am Leben wären. Und an zu Hause denke sie immerzu, was wohl mit ihrem klein Häuschen geschehen sei und wie schön das war, einfach in den Hühnerstall zu gehen und die Eier zu suchen; und die zwei Kühe, die sie hatten, gaben so ge-

sunde Milch, und das Käthchen könnte noch leben, wenn es nur die gute Milch bekommen hätte.
Und hier hat einer so gut wie nuscht, die Lebensmittelmarken reichen nicht. Immer hat einer Hunger, schrieb sie, und daß sie jeden Tag bete für Max, Liesa, Brittchen und Emmchen, und dafür, daß sie bald heimkönnten. Und wie es denn ihr gehe, der Bartuschatsche, und daß sie immer noch so schön und viel singen möge, wünsche sie, und was sie denn von anderen aus Sprakten oder Popelken gehört habe, das möge sie ihr schreiben, und liebe Grüße von Amalchen.

Nachdem die Waffen: Schimpfen, Keifen, boßig sein und totales Schweigen schon verbraucht waren, griff Mutter zu dem letzten ihr noch zur Verfügung stehenden Mittel, um diesen entsetzlichen Sonntag wenigstens bis zur Bibelstunde sechzehn Uhr zu überstehen. Halblaut flüsterte und murmelte sie ihre Gebete mit geschlossenen Augen an ihrem Platz am Eßtisch, an dem sie schon nachts gegen vier im Dunklen auf Liesas Rückkehr gewartet hatte, ein stummer, Mensch gewordener Vorwurf im genoppten Mantel über dem Fechtanzug, den sie zur Nacht trug. Es schien, als wäre sie gar nicht zu Bett gegangen, als hätte sie, angewachsen auf diesem Stuhl, die Nacht mit Flehen zu Gott verbracht. Endlose innere Gebete, nur durchbrochen von unterdrückten Wutausbrüchen über die Graurigkeit und bodenlose Gemeinheit der Hahns, verbunden mit der Bitte, daß Gott ihnen die gerechte Strafe zukommen lassen möge. Und für das Kind bete sie, das kleine hustende, und für das große Kind … und da wurde ihr Murmeln heftiger, voll Inbrunst und zitternd stieß sie unverständliche, verstümmelte Silben aus, erging sich in Schilderungen dieser verruchten Nacht und bat offensichtlich um die Vergebung der Schuld, die ihre

Tochter auf sich geladen hatte. Gott in seiner unendlichen Güte würde vielleicht fertigbringen, wozu sie nicht imstande war.
Mutter fühlte sich auch besonders unnütz, da sie ihre gewohnten Arbeiten nicht aufnehmen konnte. Es gab nichts zu kochen, nichts zu waschen, nichts zu putzen. Nicht mal eine Brennesselsoße konnte sie für die Pellkartoffeln herstellen, die Liesa, das boßige, verderbte Kind, von der Bartuschatsche mitgebracht hatte. Nicht mal dem Tee für dem qualsternden Kind kann einer kochen, und nur ein Eimerche Wasser hat einer für drei Menschen zum Waschen. Da muß einer vergnosen und stänkrig werden. Die wollen uns rausgraulen, die Sadrache. Aber wo soll einer hin? Hat einer keinen Platz auf diese Welt. Ist einer gar kein Mensch mehr. Fällt einer nur lästig. Möcht die Marjell lieber allein sein, damit sie mit die Labommels machen kann, was sie will, damit keiner im Weg steht. Immer diese graurigen Männer. Wozu muß das sein? Ist doch eine anständige Marjell, mein Lieske, warum nur muß sie sich immer mit Männer behängen. Lieber Heiland, nun hast du wahrscheinlich dem Max zu dir genommen. War doch ein guter Mensch, auch wenn er nuscht als Ärger gemacht hat. Über Tote soll man nur Gutes sagen. Du wirst schon wissen, warum du ihm zu dir nahmst. Nun ist alles vorüber, aber die arme Marjell lauert immer noch auf ihm. Vielleicht jetzt nicht mehr, wo sie in halber Nacht nach Haus kommt und wer weiß was gemacht kann. Kann einer gar nicht daran denken. Kann einer nuscht sagen, sonst wird sie gleich boßig. Wie fein mein Katzche aussieht, wie ihre Augchens leuchten, ihr Gesicht so rosig, wie gemahlen trotz die Nacht. So weiße, feine Finger … wie sie die Kartoffeln pellt. Ich werd nuscht davon anrühren. Soll sehen, daß ich boßig bin. Sie hätt ein besseres Leben verdient, als hier in dem

Dachkaburr zu hucken und zu rachullen Tag und Nacht. Ich wollt doch so, daß mein Katzche ein feines Leben hat. Für wem hab ich denn rachullt und gespart die ganzen Jahre, nur für ihm, dem guten Kind. Wollt doch nie was für mich haben. Hab kaum was angerührt von die guten Sachen, die wo das Kind bekam, schlief in Koddern, bloß damit der Kind die gute Wäsch bekam. Alles, alles nur für ihm. Und sie versteht das nicht. Versteht nicht, wie ein Mutter sich aufopfert, dabei ist sie doch selber Mutter, hat dem Gnos.

Sagt, ich soll dasselbe haben wie sie. Aber so ein altes Pracherweib wie ich braucht keine Damastwäsche und die guten Frotteehandtücher aus Popelken. Und was einer frißt, ist auch egal, und wenn es Reste und Abfälle sind und das, was schon angehibbert ist. Hauptsache, der Lieske wird satt. Acheu, acheu, lieber Gott, mach bei wenigstens, daß wir eine andere Stub kriegen bei Menschen, die wo keine Deibels sind. Und laß dem Kind zur Vernunft kommen, laß ihm ablassen von Männer. Nimm diesen Fluch von ihr. Amen.

Ach, und danke, daß Du Amalchen am Leben gelassen hast. Ist doch eine gute Frau. Hat dem Mann verloren und die Kinder bis auf zwei, bis auf Elsa und Emil. Ist bis nach Stuttgart gekommen, acheu, acheu. Weiß der Schinder, wo das liegt. Hoffentlich wollen sie nicht zu Besuch kommen. Haben keinem Platz für Menschen, haben selber nicht mal ein Hotz. Der Lieske liest dem Brief schon wieder. Schreibt wohl auch zurück und holt dem Foto aus die Kist, wo wir alle drei vor dem schwarzen Stoff bei dem Scheckel hucken. Soll ihm man schicken, das ist besser als hinfahren.

Hätt wieder solche Angst, wenn das Kind auf Reisen geht. Was da einem alles passieren kann. Als sie damals in dem Berlin war ... achott, was hab ich ausgestanden. Lieber Gott, ich danke dir. Du gibst einem armen Menschenkind Ruhe. Dir kann einer alles erzählen, du verstehst einen. Und wenn sich einer alles von der Seele geredet hat, wird einem so wohl ums Herz, so leicht und froh. Möcht zu meinem Katzche um den Tisch gehen und ihm in den Arm nehmen. Das geht ja nicht, hat einer nie gemacht. Halb vier werd ich losgehen, ganz langsam, und zurückgekommen werd ich wieder blubbern und so tun, als wär nuscht. Werd dem Kind verzeihen, so wie du den armen Sündern verzeihst. Amen.

VI

Moi Podrugi. Choroschi Ljudi. Pomogatj. Rabotatj. Poschaluista.«

Mit den wenigen russischen Vokabeln, die Hulda in den letzten Wochen, während ihrer Zwangsarbeit, aufgeschnappt hatte, versuchte sie, die beiden verkaterten russischen Soldaten zu besänftigen, die die kleine Schar der Neuankömmlinge zum Verhör auf die Kommandantur trieben. Meine Freundinnen. Gute Leute. Arbeiten. Helfen. Bitte!

»Iditje, Matka! Iditje!« schoben sie Huldchen beiseite und bedeuteten ihr in Küche zu gehen. Frau Pekan versuchte, die weinende, verängstigte Sophie zu beruhigen, merkte sie doch, wie die Soldaten sich von dem Aufkreischen des Mädchens belästigt fühlten, ärgerlich wurden, und bei dem Kommandanten, vor dessen Tür sie jetzt standen, würde das Geschrei vielleicht ihre Position weiter verschlechtern.

Agnes betrat als erste das Zimmer des Kommandanten, ihr Wohnzimmer, dessen Vertrautheit und einstige Intimität sie einen Augenblick lang betäubte. Doch jetzt war nicht der Moment, sich den Erinnerungen hinzugeben; alle Sinne konzentrierten sich auf den Mann, der da an ihrem ausgeklappten und nach vorn zu den Fenstern gezogenen Eßtisch saß. So furchtbar auch die Erlebnisse der vergangenen Monate waren, noch nie hatte Agnes Genske eine solche Angst verspürt wie beim Anblick dieses Mannes. Ein inneres Zittern lief in Wellen durch ihren Körper, in ihrer linken Hand registrierte sie spitze Stiche und ein nicht beherrschbares Zucken unter der Haut. Wild tobten ihre Gedanken durcheinander, sie bedauerte auf einmal, nur die Schlaftabletten und den Erlöser Tod als Tröster und Kraftspender zu haben und keinen Gott, in dessen Hände sie ihre Angst und ihr Leben legen könnte, den sie in höchster Not um Beistand bitten könnte. Vielleicht gab es ihn doch, vielleicht nahm er sich wirklich der armen Sünder an, wie es immer hieß. Sie versuchte so etwas wie ein Gebet, während der Ortskommandant sich langsam vom Stuhl erhob, immer höher wuchs, gar nicht wieder aufhören wollte mit Wachsen, näher kam, von seiner Höhe niederblickte auf die Gruppe, jeden einzelnen genau musternd.

Der Anblick war so furchterregend, daß Sophie sofort zu weinen aufhörte. Seine dunklen stechenden Augen hefteten sich an das Kind, das unwillkürlich einen Schritt zurücktrat, als das hagere, von einem schwarzen Vollbart umrahmte Gesicht sich ihm entgegenneigte.

»Waschi djeti?« wandte er sich an Lydia Pekan, die Renate und Günter an sich drückte. »Ihre Kinder?« wiederholte er in einem harten Deutsch, das sich anhörte wie »irre Kinder«. Einen Moment war sie verwirrt, drückte dann alle drei fester an sich. »Ja, meine Kinder, meine Kinder …«

Als die hagere asketische Gestalt der Gruppe den Rücken zukehrte, um an den Platz am Tisch zurückzugehen, entrang sich Fräulein Schukies einer ihrer Fieptöne, die sie selbst gar nicht wahrzunehmen schien. Augenblicklich drehte sich die Gestalt um, sah von einem zum anderen und blieb dann bei Fräulein Schukies hängen, aus deren halboffenem Mund weitere Töne herauskullerten. Er winkte sie an den Tisch heran.

»Imja?« fragte er. »Dokjumenti? Name! Papiere!«

Agnes tobten die Gedanken im Kopf herum. Dieser

Mann erinnerte an Gestalten aus Dostojewski-Romanen, an Rasputin ... so stellte man sich Iwan, den Schrecklichen, vor oder einen Teufel in Menschengestalt oder auch einen durchgeistigten, weltabgewandten Mönch. Agnes wußte nicht, welchem der beiden Extreme er angehören könnte, aber sie wußte, daß da ein extremer, ein außergewöhnlicher Mensch an ihrem Ausziehtisch saß, vielleicht sogar eine gefährliche Mischung aus beiden.

Und sie wußte auch – von ihm würde ihr Leben abhängen.

Da sie entschlossen war, hierzubleiben, komme, was da wolle, sah sie nur zwei Möglichkeiten, entweder sich ihm ganz und gar auszuliefern, alles zu tun, was er befahl, oder sich ihm als ebenbürtige, genauso außergewöhnliche Frau, die sie nun einmal war, entgegenzustellen, stolz wie Hulda, entschlossen wie eine Frau, die vor Angst schlottert, aber den Tod nicht fürchtet, die lieber im Kampf mit einem ebenbürtigen Partner zugrunde geht, als sich selbst zu erniedrigen und sich aufzugeben.

Deutschland hat kapituliert, Agnes Genske nicht.

Während er sich die Ausweise ansah und die Namen aufschrieb, fiel ein Sonnenstrahl durch die oberen, erhalten gebliebenen Fensterscheiben auf seine goldenen Schulterstücke, die ihn als Offizier auswiesen, und auf die Mütze mit dem fünfzackigen Sowjetstern.

Die beiden zerschlagenen Fensterscheiben waren mit Pappe vernagelt, unter den Fenstern lehnten Gewehre und Gerätschaften an der Wand. Auf dem Eßtisch, der sich bei so vielen Festlichkeiten unter der Last wunderbarer Köstlichkeiten gebogen hatte, stapelten sich Papiere, und am anderen Ende stand ein bauchiger silberner Apparat, ein Samowar vermutlich, um den herum mehrere, innen braun eingefärbte Tassen aus ihrem

guten Service versammelt waren. Als ihr Ausweis an die Reihe kam, hielt er inne, blickte schweigend hoch, nahm ein Stück Papier, drehte sich eine Papirossi, zündete sie an.
»Frrau Genske? Frrau Agnes Genske?« und er wies auf die Hauswand, auf der außen deutlich das weiße Schild »Gärtnerei Genske« prangte.
»Ja, das bin ich. Und das hier ist mein Haus!«
Er blickte sie scharf und ernst an, ein wenig zu lange, seine Stirn runzelte sich bei dem rebellischen, selbstbewußten Unterton, mit dem Agnes »mein Haus« sagte.
»Das war Ihr Haus. Ihnen gehört hier gar nichts mehr.«
In diesem Augenblick kamen die beiden Soldaten wieder zur Tür herein und begannen eine Reihe von Gegenständen vor dem Kommandanten auf dem Tisch aufzuhäufen, darunter auch das Glas Schmalzfleisch, das Agnes den ganzen Weg bis hierher geschleppt hatte, das für eine besondere Gelegenheit aufgespart werden sollte. Wie oft war sie in Versuchung gewesen, es zu öffnen und abseits von den anderen den Inhalt ganz allein zu verschlingen. Hätte sie es bloß getan.
Sophie, die ihre Puppe auf dem Tisch entdeckte, flüsterte ihrer Mutter zu: »Da ist mein Jettchen. Kann ich es nicht wiederhaben?«
Doch statt einer Antwort drückte Lydia nur das Kind an sich. Als sie ihre Mäntel ablegen mußten und die Soldaten mit ihren Überprüfungen begannen, wußte Agnes, daß sie sich um ihre verlorenen Schätze nicht mehr zu grämen brauchte. Spätestens bei der Leibesvisitation oder bei der Untersuchung des Quartiers wäre sie alles losgeworden, es sei denn, sie hätte es rechtzeitig vergraben, wie es so viele gemacht hatten und wie sie es auch im Sinn gehabt, dann aber doch wieder verworfen hatte.
Nun war es sowieso egal. Uri, Uri suchten sie verge-

bens. Einer hatte schon den Korallenschmuck im Pelzfutter ertastet, schlitzte triumphierend das Futter des Persianers auf und zog die geschliffene, hellrote Kette und das dazugehörige Armband heraus, beides Stücke, die ihr der gute Franz zur Verlobung geschenkt hatte und die sie kaum je getragen hatte, weil sie einfach nicht zu ihr passen wollten.

Schon öfter hatte Agnes daran gedacht, diese Stücke an Lieske weiterzuschenken, die sie hin und wieder für den Feuerwehrball und für Reisen nach Insterburg und Königsberg und Skirbst ausgeliehen hatte.

Wunderschön schimmernd das Lachsrot zur weißen Haut und zum blonden Schopf, wenn sie den Wandspiegel abnahm, um im hellen Licht des Fensters, das ihre Augen fast durchsichtig machte, ihre Wirkung zu prüfen und das ganze Schmuckkästchen durchzuprobieren, das hauchdünne Brillantkollier, die Goldkettchen, den Schildpattschmuck – alles Dinge, die sie sowieso einmal erben würde. Agnes sah Lieske an dem noch heilen Fenster stehen, sich mit übermütiger Koketterie drehend und wendend oder die feine Dame mit Brillanten mimend, die Lippen blasiert geschürzt, die Augenbrauen hochgezogen, um dann im nächsten Moment die Maske fallen zu lassen und loszuprusten. Den Korallenschmuck, wenigstens den hätte sie Lieske geben sollen. Und wenn der Franz zu Besuch gekommen wäre, hätte sie ihn ja wieder ausleihen und selbst tragen können. Franz hätte ihn aber auch so nie vermißt, da sie ihn nur ein paarmal angelegt hatte in jener längst versunkenen Zeit, als sie, blutjung und traurig, sich geschmeichelt dem Drängen des Vertreters für Landmaschinen hingegeben hatte.

Während die Soldaten das Futter des Pelzes ganz aufschlitzten und ihn dann, da er nichts mehr hergab, enttäuscht auf den Boden warfen, drehte der Kommandant

die Ketten zwischen den Fingern, sah sie an und Agnes auch, als wollte er beide miteinander in Verbindung bringen, was ihn offensichtlich nachdenklich machte.
Danach begann das Verhör. Zuerst Lydia Pekan. Name und Alter der Kinder. Ihre einstige Adresse in Tilsit. Name, Alter, Beruf und Todesart ihres Mannes. Ob er Nazi war, in der SS oder Gestapo. Fräulein Schukies wurde zu ihrer Mutter befragt und zu anderen Bewohnern des Ortes, ob der Mühlenbesitzer Lotze, ihr Arbeitgeber, in der Partei gewesen sei und warum sie ihre Mutter allein gelassen habe. Mit Vorliebe benutzte er das Wort »warum«, ein hartes, rollendes »wurrum« tauchte in jedem zweiten Satz auf. Agnes fragte er sogar: »Wurrum nicht verheiratet?« Und wo der Bruder sei, wollte er wissen, und wie alt, und wie alt ihre Eltern geworden waren und woran sie gestorben waren, und wer hier der Ortsgruppenleiter der NSDAP war, und wieviel Mitglieder die Gruppe in Popelken gehabt habe und wer die seien, und wer davon Soldat sei und wer nicht und wurrum, wenn nicht.
In welcher verwandtschaftlichen Beziehung sie zu Hulda Düwell stehe, und wie groß deren Gut in Skirbst sei, und wann ihr Mann gestorben sei, und ob ihr Sohn Erwin Soldat sei, und wurrum sie sich von ihren Töchtern getrennt habe. Offensichtlich hatte er Huldchen schon genauestens befragt und wollte nun ihre Aussagen von anderer Seite überprüfen.
Agnes erklärte, daß sie in keiner verwandtschaftlichen, sondern in einer freundschaftlichen Beziehung zu Hulda Düwell stehe.
Was gingen diesen Rasputin, der hier gewaltsam eingedrungen war, die Zusammenhänge ihres Lebens an, das über Jahrzehnte gewachsene Geflecht menschlicher Beziehungen, die vielfältigen Verknüpfungen eines Lebens, das meistens – so schien es wenigstens aus der

schrecklichen Position der Verlorenen – in gemächlichen und sicheren Bahnen verlaufen war. Was ging ihn an, daß 1914, im ersten Kriegsjahr, als ihr geliebter Bruder Eugen fiel, sie sich in ihrem Schmerz zu der Liaison mit dem Vertreter Franz hinreißen ließ. Eugen, der noch kurz vor seiner Reise ins Feld der Ehre mit der neuen Nachbarin Emma Idell ein Kind gezeugt hatte, das 1915 geboren wurde. Lieske, der Sonnenschein mit Eugens blitzenden Augen, wurde neben der Gärtnerei der neue Lebensinhalt, wichtiger als eine Verlobung, die nie richtig gelöst wurde und nach der Ansicht von Franz auch noch heute nach Jahrzehnten fortbestehe.

Wenn auch der Umgang mit dem vergrätzten und verbitterten, sich selbst kasteienden Emmchen schwierig war, so wurde doch eine unauflösliche Verbindung daraus, sogar mit Emmchens so ganz verschiedener Schwester Hulda aus Skirbst und deren Kindern. So gesehen, waren sie auch miteinander verwandt. Mittelpunkt für alle war und blieb Lieske, das gute Kind, das mit zwei Müttern heranwuchs.

Zum Glück hatte sie zwei und damit eine Zuflucht, wenn die eine, die echte Mutter, ihr das Leben zur Hölle machte.

Was ging diesen wilden Eindringling ihre Geschichte an, was ging ihn Lieske an, die er nie gesehen hatte und hoffentlich auch nie sehen würde.

Der Kommandant ordnete an, daß sie nebenan in der Wohnung bleiben könnten, daß Fräulein Schukies und Frau Pekan in der Mühle arbeiten sollten, daß die Kinder sich mit um das Vieh kümmern müßten und daß Agnes Genske in der Gärtnerei Gemüse ziehen sollte, Kartoffeln, Möhren oder was sich finden ließ. Außerdem sollte sie mit Huldchen zusammen kochen und die Wäsche waschen. Als Lohn würden sie Essen bekommen. Wer stehle, würde erschossen. Bevor sie, von den beiden Soldaten begleitet, hinausgingen, nahm er Sophies Jettchen vom Tisch, winkte das Kind heran. Als es nicht kommen wollte, warf er ihm die Puppe zu. Russische Kommandos schwirrten durch Agnes' gute Stube. Günter lief noch zurück, um den ins Zimmer kullernden, abgesprungenen Puppenkopf aufzuheben. Sophie hob den Rumpf auf und zog staunend die Eingeweide heraus.

*

Bei Licht besehen stellte sich heraus, daß die Gärtnerei und das Wohnhaus doch weit mehr zerstört waren, als es zunächst den Anschein hatte. Die Gewächshäuser, die den Einmarsch der Russen unbeschadet überstanden hatten, waren mittlerweile alle zersplittert und zerschossen, der Geräteschuppen abgebrannt, und in der Küche war der schöne große Kachelofen zerschlagen. Das Schlafzimmer von Alfred war ausgeräumt, die Betten verschwunden und die Dielen auf der Suche nach versteckten Wertgegenständen aufgebrochen. Jetzt lagen fremde, fleckige Matratzen da, die der Mannschaft als Nachtlager dienten.
Der Kommandant Michail Iwanowitsch Libidjew, auch von den eigenen Leuten gefürchtet, hatte sich im erhaltenen gebliebenen Schlafzimmer von Agnes eingerichtet, schlief in ihrem Bett, in ihrer Bettwäsche. Auf dem Nachttisch lag die in rotes Leinen gebundene Bibel, die er wütend seinen Soldaten weggenommen hatte, als er sah, daß sie Seiten ausrissen, um sich Zigaretten zu drehen.
Mit Freude bemerkte Agnes, daß in ihrem Keller, aus dem natürlich längst alle Vorräte, die vielen Weckgläser, Kruken und Schmalztöpfe, verschwunden waren, ein Kartoffellager eingerichtet worden war. Wie beruhigend, einen solchen Schatz in der Nähe zu wissen, auch, wenn die drohenden und abschreckenden Worte

des Kommandanten ihr noch im Ohr klangen, so begann sie doch wieder heimlich wie vor ihrer Flucht Taschen in ihre Kleider einzunähen, um bei passender Gelegenheit ein paar Kartoffeln, ein paar Getreidekörner oder ein Stück von dem nassen und schweren Kommißbrot einzustecken, das zweimal in der Woche mit einem Lastwagen aus einer Brotfabrik in Insterburg geliefert wurde.

Popelken hatte sich verändert und veränderte sich täglich mehr. In den Wochen ihrer Abwesenheit waren weitere Gebäude, Scheunen und Lagerschuppen zerstört worden. Die meisten Häuser waren ausgeplündert, die Fenster zerschlagen, die Dächer beschädigt, die Zäune niedergerissen, die Gärten verwildert.

Das Hotel Drückler, bis auf seine zersplitterte Veranda unbeschädigt, hatte abwechselnd Flüchtlinge oder durchziehende Truppen beherbergt und war jetzt von den zur Kommandantur gehörenden Russen belegt, die eine Sowchose gründen sollten. Die herumliegenden Tierkadaver wurden verbrannt, das lebende Vieh zusammengetrieben und zum Teil in Wohnhäusern untergebracht, obwohl es noch gut erhaltene Ställe in der Umgebung gab. Wahrscheinlich war die Angst vor Diebstahl so groß, daß sie das Vieh lieber in der Nähe haben wollten. Nach und nach trafen Zivilrussen ein, die die verlassenen Bauernhöfe in der Umgebung bewirtschaften sollten.

Das Pferdeschnauben, das Agnes bei ihrer Ankunft in der Popelker Kirche vernommen hatte, war keine Vision ihrer gereizten Nerven gewesen. Tatsächlich waren in der einst so schönen Kirche, in der Lieske ihrem Max das Jawort gegeben hatte, Pferde untergestellt. Die Holzbänke waren herausgerissen, die Fenster teilweise beschädigt, und am Glockenturm klaffte an einer Seite eine große steinerne Wunde.

Der Taufengel lag noch immer – die Taufschale in den Händen – im Straßengraben, so wie sie ihn bei ihrem schrecklichen Abgang im Zug der grausamen Gestalten gesehen hatten.
Die Orgelpfeifen der noch im Krieg angeschafften Orgel lagen in der ganzen Gegend verstreut, auch auf dem total verwüsteten Friedhof mit teilweise herausgerissenen und in der Hoffnung auf Beute geöffneten Särgen. Von der Friedhofsmauer sah ein gebleichter Schädel herab.
Es waren nur Gräber mit aufwendigen, teuren Grabsteinen geschändet worden, das schlichte Grab von Lieskes Großmutter, dieser liebevollen, weisen, blinden Frau, bei deren Tod das gerade fünfzehn gewordene Lieske so unendlich lange geweint hatte, war unversehrt.
Hulda hatte das Grab ihrer Mutter schon gesäubert und gepflegt und mit ein paar Leberblümchen geschmückt. Agnes, die neben Huldchen Andacht hielt, hätte gern, wie jedes Jahr, eine schöne Schale mit Krokussen, Tulpen oder Maßliebchen hingestellt, all den herrlichen Frühlingsblumen, die sie immer in großer Farbenpracht vorrätig gehabt hatte. Wie liebte sie die bunte Vielfalt, das Zusammenstellen und Binden, die Hyazinthen und Primeln, dazu ein Efeu, gepflanzt in einem Spankörbchen, oder zweifarbige niedrige Tulpen, in Gruppen gepflanzt, mit Moos und Steinen geschmückt, in braunen Tonschalen, oder Schwertlilien oder die Maiglöckchenzwiebeln, die in Schalen mit feuchtem Moos bedeckt wuchsen, die Narzissen, die Iris, duftend, bunt, mit Katzengras und nach Farben geordnet zusammengestellt. Was gab es Schöneres, als zu sehen, wie die Hyazinthenzwiebeln wuchsen, ihnen Papierhütchen aufzusetzen, wenn sie ins Warme kamen, und zu beobachten, wie der im Dunkeln wachsende Trieb es langsam hochhob.

Am Ende des Friedhofs, zu den Feldern hin, waren auch schon ein paar russische Gräber angelegt, mit bunten provisorischen Gedenktürmchen aus Astgabeln geschmückt, und an der Seite zur Friedhofsmauer zu sahen sie Fräulein Schukies am Grab ihrer Mutter stehen, das Hulda zu einem kleinen Hügel angehäuft und mit Zweigen und Gräsern abgedeckt hatte. Sie schien mit der Mutter zu sprechen, ihre Lippen bewegten sich, ihr Kopf schwankte nickend hin und her, bis sie plötzlich zur Seite lief und sich an der Mauer übergab, wie das in letzter Zeit öfter geschah. Die Magen- oder Darmkrankheit, die Fräulein Schukies offensichtlich hatte, machte Agnes und Hulda Sorgen, denn weit und breit gab es keinen Arzt, den sie hätten konsultieren können, und die vielleicht nötige Diätkost war erst recht nicht aufzutreiben. Sie waren froh, wenn sie überhaupt etwas zum Essen hatten, und das nasse, manchmal schon schimmlige Kommißbrot lag allen schwer in Magen. Nicht nur der körperliche, auch der seelische Zustand von Fräulein Schukies machte ihnen Sorgen, von Tag zu Tag wurde sie wunderlicher, ihre schon immer etwas verschrobene und ältliche Art betonte sie jetzt noch mehr, sie drehte ihre langgewordenen Haare zu einem Knups nach Art ihrer Mutter zusammen, trug deren übriggebliebenen schwarzen Kleider und wurde ihr immer ähnlicher.
Als Hulda und Agnes Fräulein Schukies abholten und in ihre Mitte nahmen, sah sie älter aus als die beiden. Diese hatten versucht, ihr einzuschärfen, ein paar Körner während ihrer Arbeit in der Mühle einzustecken. Sie verriet sich aber durch ihr aufgeregtes Fiepen und dadurch, daß sie ihre Hand auf die Brust preßte, dort, wo sie die Körner oder das Mehl versteckt hielt; sie wurde entdeckt und geschlagen und konnte noch von

Glück sagen, daß Kommandant Libidjew sie nicht erschießen ließ, wie er es angedroht hatte.
Heute war Sonntag, die Arbeit ruhte, und Popelken lag krank und ausgestorben da. An der Kirchentür lehnte einer der Russen, das Gewehr im Anschlag, um die Pferde zu bewachen. Gleichgültig sah er die drei Arm in Arm vorübergehenden Frauen an. Die Lebensbaumhecken, die den Friedhof zur Straße hin abgeschirmt hatten, waren herausgerissen, Büschel davon hatten anläßlich der Siegesfeiern und des ersten Mai – den die Russen, wie Huldchen berichtete, groß feierten – das Hotel Drückler, die Gärtnerei, die Bäckerei und andere Häuser geschmückt und hingen auch jetzt noch über dem Eingang des Hotels und über dem vorgesetzten hölzernen Triumphbogen, der zur Ehre der ruhmreichen Sowjetarmee errichtet worden war.
An der Hauptstraße mußten sich die drei auseinanderhakeln, um im Gänsemarsch am äußeren Rand zu gehen, denn die Straße war durch teilweise herausgerissenes Pflaster, durch die Spuren von Panzern und Lastkraftwagen und durch den tage- und nächtelangen Regen, der alles in eine Schlammwüste verwandelt hatte, unpassierbar geworden. Vor dem Hotel hatte man den aufgewühlten kleinen Platz mit Brettern belegt, und auch hinter dem Hotel war der überdachte Unterstand, an dem früher die Pferde angebunden wurden, mit Brettern belegt, die als Übergänge über die tiefen Lachen dienten.
Gerade hielt ein schlammbespritzter LKW vor dem Hotel, der Zivilrussen und Deutsche von einem Sondereinsatz in Labiau zurückbrachte. Heute früh, als die Arbeitsfähigen vor dem Kommandanten wie an jedem Tag antreten mußten, waren nur Männer zu diesem Sonntagseinsatz ausgesucht worden. Das war etwas verwunderlich, da Frauen bisher nie verschont wurden.

Frauen waren Arbeitstiere, die nur dazu dienten, in Haus und Feld zu rabotten. Agnes und Hulda hatten schon verabredet, Fräulein Schukies als »bolnaja«, als krank zu melden, da wurden sie vom Kommandanten mit dem Ruf »Woskressenje« nach Hause geschickt. Macht Sonntag. Das hieß, daß sie nur mittags zu kochen brauchten und abends den Kascha, den Buchweizenbrei, herrichten mußten.
Agnes, die jetzt erst bemerkte, wie kaputt sie von den wochenlangen Strapazen war, wie erschöpft vom Hungern und Herumirren, hatte die freie Zeit dieses Sonntags genutzt, um mit der einzigen Nähnadel, die sie besaßen, eine wichtige Beute, die Günter auf seinen Streifzügen gefunden hatte, ihre Wäsche und die Kleider auszubessern, bevor sie dann zu den Gräbern gingen. Hulda, Agnes und Fräulein Schukies waren in der Wohnung von Emmchen und Lieske geblieben, die sich Hulda schon vorher einigermaßen wohnlich eingerichtet hatte. Zwei zerschlagene Fenster hatte sie vernagelt, die vorhandenen Möbel notdürftig repariert. Der Herd funktionierte einwandfrei, so daß sie sich hin und wieder ein Festmahl mit gestohlenen Kartoffeln kochen konnten. Auch der große braune Kachelofen im Wohnzimmer versah seinen Dienst klaglos, ein besonderer Segen in diesen Tagen der Eisheiligen mit empfindlicher Kälte, die besonders dem Kommandanten zusetzte, da dort in der Gärtnerei der Kachelofen zerschlagen war und sich bisher keiner gefunden hatte, der, trotz der grimmigen Befehle des Kommandanten, in der Lage war, ihn zu reparieren. Mit den Zweigen, die Sophie, Renate und Günter im Wald sammelten, konnten sie die nassen und kalten Tage noch recht gut überstehen. Lydia Pekan hatte sich mit den Kindern in der Wohnung von Schneider Schmidt eingerichtet, die nur über eine provisorische Stiege zu erreichen war, da

das hölzerne Treppenhaus in der oberen Etage zerstört war.
Jetzt hörten die drei Frauen sie mit ihren Kindern von dem sonntäglichen Beutezug heimkehren, den sie in der näheren Umgebung unternommen hatten. Äußerst erfolgreich, wie sich herausstellte. In Mehlauken hatten sie in verlassenen Wohnungen einen Fleischwolf und bunte Bänder gefunden, und auf dem Speicher eines Bauernhofes hatten sie getrocknete Bohnen und Erbsen entdeckt, ein wahrer Schatz, der sie überaus glücklich stimmte und der sofort in einem Loch in der Wand versteckt wurde. Emmchens hohe Kommode davorgerückt, so sollte der Vorrat für noch schlechtere Zeiten sicher aufbewahrt werden.
Wer weiß, was noch alles kommen würde, welche Prüfungen und Entbehrungen noch auf sie warteten. Wenn sie nur hierbleiben könnten, wenn sie nur nicht wieder weiterziehen müßten. Das wäre das Schlimmste, wieder in Schuppen und Scheunen zu schlafen, wieder nach den Ratten zu schlagen und Angst vor Überfällen zu haben, Angst, wieder bestohlen und vergewaltigt zu werden. Hier gewährte ihnen die Nähe der Kommandantur einen gewissen Schutz vor unberechenbaren Russen, vor Tagedieben und Vagabunden.
Daß der Frieden ihnen auch Freiheit verschaffen würde, diesen Gedanken hatten sie längst aufgegeben, die Zukunft lag im Nebel verborgen, ungewiß, verschwommen, konturenlos. Wichtig war nur das kurze sichtbare Stück des Weges, der nächste Meter, der nächste Tag, die nächste Mahlzeit. Satt werden als einziges Lebensziel, satt werden und überleben. Und manchmal noch die Kraft zu hassen. Abends, als die Kinder schon schliefen, saßen die vier Frauen am Tisch bei einem Talglicht und erzählten sich Geschichten. Agnes gab

ihre Lieblingsgeschichte zum besten, die Huldchen früher schon unzählige Male gehört hatte und die mit jedem Mal abenteuerlicher wurde. Die briefliche Liebesgeschichte mit einem Pastor, und wie sie ihn dann kennenlernte und wie enttäuschend das war, so ganz anders war er, als seine glühenden Briefe verhießen, und sie, ratlos, wie sie es ihm beibringen sollte, unternahm sogar noch eine Reise ins Rheinland mit ihm, wo sie in den berühmten rheinischen Karneval gerieten und nicht genug staunen konnten über die verrückten Leute, die in grellen Kostümen auf den Straßen tanzten, Bier tranken und einander küßten, als wäre es das Normalste von der Welt.
Huldchen, ihren Knups schon zur Nacht gelöst, registrierte leise vor sich hinlächelnd die Zuspitzungen, die die Geschichte seit dem letzten Mal erfahren hatte.
»Agneschen, willst du uns nicht mal die Karten legen. Möcht einer doch wissen, was aus uns werden wird?«
»Ach ja, bitte«, sagte Lydia. »Ich möchte sehen, ob wenigstens meine Kinder aus dieser Hölle wegkommen werden. Bitte!«
»Das ist vom Teufel«, schüttelte Fräulein Schukies den Kopf ... »vom Teufel, vom Teufel.«
Agnes ließ sich erweichen, sie hatte die Schwarze Kunst in den Wirren der letzten Wochen fast vergessen. Jetzt war sie selbst neugierig, doch sie hatte auch große Angst, von neuen Katastrophen zu erfahren, die sie vielleicht erwarteten.
Als sie die Karten holte, sah sie drüben in ihrem Arbeitsraum im Anbau den Kommandanten sitzen. Das eiserne Öfchen dort war die einzig funktionierende Wärmequelle im Haus. Wenn sie mit Lieske in der Vorweihnachtszeit oft bis in den späten Abend hinein

beim Adventskranzflechten saß, hatte es gemütlich gebullert, und manchmal hatten sie so eingekachelt, daß es zu rot zu glühen anfing. Es roch nach Tannen, sie tranken Portwein, und Lieske wollte immer wieder die Geschichte von diesem komischen Pastor hören, mit dem sie im Rheinland gewesen war. Hier, an diesem Fenster, hatte Lieske oft gestanden und herübergesehen, hier hatte sie gewunken oder bei offenem Fenster ihrer geliebten Tante etwas zugerufen. Jetzt stand sie wie Lieske am Fenster, aber drüben war keine Tante Agnes, da war ein schwarzes Gesicht, ein Licht, ein Buch, ein Kopf, der sich langsam bewegte und überwucherte, tiefe, glühende Augen, die lange und unbeweglich heraufblickten, endlose Sekunden, auf denen die Gedanken seiltanzten, sich fremd und ohne Ausweg in der Mitte über dem Abgrund trafen.

*

Fünf Uhr morgens läutete es zum erstenmal. Beim zweiten Läuten, eine Viertelstunde später, hatten alle arbeitsfähigen Deutschen vor der Kommandantur anzutreten und zu warten, bis der Kommandant, der Brigadier oder einer der Wirtschaftsoffiziere sie zusammen mit den Russen zur Arbeit einteilte. Da niemand mehr eine Uhr besaß, hatte man an der Gärtnerei eine sirenenartige Klingel angebracht, die zwar den Arbeitsbeginn, nicht aber das Arbeitsende, für das es keine festen Zeiten gab, ankündigte.
Es waren insgesamt vierundzwanzig Deutsche, Frauen, Männer und Halbwüchsige, davon achtzehn ehemalige Bewohner von Popelken, achtzehn Arbeitsfähige und eine Reihe von Alten und Kindern, die von den ehemals zweitausend Einwohnern des Großbauerndorfes Popelken übriggeblieben waren. Der Arbeits-

lohn für die Deutschen war vierhundert Gramm Brot, das war eine sehr dicke Scheibe Kommißbrot, die zweimal oder zeitweise auch nur einmal wöchentlich, je nachdem wie der Brotwagen kam, ausgeteilt wurde. Kinder, Kranke und Alte hatten kein Anrecht auf Brot. Sie mußten mitversorgt werden. Wie, darum kümmerte sich keiner.

Die Wirtschaft wurde streng nach einem höheren Orts ausgearbeiteten Plan geführt, was manchmal zu unsinnigen Arbeiten führte, die von den deutschen Landwirten mit Verwunderung und Spott quittiert wurden. So mußte bei starkem Wind gesät werden, nur weil es so auf dem Plan stand, und Anfang Juni wurde befohlen, noch Hafer auszubringen, obwohl selbst Maihafer nur Spreuhafer gibt. Zwei Trecker mit siebenscharigen Pflügen ratterten heran, die den harten Lehmboden der Roßgärten oft nur anritzten. Trotzdem wurde darauf das Saatgut ausgebracht. Das Angebot von Bauer Warstat, die Saat wenigstens leicht einzueggen, lehnten die Russen ab; sie verstünden selber was von der Landwirtschaft, hieß es. Aber hinter jedem Trecker und hinter jedem Arbeiter lief ein Russenmädchen hinterher, um die Furchen zu zählen und festzustellen, ob die Norm erfüllt wurde.

Agnes, die zusammen mit Huldchen die Gärtnerei aufgeräumt und statt ihrer geliebten Frühlingsblumen je nach Saatgut Möhren und Kartoffeln gepflanzt hatte, mußte nun auch wie Fräulein Schukies in der Mühle mitarbeiten. Sie ließ täglich eine Handvoll Körner hinter den festen Gummizug ihres Ärmels gleiten, so konnte sie bei einer Kontrolle immer noch behaupten, diese kleine Menge wäre bei der Arbeit da hineingerutscht. Man mußte sehr vorsichtig sein. Diebstahl von

Staatseigentum war ein schweres Vergehen, und wenn man auch nicht unbedingt gleich erschossen wurde, so mußte man damit rechnen, nach Sibirien abtransportiert zu werden, so wie es zwei Frauen in Mehlauken ergangen war, die man beim Diebstahl von Kartoffeln ertappt hatte.

Jetzt war Sommer, und die Kinder brachten allerhand Kräuter, wie Brennesseln, Sauerampfer, Melde, auch Beeren und Pilze, von ihren Streifzügen heim. Zusammen mit den Kartoffelresten oder der Grütze, die Huldchen von der Kommandantur mit nach Hause nehmen durfte, ergaben Kräuter und Pilze schmackhafte Mahlzeiten, und aus den im Ärmel transportierten und im Fleischwolf zu Schrot zermahlenen Körnern wurde Suppe oder Brei zubereitet oder kleine Fladen, in der Pfanne gebacken, und mit einem Mus aus Waldbeeren serviert, waren sie eine ganz besondere Leckerei an Sonntagen, die, obwohl sie keinen Zucker hatten, genauso herrlich schmeckten wie früher die Buttercremetorten. Eins der Kinder mußte immer Wache stehen, falls der verräterische Backduft trotz geschlossener Fenster nach außen dringen und eine Durchsuchung provozieren könnte. Ein Knallen am eisernen Beschlag der Waschhaustür bedeutete, daß alles sofort im Loch in der Wand, das den Bohnen- und Getreidevorrat beherbergte, zu verschwinden hatte. Innerhalb weniger Sekunden wären die Ziegel eingesetzt und die Kommode herangerückt. Glücklicherweise aber war dieser Ernstfall bisher noch nicht eingetreten.

Mittlerweile war Popelken zu einer Sammelstelle für Brotgetreide erklärt worden, zu deren Verwaltung extra ein Natschalnik abkommandiert wurde, ein gutmütiger

und pfiffiger Ukrainer namens Wolodja, unter dessen Leitung es zu einer wundersamen Getreidevermehrung kam. Agnes und Fräulein Schukies wußten, wie es zur Übererfüllung der Norm kam, für die Wolodja von zentraler Stelle belobigt wurde.
Drei Mann wogen sorgfältig jeden angelieferten Sack ab, was oft sehr langsam ging, während immer mehr Säcke sich vor der Waage stauten. Auf Anweisung von Wolodja mußten die Frauen, die für das Schleppen der Säcke verantwortlich waren, sich das Durcheinander zunutze machen und hier und da einen noch nicht gewogenen Sack heimlich abtransportieren, auskippen und den leeren Sack beiseite schaffen. Wurde das von den Einlieferern bemerkt, begann Wolodja pro forma ein wildes Geschimpfe mit den Frauen, und schließlich einigte man sich über das mutmaßliche Gewicht des Sackes.
Agnes, Fräulein Schukies, Frau Warstat und zwei junge Mädchen waren für das Schleppen der Säcke zuständig. Da von der zentralen Stelle in Unkenntnis der Lagerkapazitäten immer mehr Säcke nach Popelken zur Lieferung befohlen wurden, war bald kein Platz mehr da, und irgend jemand ordnete an, daß der tiefe Straßengraben zur Lagerung des Hafers genutzt werden sollte, abgedeckt mit einer wasserfesten Plane. Agnes machte den Kommandanten darauf aufmerksam, daß das nicht gutgehen könnte, aber sie erntete nur ein abschätziges Kräuseln seiner Mundwinkel – sie habe sich da nicht einzumischen.
Natürlich wurde der Lagerhafer bei einem Gewitter feucht und begann zu keimen und zu schimmeln, und von der Hafersaat in den Roßgärten ging nur hier und da ein Hälmchen auf. So bekamen sie gleich den besten Eindruck von der sozialistischen Planwirtschaft; es war lächerlich und traurig zugleich in diesen schlimmen

Zeiten, in denen viele hungerten, solch eine Verschwendung mitansehen zu müssen.

Agnes, Huldchen und Fräulein Schukies galten als das Trio alter Frauen: »staraja Schenschtschina«, hieß es oft … alte Frau, ein Umstand, an den sie sich erst gewöhnen mußten, denn Huldchen und Agnes waren mit ihren achtundfünfzig Jahren ja noch nicht alt, und sie hatten sich bisher auch nie so gefühlt, aber die Strapazen und Schrecken der letzten Monate hatten sie altern lassen, und sie selbst hatten auch noch was dazu getan, denn das Altsein oder Altscheinen hatte auch seine Vorteile – man wurde nicht mehr für die ganz schweren Arbeiten eingeteilt, konnte sich auch mal glaubhaft »bolnaja« … krank melden, und man erweckte nicht mehr das Interesse der Männer. Wirklich krank aber waren sie bisher nicht gewesen, das war nur die Junge von dem alten Trio, das Fräulein Schukies mit ihren gerade mal zweiundvierzig Jahren, die mit ihrem graugewordenen Knups und den schwarzen Kleidern wie ihre eigene Mutter aussah.

Agnes hatte eines Tages plötzlich eine Idee, was es mit Fräulein Schukies' merkwürdigem Gesundheitszustand auf sich haben könnte. Sie zog sie neben sich auf den Sack, den sie gerade auf den Speicher geschleppt hatten. Hier konnten sie eine Weile verschnaufen, unten hörten sie Wolodja mit den Einlieferern um jedes Pfund feilschen. Es roch nach Staub und Getreide. Auf der Straße sah man den barfüßigen Günter drei magere Kühe beaufsichtigen, die am Straßenrand weideten.

»Ich hab über Sie nachgedacht, Fräulein Schukies. Vor zehn Jahren ging es mir plötzlich auch so schlecht, und keiner, auch kein Arzt, wußte, was es war. Ich hatte

Bauchschmerzen und Kreuzschmerzen, und es wurde mir immer so heiß im Bauch. Wissen Sie, was das war. Die Wechseljahre! So fing es an, und ich dachte, ich hätte eine schwere Krankheit. Das könnte doch auch bei Ihnen der Fall sein. Vielleicht machen wir uns ganz unnötig Sorgen.«

»Es sind nicht die Wechseljahre, Frau Genske«, und da brach es in einem Fiepen und Schluchzen gleichzeitig aus ihr heraus: »Ich bin schwanger! Helfen Sie mir, Frau Genske! Ich wollte es lange nicht wahrhaben, obwohl ich es ahnte. Ich kenn mich ja in diesen Sachen nicht aus, aber jetzt gibt es keinen Zweifel mehr. Es hat sich bewegt. Heute hat es sich bewegt, ich spüre es ganz deutlich. Was soll ich nur tun! Der Teufel sitzt in mir. Ich möchte ihn herausreißen. Am liebsten mit der Schere reinstechen. Was kann ich denn noch versuchen, ich bin schon wie verrückt auf der Treppe herumgesprungen? Sie sind doch so eine erfahrene Frau, Sie haben doch so viel erlebt. Sagen Sie mir, was ich noch tun kann. Sie kennen vielleicht Mittel und Wege, mir zu helfen. Bitte! Bitte!«

Es war unglaublich.

Agnes, wie vor den Kopf geschlagen, sagte, daß sie da auch nichts wüßte, und außerdem sei es nun – sie hatte blitzschnell nachgerechnet – im sechsten Monat ohnehin zu spät, um mit heißen Sitzbädern oder Rotwein, den es sowieso nicht gab, etwas auszurichten.

»Aber ich kann doch jetzt kein Kind bekommen. Ich will es nicht haben … ich hasse es jetzt schon … ich hasse meinen Bauch.«

Immer und immer wieder hatte sich ihr in den letzten Monaten die Erinnerung an jenen widerlichen und ekelhaften kurzen Vorgang aufgedrängt, sie spürte noch, wie ihre Arme gewaltsam gegen den steinigen Boden gedrückt wurden, wie ein Geruch von Urin und

Machorka auf ihr lastete und etwas Glitschiges über ihr Gesicht hüpfte. Sie, die ihre Jungfräulichkeit immer für den einen aufgespart hatte, der vielleicht einmal kommen würde, und darüber alt geworden war, sie, die auch gar nicht mehr wollte, daß diese angsteinflößenden Dinge mit ihr passierten, die schon rot wurde, wenn die Bauern, die früher ihr Korn in die Mühle brachten, sie genauer ansahen, und erst recht, wenn sie, als sie die Empfindlichkeit bemerkten, allerlei Andeutungen machten und sie mit großer Freude regelmäßig in Verlegenheit brachten, bis Lieske, die mit ihr im Kontor saß, einen rettenden Einfall hatte oder der über alle Zweifel erhabene Chef eingriff und die dreisten Bauern und Fuhrknechte hinausbugsierte. Gerade ihr, dem tugendhaften und unberührten Fräulein, mußte so etwas Furchtbares passieren.
»Ein Glück, daß wenigstens Mutter das nicht mehr erleben muß. Ich danke dir, lieber Gott, daß du sie zu dir genommen hast und ihr diese Schande erspart hast«, betete sie.

Bald war der Zustand von Fräulein Schukies nicht mehr zu verheimlichen. Nach der ersten Verwunderung und ungläubigem Staunen breitete sich die Nachricht aus und löste unter den Russen Spott und Heiterkeit aus: »Staraja Schenschtschina jest beremenjaja!« Die alte Frau kriegt ein Kind. Eine Art Weltwunder wurde daraus, bis schließlich der Kommandant den wilden Gerüchten, daß eine uralte Frau ein Kind bekäme, ein Ende setzte und mitteilte, daß die uralte Frau erst zweiundvierzig sei. Von da an war es vorbei mit der Sensation, und niemand interessierte sich mehr für die Schwangere oder für die anderen alten Frauen. »Stari ne nado, Stari kaputt«, sagten junge Russinnen kalt. Alte sind überflüssig, Alte sollen kaputtgehen. Erst

recht, wenn sie »Nemetz« sind, wie die Deutschen verächtlich genannt wurden.
Zu Huldchen allerdings hätte niemand von der Kommandantur »Nemetz« gesagt, sie genoß in ihrer natürlichen Würde und Güte ein ganz besonderes Ansehen, das noch beträchtlich gestiegen war, seit sie ihre Fähigkeit als Wunderheilerin unter Beweis stellte und den Major durch Handauflegen von seinen Ischiasschmerzen befreite. Mit dem Magnetismus, der nicht nur von ihrer ganzen Art, sondern im besonderen auch von ihren Händen ausging, hatte sie schon früher in Skirbst ihren Hermann und die Kinder behandelt und sogar einmal den kranken Hofhund wieder auf die Beine gebracht. Jetzt konnte sie hier mit ihren Fähigkeiten der kleinen Gemeinschaft helfen, denn hin und wieder, wenn die Dienste der »Matka« gefragt waren, erhielt sie zur Belohnung ein Ei oder ein Stück Fleisch, oder größere Reste der von ihr gekochten Mahlzeit.
Manche der harten Männer hatten sich schon bei ihr ausgeweint und Fotos ihrer Familien gezeigt, und sie hatte sie genau und liebevoll angesehen und »krassiwaja Schenna, choroschi djeti« gesagt ... schöne Frau, gute Kinder. Einer gab ihr sogar die Briefe seiner Frau zum Vorlesen, aber das überstieg nun ihre Möglichkeiten, sie hatte zwar durch den ständigen Aufenthalt in der Kommandantur schon ganz gut Russisch gelernt, aber die kyrillische Schrift war ihr natürlich fremd.
Manch einem hatte Huldchen geholfen, nur bei Fräulein Schukies gab es keinen Ausweg. Ihre Krankheit war durch Handauflegen nicht zu heilen, ihr Unglück hatte sich so fest und beherrschend in ihr eingenistet, daß es nur einen gemeinsamen Untergang oder ein gemeinsames Weiterleben gab. Ein wenig Linderung

verschaffte der Schafgarbentee und die etwas leichtere Arbeit des Getreideschaufelns, die Wolodja ihr zuteilte.

An den warmen Sommerabenden saßen sie oft zusammen auf der Bank im Hof und redeten und träumten, bis die Sonne blutrot hinter dem Dach des Waschhauses verschwand. Grigori Iwanowitsch, der einzige, den Major Libidjew auch abends um sich duldete, spielte auf seiner Quetschkommode, wie am Abend, als sie herkamen.
Grillen zirpten, und es waren die gleichen, vielversprechenden Sommerabende wie früher, als das Leben noch knisterte und vibrierte und man noch etwas hatte, womit und worauf man anstoßen konnte.
Jetzt war der Sommer nur noch ein Schatten seiner selbst, glanzlos und matt, so sehr er sich auch anstrengen mochte, wie süß auch Blumen und Gräser dufteten und wie schön auch die untergehende Sonne ein Fest der Farben inszenierte, es war vergebliche Liebesmüh.
Das Häuflein der müden, von harter Arbeit erschöpften Frauen war nicht durch die Pracht der Natur zu beeindrucken. Ihre Gedanken kreisten meistens um die Menschen, die ihr Leben einmal bestimmt hatten. Lydia Pekan dachte an ihren Mann, Fräulein Schukies an ihre Mutter, Huldchen an Hermann, an die Kinder, an Erwin, Herbert, Ella und Erika, die wer weiß wo sein mochten, hoffentlich noch am Leben, und Agnes dachte an Alfred, an Franz und an Lieske, das gute Kind.
»Denkst du an Papa?« fragte Renate ihre Mutter. »Meinst du, daß er wiederkommt?«
»Papa ist tot. Er kommt nicht wieder«, antwortete Günter anstelle der Mutter.
»Jettchen war auch tot, und jetzt ist sie wieder gesund«, sagte die kleine Sophie, die mit ihrer Puppe auf den Stufen des Hintereingangs spielte.

»Ach, was bist du dumm«, rief Günter. »Einem Menschen kann man nicht einfach den Kopf wieder annähen.«
»Warum nicht? Warum denn nicht?«
Fräulein Schukies bat auch an diesem Abend wie schon an den vorausgegangenen, Agnes möge doch die Karten legen. Auf einmal war es kein Teufelszeug mehr, die Werte hatten sich verschoben. Sie müsse doch wissen, wie das weitergehe mit ihr und mit allem und überhaupt ...
Doch Agnes blieb hart und unerbittlich, sie wußte, was alle von ihr hören wollten, nur Gutes, ein Fünkchen Hoffnung ... Hoffnung ... Hoffnung, diese Klette Hoffnung, die sie am Leben hielt. Agnes hatte Angst vor dem, was sie wieder in den Karten sehen würde. Es war wie damals, als sie das Feuer gesehen hatte und einen Mann, der darin umkam, und kurze Zeit später brannte das Haus der Bartuschatsche, und ihr Mann war nur ein Häufchen verkohlter Knochen; und dann hatte sie noch mal ein Feuer gesehen, ein ganz großes – eine Vision, die sich erst Jahre später erfüllen sollte. Das brennende Haff ... Lange Zeit waren damals die Karten nicht mehr angerührt worden.
Nun war es das gleiche; einmal hatte sie die Karten gelegt, ein einziges Mal, und niemandem gesagt, was sie wirklich darin gesehen hatte. Es war besser zu lügen, als zu sagen: eine Frau und ein Kind werden sterben.

*

Deutschland sei ein schlechtes Land. Sie sollten froh sein, daß sie dort nicht zu leben brauchten. So lautete die Antwort des undurchsichtigen Ortskommandanten, als Huldchen in einem Anfall von Verzweiflung die ruhige Mittagsstunde nutzte, um zu fragen, wann sie denn endlich nach Deutschland zurückkehren könnten.

Es war sinnlos, eine solche Frage zu stellen. Sie konnte nur den Unmut der Russen erregen. Deutschland ist eben ein schlechtes Land, und nur ein toter Deutscher ist ein guter Deutscher. Tote Deutsche hatte es freilich einige gegeben in letzter Zeit, eine alte Frau war auf der Straße umgefallen, man hatte sie auf einen Haufen mit Unrat am Mühlenteich geworfen, ein Metzger aus Laukischken hatte sich aufgehängt, und zwei Kinder waren an unbekannten Krankheiten gestorben.
Die Frauengemeinschaft hatte diesen Sommer in der fremdgewordenen Heimat noch ganz gut überstanden, nun aber, Mitte Oktober, brach mit dem Herbst nicht nur die Vorahnung eines entbehrungsreichen Winters über sie herein, sondern auch eine Reihe von Ereignissen, die ihr Zusammenbleiben in Frage stellten.
Der für seine Dienste am sozialistischen Vaterland so hochgelobte Natschalnik Wolodja wurde überführt, daß er die von ihm erwirtschafteten Überhänge an Getreide und auch einen Teil der legalen Vorräte heimlich zur verbotenen Schnapsbrennerei verwendet hatte. In Zusammenarbeit mit zwei Tagedieben hatte er das einträgliche Geschäft im Keller eines abgelegenen, halbzerstörten Bauernhauses betrieben, bis die Miliz ihm auf die Schliche kam und das Wespennest aushob. Als Folge davon wurde die Sammelstelle von Popelken abgezogen, die Mühle geschlossen und das vorhandene Getreide abgeholt.
Agnes und Fräulein Schukies, die kurz vor der Entbindung stand, verloren ihre Arbeit und damit ihr Anrecht auf die Brotration. Der Major, der sehr wütend wurde, wenn einer noch den Namen Wolodja erwähnte, sagte ihnen, daß sie nach Tapiau gehen könnten, wo es Arbeit für sie gäbe, Lydia Pekan arbeitete nach wie vor in der Feldbrigade und sollte, schon wegen der Kinder, in Popelken bleiben, und Huldchen wollte man auf keinen

Fall weglassen. Sie hatte sich in der Kommandantur unentbehrlich gemacht. Sie war Köchin, Wäscherin, Putzfrau, Krankenschwester, Seelentrösterin und neuerdings sogar Tierärztin. Mit ihren magnetischen Händen und einer geheimnisvollen Salbe, die sie aus Kräutern, Vaseline, Jod und Wagenschmiere hergestellt hatte, behandelte sie kranke Pferde, die von schlecht sitzenden Geschirren wunde Stellen an der Brust und am Widerrist hatten. Täglich ging sie in die Popelker Kirche, den Pferdestall, und machte sich unter den staunenden Augen des Wachpostens an ihren vierbeinigen Patienten zu schaffen, sprach mit ihnen, deutsch natürlich und in einem singenden Tonfall. Sie rebbelte Gedichte und Gebete herunter, alles, was ihr einfiel, wußte sie doch, daß das den Ruf ihrer übernatürlichen Fähigkeiten nur noch schneller verbreiten konnte.

Jedes Stück Brot, das sie dadurch zusätzlich verdiente, war jetzt wichtiger denn je. Ihre merkwürdige Salbe, die sie einfach aus dem, was vorhanden war, zusammengerührt hatte, half zu ihrem eigenen Erstaunen wirklich, und der gekeimte Hafer, den sie ins Futter der Tiere mischen ließ, tat ein übriges, und langsam glaubte sie selbst, daß sie einen besonderen Einfluß auf jede lebendige Kreatur haben mußte.

Sie stand jetzt vorn unter dem Altar, so daß der Wachposten, der im Seitenschiff ein Tier striegelte, gut sehen konnte, wie sie zwei mit schwarzer Salbe eingeriebenen Pferden ihre ausgebreiteten Arme aufs Maul legte und dabei Schillers »Glocke« deklamierte. »Festgemauert in der Erden, steht die Form aus Lehm gebrannt ...« So ungefähr war es ihr in Erinnerung, und der Text paßte sogar hierher in dieses heilige Gemäuer mit dem beschädigten Glockenturm, das mit seinen hohen Fenstern und der gemalten Decke trotz der Entweihung noch eine feierliche Atmosphäre verbreitete.

Huldchen war es besonders wichtig, daß dieser Kaukasier, der oft auch als Fahrer eingesetzt wurde und viel in der Gegend herumkam, von dem Hexensabbat in der Popelker Kirche beeindruckt wurde und so ihren Ruf als wundertätige Heilerin im weiteren Umkreis verbreiten könnte.
Noch bevor sie mit der Deklamation der Balladenbruchstücke zu Ende war, hörte sie Agnes von der Straße her ihren Namen rufen. Sie zog noch einmal eine hohe Schleife mit der Stimme, tätschelte zum Abschied ihre Patienten und nickte im Hinausgehen dem Kaukasier zu: »Skoro Loschadj sdorowi! Doswidanja, Pjotr! Bald sind die Pferde gesund. Auf Wiedersehen, Pjotr.«
»Doswidanja, Matka!« rief er ihr zu, noch ganz unter dem Einfluß des ungewöhnlichen Erlebnisses.
Huldchen ahnte schon alles, als sie durch das hochgewachsene Unkraut des Kirchplatzes zur aufgeregten Agnes ging. Seit Tagen warteten sie, nun schien es soweit zu sein: Fräulein Schukies lag in den Wehen. Sie hatte entsetzliche Angst vor der Geburt und wünschte sich andererseits nichts sehnlicher, als diesen Fremdkörper endlich aus ihrem Leib zu haben.
Eine Hebamme gab es weit und breit nicht und den nächsten Arzt erst in einem russischen Lazarett in Insterburg. Huldchen und Agnes würden es auch so schaffen, und zur Verstärkung wurden noch Frau Warstat und Lydia Pekan vom Feld geholt. Der Brigadier wollte sie während der Arbeitszeit nicht weglassen, und erst Huldchens rettender Gedanke, daß sie im Auftrage des Kommandanten handelte, besänftigte den Mann.
Renate und Günter mußten in Emmchens Küche ständig heißes Wasser im Kochtopf bereiten und in einem Eimer ins Zimmer der Wöchnerin bringen. Gern hätten sie diesem außergewöhnlichen Vorgang beigewohnt,

aber die vier Frauen schickten sie gleich wieder hinaus, und außerdem hatten sie das Bett so umringt, daß nichts zu sehen war von dem komischen alten Fräulein mit dem dicken Bauch, nur hören konnte man sie im ganzen Haus. Man war ja gewohnt, daß sie immer so merkwürdige Laute ausstieß, aber diese hier übertrafen alles, das war kein Weinen und kein Fiepen, das war eher das Geheul eines hungrigen Wolfes, und die Geschwister konnten sich in der Küche ein Lachen nicht verkneifen. Die kleine Sophie, die vom heißen Wasser ferngehalten werden mußte, fragte, ob das Fräulein jetzt totgemacht wird.
Das Geheul ebbte wieder ab, wurde durch das altbekannte Fiepen ersetzt, und dann war es plötzlich still. Abwechselnd kamen die Frauen in die Küche, sagten, daß es noch dauern würde.
Schließlich mußte Hulda gehen, um das Abendessen zu machen. Dabei wurde sie noch von dem Brigadier beschimpft, der ihrer Notlüge auf die Schliche gekommen war. Lydia und Frau Warstat sollten für diesen Tag keine Brotmarken bekommen. Es wäre eine Unverschämtheit, einfach so von der Arbeit wegzurennen, typisch für die faulen Deutschen. Er hätte seine Norm zu schaffen, was ginge ihn da dieser Weiberkram an.
Spätabends, als alle todmüde waren, schien es dann wirklich loszugehen. Es mußte wieder heißes Wasser auf dem Herd bereitet werden, und das erneute Geheul weckte die Kinder. Den an Schlaflosigkeit leidenden Major Libidjew sah man drüben in seinem Zimmer umhergehen. Er hatte irgendwo zwei Ölgemälde und einen Riesenstapel Bücher sichergestellt, mit denen er seine einsamen Nächte am Samowar verbrachte. Er hatte Huldchen nicht wie die anderen Fotos seiner Kinder und seiner Frau gezeigt, niemand wußte etwas Näheres von ihm. Wahrscheinlich hatte er keinen Men-

schen auf dieser Welt, das würde jedenfalls zu ihm passen. Vielleicht interessierten ihn deshalb die geheimnisvollen Vorgänge im Nachbarhaus, die aufgeregten Schatten, die an den Fenstern vorbeihuschten, das schwache Schmerzensgeheul, das bei geöffnetem Fenster herüberdrang. Ein Mensch erblickt das Licht der Welt, halb deutsch, halb russisch, mit Gewalt gezeugt, ohne Absicht, ohne Sinn.
Er trank seinen Tee mit Konfitüre, las Heinrich Kleist, ein paar Sätze lang, blickte dann auf zu dem runden, weichen Gesicht der gemalten Maria mit Kind im goldenen Rahmen und wieder hinüber zu dem Haus, das schwarz in der Dunkelheit stand, im nächtlichen Regen wie ein schwankendes Schiff der Gemeinsamkeit, wie ein Symbol der absurden Verschlingungen des Lebens. Deutschland ist ein schlechtes Land.

*

Gegen Mitternacht wurde in dem Bett, in dem einst Lieske schlief, ein Kind männlichen Geschlechts geboren.
Es war von kräftiger, offensichtlich gesunder Statur, besaß eine dunkle Hautfarbe und schwarzen Haarflaum. Die Nabelschnur wurde mit einem ausgekochten Küchenmesser durchgeschnitten, das Kind im Eimer gebadet, in ein Tuch gehüllt und der teilnahmslosen, in regelmäßigen Abständen fiependen Mutter ins Bett gelegt.
Das Kind probierte seine Lungen aus, schrie kräftig, bis es, vom Streß der Geburt ermattet, seine fast durchsichtigen Augenlider schloß und einschlief. Auch alle Helferinnen waren todmüde und konnten sich kaum noch auf den Beinen halten.
Frau Warstat wurde die entgangene Brotration ersetzt, und als Lohn für ihre Hilfe erhielt sie noch zwei Hand-

voll weiße Bohnen aus der eisernen Notration und ein paar Rubel. Da sie Angst hatte, allein im Dunklen nach Hause zu gehen – erst neulich hatte es nächtliche Überfälle von betrunkenen Russen gegeben –, mußte Agnes sie bis zur ehemaligen Post begleiten, wo sie mit ihrem Mann und einem älteren Ehepaar aus Kaukehmen wohnte.

Der Regen, der im dunklen Gebüsch raschelte, hatte die Straße wie im Frühjahr in eine Schlammrinne verwandelt, er ließ die zersplitterte Veranda des Hotels Drückler im Schein des zunehmenden Mondes glänzen und seltsame Schatten, schmal und schwarz, dahinter entstehen. Nachts trug das Dorf Trauer, es legte seine Wunden bloß, reckte den Kirchturm wie einen ausgestreckten, hilfesuchenden Arm in den kalten Nachthimmel.

Frau Warstat, die Tüte mit den Bohnen an sich pressend, ging, immer wieder ängstlich rechts in die dunklen Vorgärten blickend, dicht hinter Agnes auf dem aufgeweichten Straßenrand.

»Ich wollt ja nichts sagen, Frau Genske, aber finden Sie nicht auch, daß mit dem Kind was nicht stimmt?«

»Was denn? Es war doch alles dran, so auf den ersten Blick.«

»Irgendwas ist nicht in Ordnung. Schauen Sie sich mal das Gesicht näher an.«

»Morgen. Ich kann kaum noch die Augen aufhalten.«

»Acheu, Frau Genske, ich auch. Wenn ich daran denke, daß in drei Stunden die verdammte Sirene wieder läutet. Manchmal zwing ich kaum noch weiter. Seien Sie froh, daß Sie morgen nicht in die Mühle müssen. Aber andererseits, nun bekommen Sie auch kein Brot mehr, was tut einer nicht alles für so ein Kutzche Brot. Hören Sie! War da nicht was?«

»Kommen Sie! Es ist nichts weiter, ein Tier vielleicht.

Wahrscheinlich muß ich doch nach Tapiau gehen, wenn ich nicht verhungern will. Und das kleine Wurm ist wieder eine Sorge mehr. Ich darf gar nicht daran denken, was werden soll, wenn sie keine Milch hat. So, jetzt sind wir da. Gehen Sie schnell rein, und vielen Dank noch mal für Ihre Hilfe.«

»Das war doch selbstverständlich, Frau Genske. In diesen bösen Zeiten müssen wir zusammenhalten. Und danke für die Bohnen. Gute Nacht!«

Agnes kehrte um. Der Nieselregen hatte aufgehört, es war stockfinster, nur vorn am Hotel fiel Mondschein auf die schwarzen Schatten, die wie Geister auf der Veranda saßen, eine Versammlung steifer, hochgereckter Gestalten, die ihre Köpfe, wie zu einem Pilz, zusammengesteckt hatten.

Ein anderer Geist stand urplötzlich in voller Lebensgröße vor ihr, daß sie vor Schreck aufschrie und dreimal kurz ausspuckte, wie sie es gelernt hatte.

»Ist das Kind geborren?«

Agnes konnte kaum antworten, so sehr war ihr der furchteinflößende, nächtliche Anblick des Majors in die Glieder gefahren. »Ja, ein Junge«, brachte sie schließlich mit belegter Stimme heraus.

»Ein russischer Junge. Das ist gut. Choroscho.«

Der Kommandant blieb am Gartenzaun stehen, blickte in den verhangenen Sternenhimmel hoch und dann stirnrunzelnd zu Agnes hin, die, verwirrt und übermüdet, in alter Gewohnheit auf ihr Haus zugelaufen war, bis die Gerätschaften vor der Haustür sie zusammenzucken und umkehren ließen. »Iswinitje poschaluista«, murmelte sie und war selbst erschrocken, daß sie die russische Entschuldigung benutzte.

Was war das nur für eine kopfstehende Welt, in der sie lebte? Es konnte doch nie und nimmer geschehen sein, was sich ihr da in den Sinn drängte. Doch nachts und im Traum geschehen immer merkwürdige, unerklärliche, wirre Dinge, da war alles möglich, sogar, daß ihr Dorf nicht mehr ihr Dorf war, ihr Haus nicht mehr ihr Haus; im Traum passiert es, daß man plötzlich mit fremden Zungen redet, und im Traum konnte es sogar geschehen, daß das tugendsame Fräulein, die zartbesaitete alte Jungfer ein fremdländisches Kind zur Welt brachte.

*

Anfang November fiel schon der erste Schnee und deckte gnädig so manche Wunde des Dorfes zu. Agnes hatte es immer besonders gemocht, wenn die weißen Hauben auf den Dächern lagen, wenn ihre Tannen und Obstbäume malerisch überzuckert waren und der Schnee in den Himbeerbüschen aufstob. Die altbekannten Dinge sahen plötzlich ganz anders aus, wurden frisch und neu, wie ein vertrautes dunkles Wollkleid, das durch einen blitzsauberen weißen Kragen ein neues festlichen Gesicht bekam. Wie liebte sie es, aus der Kälte in die feuchte Wärme der Gewächshäuser zu kriechen, hinein zu Alfred in den Geruch nach Erde und Wodka, in diese so heimelige Welt, in der man manchmal, wenn der Schnee auf dem Glasdach lag, das Gefühl hatte, von der Außenwelt abgeschnitten zu sein und in einer dumpfen, freundlichen Höhle zu sitzen. Im November war immer schon alles erwartungsfroh auf die Vorweihnachtszeit ausgerichtet, die Tannen, die vergoldeten Tannenzapfen, die roten Bänder und Schleifen und all das andere Zubehör lagen bereit für die Bestellungen der Adventskränze und Gestecke, bei denen Lieske ihr immer zur Hand ging. Was war das für ein lustiges Geschabber im Anbau, wenn das eiserne Öfchen bullerte, und mit einem Gläschen des guten Portweins ging die Arbeit noch mal so leicht von der Hand.

Überhaupt war das keine Arbeit, eher ein Vergnügen gewesen im Gegensatz zu der Strafarbeit, die sie jetzt machen mußte. Selbst das Schleppen der schweren Säcke in der Mühle war noch eine erträgliche Tätigkeit, zumal sie von Wolodja, dieser Zierde des Bolschewismus, kaum beaufsichtigt wurden und sich auf dem Speicher immer mal Gelegenheit zum Ausruhen ergab. Grulauken aber war der Vorhof zu Hölle.
Von auf und ab marschierenden bewaffneten Posten beobachtet, mußte Agnes Schützengräben zuwerfen. In den ersten Tagen betrug die Norm zehn Meter Grabenlänge, dann wurde sie auf fünfzehn Meter heraufgesetzt. Und das alles für eine wäßrige Kohlsuppe, ein Stück Brot, aus dem man das Wasser herauspressen konnte, und 120 Rubel im Monat, für die es sowieso kaum etwas zu kaufen gab. Ständig die Rufe: »Dawei! Dawai!« im Nacken und das Schimpfen der Wachposten über die faulen Deutschen. Ob Schnee, ob Regen, rabotatj, rabotatj. Bevor die Bodenfröste kamen, sollte die Arbeit erledigt sein. Morgens wurden sie mit dem Lastwagen vom Massenquartier in Grulauken abgeholt und an immer andere Schützengräben gefahren, wo sie oftmals bis in die Dunkelheit hinein arbeiten mußten. Wer sein Soll nicht erfüllte, mußte damit rechnen, daß die unzufriedenen Brigadiere ihn in den Keller sperrten.
Die weiße Pracht, die Agnes zum Träumen verleitet hatte, war schnell dahingeschmolzen, jetzt klatschten ihr Fetzen von Schneeregen ins Gesicht. Sie rammte die Schaufel in den Berg schwerer, nasser Erde, stieß mit den Fuß nach und kippte die Erde in den Graben, und die nächste Schaufel und die nächste, und mit jeder Schaufel wurde es schwerer und schwerer. Wenn sie in der kurzen Pause beim Herüberziehen der leeren Schaufel ihre Arme sinken ließ, dauerte es nicht lange, bis wieder einer »Dawei! Dawei!« schrie. Agnes holte

aus der Tasche ihres Persianers eine zusammengeknetete Brotkugel und steckte sie sich in den Mund. Wie sollte man von der Wassersuppe und dem klitschigen Brot Kraft für die Arbeit bekommen? Wenigstens hatte sie noch den Pelz, der sie warmhielt und ihr nachts als Zudecke diente, und ihre Stiefel, die zwar schon ziemlich ramponiert, aber immer noch dicht waren. Ganz im Gegensatz zu Lydia Pekan, die irgendwo hinter ihr arbeitete. Ihre Halbschuhe zogen Wasser, und ihr taillierter Mantel war nicht sehr dick.

Langsam graute schon der Himmel in diesem flachen Niemandsland, und Agnes hatte nur den Wunsch, daß recht schnell die Dunkelheit käme, dann mußte die Arbeit abgebrochen werden. Dann hieß es rauf auf den Lastwagen, zurück in den Gutshof. Endlich Ruhe haben, heiße Suppe essen, die Stiefel ausziehen und die Glieder ausstrecken und schlafen, schlafen, schlafen ...

Auf einmal fing es wieder an zu schneien, große, nasse Flocken, die auf dem Gesicht breitliefen, und wieder drängte sich ihr ein Wintertraum in den Sinn. Lieske und sie gingen in ihren Überschuhen durch das verschneite Popelken, sahen fremde Männer vor dem Hotel stehen, dessen Veranda im Winter geschlossen war, und weiter bis zur Insterburger Straße gingen sie, bis zum Laden vom Primus, dem Jud, dem klein Mannche, den sie später abgeholt hatten. Wie er um sie herumhüpfte und seine Schätze darbot, aber sie wußten schon, welch ein Weihnachtsgeschenk das gute Kind haben sollte – einen schönen, feinen Fuchs mit Schnauze, Klauen und Glasaugen, und genauso einen hatte er. Wie er sich Lieske um die Schultern schlängelte und eine vollendete Dame aus ihr machte! Der kleine Primus schlug theatralisch die Hände über soviel Schönheit zusammen. Einzigartig, Fräulein Liesa. Bezaubernd, ganz bezaubernd. Er wickelte ihn in Seiden-

papier, legte ihn in einen rosa Karton und winkte ihnen noch lange hinterher, verbeugte sich, in seiner Ladentür stehend. In diesen schwierigen Kriegszeiten, in denen die Geschäfte schlecht gingen und manche Angst hatten, beim Juden zu kaufen, war er um so erfreuter, daß die wohlhabende Frau Genske ihn beehrte, um für Lieske, die uneheliche Nichte, wie jeder wußte, so ein gutes und teures Stück zu erwerben.
Es tat gut, hofiert zu werden und zu sehen, wie die Männer, die sie auf dem Rückweg trafen, ihre Hüte zogen und grüßten. Lieskes Lehrer Zorn, der dicke Herr Backendorff von der Raiffeisenkasse, der Bürgermeister und Bauer Rigoleit. Zu Hause durfte Lieske sich das gute Stück noch einmal umlegen, bevor es bis Weihnachten in seiner Schachtel verschwand. Darauf mußte doch wieder angestoßen werden. Sie holte die Flasche aus dem Versteck im Vertiko und blieb auf der Schwelle des Zimmers stehen, um heimlich zuzusehen, wie Lieske sich selbstvergessen mit ihrem Luxustier im Fenster spiegelte, wie sie sich vorbeugte, die Eisblumen anhauchte und einen Kuß auf die Scheibe drückte …

»Dawei … dawei … sewodjna nje Prasdnik!« Ja, ja, ich weiß, heute ist wahrlich kein Prasdnik … kein Feiertag, dachte Agnes wütend, als der Brigadier näher kam, auf die Sollmarkierung zeigte, von der sie noch mindestens vier Meter entfernt war. Er schimpfte aufgebracht, sie verstand nichts außer dem altbekannten Nemetz … Nemetz … Da hatte er wieder auf die Deutschen zu schimpfen, wahrscheinlich gab es einen Abzug vom Lohn.
Agnes war alles egal, sie blickte nur zum Lastwagen, in den der Fahrer jetzt einstieg und zum Sammeln hupte. Endlich.
Nur mit Mühe erreichte sie den Wagen, wurde von den

anderen auf die Ladefläche hochgezogen. Sie schlief noch während der Fahrt ein, und während sie gerüttelt und geschüttelt und hochgeworfen wurde, träumte sie von einem Stück saftiger Karbonade, groß wie ein Teller, knusprig paniert, hellbraun, heiß, duftend und zart, so zart. Und danach trank sie den schweren, dunklen Portwein von unnachahmlichem Geschmack, süß und feurig. Und jemand war da, der mit ihr am weißgedeckten Tisch saß …

*

Wäre sie bloß nach Tapiau zur Arbeit in die Fabrik gegangen, wie der Kommandant es ihr noch empfohlen – jedoch nicht befohlen hatte wie Anfang November diesen Zwangseinsatz, zu dem er Leute liefern mußte: Agnes und Lydia Pekan – ohne Rücksicht auf ihre Kinder, und vier weitere freie Arbeitskräfte aus seiner Sowchose.
Dabei war es die vierzehn Tage ohne Arbeit und ohne Brotmarken ganz gut gegangen, dank der Sonderverdienste von Huldchen und der großzügigen Essensreste, die sie von der Kommandantur heimbrachte.
Außerdem hatte Agnes genug zu tun mit dem armen Wurm, dem Kind von Fräulein Schukies, die eine seltsame Gleichgültigkeit ihrem Sohn gegenüber an den Tag legte. In seinen ersten Lebenstagen zog das Kind, das noch nicht mal einen Namen hatte, große Aufmerksamkeit auf sich. Leute aus dem Dorf kamen vorbei und einige Russen von der Kommandantur, die das Baby der alten Frau sehen wollten. Sogar der Kommandeur stand eines Tages im Raum, ging zu der Wiege, in der vor einem Jahr noch Brittchen gelegen hatte, hob die Decke hoch und sah sich das mit geballten Fäusten schlafende Lebewesen an, das in die viel zu große Jacke von Sophie gewickelt war; auch die hob er hoch, um

den winzigen Körper mit der Lumpenwindel zu betrachten.
Dann ließ er die Jacke fallen, die Decke, beugte sich näher herab, verfolgte die schmatzenden Bewegungen, die das Baby im Schlaf machte. Ein angewiderter Zug kam in das schwarze Gesicht des Majors.
»Wie ist der Name?« fragte er die Mutter, die vor Angst zitternd und unentwegt die Lippen befeuchtend, daneben stand.
»Pjotr«, sagte Fräulein Schukies schnell und ohne zu überlegen, obwohl sie sich noch kurz vorher Agnes gegenüber geweigert hatte, einen Namen zu nennen.
»Pjotr? Nein, kein russischer Name für dieses Kind. Es muß einen deutschen Namen tragen. Peter.«
Agnes benutzte die Gelegenheit, den Major zu bitten, daß sie etwas Milch für den Kleinen bekommen könnten, da die Mutter ihn nicht stillen konnte.
»Werrde sehen«, sagte er, dann warf er noch einen Blick auf die Mutter und auf das soeben getaufte Kind und verfiel, offensichtlich mit Absicht, ins Russische.
»Eto rebjonok jest duschewnobolnoi i matj tosche.«
Agnes verstand von diesem Satz nur die letzten drei Worte, die da lauteten: ... und die Mutter auch. Matj hieß Mutter und tosche auch. Duschewnobolnoi war eine Zusammensetzung mit bolnoi, also mit krank, und Agnes wußte auch sofort, was der Kommandant gemeint hatte und warum er es auf russisch gesagt hatte.
Frau Warstat hatte es sofort bemerkt, Agnes erst am Tag nach der Geburt, daß dieses Kind nur körperlich gesund war.
Sie sah den Kaukasier gerade mit seinem Jeep vor der Gärtnerei halten, ging hinunter und sagte:
»Sdrastwuijtje. Poschaliusta. Schto eto: duschewnobolnoi?«

Der Kaukasier grinste und tippte sich mit dem Zeigefinger an den Kopf. »Mü wsjo duschewnobolnoi!«
Wir sind alle geisteskrank!
Als sie zurück ins Zimmer kam, sagte Fräulein Schukies ruhig: »Er hat gesehen, daß es mongoloid ist. Ich hab von Anfang an gewußt, daß es kein normales Kind sein konnte. Ich hab es gespürt, schon bei jeder Bewegung.«
»Aber er ist so hübsch, und jetzt hat er auch einen Namen. Peter! Er reagiert schon auf seinen Namen. Sehen Sie!«
Das Kind wachte auf, schrie, seine Lumpenwindel war naß.
Die Mutter versuchte noch mal, das Kind an die Brust zu legen, es schien auch, als ob es mit großer Kraftanstrengung ein paar Tropfen Milch heraussaugte. Sie hatten noch etwas Ziegenmilch, und erst, als es die getrunken hatte, gab das Kind Ruhe und schlief bald danach wieder in der Wiege ein.
»Es stirbt ja sowieso«, sagte Fräulein Schukies ungerührt. »Von mir aus können es auch die Russen haben. Es gehört ja irgendwie zu ihnen. Ich habe damit nichts zu tun. Es ist nur durch mich hindurchgegangen. Gott hat bestimmt, daß ich der Kanal für dieses Kind sein sollte.«
Seit die Mühle zu war, verließ sie kaum noch die Wohnung. Ihre Angst vor den Russen steigerte sich ins Unermeßliche, als einmal, sie war gerade mit dem Kind allein im Haus, eine Kontrolle kam und auf der Suche nach gestohlenen Nahrungsmitteln alles durchwühlte. Einer entdeckte Agnes' Ersatzgebiß, steckte es brüllend vor Lachen ein, ein anderer nahm ein Kleidchen von Sophie mit.
Als Huldchen nach Hause kam, fand sie Fräulein Schukies am ganzen Leib zitternd vor, immer auf die

Kommode deutend, die vor dem Versteck stand. Glücklicherweise hatten sie die eisernen Vorräte nicht entdeckt, aber Agnes, empört über den Diebstahl ihres intimen Ersatzteils, wollte sich drüben beschweren und wurde im Vorraum schon mit Hallo empfangen, während ihre Zähne der allgemeinen Belustigung dienten.

Langsam wurde es immer schwieriger, alle satt zu bekommen. Nur noch Lydia Pekan und Huldchen erhielten die Brotration und ein paar Rubel, für die es manchmal in einem Magazin in Labiau Produkti – so nannten sie alle Art von Waren – zu kaufen gab. Aber bis nach Labiau waren es über dreißig Kilometer, und man wußte nie, wann etwas da war, und zum Verkaufen auf dem Schwarzmarkt besaßen sie auch nichts mehr. Es waren jetzt vier Kinder und zwei Erwachsene, die mitversorgt werden mußten. Und wie sollte das Neugeborene ohne Milch überleben? Ihm konnten sie nicht die getrockneten Pilze anbieten, mit denen sie sich ernährten. In dieser schwierigen Situation, als Agnes noch überlegte, ob sie Mutter und Kind allein lassen konnte, um nach Tapiau zu gehen, kam von der Kommandantur der Befehl zu dem Sondereinsatz in der Hölle von Grulauken. Diesmal gab es keine Wahl, und sie mußten noch froh sein, daß der Kommandant so human war, nur Agnes und Lydia zu schicken und die junge alte Mutter zu verschonen. Hatte er nicht ein gutes Herz?

*

Statt der tellergroßen Karbonade gab es Kohlsuppe zum Abendbrot, aber wenigstens war sie heiß und wärmte durch. Vorn im Wohnhaus aßen die Wachposten dieselbe Suppe, allerdings mit Fleischeinlage und Brot extra. Sie tranken Tee aus ihrem Samowar, rauchten, später hörte man sie betrunken grölen.

Im ehemaligen Stall schliefen die Nemetzkis, die Arbeitstiere, der Abschaum, zwanzig Männer und Frauen, die zu den verschiedensten Arbeiten in der Umgebung eingesetzt wurden, darunter auch zwei dralle junge Mädchen, die sich das Leben zu erleichtern wußten, indem sie Verhältnisse mit Wachposten eingingen. Sie erhielten die leichtesten Arbeiten, ihre Normen wurden niedrig gehalten, und abends durften sie drüben mitessen. Eins dieser Mädchen, Maria, lag auf dem Strohsack neben Agnes, allerdings blieb er die meisten Nächte leer, und wenn sie doch mal kam, brachte sie Brot mit, das sie mit Agnes teilte, und die wiederum teilte mit Lydia.

Die Wohnung in Popelken war ein Paradies gegen diese Art von Straflager; lieber wollte sie dort verhungern, als hier an der Arbeit krepieren. Auch hatten sie alle Kopf- und Kleiderläuse und Flöhe bekommen. Entweder man hatte Läuse, oder man hatte Flöhe, beides zusammen trat nicht auf, wahrscheinlich vertrugen sich die Tierchen untereinander nicht.

An diesem Abend, als Agnes sich langlegte, um sich ihrer einzigen Freude, den schönen Träumen, hinzugeben, kam Lydia zu ihr unter den Pelz gekrochen und sagte, daß sie nicht wie vorgesehen bis zur Beendigung der Arbeiten Ende November hier bleiben könnte. Sie sei erkältet, völlig erschöpft und komme fast um vor Sehnsucht nach ihren Kindern. Und daß es doch am besten wäre, wenn sie sich morgen ganz früh auf den Weg nach Hause machten.

Agnes war einverstanden, sehr einverstanden. Früh, so gegen vier, wenn die Russen schliefen, wollten sie aufbrechen, zu Fuß einfach losgehen. Was auch immer geschehen sollte.

Die schönen Träume wollten diese Nacht nicht gelingen. Schon beim Einschlafen merkte Agnes, daß sich etwas in ihr veränderte, als ob ihre inneren Organe schrumpften, sich etwas zusammenzog, sie ganz klein und schrumplig machte. Im Schlaf mußte sie sich durch Kot kämpfen, sie watete kilometerlang durch eine Wüste von endlosen weichen Kotmassen, die sich höher und immer höher vor ihr auftürmten, sie war beschmiert und stank, und so weit sie sehen konnte, war die Welt eine einzige Jauchegrube. Kein Ende, keine Erlösung, weiter ... weiter ... weiter. Da war jemand, der sie antrieb, ein unsichtbares Wesen, das ihr drohend im Nacken saß.

Immer wieder einen Stiefel mit letzter Kraft aus dem Dreck ziehen und den nächsten und den nächsten. Es gab kein Vorwärtskommen, und es gab auch kein Zurück, keinen Fluchtweg, weder links noch rechts.

Erst als Lydia, die präzise vier Uhr morgens, so wie sie es sich vorgenommen hatte, aufgewacht war, sie am Arm rüttelte, wurde Agnes aus dieser ausweglosen Lage befreit. Einzeln wollten sie nach draußen gehen, unauffällig zum Klohäuschen, falls sie doch jemand beobachtete, und sich dann hinter der Scheune treffen. Lydia zuerst.

Agnes wollte aufstehen, doch sie hatte das Gefühl, noch immer in dem widerlichen Kothaufen festzustecken, sie knickte wieder um, kämpfte wie ein auf den Rücken gefallenes Insekt. Eine entsetzliche Angst packte sie, als sie bemerkte, daß der Körper ihr nicht wie gewohnt gehorchte. Endlich stand sie.

Ihr Herz raste, sie wurde von einem seltsamen Schwindelgefühl erfaßt, und ihre Beine schienen von gummiartiger Konsistenz zu sein. Die Maschinerie ihres Körpers, dieses stets verläßliche System von feinen und feinsten Röhren, in denen der rote Saft pulsierte, das perfekte Umwandlungssystem, das getreu aus Nahrung Energie herstellte, das vielfältige Netzwerk aus

Zellen, das mit unglaublicher Präzision jahrein, jahraus arbeitete, war ins Stocken geraten.
Einmal, vor vielen Jahren, als sie kurzzeitig etwas Ähnliches erlebt hatte, galt ihr sozusagen letzter Gedanke dem Testament. Gott sei Dank, daß sie es – einer plötzlichen Eingebung folgend – kurz vorher gemacht hatte. Lieske und Alfred. Alles war geregelt. Der Schmuck, die Wertpapiere, das Haus, das Grundstück. Unendliches Bedauern, daß sie nicht mehr aus ihrem Leben gemacht hatte, kam dazu und die Beteuerung, alles zu ändern, wenn sie nur eine neue Chance erhielte. Lieske studieren zu lassen, Gutes zu tun, wo es nur ging, ihren Groll gegen Emmchen im Zaum zu halten. Sie bekam ihre Chance und änderte ihr Leben – für vierzehn Tage. Bestellte eine Kiste vom feinsten Portwein, lud Drücklers und Besmehns und Backendorff ein und war mild zu Emmchen. Dann war alles wie vorher.
Jetzt war kein Testament mehr nötig, sie besaß nichts außer diesem Körper, der nicht mehr von ihrem Kopf gelenkt werden wollte. Eine Frau und ein Kind werden sterben.
War sie diese Frau? Hatte sie ihren eigenen Tod gesehen? Ihr Geist war scharf und klar. Sie hatte Angst vor ihrem eigenen Körper, ohne den sie nicht existieren konnte, Angst vor unerklärlichen und unbeeinflußbaren Ereignissen.
Lydia, die lange hinter der Scheune gewartet hatte, kam zurück. »Was ist denn? Warum kommen Sie nicht?«
»Ich glaube, ich kann nicht ...«
»Doch, es wird schon werden. Wir versuchen es. Wenn Sie hier krank werden, sind Sie verloren. Sie werden zur Arbeit gepeitscht. Schnell, Frau Genske, kommen Sie. Ich stütze Sie.«
Irgendwie erreichten sie die Straße. Es war ein kalter,

trüber Morgen, noch dunkel und voll dichten Nebels. »Das ist gut, daß es so neblig ist, da werden sie heute später losfahren«, sagte Lydia. Vom Lastwagen aus hatten sie an der Kreuzung den Wegweiser Insterburg gesehen, das war die Richtung, die sie einschlagen mußten. Sie erfrischten sich an einem Brunnen, der am Weg lag, und aßen gemeinsam die Scheibe Brot, die Agnes von Maria erhalten hatte, und auf einmal schien es wieder besser zu gehen.

Agnes konnte wieder ausschreiten, nur ein leichtes Taumeln erfaßte sie manchmal, und sie hatte das Gefühl, daß ihre Füße, obwohl sie sich munter fortbewegten, nicht richtig zu ihr gehörten und sich mit der Zeit immer mehr von ihr entfernten.

Zweimal wurden sie von Lastwagen mitgenommen, jedesmal für zehn Rubel. Dann liefen sie wieder ein Stück und warteten auf das nächste Auto. Einer der Fahrer bot ihnen sogar Brot mit Fett an, eine Geste, die sie wieder mit den russischen Besatzern aussöhnte. Mittags waren sie schon bis Skaisgirren gekommen. Nach ein paar Kilometern, die Agnes erstaunlich gut bewältigte, hielt dröhnend ein Auto neben ihnen. Es war der Kaukasier aus Popelken, der sie dann bis vor die Haustür brachte.

Ihr verschneites Popelken – da lag es wieder wie im schönsten aller Träume. Aus dem Schornstein ihres Hauses krochen schwarze Wölkchen, die nicht nach oben stiegen, sondern sich waagerecht davonstahlen. Zwei Erkenntnisse waren damit verbunden: sie hatten also den Kachelofen repariert, und es würde schlechtes Wetter geben. In Emmchens Küche war die Pappe vor dem Fenster weggenommen. Welch eine Verschwendung bei dieser Kälte und dem wenigen Brennmaterial, das sie besaßen.

Da stürmte mit Freudengeschrei Günter – noch im Laufen nach Sophie und Renate rufend – auf seine Mutter zu. Endlich daheim. Endlich wieder zusammen. Huldchen mußte es wohl gehört haben, sie kam in Schürze und Kochhaube aus der Gärtnerei gelaufen. Nicht lange, und die Begrüßungszeremonie hatte Grigori, den Musikanten, angelockt, bald würde der Kommandant von ihrer Anwesenheit erfahren, und wer weiß, was ihnen dann blühte.
Während Huldchen, die gleich wieder zu ihrem ausquellenden Kascha hinein mußte, auf der Straße die Kurzfassung der geglückten Flucht zu hören bekam, fiel ihr Blick nach oben, sie erstarrte und sprang mit einem »Achott, achott!«-Aufschrei ins Haus.

*

Fräulein Schukies setzte in der Küche gerade wieder die Pappe ins Fenster, als Huldchen hereinstürmte, den kleinen Peter aus der Wiege unter dem Fenster nahm, ihn rieb und wärmte und anhauchte.
»Was haben Sie gemacht! Der kleine Kerl ist halbtot!«
Agnes und die Pekan-Familie kamen atemlos herein. »Was gibt es denn hier?« fragte Agnes. »Was ist mit dem Kleinen?«
Fräulein Schukies wollte die Frauen begrüßen, wurde aber von Huldchen mit einer bei ihr unbekannten Schärfe zurückgehalten.
»Sie wollte ihn wieder umbringen. Dieses hilflose kleine Wesen. Haben Sie denn jede Achtung vor dem Leben verloren? Wollen Sie zur Mörderin werden. Sie, eine immer anständige und gute Person? Was würde wohl Ihre Mutter dazu sagen? Haben Sie daran schon einmal gedacht. Schämen Sie sich. Wie wollen Sie mit dieser Schuld dereinst ihrem Schöpfer gegenübertreten? Ich kann es nicht fassen, daß Sie einer solchen Tat fähig sind.«

Agnes hatte Huldchen noch nie so erregt gesehen. Ihre Wangen glühten vor Empörung, und ihr ganzes Wesen drückte solch eine Abscheu vor dem am Herd stehenden Fräulein Schukies aus, daß Agnes dringend um Aufklärung bat.
»Ein weiterer Mordversuch. Schon einmal habe ich sie dabei ertappt, daß sie das Kind direkt in den eiskalten Luftstrom legte. Es hatte sich das Jäckchen abgezappelt, vielleicht hat sie es sogar aufgemacht, so daß es fast nackt in der Kälte lag und eine schreckliche Grippe bekam, Fieber und Husten zum Gotterbarmen. Um ein Haar hätte es nicht überlebt. Wenn ich es nicht mit Kamillentee, Kamillenbädern und Handauflegen behandelt hätte, es wäre nicht mehr am Leben.«
Das Kind, jetzt ohne Haare, wirkte so zerbrechlich wie am Tag seiner Geburt. Gelbliche Haut mit durchscheinenden feinen Äderchen. Braune, traurige Augen.
»Was reden Sie denn da, Frau Düwell«, sagte die Mutter mit matter Entrüstung. »Wie können Sie so etwas behaupten? Die Suppe war mir angebrannt, da habe ich kurz das Fenster aufgemacht. Warum denken Sie nur so schlecht von mir? Ich liebe mein Kind. Geben sie mein Kind her!«
Mit plötzlicher Heftigkeit riß sie Huldchen das schreiende Bündel aus dem Arm. »Das ist meins, nur meins, das geht Sie gar nichts an. Nicht wahr, mein kleiner Liebling. Mein Süßer. Was die böse Frau zu uns sagt! Hör nicht drauf. Mama ist bei dir.«
Es war höchste Zeit, Huldchen mußte zu ihrem Brei hinüber. Agnes hatte sofort Wasser aufgesetzt, um das Kind zu baden. Sie mußte es schließlich der Mutter halb mit Gewalt entreißen, die sie beschuldigte, ihr Kind ertränken zu wollen.
Sie waren im rechten Moment nach Hause gekommen. Hier hatte Agnes eine Aufgabe. Doch sie sah, dies Kind

war von einer erbarmungswürdigen Schwäche, es war zum Sterben geboren.
Aber welche Frau wird es sein? Welche?

*

Im Vertrauen auf die organisatorische Lotterwirtschaft des Bolschewismus, behaupteten die Entwichenen am nächsten Tag beim Melden auf der Kommandantur, daß der Arbeitseinsatz wegen schlechten Wetters vorzeitig beendet wurde und sie heimkehren müßten und nun ohne Arbeit dastünden. Der Major sagte zunächst nichts weiter dazu, er schien zu glauben, was sie sagten.
Aber wie würde er reagieren, wenn ihre Lügen herauskamen, wenn sie vielleicht schon den Abtrünnigen auf der Spur waren? Ob sie sich überhaupt die Mühe machten oder einfach andere Arbeitstiere holten, die froh waren, etwas in den Magen zu bekommen? Agnes wollte einfach auf die letztere Möglichkeit vertrauen.
Sie hatte auch ihre ganz schlimme Angst vor dem Major verloren: jemand, der Kleist las, und wenn er auch noch so gefährlich aussah, mußte einfach menschliche Züge haben. Wer sich mit geistigen Dingen beschäftigte, dachte sie, kann nicht so ganz verrohen. Die Tatsache, daß er ihr Haus mit Büchern und Gemälden gefüllt hatte, in dieser schrecklichen Zeit, hier in diesem für ihn fremden Land, ließ sie hoffen. Immer dachte sie an die russische Literatur, wenn sie ihn sah. An die Dostojewski-Gestalten, an Tolstoi, an Tschechow, an all die Bücher, die Lieske und sie geschmökert hatten, an »Anna Karenina«, an »Krieg und Frieden«.
Das hatte sie ja nun am eigenen Leibe erlebt, den Krieg und den Frieden, ganze Romane, wie sie kein Schriftsteller sich hätte ausdenken können. Vielleicht würde sie, wenn dies alles einmal vorüber wäre, es

selbst aufschreiben. Für Lieske. Sie sollte alles ganz genau erfahren, wenn sie lebend aus dieser Hölle herauskämen.
Plötzlich kam ihr Max in den Sinn, an den sie bisher wenig gedacht hatte. Er war Schriftsteller, er könnte einen Roman daraus machen, ihm könnte sie alles erzählen. Er war talentiert, er war jung. Auch wenn sie sich für ihr Lieske einen feineren Mann vorgestellt hatte, einen mit Vermögen und angesehener Stellung, so war er doch entwicklungsfähig. Wer weiß, was aus ihm noch werden könnte, vielleicht hatte er die Chance, berühmt zu werden. Ob sich Lieske und Max über die Berliner Adresse gefunden hatten?
Wie stolz er auf seine Tochter war an diesem Osterfest 1944, als er sie das erste Mal sah, wie glücklich schwenkte er sie in der Luft herum, und wie sie beide vor der Kamera posierten, Vater und Tochter am Beginn eines wundervollen Familienlebens. Das dralle, runde Brittchen, scheu, aufmerksam, hellwach. Jetzt war es schon zwei Jahre und zwei Monate alt, und Agnes hatte im September nicht mal an seinen Geburtstag gedacht. Und dagegen dieses arme schwache Würmchen, das nichts dafür konnte, daß nicht Liebe die Grundlage seiner Existenz war, sondern ein kurzer Gewaltakt im Dreck. Alles ein großes Unglück, seine Zeugung, seine Existenz.
Das Leben seiner Mutter und das seiner Großmutter hatte sich zu einem einzigen großen Unglück entwickelt. Eine Kette von Katastrophen, aus der nichts Gutes erwachsen konnte. Oder vielleicht doch? Wer konnte das sagen. Gottes Wege sind unergründlich. Ja, Gott. Vielleicht gab es ihn doch, den machtlosen Gott, der die Katastrophen nicht verhindern konnte. Sonst hätte er es doch getan.
Es gäbe Arbeit, sagte der Kommandant. Er brauche

eine Brigade Waldarbeiter zum Holzfällen. Sie müßten da mitarbeiten. Dann bekämen sie auch Chleb.
Chleb, darum drehte sich alles. Alles um Chleb. Und das war auch das erste russische Wort, das sie gelernt hatten. Chleb haben und in der Nähe ihres Hauses sein zu dürfen. Mehr gab es nicht zu hoffen.

*

Gott schien die halbherzigen und zweifelnden Beschuldigungen, diese seltsamen Gebete von Agnes erhört zu haben. Wie durch ein Wunder fanden sie einen Topf mit Milch vor der Haustür. Wer hatte da Mitleid mit dem armen Geschöpf, dessen Weinen schon so müde und matt klang? Sie gossen die Milch um, stellten abends den leeren Topf vor die Tür; morgens war er verschwunden, und ein paar Tage später stand er gefüllt wieder an Ort und Stelle.
Hulda, zu Tränen gerührt und überzeugt, daß einer ihrer Schützlinge von der Kommandantur diese gute Tat heimlich vollbrachte, erzählte allen von dem Wunder mit der »Moloko«. Der Richtige würde es schon hören.
Das eigentliche Wunder aber hatte sie selbst vollbracht, sie war es, die allen mit Liebe begegnete; und je mehr Liebe sie unter den rauhen, verlausten Gesellen verstreute, um so mehr Liebe kam zu ihr zurück. Unter ihren heilenden Händen hatte so manch einer der Russen seiner Verzweiflung freien Lauf gelassen und sich bei ihr, die so viel Verständnis hatte, ausgeweint. Ein fremder Russe, der aus dem Zimmer des Majors kam, hatte sie einmal so geschlagen und gestoßen, daß sie hinfiel. Huldchen war ruhig wieder aufgestanden und hatte dem Unhold auf russisch »Gott segne dich« nachgerufen. Der Mann blieb wie angewurzelt auf der Schwelle stehen, blickte unschlüssig ins Haus, und auf einmal kehrte er um und bat Huldchen um Verzeihung.

Als er später wieder einmal zum Kommandanten kam, steckte er ihr ein kleines Stück »Maslo«, ein Stück Fleisch, zu.

Das erste Weihnachtsfest im fremden Popelken, das mit einem von den Pekan-Kindern besorgten und geschmückten Bäumchen und aufgespartem Brot – zwei Extrastücke Chleb – gefeiert werden sollte, nahm einen anderen Verlauf als geplant. Am Heiligen Abend, zur Stunde, da Maria und Joseph ein Kind geboren wurde, verließ nach einem kurzen zehnwöchigen Leben ein Kind diese Welt, das von allen, nur nicht von seiner Mutter geliebt wurde. Es ging lautlos, unbemerkt, im Schlaf. Die »Moloko« hatte nicht länger vermocht, den kleinen Peter am Leben zu erhalten.
Vielleicht war er auch wieder der eisigen, frostklirrenden Luft dieses harten Winters ausgesetzt worden. Es brauchte nicht viel, um diesen Hauch von Leben auszublasen. Seine Mutter lief im Nachthemd und barfuß in den Schnee hinaus, klagte den Himmel an oder sich selbst; sie mußte mit Gewalt ins Haus zurückgeholt werden, in die stille, in die heilige Nacht.

*

Über ein Jahr war vergangen, seit das Kind von Popelken, in eine Portweinkiste aus dem Keller der Gärtnerei gebettet, neben seiner Großmutter beigesetzt worden war. Dasselbe Blut, das in den Adern der Großmutter sechsundzwanzigtausend und zweihundert Tage geströmt war, kreiste nur siebzig Tage in denen des Enkels.
Mit der Zeit bekommt alles einen Sinn. Die Trauer, die Ohnmacht, die Müdigkeit. Und der Stolz, zu den Lebenden zu zählen.
Auch in trostlosen Zeiten, in denen mehr die Hoffnung

denn das Brot nährt, ist das Leben nicht ohne Freuden. Das Wiedererwachen der Natur im Frühling, der Sommer mit seinen Düften und süßen Himbeeren, der goldene Herbst und wieder das Wunder des Schnees.

Das Jahr 1946 wurde bestimmt von den Sorgen ums tägliche Brot. Es war kaum etwas gesät und geerntet worden, das Saatgut war verzehrt, und bei den wenigen Roggenfeldern der Sowchose und dem dürren Vieh auf der Weide standen die Posten zur Bewachung.

Die Hälfte der Deutschen in Popelken war gestorben, an Hunger, an Entkräftung. Die Männer, die früher geraucht und auch bei den Russen oft um Tabak gebettelt hatten, und diejenigen, die gewohnt waren, Alkohol zu trinken, starben zuerst. Ihre Körper hatten die wenigsten Widerstandskräfte, und es schien auch, als ob Frauen zäher im Daseinskampf sind. Frau Warstat war nach dem Tod ihres Mannes und auch dem des älteren Ehepaares allein in der ehemaligen Post geblieben, wo sie sich aus Angst wie in einer Festung verschanzt hatte.

Der große »Prasdnik«, der Feiertag des Ersten Mai, wurde entsprechend begangen, und das mit Grün umkränzte Stalinbild am Hotel Drückler blieb hängen, bis es, von Regen und Sturm zerfetzt, eines Tages herunterfiel.

Mehrmals wurden Agnes, Lydia Pekan und Fräulein Schukies wieder zur Zwangsarbeit geschickt, aber keine war vergleichbar mit der Hölle von Grulauken, die Agnes beinahe das Leben gekostet hatte. Eine Weile lebte sie noch in Angst vor neuen Anfällen, dann faßte sie allmählich wieder Zutrauen zu ihrem Körper, und auch die Angst, daß ihre Flucht aus der Hölle damals große Bestrafungen nach sich ziehen könnte, verschwand. Keiner kümmerte sich, alles verlief im Sand. Sie hackten Rüben, lasen Kartoffeln, stachen Torf im

Großen Moosbruch, und im Winter gab es wieder Arbeit im Wald. Bäume fällen, Äste absägen. Bei grimmiger Kälte mit nichts als einem immer kleiner werdenden Stück Brot und Tee, den sie sich aus Blättern, Pflanzen und Wurzeln kochten. Zeitweise gab es überhaupt nichts mehr, so daß sie sich Klettenwurzeln ausgruben, Kadaver aßen, Spatzen mit einer Falle fingen, den Schweinen das Futter stahlen und Baumrinde zu einer schleimigen Suppe auskochten. Die eisernen Vorräte von Bohnen und Getreide im Wandversteck waren längst aufgebraucht.

Da es keine Streichhölzer gab, durfte die Glut im Herd nie ausgehen. Die Kinder hatten Tannenzapfen, Eicheln und Äste zum Heizen gesammelt, und schließlich ging man daran, aus den unbewohnten Häusern die Fensterrahmen herauszubrechen, die Bohlen der Kleinbahn herauszureißen und selbst die Telegraphenstangen abzusägen, um sie zu verheizen.

Bei der Waldarbeit standen sie manchmal bis zum Bauch im Schnee. Fräulein Schukies und Lydia in selbstgemachten Holzschlorren. Ihre Schuhe waren längst kaputt, nur Agnes war durch ihre Stiefel und den Pelz vor dem Schlimmsten geschützt.

Lydia hatte angefrorene Zehen, und an ihren Beinen zeigten sich schon Hungerödeme. Sie sparte jeden Bissen für die Kinder auf, für ihre drei ausgemergelten Lieblinge Günter, Renate und Sophie, die ihr trotz körperlicher Schwäche noch die Kraft zur Arbeit gaben und die sie manchmal aus Verzweiflung prügelte, so daß von oben ein großes Geschrei herunterdrang, bis sie schließlich selbst über die Hühnerstiege kam und den drei Frauen unten ihren Schmerz und die Wut auf sich selbst vorheulte.

Günter hatte im Frühjahr 1947 wieder die Aufgabe, das abgemagerte Vieh zu hüten, meist waren Russinnen dabei, so daß es ihm nur selten gelang, heimlich eine der Kühe, die sowieso kaum noch Milch gaben, zu melken, den Topf zu verstecken und ihn abends im Schutz der Dunkelheit aus dem Versteck zu holen. Wenn das klappte, gab es ein Festessen mit Klunkermus wie früher, ein unvergleichlicher Genuß auch ohne Zucker, mit verdünnter Milch und ganz kleinen Klunkern. Wie Sophie sich freute, wenn sie einen Mehlklunker auf der Zunge spürte, sie konnte sich schon gar nicht mehr erinnern, wie richtiger dicker Klunkermus schmeckte und der gute Kissehl, den Mutter zu Hause immer gemacht hatte.

Eines Tages kam Günter mit roten und blauen Striemen im Gesicht nach Hause, Peitschenhiebe, weil er einen Moment nicht aufgepaßt hatte. Es war seine Aufgabe, darauf zu achten, daß das Vieh nicht zum Saufen zu dem tiefergelegenen Wassergraben hinunterstieg, aus dem die geschwächten Tiere aus eigener Kraft nicht mehr hochkamen. Gerade das war nun passiert, immer wieder knickten der Kuh die Beine weg, bis sie schließlich liegenblieb. Alle Versuche, sie heraufzuziehen, schlugen fehl, bis man schließlich Huldchen holte, die mit ihrer magnetischen Aura der Kuh frische Kräfte verleihen sollte. Es gelang ihr auch, das verängstigte Tier zu beruhigen, indem sie ihre Hände lange auf verschiedene Positionen am Kopf und an den Beinen auflegte, und wie durch ein Wunder richtete sich die Kuh auf, stand auf ihren Beinen ohne einzuknicken. Wieder einer der spektakulären Fälle, die Huldchens Ruf als Wunderheilerin festigten trotz des eigentlichen Mißerfolges, denn leider reichte die verliehene Kraft nicht aus, um die Böschung zu überwinden, und das Tier verendete an Ort und Stelle. Günter erhielt auch vom Kommandanten ein paar kräftige Ohr-

feigen, seine Brotmarken mußte er abliefern. Arbeit gab es keine mehr.
Er fing Frösche, die sie brieten, sammelte mit Renate und Sophie Löwenzahn und Brennessel und Schnekken, und mit einer selbstgebastelten Falle fing er Vögel. Der Kuhkadaver wurde an Ort und Stelle zerlegt und bewacht, damit keiner von den Nemetzkis ein Stück abbekam.
Huldchen war die einzige, die noch Arbeit hatte, aber wie sollten ihre Brotmarken und 100 Rubel im Monat vier Erwachsene und drei Kinder ernähren?
Auch die Russen hatten kaum noch etwas zu essen, und die Zeiten, da Huldchen Essen aus der Kommandantur mitbrachte, waren längst vorbei.

In dieser Zeit begann das Gerücht umzugehen, daß es in Litauen Brot gäbe. Litauen – das könnte die Rettung sein.
Im April 1947 machten sich Lydia Pekan und die Warstatsche zusammen auf, um ins gelobte Land zu ziehen und mit reicher Beute heimzukehren. Frau Warstat hatte in ihrer verbarrikadierten Wohnung eine Methode erfunden, wie man aus alten Autoreifen und Draht behelfsmäßige Schuhe herstellen kann, die sie verkaufte oder gegen Brot tauschte. Oft sprach sie von den christlichen Versammlungen in Eszerninken und von Treffen des Jugendbundes, an denen sie teilgenommen hatte.
Eines Morgens also kam Lydia, um sich zu verabschieden. Ausgestattet mit ein paar Rubeln, einem Stück Brot, neuen Gummischuhen von Frau Warstat – extra breit vorn, damit die in Lappen gewickelten kranken Zehen genug Platz hatten – und einem Rucksack zog sie los, um die Warstatsche abzuholen für das litauische Abenteuer. Agnes und die Kinder blickten ihr mit gemischten Gefühlen hinterher, bis die schmale Gestalt in

dem immer noch eleganten taillierten Mantel an der Straßenbiegung verschwunden war.
Fräulein Schukies saß entweder teilnahmslos am Küchenfenster und starrte auf die Pappscheibe, als wäre diese aus Glas und gewährte eine interessante Aussicht, oder sie beschäftigte sich mit Schädlingsvernichtung. Mit Vorliebe knackte sie Läuse auf den Köpfen der Kinder oder ihrer Mitbewohnerinnen oder jagte Flöhe, indem sie sie aus der Kleidung schüttelte und in eine Schüssel mit Wasser scheuchte. An den Gesprächen beteiligte sie sich kaum noch, manchmal murmelte sie etwas von dem Jesuskind, das nackt auf diese schreckliche Welt gekommen sei, wo nur Tod und Verderben lauere.
Agnes, die gern mit auf die Reise nach Litauen gegangen wäre, hatte Angst, unterwegs liegenzubleiben, denn neuerdings befielen sie wieder dieser seltsame Schwindel und das Herzrasen wie in Grulauken, außerdem plagte sie seit der Waldarbeit im Schnee unentwegt eine Blasenentzündung, und ihre verlorengeglaubte Migräne hatte sich auch wieder eingestellt. Manchmal streifte sie der Gedanke an Resignation: einfach aufzugeben, ein verlockender, ein tröstlicher Gedanke; all den Plagen und dem Hunger zu entfliehen in eine helle und lichte Welt, in der man frei von der schmerzenden, erdenschweren Körperlichkeit leben konnte, wenn es so was gäbe; und wenn gar nichts mehr nach dem Leben käme, wenn einfach Ruhe da wäre, ein großes einfaches Nichts, ein Nichtleben, Nichtempfinden, dann sollte es ihr auch recht sein. Damals bei der Flucht hatte sie doch schon mit dem Leben abgeschlossen, war ganz ruhig in der Erwartung des Unvermeidlichen, aber seit sie wieder hier in Popelken war und jeden Tag ihr Haus und ihr Land vor Augen hatte, war der Lebenswille gewachsen. Eines Tages, ja

eines Tages ... Dafür lohnte es sich zu leben und zu warten.
Jetzt aber dachte sie wieder an das Röhrchen mit den Tabletten, das sie immer noch besaß, gut behütet wie einen Schatz. Es war kein Ende abzusehen, nichts nahm Gestalt an, nichts, das ihr lebenswert erschien. Nur die Angst wuchs, Angst davor, ohne Hilfe in Hunger und schrecklichen Qualen dahinzusiechen, so wie sie es bei so vielen Landsleuten mitansehen mußte. Sie schämte sich manchmal, daß sie noch lebte, wenn sie an all die toten Freunde dachte. Sie verdiente das Geschenk des Lebens gar nicht. Und doch war sie dankbar dafür, für das Leben und die Gemeinschaft, die ihr hier den Halt gab, dankbar vor allem für die Nähe von Huldchen, die so gut trösten und heilen konnte. Auch das hatte sie Lieske zu verdanken; ohne Lieske hätte sie nicht die Freundschaft dieser außergewöhnlichen Frau gefunden. Wer hätte vermutet, daß das verkniffene und verbitterte Emmchen eine solche Schwester haben könnte? Dankbar auch für die Pekan-Familie und das vom Leben gebeutelte Fräulein Schukies. Diese eingeschworene Notgemeinschaft, die alles miteinander teilte, das letzte Stück Brot und den letzten Teller Brennesselsuppe. Und dankbar auch für den Frieden, ein Wort, das immer noch wie Musik in ihren Ohren klang, das ruhige Atemzüge und lächelnde Augen machte. Frieden. Agnes' »ochspreußischer« Dickschädel, wie sie es immer nannte, gewann letztlich doch wieder die Oberhand, und sie wunderte sich, wie dicht das Sterbenwollen und das Lebenwollen beieinanderlagen.
Schon berauscht von der Droge Tod, schon fast entschlossen, gleich zur Tat bereit – dann verschoben auf später, wenn die Litauenfahrer wieder da sein werden, dann noch mal, aber endgültig verschoben auf den Tag, da ihr Körper völlig den Dienst versagen wird. Der

selbstgegebene Aufschub verstärkt das ewige Fest des Lebens: erst noch die kleinen erreichbaren Freuden mitnehmen, noch einen Blick auf ihr Haus, erst noch die Lungen voll Frühlingsluft füllen, erst noch träumen von Vergangenem, von der jungen sprühenden Agnes, die es einmal gegeben hat, und von Zukünftigem, dem Schönsten, was sie sich noch vorstellen konnte – ein Wiedersehen mit Lieske.
Und da war er wieder: der Stolz, zu den Lebenden zu gehören.

*

Wieder kam der große »Prasdnik«, der erste Mai, heran – jetzt schon das dritte Mal, daß Grigori auf seiner Quetschkommode bis zum frühen Morgen spielte, daß die russischen Gesänge vom Hotel Drückler herübertönten, das altbekannte »kakalin, kakalin, kakalin komalja … kakalin, kakalin, kakalin, komalja«, dessen immer schnellere, immer rasendere Wiederholung zum Stampfen der Kosakentänze dröhnte, bis die Schnelligkeit nicht mehr zu steigern war, in einer Spirale vergurgelte oder in einem schlagartigen Schrei abrupt endete, und zu späterer Stunde dann die langsamen, müden und schwermütigen Gesänge, die von der weiten Landschaft an der Wolga kündeten, von der Sehnsucht nach der Heimat, irgendwo in der Ferne, die allen Menschen eigen ist.
Agnes dachte daran, daß die meisten von den Russen auch lieber woanders wären als hier, daß sie von ihrer Heimat träumten, ihrer oftmals von deutschen Truppen zerstörten Heimat, in der sie keine Heimstatt mehr hatten. Sie waren hierhergeschickt worden, mußten mit Deutschen zusammenleben, die ihnen alles genommen hatten, mußten mit dem Haß auf das Volk leben, der sich auch auf den einzelnen Menschen, der doch gar

nichts dafür konnte, übertrug. Wie sollte, wie konnte man das trennen? Geht zu Hitler, laßt euch von dem Brot geben, hatten sie die Hungrigen weggejagt, als der Brotwagen kam.

Hitler gab den Deutschen kein Brot, und Stalin gab den Russen kein Brot. Alles war in einen sinnlosen, übermächtigen Sog der Zerstörung geraten, in einem aberwitzigen Strudel zugrunde gegangen. Für Führer, Volk und Vaterland.

Dafür war sie arm und alt geworden. Jetzt eine echte »staraja Schenschtina«, eine richtige alte Frau, die mit neunundfünfzig wie siebzig aussah. Der Spiegel sagte es jeden Tag, doch im Spiegel war das eigene Ich noch vertraut, auf den Fotos aber, abgetrennt und losgelöst und fremdgeworden, trat die Veränderung überdeutlich zutage: dieses ängstliche, schlaffe Gesicht mit den tiefliegenden Augen, fahl und eingefallen, das war Agnes Genske, wie sie wirklich aussah, war das Übriggebliebene, der Rest von ihr. Agnes blickte ohne Bedauern auf das Bild, ohne Wehmut, fast gleichgültig. Der ochspreußische Dickschädel ein bißchen geschrumpft, aber er funktionierte noch.

»Die zweite Greta Garbo«, witzelte sie zu Huldchen. »Und du wirst auch keine Schönheitskonkurrenz mehr gewinnen. Dabei waren wir einmal jung und schön ...«

»... davon ist bei diesen Vogelscheuchen aber nichts mehr zu sehen. Ich war übrigens nie schön. Mit der Nase. Sieh doch mal, sie wird immer länger.«

Tatsächlich schien Huldchen auf dem Foto nur aus Nase zu bestehen, das grau gewordene Haar straff zum Knups zurückgekämmt, der empfindsam geschlängelte Mund blaß, aber die Nase triumphierte knochig, gebogen und trotzig in diesem Gesicht und drückte das angeborene stolze Wesen von Huldchen aus.

Sie saßen jeder an einem Ende von Emmchens zerschlissenem, braunem Samtsofa mit der hohen, noch unversehrten Lehne, auf die der braune Samt mit Ledernieten gespannt war, und tranken ein kleines Fläschchen Schnaps, das Huldchen anläßlich des Prasdnik auf der Kommandantur geschenkt bekommen hatte. Nach der Suppe aus Brennessel und Löwenzahn und ein paar Hirsekörnern wirkte bereits der erste Schluck, er betäubte den Hunger, rollte feuernd die Kehle hinunter, und bald bekamen beide rote Bäckchen, es wurde warm, und sie warfen die Decke ab, unter der sie es sich gemütlich gemacht hatten. Fräulein Schukies brachte oben Renate und Sophie ins Bett. Günter war zu den Feiernden gegangen, sie hörten jetzt seine hohe Stimme das »kakalin, kakalin … komalja …« parlieren, ganz allein, bis dann der Chor einfiel und sie gemeinsam dem wirren, wirbelnden Ende zutaumelten. Ein Klatschen und anfeuerndes Rufen ertönte, jetzt tanzte er wahrscheinlich, mit einer Hand am Boden aufgestützt, den Kosakentanz, die Füße hochschleudernd, so wie er das von Sergej gelernt und ihnen zu Hause vorgetanzt hatte. Seit seine Mutter weg war, ging er jetzt öfter abends zu den Russen ins Hotel, sie brachten ihm russische Lieder bei. Er lernte sehr schnell und war mittlerweile derjenige, der am besten Russisch konnte. Huldchen und Agnes hatten ihm anfangs verboten, dahin zu gehen, aber er ließ sich nichts sagen und schlich sich einfach, nachdem er angeblich oben zu Bett gegangen war, an ihrer Tür vorbei. Einmal kam er sogar betrunken nach Hause, der hübsche dünne Jung, aus dem wohl ein Mädchen hatte werden sollen. Er putzte die Wohnung, kochte Essen und besserte Kleider aus. Trotz der mangelhaften Ernährung war er in die Höhe geschossen, war für seine Schwestern Vater und Mutter gleichzeitig, schimpfte, wenn sie sich schmutzig machten, denn es war seine Aufgabe, die Lumpen, die sie be-

saßen, mit einer Lauge aus überbrühter Holzasche zu waschen.
Jetzt sang er mit glockenheller Stimme ein anderes, langgezogenes, trauriges Lied, begleitet von tiefem Summen aus Männerkehlen.
Grigori ließ die Quetschkommode dazu aufschluchzen, und später gab es noch ein Lied zu Ehren von Väterchen Stalin, der wieder wie im Vorjahr von einem grünumkränzten Bild in Siegerpose auf das Nemetz-Dorf blickte.
»Weißt du, Huldchen, was Lieske sagte, als sie das erste Mal vom Besuch in Skirbst zurückkam. Tante Huldchen sitzt so gerade, weil sie einen Prickel verschluckt hat.«
»Ja, das hatte sie von Emmchen. Die sagte immer, du mußt gerade sitzen, so als ob du einen Prickel verschluckt hast. So wie Tante Huldchen in Skirbst. Und nun dachte sie, ich hätte wirklich einen verschluckt.«
»... Und von der Warze auf deiner Nase schwärmte sie dauernd. Wie die Härchen darauf in der Sonne leuchteten. Ach, unser Lieske, das gute Kind. Ich erinnere mich noch genau. Das war eine Rawasche als sie das erste Mal so ganz allein nach Skirbst fuhr. Emmchen hat sie in den Zug gesetzt, und du hast sie in Heinrichswalde am Bahnhof in Empfang genommen.«
»Ich sehe es noch vor mir, wie das klein Marjellchen aus dem Zug krabbelt, strohblond, mit ihrem Pungel auf dem Bahnsteig steht und sich verängstigt umschaut. Und dann fuhren wir mit der alten gemütlichen Jule nach Hause; Lieske hatte erst Angst vor dem Kobbel, aber dann war sie mit dem Pferd gut Freund und mit allen anderen auch. Besonders ja mit dem Erwin, dem guten Jung. Was die zwei immer auf der Lucht huckten und spielten, sie immer die Königin mit einem Schleier aus alter Gardine.«

»Ich dacht ja immer, daß sie deinem Erwin mal heiratet. Die beiden waren doch so ein schönes Paar.«
»Es sollt wohl nicht sein. Und der Max ist ja auch ein feiner Mensch. Und sie liebt ihm ja so. Geb's Gott, daß wir sie alle gesund wiedersehen. Lieske und Erwin und Max und Brita und Emma und Ella und Erika und Alfred und Herbert.«
»Meinst Huldchen, daß sie uns bald rauslassen, wo sie doch jetzt schon die Fotos gemacht haben. Hast du drüben nichts mitgekriegt?«
»Sie sagten, es wäre nur zur Registrierung, aber ich glaube schon, daß es für eine Art Kennkarte sein soll.«
»Wenn wir bloß bald wegkönnten. Endlich nach Deutschland, nach Hause kann man schlecht sagen. In die Fremde nach Hause. Als erstes fahren wir dann zu Franz und Franziska nach Berlin, die werden ja wissen, wo Lieske und Emmchen sind. Und deine Kinder, Huldchen, werden sich auch dort gemeldet haben und Max und seine Leute, die Grigulls. Hoffentlich finden wir Franz auch noch unter der Adresse, wer weiß, was in den letzten Kriegstagen in Berlin noch alles passiert ist. Aber wir wollen optimistisch sein und denken, daß wir sie vorfinden und meine Kisten auch. Was glaubst, was da alles drin ist. Damast und Tafelsilber und gute Kleidung. Wenn wir das verkaufen, haben wir reichlich Startkapital. Wirst sehen, bald geht es uns wieder gut.«
»Wer weiß, wie es jetzt im Reich aussehen mag. Wir haben doch keine Ahnung. Vielleicht haben sie da auch nuscht zu brechen und zu beißen.«
»Nimm noch dem letzten Schlubber, Huldchen. Trink man. Ich kann nicht mehr, bin schon ganz beschwiemt. Hör mal, wie sie immer noch dramdoken. Wer weiß, wann der Jung nach Haus kommen wird. Huldchen, ich hab so ein Gefühl, daß heute nacht noch was passiert. Weißt noch, wir kamen vor zwei Jahren mit Mu-

sike wieder zurück nach Popelken, und ich ahne, daß Lydia und die Warstatsche heute noch heimkehren. Vollbeladen mit Brot, vielleicht sogar mit Eiern und Fleisch und wer weiß was nicht allem. Soll ich mal so, nur zum Spaß, die Karten legen? Nur so ein bißchen hier. Nimm mal die Füße weg. Ich leg nicht groß aus, nur das Schicksalskreuz. Siehst, ich hab es doch gesagt, da steht es: frohes Wiedersehen einer geliebten Person. Was sagst du nun? Was sind wir doch für zwei kiewige alte Weiber! Du die Wunderheilerin und ich die Hellseherin!«

»Na, denn Prost, Agneschen. Auf daß du recht hast. Ich nehm dem letzten Schlubberche auf die beiden kiewigen alten Weiber. Wie sagten wir immer: Prost, wer nuscht hat, der host! Achott, achott, ich red al wie der gute Alfred, der Söffke.«

*

Mit Agnes' Voraussagen war es wie mit Huldchens Hilfe für die in den Graben gerutschte Kuh. Ein bißchen half es, ein bißchen traf es zu. Am Morgen des zweiten Mai, als alle außer dem ungeselligen Major Libidjew, der sich nie an solchen Lustbarkeiten beteiligte, ermattet von dem gestrigen Prasdnik bis mittags schliefen und keiner die Sirene schwang – was in letzter Zeit überhaupt nur noch selten geschah, da es in der absterbenden Sowchose kaum noch Arbeit für die Deutschen gab –, kam Lydia Pekan völlig erschöpft zu Hause an. Ohne ihren Rucksack und nur mit ein paar Stückchen Brot in ihren eingenähten Mantelfuttertaschen. Sie wehrte die auf sie einstürmenden Kinder und die drei fragenden Frauen ab und sank in ihr Bett, wo sie augenblicklich einschlief. Laßt sie erst mal ausschlafen, sagte Agnes und nahm die Kinder mit nach unten. Später, als Huldchen, von Kopfschmerzen geplagt – die

ungewohnte Prasdnik-Orgie hatte ihr ziemlich zugesetzt –, zur Arbeit ging und Fräulein Schukies wieder am Küchenfenster saß, machte sich Agnes mit den Kindern auf, um im Wald etwas Eßbares aufzutreiben, ein paar Kräuter für die Kartoffelsuppe, mit der sie Lydia überraschen wollten. Günter hatte gestern abend nicht nur gesungen und getanzt und dafür ein paar Brotrinden bekommen, sondern auch, als die Männer schon halb im Schlaf grölten und sangen, im unbewachten Vorratsraum ein paar Kartoffeln gestohlen, als ob er auch ahnte, daß seine Mutter zurückkommen werde.
Auf dem Rückweg klopften sie bei der Warstatsche an und erfuhren hier schon den Verlauf der ganzen, anfangs so erfolgreichen Reise, die dann in einem bösen Unglück endete. Sie seien ganz gut vorwärtsgekommen, bis Tilsit mitgenommen von verschiedenen Wagen, seien dann in Tilsit mit der Fähre über die Memel und in Pogegen in dem Zug nach Litauen in Richtung Tauroggen gefahren, unterwegs irgendwo ausgestiegen und betteln gegangen, immer in Angst, von der Miliz, von den russischen Besatzern, aufgegriffen zu werden. Die litauischen Bauern seien sehr freundlich zu ihnen gewesen, bis auf zwei, die sie weggejagt hätten, weil sie Angst hatten, denn es sei ja verboten, Deutsche aufzunehmen. Sie hätten zu essen bekommen. Eine gute Frau, die sah, in welchem Zustand Lydia war, völlig entkräftet, die Ödeme an den Beinen, gab nicht nur Brot, sondern sogar Milch und Setzeier und so eine Art Flinsen. Eine gute Frau. Sie bot uns sogar Arbeit an, aber Lydia sagte, daß sie zu ihren hungernden Kindern zurückmüßte, und da habe ihnen die Frau noch ein ganzes Brot mitgegeben. »Ein ganzes Brot! In diesen Zeiten, stellen Sie sich vor, Frau Genske. Wir waren nicht die einzigen Deutschen dort. Viele zogen bettelnd herum. Erst wollte ich dableiben, aber Lydia hatte

Angst, allein weiterzugehen. Irgendein Plätzchen im Stall und in der Scheune hat man uns immer zum Schlafen angeboten.
Manche hätten uns auch länger ins Haus aufgenommen, aber das war ja verboten. Diese gute Frau werde ich nie vergessen, ich wollte mir das Dorf merken, aber der Name ist mir entfallen. Doch ich finde es wieder auf, wenn wir noch mal hingehen. Lydia hatte ja auch so Schmerzen in ihren Füßen. Meine Gummischuhe haben ganz gut gehalten. Die Reise war sehr anstrengend, aber dank dem guten Essen haben wir uns ein bißchen erholt. Wir hatten einen ganzen Rucksack voll Brot, Hirse, roter Bete und Kartoffeln, schleppten uns zum Zug, schliefen auf dem Bahnhof im Warteraum ein, bis uns eine Milizstreife hochschreckte.
Sie können sich vorstellen, wie entsetzt wir waren. Lydia hat dann mit ihren paar Brocken Russisch versucht, irgendwas zu erzählen, aber sie wußten gleich, daß wir Deutsche sind und in unseren Rucksäcken Essen nach Hause schleppen wollen. Es war entsetzlich, sie nahmen uns alles ab. Lydia hat alles versucht, hat sogar sich selbst den Russen angeboten. Denken Sie nur! Sie könnten mit ihr machen, was sie wollten, wenn sie ihr nur das Essen für die Kinder lassen wollten. Ich hab es nicht verstanden, kann kaum Russisch, aber sie hat es mir dann erzählt. Es schien zunächst so, daß die zwei Männer sogar auf den Handel eingehen wollten, doch dann kam ein Vorgesetzter dazu, und dann ging es wohl nicht mehr. Mein Gott, die arme Frau, die hätte es wirklich getan. Ich wär lieber verhungert, als so was freiwillig zu machen. Jedenfalls ließen sie uns dann gehen. Ohne Rucksäcke. Alles weg. Die schönen Sachen. Nur mit den paar Scheiben Brot, die wir am Körper trugen. Wär das eine Freude gewesen, wenn wir hier angekommen wären. Sie hat sich so auf die Kinder ge-

freut, sie endlich eine Zeitlang satt zu bekommen, sogar ein Stück Wurst hatte jeder von uns einmal bekommen. Ich hab meins gleich aufgegessen, konnte nicht anders. Wurst, Frau Genske, Wurst! Sie hat nicht ein Scheibchen gekostet, hat nur das Messer daran gehalten und Kerben gezogen, soviel kriegt Sophie, soviel Renate und soviel Günter. Ab und zu hat sie daran gerochen und daran geleckt und sich auf die Gesichter der Kinder gefreut. Acheu, acheu, hätte sie sie man bloß auch aufgegessen. Es ist ein Jammer. Wir wären eigentlich schon gestern abend angekommen, aber Lydia konnte nicht mehr weiter. Die Füße wie rohes Fleisch. So blieben wir die Nacht in einem leeren Haus in Mehlauken. Aber wir gehen trotzdem wieder hin. Litauen, das ist unsere Rettung. Glauben Sie mir, Frau Genske. Der einzige Weg. Hier verhungern wir doch alle. Dort können wir überleben. Wir werden alle zusammen gehen. Sobald Lydia sich erholt hat.«

*

Bedrückt vom unheilvollen Ausgang der Litauenreise, den sie gerade von der Warstatsche erfahren hatten, waren Agnes und die Pekan-Kinder mit ihren Brennesseln kaum wieder zu Hause, als der Kaukasier die Meldung überbrachte, die Frau Lydia habe sich unverzüglich bei Major Libidjew zu melden und ihren Ausweis mitzubringen. Vertraulich fügte er hinzu, daß sie es nicht sagen solle, falls sie in Litauen war. Es sei verboten! Sibirien!

Lydia schlief offensichtlich noch immer tief und fest, es war schade, sie nach der Strapaze wecken zu müssen. Sie müßte eben sagen, daß sie bei Bekannten war, sie hatte doch mal Leute in Kaukehmen erwähnt. Niemand konnte ihr die Litauenfahrt nachweisen, zumal sie nicht mal etwas mitgebracht hatte.

Die Pekan-Kinder kamen nach einer Welle alle drei ganz langsam zu Agnes in die Küche, stellten sich feierlich vor ihr auf.
»Nun, habt ihr es der Mama gesagt? Ist sie schon wach?«
»Die Mama will nicht aufstehen«, sagte Sophie. »Sie ist tot.«
»Aber nein, Sophie, sie schläft nur sehr fest.«
»Nein, Tante Agnes«, sagte jetzt Günter mit ernstem Gesicht. »Sie ist wirklich tot. Komm mit.«
Sie gingen nach oben und sahen die junge Frau in ihrem taillierten Mantel und den zerplatzten Gummischuhen mit weißem, friedlichem Gesicht, den Mund offenstehend, auf ihrem Bett liegen. Die Kinder hatten schon zu viele Tote gesehen, um noch zu glauben, daß sie schliefe, sie kannten das Antlitz des Todes, wußten, wie menschliche Gesichter aussehen, aus denen das Leben gewichen ist. Lydia Pekan hatte der Sensenmann im Schlaf geholt, sie war einfach hinübergeglitten, wahrscheinlich ohne Schmerzen, leise, unmerklich war er gekommen, hatte leichtes Spiel gehabt mit diesem vor Erschöpfung und Hunger ausgezehrten Körper, der mit letzter, vergeblicher Anstrengung versucht hatte dem einzigen, was ihn noch am Leben hielt, nützlich zu sein: den Kindern, die er hervorgebracht hatte.
Diese schauten mit großen Augen zu, wie Agnes ihr einen Stoffstreifen um den Kopf wickelte, damit das Kinn nicht herunterklappte, ihr den Mantel und die Schuhe auszog. Plötzlich saß sie aufrecht, streckte einen, dann den anderen Arm nach den Kindern aus, während der umbundene Kopf nach vorn fiel. Jetzt war sie vom Mantel befreit, ihre Bluse darunter war halboffen und gab die vorstehenden Rippen frei. Keine Brust mehr, nur Rippen.
Erst jetzt beim Anblick dieses verhungerten Oberkörpers,

der das ganze Ausmaß des Elends sichtbar machte, hielt Agnes mit der Arbeit inne und gab sich ihrem Schmerz hin, dem ganzen großen Schmerz, der schon lange an ihr zerrte. Der Tod dieser Frau brachte alles hervor, was sich sonst nur in der Nacht in einer heimlichen Träne hervorwagte, immer wieder weggedrückt vom eigenen guten Zureden oder von den fatalistischen Todesgedanken. Und da waren diese erst stummen, jetzt weinenden Kinder, die nicht fassen konnten, was da vor sich ging.

»Und ich wollte ihr so eine schöne Kartoffelsuppe kochen«, sagte Günter. »Vielleicht würde sie noch leben, wenn sie die Suppe gegessen hätte.«

»Sind wir jetzt richtige Waisenkinder?« fragte Sophie.

»Ja, jetzt seid ihr Waisenkinder«, sagte Agnes, umarmte Sophie, Renate und Günter, nahm sie alle drei auf einmal an die Brust. »Aber ihr seid nicht allein. Hulda und ich, wir lassen euch nicht im Stich. Wir bleiben zusammen. Das hat eure Mutter gewußt, und vielleicht ist sie deshalb mit einem so friedlichen, beinahe lächelnden Gesicht gestorben. Seht mal …

Seht … sie war nicht traurig. Sie hat an euch gedacht, immerzu, und erst recht im Augenblick des Todes. Das dürft ihr nie vergessen. Sie hat euch so geliebt, sie hätte alles für euch getan. Alles. Und sie liebt euch auch weiterhin. Da liegt nur die körperliche Hülle, aus der ist ihre Seele herausgeschwebt, und die ist jetzt auf dem Weg zum Himmel. Von dort aus schickt sie ihre Strahlen zu euch auf die Erde und beobachtet alles, was ihr tut. Sie begleitet jeden eurer Schritte, und wenn ihr mit ihr sprechen wollt, dann wird sie euch hören. Und nun kommt. Wir wollen zu Tante Hulda gehen und ihr Bescheid sagen.«

Günter sagte, daß er das Todesdatum seiner Mutter nie vergessen könnte. Der Tag nach dem ersten Mai, nach dem großen Prasdnik, das war der Freudentag, weil sie heimgekehrt war, und der Trauertag, weil sie gegangen war. Sie hatte sie verlassen, ohne noch einmal mit ihnen zu sprechen. So hatten sie nur den Abschied, als sie nach Litauen ging, ein Abschied in der Frühe, eilig, ohne Sentimentalitäten. »Seid artig und hört auf Agnes und Hulda.«

War das nicht schon ein Vermächtnis, hatte sie mit diesen Worten, an die sich Günter jetzt erinnerte, nicht den beiden Frauen die Kinder anheimgegeben? Auf einmal hatten sie drei Kinder: Huldchen, deren eigene vier Kinder in alle Winde zerstreut waren, und Agnes, die Jungesellin mit einem Kind, das sie nicht geboren hatte.

Auf der Kommandantur wurde die Leiche registriert. Leiche ... Der Major benutzte dieses Wort, das Agnes nicht aussprechen konnte. Es war wie ein Schlag ins Gesicht, als ob der Mensch im Tode seine Würde verlöre und aufhörte Mensch zu sein, als ob er sich zu einer Sache wandelte. Im übrigen kümmerte man sich nicht darum; die Litauenfahrt, auch die der Warstatsche, geriet in Vergessenheit, und das Foto, für das Lydia auf die Kommandantur bestellt worden war, brauchte auch nicht mehr gemacht werden. Leichen reisten nicht mehr aus.

So fand dieses zweiunddreißig Jahre währende Leben sein Ende in Popelken und seine Ruhe auf dem überwucherten Popelker Friedhof. In einen Sack eingenäht, auf der Mistschleife bis zum Eingang gebracht, bekam Lydia am nächsten Tag, am dritten Mai, ein schönes Begräbnis. Neben dem kleinen Grab von Peter hoben sie ein flaches Rechteck aus, bedeckten den Sack mit Erdwürfen, bis die Konturen des Körpers allmählich darunter verschwanden. Die Kinder hatten viele blaue Leberblümchen gesammelt, Zweige mit wilden Beeren

und Tannenzapfen, mit denen sie das Grab schmückten. Am Kopfende erhielt sie ein Kreuz aus zwei zusammengenagelten Birkenstöcken.
Es war ein kalter, trüber Tag, am Morgen hatte es geregnet, und auf den zarten grünen Frühlingstrieben der Büsche hingen noch die Tropfen. Graue Wolkenballen jagten am Himmel vorüber. Die schwarzen Krähen saßen wie Todesvögel auf der zerbröckelnden Friedhofsmauer, dort, wo einmal der fremde, ausgebleichte Totenschädel gelegen hatte.
Agnes hielt eine kleine Rede, Huldchen sprach ein paar Verse, und dann sangen sie: »Befiehl du meine Wege ...«
Zwei Russinnen aus Lydias Feldbrigade waren auch gekommen, hatten ihre Forken an die Friedhofsmauer gelehnt und sangen eines der wehmütigen russischen Lieder. »Frau gut, Frau so gut ...«, sagten sie, und dann bedauerten sie die »Djeti«, die Kinder, die armen Kinder ... Djeti ... Djeti ...
Zum Leichenschmaus gab es Kartoffelsuppe mit Brennnesseln.

*

Zwei Tage nach dieser Tragödie bekam Renate Schüttelfrost. Sie begann zeitweise am ganzen Leib zu zittern und rief immerzu nach Wärme. Sie saß in Agnes' alten Pelz gehüllt mit Fräulein Schukies in der Küche, trank ununterbrochen heißen Tee und wärmte sich am Herdfeuer.
Die Ruhr ging in der Gegend um, und das war auch ein Grund, weshalb man beschloß, so schnell wie möglich nach Litauen zu gehen. Der Hunger riß in den Eingeweiden, zerrte an Körper und Seele. Es gab keine Aussicht auf eine richtige Mahlzeit, die Kartoffeln und das Getreide wurden streng bewacht, und Huldchen brachte von der Kommandantur nur die Kartoffelschalen

heim, die sie zu einer entsetzlich schmeckenden Suppe auskochten. Das Hungergefühl schluckte sogar die Trauer um Lydia.
Das Reißen im Bauch beherrschte die Gedanken, und je mehr Brennesseltee sie tranken, um so übermächtiger wurde der Appetit, auch wenn das unmittelbare Hungergefühl kurzzeitig übertönt war.
Es gab nur eine Lösung: Litauen. Auch wenn neuerdings gedroht wurde, daß jeder erschossen würde, der nach Litauen ginge. Bald gäbe es wieder Arbeit auf den Feldern, hieß es, sie bekämen dann ihre Brotration und Rubel. Noch aber tat sich nichts, und wenn sie nicht das gleiche Schicksal wie Lydia erleiden wollten, mußten sie bald aufbrechen.
Einige im Dorf waren an der Ruhr erkrankt, darunter auch die Warstatsche, die nun ihre Litauenpläne zurückstellen mußte. Fräulein Schukies wollte nicht mit. Eigentlich schien es unverantwortlich, sie hier schutzlos zurückzulassen, aber was sollten sie tun. Der Lebenswille schien sie immer mehr zu verlassen, auch wenn es zu essen gab, lehnte sie ab, starrte auf das Pappfenster oder beobachtete Insekten, die über die Pappe liefen, Bienen, Fliegen; einer Spinne, die ihre Netz webte, konnte sie stundenlang zusehen.
Nun befürchtete man, daß Renate auch an Ruhr erkrankt sei, doch Huldchen sagte, es sei nicht die Ruhr, sie habe keinen Durchfall, kein Fieber, es sei ihre Reaktion auf den Tod der Mutter. Sie bekam verschiedene Tees zu trinken, heiße Bäder mit Kräuterzusätzen. Am besten aber halfen die magnetischen Hände von Huldchen, der guten Seele, die ihr Stückchen Brot in sechs Portionen teilen mußte. Und nun wurden die Brotkügelchen noch mal halbiert, weil Renate das größte Stück bekommen sollte. Sie konnte nicht mehr oben in dem Totenbett schlafen, sondern wollte zu

Hulda ins Bett, um sich in deren warmer, heilsamer Aura Linderung zu verschaffen. Nachts schreckte sie oft schreiend hoch, starrte mit entsetztem Gesicht in die Dunkelheit. Es war immer derselbe Traum, der sie quälte: Große Hunde streiften über den Popelker Friedhof, und an einer Stelle begannen sie die Leberblümchen und die Tannenzapfen und das Birkenkreuz wegzuscharren, sie scharrten und scharrten, warfen mit ihren großen Pfoten die Erde beiseite, bis sie den Sack mit der Mama freigelegt hatten; sie begannen an dem Sack zu zerren und zu nagen ... Er platzte auf, und das von Maden zerfressene Gesicht mit dem weißen Kinnlappen kam zum Vorschein. Huldchen, zu Tode erschrocken, versuchte das Kind zu beruhigen, indem sie ihren Traum erzählte, einen wunderbaren Traum von großen, knusprigen Brotlaiben, die sie mit langen Schiebern aus dem Backofen nahm. Ihre eingeritzten braunen Krusten glänzten, und sie dufteten so herrlich, so herrlich ... Da war ein Topf mit frischer Landbutter, sie strich die Butter dick auf die großen ovalen Brotscheiben. Nach der zweiten Scheibe habe Renate sie aufgeweckt, sehr ärgerlich, wo doch so viel Brot da war und sie noch viele, viele Scheiben hätte genießen können.
Bald gelang es Huldchen, das Kind zu beruhigen, so daß es betäubt vom Duft des so eindringlich geschilderten frischen Brotes hinüberdämmerte in der Hoffnung, an Huldchens Traum anknüpfen zu können und mit ihr zusammen unendlich viele Butterbrote zu essen und immer neue Laibe aus dem Ofen zu holen. Indes, Hulda hatte ein bißchen gemogelt, denn der Traum von den Broten lag schon länger zurück, sie wurde in dieser Nacht ebenfalls von einem Alptraum heimgesucht, den sie nicht das erstemal träumte: Sie fuhr in einem Zug, vorn beim Lokomotivführer, durch eine unbekannte

Landschaft, und plötzlich hörten die Schienen vor ihnen auf. Sie endeten mitten in einer Wildnis. Der Weg war abgeschnitten, Endstation. Die Reise führte ins Nichts …

*

In der Nacht vor dem geplanten Aufbruch schliefen sie kaum. Alle fünf waren schon fix und fertig für die Reise angezogen, die Pungels mit den wenigen Habseligkeiten standen bereit. Es war drei oder vier in der Früh, als Fräulein Schukies zuerst aufstand, den Tee kochte und das letzte Stück Brot als Wegzehrung einpackte. Sie brauchten nur noch Schlorren und Schuhe anzuziehen und die Flasche mit dem Tee einzupacken. Das Brot ließen sie Fräulein Schukies da, die fiepte und weinte und sagte, daß es ein Abschied für immer wäre. Davon wollten Agnes und Huldchen nichts hören, sie beteuerten, daß sie zurückkämen und diesmal mit vollen Krepschen. Aller Streit und alle möglichen Missetaten an dem Baby, die einen Keil in die Freundschaft der drei Frauen getrieben hatte, war jetzt im Angesicht des Abschieds, des wahrscheinlich endgültigen Abschieds – da gaben sie ihr insgeheim recht – vergessen und vergeben. Das Leben hatte ihr am übelsten mitgespielt; sie, die schon in Tränen ausbrach, wenn früher in der Mühle einer der Bauern sie scharf ansah, konnte einfach nicht fertig werden mit dem Schicksal ihrer Mutter, mit der Vergewaltigung, mit dem fremden Kind, das sie gebären mußte. Lange graue Strähnen hingen ihr in das immer noch runde und glatte Gesicht mit den erschrocken aufgerissenen Augen und dem ständig schmatzenden Mund. Körperlich war sie noch recht kräftig und hätte durchaus mitkommen können, aber sie wollte einfach nicht mehr. Wie sollte sie hier allein überleben? Frau Warstat hatte versprochen, sich ein wenig um sie zu kümmern, solange sie noch in Popelken war.

Das Dorf schlief. Ein heller Dunstschleier lag über der dunklen Masse des Waldes hinter der Kleinbahn, und der niedergerissene, teilweise zu Brennholz gemachte Geräteschuppen der Kleinbahn stand wie ein gehörntes Tier auf der sanft abfallenden Frühlingswiese. In der Kommandantur regte sich nichts. Auf der Straße vor dem Hotel Drückler stand ein Lastkraftwagen und ein schwarzer Pobjeda.

Die Kinder wurden gemahnt, leise zu sein und auf dem weichen, grasbewachsenen Straßenrand zu gehen. In der Kirche schnaubte ein Pferd, als sie sich durch das hohe Gras den Weg zum Friedhof bahnten, um sich von Lydia zu verabschieden, von Peter, von der alten Frau Schukies, von Agnes' Eltern und von Huldas Mutter ... Die Kinder standen in ihren Holzschlorren am Grab ihrer Mutter; Renate, die zitterte und fror, nahm ihre geliebte Haarspange aus frühen Kindertagen und grub sie neben der Mutter ein. Sie buddelte mit den Händen ein tiefes, ganz tiefes Loch, legte die Spange hinein und bat Mutter, auf sie aufzupassen, bis sie wiederkäme, um sie zu holen. »Wir kommen wieder zu dir, Mama«, sagte sie. »Mein liebes, gutes Mütterchen. Leb wohl.«

Renate war für den Moment beruhigt, der Schüttelfrost ließ nach. Sie hatte in dem Wahn gelebt, daß nur eine ganz dünne, leicht wegzuscharrende Erdschicht ihre Mutter bedeckte, jetzt aber, nachdem sie die Spange zwei Handbreit tief hineingegraben hatte, wußte sie, daß kein Hund sie so leicht ausscharren konnte, und Huldchen legte ihr die Hand auf die Schulter und sagte ihr auch, daß der Traum nur ein Traum war und sie ihn schnell vergessen solle.

Als sie sich zum Gehen wandten, schrie Günter plötzlich auf. Mein Gott! Alle blickten in die Richtung, in die er wies und geradewegs auf Major Libidjew, der wie der leibhaftige Tod an der Friedhofsmauer lehnte und rauchte.
»Wo wollt ihr hin? So früh am Morgen und mit Gepäck. Ihr wißt doch, daß es verboten ist, nach Litauen zu gehen.«
»Wir gehen nur spazieren«, sagte Günter.
»Früh um drei?«
»Ja.«
»... Mutter besuchen«, sagte Sophie. »Mutter ist tot. Da ist ihr Grab.«
Der Major löste sich von der Mauer, kam dicht heran, blickte, ohne die Kinder zu beachten, Agnes und Huldchen an, die entsetzt schwiegen.
»Sie melden sich heute morgen zu Arbeitsbeginn bei mir. Nach Ihrem ... Spaziergang«, fügte er hinzu und trat seine Zigarette aus. Er wirkte müde, kraftlos, seine Augen waren schwarzumrandet, er zerkrümelte ein Blatt zwischen den Fingern. Seine Stiefel glänzten feucht.
Die beiden Frauen nahmen die Kinder, wollten notgedrungen den Weg zurück nach Hause einschlagen, als er »Challo« rief und die beiden Frauen zu sich heranwinkte.
»Matka, Sie wollten gehen ohne Lohn für April?« sagte er zu Huldchen, holte seine Brieftasche hervor und gab ihr zweihundert Rubel.
Huldchen begriff sofort, nahm das Geld, bedankte sich.
»Geht dorthin, wo Ihr hinwollt! ... Hier ist keine Heimat mehr.«
Dabei blickte er Agnes durchdringend an wie bei der ersten Begegnung in ihrem Wohnzimmer, und sie hielt wie damals seinem Blick stand und empfand auch dies-

mal wieder das Außergewöhnliche, das von diesem Mann ausging.

»Ich bleibe auch nicht hier. Geht! Geht! Dawei … dawei …!«

Damit scheuchte er sie mit einer Handbewegung zum Ausgang, zur Kirche zu, drehte sich um und wanderte, leicht gebeugt, tiefer in die Reihen des verwilderten Friedhofs hinein.

Eilig gingen die Frauen zu den gespannt wartenden Kindern, nahmen sie und hasteten davon, bevor er es sich anders überlegte und sie vielleicht noch einem der Brigadiere begegneten, die von ihren Liebsten nach Hause kamen.

»Schnell aus dem Dorf raus! Kommt, Kinder! Kommt!«

»Hättest du gedacht, daß er so großzügig sein kann, Huldchen? Zweihundert Rubel! Das ist doch mehr, als du zu bekommen hast.«

»Ja. Ich glaube, er ist der einzige, der weiß, wie wir uns hier fühlen, wie schlimm das alles für uns ist. Und ich glaube auch, ich weiß, was er damit meint, daß er auch nicht hier bleibt. Hast du seine Augen gesehen? Seine Augen!«

»Du meinst …« Agnes drehte sich zur Kirche und zur Friedhofsmauer um, hinter deren eingefallener Stelle sie noch einmal den schwarzen Schopf des Kommandanten durch die Grabreihen schweben sahen.

»Vielleicht braucht er bald keine Rubel mehr«, sagte Agnes und blickte im Vorüberhasten auf die Enten am Mühlenteich und auf den verwitterten und gespaltenen Taufengel, der einst hoch über dem Altar in der Popelker Kirche schwebte und hier im Straßengraben sein Grün, sein Gold, sein Blau und sein Gesicht verloren hatte; aber er besaß noch seine Flügel, und vielleicht war er schon längst davongeflogen, heraus aus seiner hölzernen Hülle, weg aus diesem jammervollen Ort, aufgestiegen zu lichten Höhen, dorthin, wo weit und weiß die Engel schweben, sorgenfrei und bedürfnislos.

*

Nach drei Tagen betraten sie spät in der Nacht das erste Mal litauischen Boden. Die Fahrt im überfüllten Zug nach Tauroggen war überschattet von der Angst vor einer Kontrolle, denn sie besaßen keine Fahrkarten und fürchteten sich außerdem vor der sowjetischen Miliz, die sie wieder zurückschicken konnte.

In Pogegen hatten sie Deutsche auf dem Bahnhof getroffen, die ihnen allerhand Tips gaben und ihnen rieten, nicht nach Tauroggen oder Schaulen zu fahren, da in den Städten überall Miliz auf den Bahnhöfen sei. Sie sollten besser irgendwo unterwegs aussteigen. Nun wollten Agnes und Hulda nicht länger warten; beim nächsten Halt kletterten sie mit den Kindern heraus und schlugen sich sicherheitshalber in einiger Entfernung von dem schwach beleuchteten kleinen Stationsgebäude, auf dem sie flüchtig den Namen Gudden entzifferten, in die Büsche, wanderten, von einem merkwürdigen Zirpen begleitet, durch eine sternklare litauische Nacht.

Renate zitterte und fror, sie konnte das Aufeinanderschlagen ihrer Zähne nicht unterdrücken, wurde deswegen von dem übermüdeten Günter beschimpft, und im Nu begannen die Kinder auch noch zu streiten und mit den Fäusten aufeinander loszugehen. Agnes fauchte die Kinder an, sie sollten endlich Ruhe geben, gerade jetzt, wo sie sich einem Gehöft näherten. Sie mußten versuchen, hier eine Schlafstelle zu finden, doch es war zu spät, um anzuklopfen, das Haus lag in tiefer, dunkler Ruhe. Da der Streit der Kinder nicht aufhörte, mußte Huldchen eingreifen; sie nahm Renate und Günter in die Arme, drückte sie so lange wortlos an sich und streichelte über ihre Köpfe, bis sie ruhig wurden. Sophie schlief schon im Gehen, stolperte über ihre Füße. Auf einmal fing sie an zu schreien, als sie bemerkte, daß sie ihre Puppe, ihr heißgeliebtes, schon einmal getötetes und wiederauferstandenes Jettchen unterwegs verloren hatte. Sie wollte unbedingt umkehren und es suchen. Jetzt mußte sie auch noch besänftigt werden; Hulda schaffte es erst, als sie versprach, morgen den Weg zurückzugehen und die von Sophie so bedauerte Puppe zu suchen, die nun einsam auf der fremden Straße und sicher frierend wie Renate die Nacht verbringen mußte.

Agnes hatte indessen herausgefunden, wo die Scheune war, wollte sich gerade an das Tor schleichen, als der Hofhund zu bellen begann und wie wild an seiner Kette zerrte. Die Bewohner waren alarmiert, man hörte Geräusche im Haus. Langsam öffnete sich die Tür des Wohnhauses, eine Gestalt kam vorsichtig heraus, hielt eine Laterne hoch und rief etwas auf litauisch. Jetzt war der Augenblick, um den auf dem Bahnhof in Pogegen von Litauenfahrern gelernten Satz auszuprobieren. Agnes rief: »Voketis dounas praso!« … Deutscher bittet um Brot! Sie war sich nicht sicher, ob sie den Satz richtig behalten hatte, ob sie sich verständlich machen konnte und ob ihre Stimme das Gebell übertönte.

Der Mann kam heraus, herrschte den Hund an, ging wieder ins Haus, um etwas hineinzurufen. Er winkte Agnes heran, es schien ihr, als ob er sehr erleichtert sei und vielleicht schlimmere nächtliche Gäste befürchtet hatte. Langsam kam jetzt auch Huldchen mit den Kindern näher, und Agnes begann auf deutsch zu reden, auf sie zu zeigen und wieder ihren Satz auszuprobieren, den sie nur in der Einzahl kannte; also mußte sie ihn mehrfach sagen. »Voketis dounas praso!« Dann bet-

tete sie ihren Kopf auf die zusammengelegten Hände und wies fragend auf die Scheune.
Inzwischen war eine in ein schwarzes Tuch gehüllte Frau auf der Schwelle erschienen und blickte erstaunt und verschlafen auf die beiden Frauen und die drei Kinder, winkte sie näher heran und bedeutete ihnen zu warten. Aus dem Dunkel des Hauses drang fragend eine hohe zittrige Stimme, der Mann antwortete beruhigend, und da kam die junge Frau wieder heraus und hielt ihnen einen Teller mit fünf dicken Scheiben Brot hin.
Sie machte ihnen das Tor zur Scheune auf, dabei zeigte sie auf das Haus, zuckte mit der Schulter, schien sich entschuldigen zu wollen, daß sie sie nicht ins Haus bitten könne.
Die Kinder kauten ihr Brot schon halb im Schlaf, hingestreckt auf dem Strohlager, die Pungels als Kopfkissen, eng zusammengerückt und alle drei zugedeckt von dem weitschwingenden Saum des taillierten Mantels, der den Duft der Mutter verströmte, die sie vor fünf Tagen noch besessen hatten.
Huldchen hatte wie immer ihren Knups zur Nacht gelöst, betete ihr Dankgebet und rollte sich in die Wolldecke, die ihrer Schwester Emmchen gehörte. Heute schloß sie nicht nur ihren toten Mann, ihre vier Kinder, Emmchen, Lieske und Brittchen, Agnes und die Pekan-Kinder in ihr Gebet mit ein, sondern auch das zurückgelassene Fräulein Schukies, den unglücklichen Major und die fremde litauische Familie und schließlich alle Menschen auf dieser Erde, die Guten und die Bösen, die Armen und die Reichen, die Gesunden und die Kranken, die Hungrigen und die Satten, die, die in weichen Betten schliefen, und die, die nur ein Strohlager hatten, die Glücklichen und die Traurigen, die Weißen und die Schwarzen, die Kinder und die Alten, die Männer und

die Frauen, die in den Wolkenkratzern in Amerika und die in den Lehmhütten in Afrika und die, die jetzt auf ihrem schönen Gut in Skirbst lebten. Sie schickte ihren Segen an alle russischen Menschen, so wie sie dem, der sie in der Kommandantur geschlagen hatte, ihren Segen hinterhergerufen hatte. Und sie segnete auch die, die Schlimmes getan hatten, denn die waren die unglücklichsten Menschen. Sie schickte ihren Segen aus der Scheune in Litauen an alle Menschen, an alle Tiere, an alle Pflanzen, an alles, was lebte, und im Einschlafen sah sie noch, wie ihr Segen die Erde als heller Lichtstreif umrundete, bevor er sich im Weltall verlor.

*

Agnes hatte sich die Hälfte ihrer Scheibe Brot aufgehoben, und die war auch ihr erster Gedanke, als sie am Morgen erwachte. In ihren Pelz gekuschelt, aß sie bedächtig das Brot und meinte, daß sie noch nie in ihrem langen Leben so etwas Köstliches wie dieses trockene Stück Brot verzehrt hatte.
Ein schöner, sonniger Frühlingsmorgen erwartete sie. Es war Sonntag. Nach und nach wurden auch die Kinder und Huldchen wach, sie traten aus der Scheune, reckten und streckten sich und sahen jetzt erst, in welcher Landschaft sie sich befanden.
Weites ebenes Land, grün und blank, naß vom Tau, und verstreut darin einzelne Gehöfte, von Baumgruppen bewacht. Hinter der Scheune das Korn kniehoch auf den Feldern. Etwas Feierliches lag in der Luft, und besonders feierlich kringelten sich Rauchwölkchen aus dem Schornstein des Wohnhauses, die sogleich die Vorstellung von gebratenen, gekochten und gebackenen Speisen vermittelten. Was mag wohl da drin am Herdfeuer gerade angerichtet werden? Ob sie wohl noch ein Stück Brot erhalten konnten, bevor sie weiterzogen?

Am Ziehbrunnen in der Mitte des Hofes wuschen sie Gesicht und Hände, knurrend bewacht von dem angeketteten Hofhund. Aus dem Stall muhte es, und eine alte Frau kam mit einer Milchkanne heraus. Sie begrüßte die fünf freundlich, zeigte auf die mageren Kinder und dann auf ihre volle Milchkanne und winkte sie ins Haus.

Alle Gebäude des Hofes bestanden aus Holz, auch das Wohnhaus, es war einstöckig, mit Stroh gedeckt, die Fensterrahmen blau gestrichen. Sie traten in einen halbdunklen Flur und dann durch die offene Tür in den Wohnraum, wo die junge Frau am Herd stand und ihnen so etwas wie »Laba diena« zurief. Agnes versuchte vorsichtig den Gruß zu erwidern. »Laba diena?« Der Mann, der sie gestern abend in Empfang genommen hatte, saß in Hemdsärmeln am Tisch und lachte und sagte: »Laba diena.« Es mußte sich wohl komisch angehört haben, wie Agnes es sagte, aber nun hatte sie schon wieder etwas gelernt. Guten Tag oder guten Morgen, so mußte es heißen. Renate und Sophie besahen sich den großen Lehmofen mit der rundum geführten Bank, während Günter die große eiserne Schüssel bestaunte, die mit einer Kette an der Decke über dem Eßtisch befestigt war. Huldchens Blick ging in eine Ecke des Zimmers, wo unter einem Kruzifix ein kleiner Altar auf einem hohen, mit Spitzendeckchen verzierten Schränkchen eingerichtet war. Agnes aber hatte nur Augen für den offensichtlich mit dem Lehmofen verbundenen Herd, auf dem es in mehreren Töpfen brodelte.

Man forderte Agnes und Huldchen auf, am Tisch Platz zu nehmen, die Kinder wurden zur Ofenbank geschickt. Die alte Frau gab jedem einen Blechtopf mit warmer Milch, dabei schaute sie fragend zwischen den Kindern und den Frauen hin und her. »Mama?«

»Nein, nein«, lächelten die Frauen. Dazu waren sie denn doch zu alt, um für diese noch Mama sein zu können. »Mama tot«, sagte Agnes. Sie verstanden und sahen bedauernd zu den Kindern, die sich ganz dem so langentbehrten Genuß der frischen Milch hingaben. Sie schmeckte einfach himmlisch, und dann holte die junge Frau noch eine eiserne Pfanne aus dem Backofen, in der übereinandergeschichtet geviertelte Flinsen lagen. Die Pfanne wurde in die Mitte des Tisches gestellt, und jeder nahm sich ein Stück heraus. Sie waren heiß und gut und erinnerten Hulda an die eingerollten, mit Marmelade bestrichenen Glumsflinsen, die sie in Skirbst manchmal am Nachmittag zum Kaffee servierte hatte. Diese hier waren ohne Eier gebacken, mit Erbsmehl gestreckt, es gab keine Glumse und keine Marmelade dazu, aber sie waren einfach köstlich. Vor dem Essen sprach der Bauer ein Gebet. Sie aßen die Flinsen mit den Händen, tranken die kuhwarme Milch. Agnes und Huldchen waren von tiefer Dankbarkeit erfüllt, so gut hatte sie niemand in den letzten Jahren behandelt, und sie bedauerten nur, daß sie diesen Menschen nicht sagen konnten, was sie empfanden. Hulda sagte es dennoch, auf deutsch und mit Gesten der Dankbarkeit, die ihre Gastgeber verstanden.

Nach dem Frühstück legten sich die Frauen bunte Tücher um, kämmten sich, der Hausherr strich sich über seine Bartstoppeln, zog sich eine schwarze Jacke an. Sie rüsteten sich zum sonntäglichen Kirchgang.

Die alte Frau zeigte auf das Kruzifix und fragte: »Ar tu Katolikas or Luteronas?«

»Hast du das verstanden, Huldchen? Sie fragt, ob wir katholisch oder evangelisch sind. Luteronas, das heißt wohl Lutheraner.«

»Katolikas«, sagte Agnes stolz auf litauisch und erntete wegen dieser brotversprechenden Notlüge mißbilligende Blicke von Hulda. »Laß doch, Huldchen, vor Gott sind alle gleich. Vielleicht kriegen wir als Glaubensbrüder noch eine Wegzehrung mit.«

Die Litauer forderten die Katolikas auf, mit in die Kirche zu kommen, machten ihnen aber zugleich verständlich, daß sie nicht zusammen gehen könnten. Die Deutschen sollten ihnen in einigem Abstand folgen und so tun, als wären sie einander fremd. Agnes machte ihnen sofort klar, daß sie verstünden, daß sie genau wüßten, worum es ging. Es war den Litauern verboten, Deutsche aufzunehmen. Wer es dennoch tat, mußte damit rechnen, von den Sowjets bestraft zu werden. Sie wollten ihre großzügigen Gastgeber natürlich nicht in Schwierigkeiten bringen, und so war es auch klar, daß es keine neue Nacht in der Obhut dieser guten Menschen geben könnte und auch keine anderen Mahlzeiten außer weiteren fünf Scheiben Brot, die die junge Frau Huldchen zusteckte, bevor sie sich auf den Weg machten.

Hulda mußte zunächst mit Sophie wie versprochen den nächtlichen Weg zurückgehen, um das arme Jettchen zu suchen. Als sie nach einer Weile nichts gefunden hatten und außerdem die Gefahr bestand, daß sie den Anschluß verlören, sagte Huldchen, daß sie nun umkehren müßten. Das Kind wurde böse, stampfte mit dem Fuß auf, riß sich los und rannte allein den Weg weiter. Nach langem Hin und Her und Geschrei und gutem Zureden, erreichten sie ihre Gefährten, gerade noch rechtzeitig, bevor ein dichter, verfilzter Wald sie aufnahm. Es blühte in den Dornenhecken am Waldrand, weiß und gelb und rötlich. Der Himmel spannte sich stahlblau über dieser fremden Frühlingslandschaft, die sich auch ihr gutes Kleid angezogen, sich geschmückt und feingemacht hatte für den Sonntag, und die Sonne schickte so warme Strahlen herunter, daß so-

gar Renate zu frieren aufhörte. Günter und Sophie, die den Kummer mit ihrer Puppe schon vergessen hatte, zogen ihre Jacken aus, steckten sich Blüten ins Haar und in die Kleider und sprangen ausgelassen umher.
Die bunten Kopftücher der litauischen Frauen, die den schwarzgekleideten Mann umrahmten, verschwanden in einer Wegbiegung. Hier endete der Wald, plötzlich waren Mauern und Dächer sichtbar, und schon kamen sie an alten Zäunen an, die blühende Bauerngärten mit Feuerdornsträuchern und Lilienbeeten umrahmten. Aus den Häusern traten sonntäglich herausgeputzte Menschen, neugierige Blicke flogen zu der seltsamen Schar abgemagerter, zerlumpter Gestalten. Man hatte sie wahrscheinlich gleich als Deutsche erkannt.
Einige nickten ihnen freundlich zu. Alle strebten der alten Holzkirche in der Mitte des Dorfes entgegen, die mit ihrem winzigen Dachreiter und ihrer in einem Balkengerüst neben der Kirche in hohen Tönen schwingenden Glocke einen so treuherzigen Eindruck machte, daß Agnes einen inneren Frieden in ihrer Brust spürte, wie schon lange nicht mehr. Wann hatte sie das letzte Mal an einem Gottesdienst teilgenommen? Wie lange war das her, daß sie sich als Mensch unter Menschen fühlte, daß sie sich ganz der Ruhe und der feierlichen Atmosphäre einer intakten und liebevoll geschmückten Kirche hingeben konnte?
Der herrliche Klang der Orgel ergoß sich von der Empore über die leuchtend bunten Kopftücher der Frauen in den Bänken, über die schwarzgekleideten ernsten Männer hinten und über die fünf Fremden, denen man in der letzten Reihe Platz gemacht hatte. Ein unsichtbarer, glockenheller Sopran hob an, der Chor fiel ein: »Kyrie …« Das Hochamt begann mit Weihrauchduft und Kerzenschimmer, die Meßbuben klingelten, die Monstranz funkelte geheimnisvoll in einem von der Empore

schräg einfallenden Sonnenstrahl mit tanzenden Staubteilchen.
Der weißhaarige Priester verkündete in seinem festlichen Gewand das Evangelium in fremder Sprache, und es schien, daß er dabei öfter in die letzte Reihe blickte. Alles, was er sagte, klang wie Musik, und einmal, als er besonders eindringlich sprach, die Arme hob und nach hinten zeigte, drehten sich die Frauen in den Kopftüchern um. Agnes sah ihre Gesichter, manche lächelten ihnen zu. Dann sang wieder der Chor, die Orgel schwoll an und rauschte. Hulda Düwell saß erhobenen Hauptes, groß und aufrecht, wie es ihre Art war, in der litauischen Kirche und ließ den Tränen, die über ihr knochiges Gesicht rollten, freien Lauf. Kyrie eleison …

*

Nun begann ein Leben, das Agnes an die ersten sieben Wochen nach der Flucht erinnerte, an die schlimme Zeit, in der sie keine Wohnung, kein Dach über dem Kopf, kein Bett besaßen.
Sie hatten die Freiheit, entweder in Popelken in Emmchens Wohnung zu bleiben, im Bett zu schlafen und zu verhungern oder hier satt zu werden und dafür wie Zigeuner und Bettler durchs Land zu ziehen und in Scheunen und Ställen zu schlafen oder um ein Nachtquartier zu bitten. Sie hatten sich entschieden zu leben. Und leben, das konnten sie nur in Litauen.
Trotz der schlechten Bedingungen besserte sich ihr körperliches Befinden durch die eiweißhaltige Kost, die sie hin und wieder erhielten, durch das gute litauische Brot, durch die Früchte und Gemüse, die sie aus den Gärten oder von den Feldern stahlen, durch die Beeren und Pilze, die sie in den Wäldern fanden.
Bald kannten sie eine Reihe von Ortschaften in der Ge-

gend: Piktupönen, Laugszargen, Paguris, Mineikiske. Dauglakis.
Der Fluß Jura war ihr Badezimmer, sie badeten im Fluß, wuschen Haare und Kleider und lagen so lange am Ufer, bis ihre jämmerlichen, löchrigen und zerfetzten Sachen getrocknet waren. Die Kinder waren aus ihren Kleidern herausgewachsen, Günters Sachen trugen jetzt die Schwestern, und er selbst hatte sich mit viel Geschick und Huldas Hilfe aus einem Rock der Mutter eine Hose gemacht. Er trug auch ihre Unterwäsche und ihre Schuhe. Lydia Pekan hatte diese Welt so verlassen, wie sie sie betreten hatte: nackt und bloß. Und das schien auch der Grund für Renates ewiges Frieren zu sein – weil Mutter fror, in kalter Erde und ganz ohne Kleider, tat sie es auch. Sie fror anstelle ihrer Mutter; immer mußte sie an die grausame Nacktheit des ausgemergelten Körpers denken, den sie so geliebt hatte, an den weichen betörenden, unvergeßlichen Duft der Mama, der noch immer ein wenig an dem taillierten Mantel haftete, der ihnen in den unwirtlichen Nachtquartieren als Zudeck diente und hier am Jura als Decke und Bademantel und Handtuch zugleich.
Agnes träumte am Ufer des Jura von den fernen Jugendtagen an der Gilge, wo es so ähnlich wie hier ausgesehen hatte: die flachen steinigen Ufer, die Spickdämme, die in den Fluß ragten, die Weidenbüsche, die sich gut zum Schaukeln eigneten, und das herrliche klare, kalte Wasser, das im Sommer zum Bade einlud. Damals zogen die Raddampfer und Lastkähne vorbei, und wenn sie an der großen Schleuse ankamen, tuteten sie. Oft hatte sie mit den Eltern und ihren Brüdern Alfred und Eugen auf der Gilge Dampferfahrten gemacht, über die Memel bis nach Tilsit. Wie schön war es, in Tilsit auf der Luisenbrücke zu stehen und auf den breiten Memelstrom mit seinen Spickdämmen zu beiden Seiten

zu sehen. Später war sie dann mit Lieske nach Tilsit gefahren, mit ihr über die Luisenbrücke gewandert; und jetzt, als sie nach Litauen zogen, gab es die Brücke nicht mehr, nur das majestätische Eingangsportal mit den beiden Türmen war stehengeblieben, und sie mußten mit einer Fähre die Memel überqueren.

Die Tage glitten dahin, ohne Spuren zu hinterlassen. Sie zogen von Bauer zu Bauer, klopften an, sagten ihr »Laba diena!« und »Voketis dounas praso!«, und sie baten um ein Nachtquartier. Manchmal erhielten sie etwas, manchmal nichts. Es gab Bauern, die ein Kreuz am Wege stehen hatten, das hieß, hier wird nichts gegeben. Zeitweise konnten sie auch kleine Arbeiten übernehmen und sich ein paar Scherwonzen verdienen – da gab es Feldarbeit zu verrichten, Kinder zu hüten, Leichen zu waschen, Steine zu klopfen.
Ende Juni konnten sie alle fünf eine ganze Woche auf einer Plantage Erdbeeren pflücken und sich dabei an den wundervollen überreifen Früchten satt essen. Später gab es bei einem kinderlosen Ehepaar Abendbrot: guten Klunkermus wie zu Hause, im Ofen gebackene rote Bete und selbstgemachten Quarkkäse. Nachts durften sie in der leerstehenden Klete schlafen, einem kleinen Nebenhaus, das meist für die unverheirateten Kinder vorgesehen ist. Es waren liebe ältere Leute, die besonders die beiden Mädchen mit extra großen Portionen verwöhnten, weil sie so dünn und so traurig aussahen, die armen Waisenmädchen. Als die Woche herum war, machten sie das Angebot, Sophie und Renate bei sich aufzunehmen und für sie zu sorgen, sie müßten dafür in Haus, Hof und Feld mitarbeiten. Bald war es beschlossene Sache, eine Kammer wurde im Haus für sie bereitet, und die beiden wußten gar nicht wohin mit ihrer Freude, als sie die guten Betten sahen

und dazu die Aussicht, jeden Tag richtiges Essen zu bekommen.
Allerdings dürften sie sich nicht als Deutsche zu erkennen geben, müßten schnell litauisch lernen und außerdem neue Namen bekommen. Aus Renate wurde Birute und aus Sophie Jedwige. Günter wurde in Gunteras umgetauft. Ihm vermittelte man bei einem befreundeten Bauern in der Umgebung eine Arbeit als Hütejunge.
Für die beiden alten Frauen hätten sie keine Verwendung, sie müßten das verstehen. Das Haus wäre zu klein, es gäbe nicht genug Arbeit, und außerdem würden sie als Deutsche erkannt werden. Agnes und Huldchen verstanden. Natürlich verstanden sie.
Sie freuten sich, daß die Kinder so gut untergebracht waren, daß sie die ihnen auferlegte Verantwortung für die Kinder nun auf andere Schultern legen konnten, eine Verantwortung, die ihnen Sorgen, Ärger und Freude eingebracht hatte, die sie aber auch angespornt hatte, immer weiterzumachen, nicht aufzugeben. Die Kinder hatten ihnen auch wenig Zeit zum Nachdenken gelassen, immer war etwas mit ihnen, sie spielten, weinten, lachten, waren glücklich, zornig, aggressiv, krank, schlugen sich, küßten sich, riefen nach der toten Mutter, vergaßen sie wieder, wollten immer essen, waren immer durstig, brachten Kleider zum Reparieren, wollten gekämmt und gestreichelt werden, wollten Geschichten und Lieder hören; sie verirrten sich, sie schrien und brüllten, hatten Durchfall und Ohrenschmerzen und zerspickte Füße, hatten Läuse oder Flöhe, kratzten sich blutig, husteten, sangen Lieder, schaukelten auf Weiden, kletterten auf Bäume, brachten tote Tiere an, brachen in Gärten ein, froren und jammerten.
All das sollte jetzt vorüber sein. Der Abschied fiel ihnen

schwer, es war ein bißchen wie mit dem armen Fräulein Schukies, es tat ihnen weh, sie zurückzulassen, und gleichzeitig waren sie auch froh, sie los zu sein, das ewige Schmatzen und Fiepen nicht mehr hören zu müssen. Von dem Ehepaar bekamen sie zum Abschied einen Zettel mit der genauen Adresse – sie sollten doch ab und zu kommen und ihre Schützlinge besuchen –, ein ganzes Brot, drei gekochte Eier und ein paar Zwiebeln.

Als sie im Nieselregen davonzogen, kamen sich Hulda und Agnes wie amputiert vor, niemand, der um sie herumsprang und an ihnen zerrte. Sie waren nur noch für sich selber da. Zwei Frauen am Abend des Lebens.

Als es stärker zu regnen begann, krochen sie durchgefroren unter eine dichte Weide und dachten mit Genugtuung daran, daß die Kinder es jetzt trocken und warm hatten. Der Regen trommelte immer stärker auf ihr grünes Dach, es wurde empfindlich kühl, ein fernes murrendes Grollen am Himmel kam rasch näher, und dann krachte es über ihren Köpfen. Helligkeit zuckte draußen auf, Donner platzte hinterher, und schon sickerten Regentropfen bis zu ihnen durch. Agnes zog ihren Pelz an, Huldchen wickelte sich in ihre Decke. Sie stülpten sich Koddern über den Kopf und versuchten, ihre Angst zu bekämpfen, indem sie sich zwei Scheiben vom Brot abschnitten, ein Ei und eine Zwiebel teilten und dann, als die Blitze wie wild um sie zuckten und der Himmel direkt über der Weide zu zerbersten drohte, den letzten Rest von dem Stück Speck aßen, das ihnen gute Menschen nach dem unvergeßlichen Gottesdienst in der hölzernen Dorfkirche geschenkt hatten.

Sie erinnerten sich an den Priester, der auf sie zugekommen war, sie auf deutsch angesprochen und ihnen die Hände geschüttelt hatte. Dorfbewohner hatten an die Scheiben geklopft, als sie später vorbeigingen, und

sie herangewunken, ihnen Brot und Salz und dieses eine Stück Speck geschenkt, eine ganz ungewohnte Delikatesse, mit der sie in den letzten Wochen äußerst sparsam umgegangen waren.
Allmählich wurden die Abstände zwischen Blitz und Donner größer, das hieß, daß das Gewitter langsam weiterzog. Das wolkenbruchartige Schütten hatte aufgehört, der Regen klopfte gleichmäßig auf ihr grünes Dach, durch das nach der Dunkelheit wieder der lichte Tag hervorbrach. Als sie aus ihrem Versteck hervorkrochen, war die Erde gereinigt, heil, frisch und blank, und die Sonne schickte erste Strahlen durch den noch verhangenen Himmel. Hulda dankte Jesus dafür, daß kein Blitz sie in das weiße Land der Engel geschickt hatte, daß sie eine so gute Mahlzeit gehabt hatten und dafür, daß ihre Schützlinge ein Zuhause gefunden hatten.
Was bedeutete dagegen schon, daß sie nicht wußten, wo und wie sie die kommende Nacht verbringen würden. Gott würde auch dafür sorgen.

*

Und Gott sorgte durch hilfsbereite Litauer im Nachbardorf für eine gute und trockene Nacht. In einem Blockhaus gab ihnen eine Bauersfamilie bereitwillig Quartier – ein Bündel Stroh, alte Decken und Pelze wurden auf den Lehmboden gelegt, und sie erhielten eine weitere gute Mahlzeit. Mittlerweile hatten sie sich auch an die etwas befremdliche Sitte gewöhnt, daß alle aus einer Schüssel aßen, die in der Mitte des Tisches stand. Die Gäste bekamen auch einen Holzlöffel und durften ihn mit in den eisernen Topf voll Kartoffelsuppe tauchen. Nach der Mahlzeit wurden die Holzlöffel abgeleckt und an der Wand aufgehängt.
Wie fern kamen Agnes die Zeiten vor, als sie noch den Portwein aus Kristallgläsern tranken, an Festtagen der

Kaffee in gutem Porzellan zur Mokkatorte gereicht wurde und abends der Braten mit silbernem Besteck geteilt wurde. Vorbei. Vorbei …

Und was soll es auch. Richtig glücklich war sie damals auch nicht gewesen, und die litauische Suppe aus Schweinekartoffeln schmeckte genausogut wie der Gänsebraten zu Weihnachten in den guten Popelker Zeiten. Eine solche Dankbarkeit für das Essen hatte Agnes nie zuvor empfunden. Früher, ja selbst im Krieg war immer alles da, das Essen war selbstverständlich, Hunger ein unbekanntes Gefühl. Jetzt drehten sich alle Gedanken nur ums Essen; die nächste Mahlzeit zu bekommen, war Angelpunkt des Lebens geworden.

Ungewohnt die erste Nacht ohne die Kinder, niemand, der kuscheln und Gutenachtgeschichten hören wollte, niemand, der zur Ruhe gemahnt werden mußte. Eine seltsame Leere war um sie, obwohl sich mehrere Personen im Raum befanden, ein inneres Wogen, ein Meer der Unruhe tobte in ihrem Kopf. Agnes spürte, daß sie diese Nacht nicht würde schlafen können. Der Eßtisch ganz in ihrer Nähe, auf dem noch der Suppentopf stand, sah in der Dunkelheit wie ein großes höckriges Tier aus. Die Umgebung war so unendlich fremd und bedrohlich. Fern knurrte schon wieder ein Donner am Himmel, es schien, als ob dasselbe Gewitter eine Runde gedreht hatte und nun wieder zu seinem Ausgangspunkt zurückkehren wollte. Einen Augenblick lang dachte sie daran, wie es wäre, wenn sie jetzt die Nacht draußen verbringen müßten. Verglichen mit dieser Aussicht verlor sich die Bedrohlichkeit des Raumes, und auch das Stechen der Strohhalme und der muffige Geruch der Decken wurden bedeutungslos. Agnes sah, wie Hulda die Lippen rührte, sie flüsterte ihr Nachtgebet und schickte wie jeden Abend ihren Segen in die Welt. Bald darauf war sie eingeschlafen. Von der Ofen-

bank kam hin und wieder ein Rascheln, ein Knacken und Schnarchen.
Schon hatte sie die Gesichter der Menschen dieses Hauses vergessen, morgen mußten sie weiterziehen. Vielleicht konnten sie sich vorher etwas nützlich machen, indem sie mit den hier üblichen Strauchbesen die Lehmböden fegten, der Hausfrau zur Hand gingen oder sich um die Kleinkinder kümmerten. Nach den Bestimmungen der Miliz durfte sich kein Fremder länger als vierundzwanzig Stunden auf einem Gehöft aufhalten. Manche, bei denen sie ein paar Tage gearbeitet hatten, kümmerten sich nicht darum, oder ein gutmütiger Milizpolizist hatte ein Auge zugedrückt, so wie es bei den Mengeleitis, den Besitzern der Erdbeerplantage, dort, wo Sophie und Renate jetzt die Nacht in ihren schönen Betten verbrachten, der Fall gewesen war. Birute und Jedwige! Und Gunteras? Ob er wohl auch ein eigenes Bett hatte?
Sieben Scherwonzen hatten sie pro Person an den sieben Tagen verdient, das waren siebzig Rubel. Zusammen mit dem, was sie bei Gelegenheitsarbeiten vorher verdient hatten, und dem, was ihnen der Kommandant geschenkt hatte, besaßen sie zusammen ungefähr vierhundert Rubel. Sie sollten versuchen, auf einem der Wochenmärkte für Huldchen ein Paar Schuhe zu kaufen, die Arme hatte immer noch die Gummireifenschuhe von der Warstatsche, die nun auch bald zerfielen.
Tausend Gedanken sprangen Agnes durch den Kopf. Sie sah wieder die Bilder vom Tode der Lydia Pekan vor sich, das Begräbnis, die Waisenkinder, und im nächsten Augenblick dachte sie daran, daß es besser wäre, wenn sie wieder mit der Bahn weiter ins Land führen, sie konnten ja nicht immer an denselben Orten betteln. Entweder sie führen nach Radilischken oder nach

Schaulen und eventuell weiter bis Dünaburg, oder sie gingen südlich nach Kaunas, von da aus vielleicht sogar bis Vilnius. Irgendwo mußte doch ein Platz sein, auf dem sie bleiben konnten. Da es kein Zurück nach Popelken gab, mußten sie hier eine Arbeit und eine Bleibe finden. Vielleicht sollten sie sich auch wie die Kinder bei den Mengeleitis als Litauer ausgeben, aber dazu reichten ihre paar Brocken Litauisch nicht aus. Jetzt im Sommer war das Herumziehen noch erträglich, aber was sollte im Herbst und im Winter werden?
Agnes kamen die ersten Wochen nach der Flucht in den Sinn, als sie durch Eis und Schnee wateten. Damals hatten sie wenigstens noch gute Stiefel und dicke wollene Kleidung. Aber jetzt? Dann dachte sie wieder an das schwierige Reisen mit der Bahn, an die Miliz auf den Bahnhöfen, vor der sie Angst hatten und die ihnen ihre wenigen Vorräte wegnehmen konnte. So wie sie die arme Lydia bestahlen und ihr damit den Dolchstoß versetzten. Zorn stieg in ihr hoch, als sie an Lydias Ende dachte und daran, was andere Deutsche ihnen erzählt hatten, daß sie sich unter Zügen verkriechen mußten oder mit Kolbenschlägen traktiert wurden. Kinder durften auf Puffern, Trittbrettern und Dächern mitfahren, Erwachsene nicht. Sie würden es trotzdem weiter versuchen, ins Landesinnere zu fahren. Bei der Herfahrt hatte es ja auch ohne Kontrolle geklappt.
Während Agnes so über ihre Zukunft nachsann, hörte sie noch einmal den Himmel aufknurren und dann auf einmal Motorengeräusche ganz in der Nähe. Ein Wagen hielt, Türen klappten, und dann zuckte sie zusammen, als ein wildes Pochen die Tür des kleinen Blockhauses erzittern ließ. Alles fuhr hoch.
Ein entsetzter Ausruf »Skribokai« kam von der Ofenbank. Die beiden Frauen und der Halbwüchsige sprangen auf, und aus dem zweiten Raum stürzte der Haus-

herr herein. Es polterte noch heftiger, die Kinder nebenan erwachten und schrien. Huldchen und Agnes sahen sich an. Was hatte das zu bedeuten? Wer wollte hier nachts eindringen? Wovor hatten die Menschen Angst? Das konnte nur der NKWD oder die russische Miliz sein. Und wieder dieser Ausruf »Skribokai! … Skribokai!«

Agnes wußte, daß Deportationen nach Sibirien in Litauen an der Tagesordnung waren. Sie waren schon durch Dörfer gekommen, in denen fast die Hälfte der Bewohner abgeholt worden war. Litauen war wie Ostpreußen ein besetztes Land, aber im Gegensatz dazu kein Land, aus dem die Bewohner geflohen waren. Die Litauer kämpften um ihre Freiheit, um ihre Unabhängigkeit. Schon öfter hatten sie durch andere bettelnde Deutsche von den Partisanen in den Wäldern gehört, den Waldbrüdern, die sich hin und wieder Zusammenstöße mit den ungeliebten sowjetischen Besatzern lieferten. Sie selbst hatten auf ihren Wanderungen durch die friedlichen Dörfer kaum etwas davon mitbekommen. Sollten sie hier und jetzt den russischen Terror wie zu Hause erleben oder gar als zufällig hineingeratene Deutsche der konspirativen Zusammenarbeit mit den Revolutionären verdächtigt und gleich mit abtransportiert werden? In ein Lager nach Sibirien, so wie es vielen Ostpreußen und vielleicht auch dem guten Alfred ergangen war? Blitzschnell schossen Agnes all diese Gedanken durch den Kopf, während drei Männer ins Haus drangen. Einer von den dreien, ein kleiner kahlköpfiger Mann, ging auf den Hausherrn zu, sagte im Befehlston etwas auf litauisch und hielt ihm ein Papier unter die Nase, die anderen beiden untersuchten die Räume, schienen die anwesenden Personen zu zählen.

Agnes und Huldchen verstanden nichts von den bittenden Reden der Frauen, den harschen Entgegnungen der

Skribokai, wie die Häscher und Schergen hier genannt wurden. Der Hausherr stand wie gelähmt mit dem amtlichen Papier in der Hand da, die Frauen weinten, eine von den alten Frauen ging auf den Anführer zu, schien ihn anzuflehen, zeigte auf die beiden kleinen Kinder, die verängstigt wimmerten, und auf die andere alte Frau. Verschont die Kinder und die Alten, schien sie zu sagen, aber sie wurde von den beiden anderen Skribokai, die untereinander russisch sprachen, weggeschoben, und dann ertönten die altbekannten, unangenehmen Dawei-Rufe. »Dawei ... dawei!« scholl es durch den Raum wie in der Hölle von Grulauken. Als einer der Häscher mit dem Kahlkopf sprach und dabei eine Kopfbewegung zu Agnes und Huldchen machte, trat Huldchen vor und sagte auf russisch, daß sie nicht zur Familie gehörten, nur auf der Durchreise ein Nachtquartier hier gefunden hätten. »Dokjumenti?« fragte der Anführer und kam interessiert näher. Agnes und Huldchen zeigten ihre Ausweise. »Nemetzki!« sagte der Kahlköpfige verächtlich und verzog angeekelt das Gesicht. Einen Moment lang war er irritiert, weil Huldchen durch den ständigen Umgang mit den Russen auf der Kommandantur in Popelken ein fast akzentfreies Russisch sprach. Er fragte, wie lange sie schon hier bei den Leuten wohnten und wieviel Männer hier ein- und ausgegangen wären in den letzten Nächten.

Huldchen beeilte sich zu sagen, daß sie nur die eine Nacht hier verbringen wollten, daß sie heute nachmittag nach dem Gewitter Schutz suchten, und diese guten Menschen hätten sich ihrer erbarmt und ihnen Essen und ein Nachtquartier angeboten. Niemand wäre in dieser Zeit ins Haus gekommen.

Agnes mußte noch ihren Rucksack aufmachen, sie wühlten in den alten zerkresten Plosen herum, holten

Zwiebeln und Karotten hervor, stopften sie wieder zurück. Zum Glück verzichteten sie auf die Inspektion von Huldchens Pungel, der ihre größten Schätze enthielt, das Brot von den Mengeleitis, die beiden Eier und einen Topf mit Salzgurken.
Der Kahlkopf wandte sich wieder den Hausbewohnern zu, klopfte auf seine Armbanduhr, ließ noch ein paar »Daweis« fallen und zeigte nach draußen.
Im Hinausgehen bedeuteten sie Agnes und Huldchen, daß sie von hier verschwinden sollten. Die beiden rafften ihre Habseligkeiten zusammen, blickten noch einmal zu den verzweifelten Litauern, die sich stumm anzogen. Das Ehepaar, die beiden alten Frauen, der Halbwüchsige und die beiden kleinen Kinder. Aus dem zweiten Raum des Hauses holten sie zwei Koffer, die dort offensichtlich fertig gepackt bereitstanden. Diejenige von den alten Frauen, die den Kahlkopf angefleht hatte, rief Agnes und Huldchen beim Abschied noch etwas zu, und sie wies dabei nach draußen. Die jüngere Frau steckte Brot und andere Eßwaren von der Anrichte in einen Leinenbeutel.
Huldchen streckte beide Hände aus und warf diesen Menschen ihren Segen zu, aber sie beachteten sie nicht mehr. In aller Eile mußten sie noch ein paar Dinge zusammensuchen, die Kinder zurechtmachen und soviel wie möglich anziehen, doppelt und dreifach übereinander, ganz so wie es bei der Flucht vor der Front in Popelken geschehen war.
Die Angst in den Augen der Menschen, die aus ihrem Haus, aus ihrer Heimat vertrieben wurden, war überall auf der Welt die gleiche: die Angst, das schützende Dach zu verlieren, das Land, das sie bestellt hatten, die Gegenstände, mit denen sie verwachsen waren, all das, was der Mensch braucht, um sich als Mensch zu fühlen. Huldchen empfand die Schutzlosigkeit dieser Men-

schen so stark, und obwohl sie selbst in keiner rosigen Lage war, verspürte sie ein unendliches Bedürfnis, diesen Menschen zu helfen, ihnen wenigstens ihr Mitgefühl zu zeigen. Doch was konnten sie schon tun. Sie verstanden nicht einmal deren Sprache.

Draußen warfen die Scheinwerfer des schwarzen Lastwagens, in dem vorn die drei Männer saßen und rauchten, lange gelbe Lichtarme auf die schlammige Straße voller Pfützen. Eine Streichholzflamme flakkerte auf, zwei Köpfe beugten sich über ihr zusammen, in der Mitte glänzte der kahle Schädel des Anführers, der zur Seite schnellte, als er die Tür knarren hörte. Er sah, daß es Huldchen und Agnes waren, sagte etwas, das die anderen zu einem wiehernden Lachen anregte. Der am Lenkrad spuckte aus dem geöffneten Fenster, dann hupte er. Stieg aus, um mit dem Gewehrkolben gegen die Tür des Blockhauses zu schlagen, und ging um das Haus herum. Jetzt begann es wieder zu regnen, er kehrte zurück ins Auto, hupte noch einmal.

Agnes und Hulda zogen hinaus in die Dunkelheit, den Weg, den sie gekommen waren. Nur weg aus dem Blickfeld der Skribokai, weg aus den Strahlenarmen der Autoscheinwerfer. Als sie zurückblickten, sahen sie die Litauer aus dem Haus kommen, sahen, wie sie die Koffer und die Kinder auf die Ladefläche des Wagens setzten, wie sie nacheinander hinaufkletterten und wie der Wagen schon anfuhr, bevor die letzte dunkle Gestalt oben war, wie sie noch ein Stück mitgeschleift wurde, bis die anderen sie hinaufgezogen hatten.

*

Noch eine Weile tauchten in der ebenen schwarzen Landschaft immer wieder die Lichter des Wagens auf. Ein Hund schlug an, ein anderer Hund fiel ein, und es

war, als ob das Hundegebell sich wie ein Protest von Hof zu Hof fortpflanzte.
Agnes und Hulda kehrten um und gingen in das leere Haus zurück, legten sich in das noch warme Nachtlager der alten Frauen auf der Ofenbank, aber an Schlaf war nun erst recht nicht mehr zu denken. Lange noch redeten sie über das Elend dieser Welt, Huldchen sprach ein Gebet für die Bewohner des Hauses und schickte den zweiten Segen in diese Nacht hinaus, der den Wagen einholen und den Menschen zu einem stärkenden Gebet verhelfen sollte.

So aufgewühlt sie auch von den Ereignissen der Nacht waren, entsetzt und voller Mitleid, so fingen sie doch am nächsten Morgen an, praktisch zu denken. Vielleicht konnten sie vorläufig in diesem Haus bleiben, vielleicht sogar die Ernte des Gartens, den sie hinter dem Haus entdeckten, einbringen, alles in Schuß halten, bis die rechtmäßigen Eigentümer wiederkommen würden. Eine verlockende Aussicht. In dem kleinen Stall nebenan fanden sie eine Ziege, ziemlich versteckt in einer Ecke. War es das, was die Frau ihnen gestern mit ihrer Geste sagen wollte?
Hulda molk die Ziege, und sie kochten sich zum Frühstück Klunkermus. Mehl war noch da, Kartoffeln und rote Bete und etwas Fett ebenfalls. Zunächst hatten sie Angst, daß die Häscher zur Kontrolle kommen konnten, sie wagten sich kaum aus dem Haus. Da nichts geschah, begannen sie am Nachmittag Wasser auf dem Herdkessel warm zu machen und sich seit langer Zeit wieder einmal gründlich mit Seife und heißem Wasser zu waschen und danach ihre Wäsche in der Lauge zu waschen und über dem Herd zu trocknen. Huldchens Knups und Zopf wurde aufgemacht, das lange, dünne, verfilzte Haar gewaschen. Agnes bot an, ihr die Haare

mit einem Küchenmesser – eine Schere besaßen sie nicht, und hier gab es auch keine – abzusäbeln und ihr so eine praktische Frisur, wie sie selbst besaß, zu machen. Das Haar kurz und schmucklos nach hinten gekämmt, so war es auch wegen der Läuse besser, und auf Schönheit kam es jetzt wirklich nicht an. Allein Huldchen wollte ihren Zopf behalten; sie mochte es, abends das lange, vom Flechten gewellte Haar zu kämmen, das jetzt, frisch gewaschen, duftig und fein bis zur Taille fiel, sie wie Engelshaar umschmeichelte und in einem merkwürdigen Kontrast zu dem gefurchten Gesicht mit der langen Nase stand.
Sie wuschen ihre erdverkrusteten Schuhe, schnitten sich, so gut es ging, ihre lang gewordenen Zehennägel und machten sich neue Fußlappen. Sie besserten ihre Sachen aus, aßen die Kartoffelsuppe vom Vortag, fütterten die Ziege, die ihnen abends wieder Milch schenkte, fegten das Haus mit dem Strauchbesen, räumten auf und machten sauber. Die Ziege holten sie ins Haus und banden sie an einem Haken an, so wie sie das schon öfter in litauischen Häusern gesehen hatten. Sie war zu wertvoll, um sie draußen allein in dem unverschließbaren Stall stehen zu lassen. Vielleicht hatte man diesen armen Bauern schon das Vieh weggenommen, und sie hatten nur diese Ziege vor dem Zugriff des NKWD gerettet. Die Gesten der Frau gestern deuteten das an. Ziegenmilch war das gesündeste, was es gab, sie würde ihnen neue Kräfte schenken, jeder Tropfen bedeutete Fett und Eiweiß, all die langentbehrten, wohlschmeckenden und kräfteweckenden Dinge. Huldchen erinnerte sich an ihre Erfolge in der Tiermedizin und begann der Ziege ihre Hände aufzulegen, auf den Kopf, den Hals, den Rücken und das Euter, überzeugt, daß sie morgen eine größere Menge Milch geben würde. Das Tier schien die Behandlung zu genießen,

stand ruhig da und meckerte zufrieden, als Hulda von ihr abließ.
Sie legten sich früh schlafen, diesmal in das Ehebett der Bauersleute. Es war schön, wieder mal die Geborgenheit eines eigenen Heims zu spüren, sich wie Menschen zu fühlen und nicht wie Tiere in freier Wildbahn.
Agnes war zufrieden wie schon lange nicht mehr, sie war satt, sauber, schlief in einem richtigen Bett, hatte wieder neue Kräfte bekommen, und auch ihre ominösen Anfälle waren seltener aufgetreten. Sie war nicht die Frau, die sterben mußte. Ihre Prophezeiung hatte sich mit Lydias Tod erfüllt. Nun konnte sie bald wieder einen Blick in die Zukunft wagen, sehen, was das Schicksal noch für sie bereithielt, wohin es sie noch verschlagen sollte.
Aber eines war schon vorher klar: Sie wollte leben. Egal, ob alt, ob häßlich, ob krank. Leben war das Schönste, das einzig Sinnvolle, das einzig Wichtige.

*

Die glückliche Ziege beschenkte sie am nächsten Tag tatsächlich reichhaltiger als zuvor – ein ganzer Topf voll guter, fettiger Milch. Huldchen Künste waren wirklich unübertroffen. Sie sollte sie viel häufiger und gewinnbringend einsetzen, wie sie das in Popelken getan hatte, meinte Agnes. Sie ließ das gute Tier auf der Wiese hinter dem Garten weiden, setzte den Pflock immer ein Stück weiter, wenn der erreichbare Umkreis leergefressen war; oft blieb sie auch daneben im Gras sitzen, beobachtete, wie die Wolken am Himmel vorüberzogen und wie die Ziege das Gras rupfte und zermalmte.
Plötzlich hatte sie eine Idee. Sie wollte wie Huldchen versuchen, mit der Kraft ihrer Hände – schließlich waren sie aus demselben Material gemacht – eine Wirkung auszuüben. Sie begann nach Huldchens Muster der

Ziege ihre Hände aufzulegen und sie längere Zeit in einer Position verweilen zu lassen. Nicht am Kopf, denn das Tier sollte ja nicht in seiner Freßarbeit beeinträchtigt werden. Erst der Rücken, dann der Bauch, der war das Wichtigste. Die Kraft ihrer Hände sollte die wertvollen Verdauungsorgane der Ziege anregen, ihren Stoffwechsel zu beschleunigen, damit sie besser und schneller das tägliche Wunder, nahrhafte, fette Milch aus einfachem grünen Gras herzustellen, vollbringen konnte. Sie glaubte, einen erstaunten und wohlgefälligen Ausdruck in den gelblichen Augen der Ziege zu entdecken, als diese den Kopf nach ihr umdrehte. Agnes blickte auf und sah oben an der Straße zwei Frauen stehen, die zu ihr herübersahen. Schnell ließ sie von der Ziege ab, wußte nicht, was tun. Die Frauen sprachen miteinander, gingen dann langsam weiter. Es mußten Frauen aus dem Dorf sein, wer weiß, was sie dachten. Wenn sie doch bloß die Sprache sprechen könnten, dann würden sie schon erfahren, was das hier alles auf sich hatte mit der vertriebenen Familie und was in solchen Fällen mit den Häusern geschah.
Huldchen winkte aufgeregt aus dem Haus, sie hatte in einer Ecke des Hauses, ziemlich versteckt, eine kleine Vorratskammer entdeckt, die weiteres Mehl, Kartoffeln, Erbsen und Weckgläser enthielt. Der Gedanke, das ihnen das alles eigentlich nicht gehörte, schoben sie beiseite. Sie fühlten sich wie im Schlaraffenland, aßen vor lauter Übermut, obwohl sie satt waren, ein Glas eingeweckte Pflaumen und träumten schon davon, daß sie die Pekan-Kinder herholen und gemeinsam Mohrrüben und Radieschen anbauen könnten, vielleicht sogar ein paar Hühner halten und mit dem großen Lehmofen behaglich über den Winter kommen könnten.
Doch noch mußten sie um ihr Glück bangen. Deshalb standen ihre Pungels fertig gepackt, vollgepfropft mit

Sachen aus der Kammer, mit Erbsen und Kartoffeln, die allerdings nicht sehr geeignet zum Mitnehmen waren, weshalb sie die Familie auch zurückgelassen hatte. Sie waren schwer und mußten erhitzt werden, was unterwegs immer schwierig war. Die besseren Sachen, Brot, Speck, Fett und Schinken, hatten sie natürlich selber eingepackt.

Nachts, als sie wieder mit der Ziege im Raum schliefen, hörte Agnes draußen ein verdächtiges Knacken, ein Tappen und kurzes Knirschen auf dem Sand vor dem Haus. Sie rüttelte Huldchen wach, leise schlichen sie aus dem Schlafzimmer in den Wohnraum, standen mit angehaltenem Atem da und sahen, wie die Türklinke knarrte, das Bänkchen, das sie schon vorsorglich davorgerückt hatten, langsam scharrend beiseite geschoben wurde und der Strahl einer Taschenlampe in den Raum fiel. Der Lichtstrahl sprang auf sie über, glitt über ihre Gesichter, über die leere Ofenbank.

Der Mann mit der Taschenlampe rannte ins Schlafzimmer, rief Namen, sprang dann auf Huldchen zu, um sie zu schütteln und sie mit Worten zu überschütten. Huldchen wehrte ihn ruhig und bestimmt ab. Sie hatte einzelne Worte verstanden ... mano Tevai ... mano Seso ... brolys ... Tevas ... Motina ... Kur? ... Kur? ... meine Eltern ... meine Schwester ... Bruder ... Vater ... Mutter ... Wo sind sie? Wo?

»Skribokai!« sagte Agnes.

Huldchen erklärte dem jungen Mann, offenbar ein Sohn des Hauses, mit ein paar litauischen Brocken, daß sie Deutsche seien und daß die Skribokai vorgestern nacht alle abgeholt hätten. Er schlug mit der Faust auf den Tisch, begann wütend auf den Ofen einzuhämmern, stieß Flüche und Verwünschungen aus und gebärdete sich rasend, bis nach einer Weile alle Wut in ihm zusammenfiel. Er krümmte sich vor Schmerz, schlug sich immer wieder auf die Brust, als wollte er sagen, daß er, nur er, an dem Unglück seiner Familie schuld sei. Er setzte sich an den Küchentisch und begann zu schluchzen.

»Wahrscheinlich ist er einer, der bei den Waldbrüdern gegen die Bolschewisten kämpft, und nun lassen sie seine Familie dafür büßen«, sagte Agnes.

Als er sich ein wenig gefangen hatte, begann er weiter auf sie einzusprechen, aber sie verstanden nur hin und wieder ein Wort und konnten sich keinen Reim darauf machen. Ihre Angst vor dem nächtlichen Besucher war verflogen, sie empfanden Mitleid für ihn, so wie vorgestern nacht für seine Familie. Agnes bot ihm etwas Klunkermus an; sie sahen zu, wie er löffelte, zwischendurch nachdenklich von einer zur anderen blickte. Sie fühlten, daß sie alle auf einer Seite standen, auf ein und derselben Seite gegen denselben Feind kämpften, der ihnen so viel genommen hatte, und sie sahen, wie ein unendlicher Haß in den Augen des fremden Mannes aufflammte, der die Frauen an ihre eigenen Haßgefühle erinnerte, die sie in der ersten schrecklichen Zeit oft empfunden hatten, die nun aber im Laufe der Jahre zerbröckelt und von den Sorgen ums tägliche Brot überlagert waren.

Er versuchte ihnen klarzumachen, daß sie hier nicht bleiben könnten. Weg ... Haus ... verstanden sie, er zeigte auf ihre dicken Pungels, erklärte, daß sie gehen müßten, da die Skribokai wiederkommen würden. Agnes und Huldchen verstanden, sie hatten es ja geahnt, daß ihr schöner Traum vom seßhaften und gesicherten Leben nur ein Traum bleiben würde.

Vor dem Altar und dem Kruzifix fiel er auf die Knie, bekreuzigte sich und betete inbrünstig, danach steckte er das Kruzifix ein, ging zu der Ziege, umarmte und streichelte sie. Mit Gesten deutete er an, daß sie die Ziege mitnehmen sollten und daß sie bald, noch heute nacht, weiterziehen sollten. Während der ganzen Zeit hatte er immer mit einem Ohr nach draußen gelauscht, hatte mehrfach den Kopf zur Tür hinausgesteckt, als erwarte er jeden Augenblick den Wagen mit den Skribokai zurück.

Zum Abschied sprach er mit ernstem Gesicht, bedankte sich und bekräftigte die kleine Zeitspanne des Verbundenseins, indem er mit einer kurzen innigen Geste jeder der Frauen einen Arm auf die Schulter legte. Er drückte noch mal aus, wie gern er hätte, daß sie im Haus seiner Eltern wohnten, aber es sei besser, es schnell zu verlassen. Aus seine Joppe holte er einen Fetzen Stoff und übergab ihn Huldchen mit einer feierlichen Geste. Dann lief er zur Tür, verschwand lautlos wie eine Katze, nur ein kurzes Rascheln im Gras war noch zu vernehmen, bevor ihn die Stille der Nacht schluckte.

Der Fetzen, den er ihnen überreicht hatte, war gelb-grün-rot gestreift. Es waren die Farben der litauischen Trikolore.

*

Nachdem der Unglückliche verschwunden war, fachte Hulda das Feuer im Herd wieder an, Agnes holte einen Eimer frisches Wasser aus dem Ziehbrunnen, und sie setzten einen Topf mit Pellkartoffeln und einen Topf mit Erbsen auf. Sie wußten, daß der Mann recht hatte, bestimmt würde das Miliz-Kommando bald zurückkommen, um den Hof zu beschlagnahmen, und dann konnte es dumm ausgehen, wenn man sie hier wieder vorfinden würde. Sie wollten gleich aufbrechen, sagten sich dann aber, daß sie jetzt – es mußte drei oder vier Uhr morgens sein, und graues Licht schimmerte schon durch die Ritzen der Holztür – vielleicht nicht kommen

würden und daß noch genug Zeit blieb, eßfertigen Proviant zusammenzustellen. Schlafen konnten sie jetzt sowieso nicht mehr.
Einige ihrer noch feuchten Lumpen von der Leine wurden unmittelbar am Herdfeuer getrocknet, die restlichen Sachen zusammengepackt. Dann waren auch schon die Kartoffeln fertig, sie wurden zum Abdampfen vor die Tür gestellt, in die kühle Morgenluft. Der Mond verblaßte am Himmel, im Osten schob sich schon langsam die Sonne über den Horizont. Vögel sangen laut, und im nahen, versteckt in einer Senke liegenden Dorf begannen die Hähne zu krähen. Fernes Motorengeräusch ließ Agnes hochschrecken, das war hier immer noch etwas Seltenes. Sollten sie doch …
Huldchen wurde alarmiert, sie hatten schon die Ziege losgebunden und wollten sich ohne die halbgaren Erbsen auf den Weg machen, doch dann war nur noch einzelnes Hähnekrähen zu hören, das Singen der Vögel und das Meckern der Ziege, die bald auf eine große Reise gehen sollte. Das Motorengeräusch hatte sich verloren, das Lied der erwachenden Natur summte durch die Luft, und der lichtgraue Morgenhimmel wölbte sich über diesem Land Litauen, dessen Menschen sie seit heute nacht mit anderen Augen sahen. Huldchen ließ den Fahnenfetzen durch die Hand gleiten.
Wer sollte besser als sie beide verstehen, was einem Heimat und Vaterland bedeuten kann. Erst der, der es verloren hat, weiß es wirklich zu schätzen. Der junge Litauer hatte sie gleich als Verbündete erkannt – Deutsche, die auch unter fremder, unter sowjetischer Herrschaft leiden müssen, die auch alles verloren haben. Doch er hatte noch Hoffnung, kämpfte mit seinen Waldbrüdern noch für die Freiheit seines Landes, sie dagegen konnten nicht kämpfen, es war sinnlos, nutz-

los, niemand war mehr da, alle Hoffnung, die sie in den ersten Monaten des Friedens noch genährt hatten, war längst dahin, untergegangen im tagtäglichen Kampf um das bißchen Leben, im ewigen Knurren der Mägen. Allein ein ferner vager Abglanz der Hoffnung auf Gerechtigkeit in dieser wilden Welt flammte manchmal noch auf und ein wechselnder, mal auf-, mal abschwellender Zorn, daß sie, Agnes Genske und Hulda Düwell, zwei lebensstarke, unbescholtene Frauen mit dem Verlust ihrer liebsten Menschen und dem ihrer Besitztümer für den Hitlerschen Krieg bezahlen mußten, mit dem sie nichts zu schaffen hatten. Sie waren zum Spielball der Geschichte geworden, die auf einzelne Menschen nicht Rücksicht nimmt, und wenn diese einzelnen auch in die Millionen gehen. Sie mußten die Zeche bezahlen, nicht die noch übriggebliebenen Schuldigen, die wie alle Mächtigen oder Reichen schon ein Schlupfloch finden würden, um sich ihrer Verantwortung zu entziehen. Die armen Frauen waren es, die die Rache der überfallenen Völker ertragen mußten. Sie standen in der Mitte, verlassen von ihren Führern, die ihnen doch immer das Glück gepredigt hatten, ausgesetzt dem Zorn der Nationen, die diese gequält hatten. Die Frauen hatten das Pech, zwischen die Fronten geraten zu sein und dort zermalmt zu werden. Keiner kümmerte sich um sie, niemand war zuständig. Und wenn es auch Konferenzen der Alliierten gegeben hatte – manchmal waren Nachrichten durchgedrungen, von der Potsdamer Konferenz zum Beispiel –, so hatte das, was Politiker miteinander redeten, bisher keinen Einfluß auf ihre Situation gehabt. Vielleicht gingen die Fotos, die sie von den hohlwangigen Gestalten in Popelken gemacht hatten, auf irgendeinen Beschluß zurück. Doch was nützten die Fotos, wenn sie nicht dazu dienten, die Ausreise nach Deutschland zu organisieren. Sollten sie auf eine vage Hoffnung hin in Popelken bleiben und Hungers sterben? Vielleicht begannen aber wirklich bald Transporte nach Deutschland, vielleicht dauert es bei den Russen etwas länger, und sie waren hier und wußten nichts? Vielleicht verpaßten sie ihre Chance, wenn sie tiefer landeinwärts zogen und weniger Deutschen begegneten, die noch hin und wieder eine Nachricht von Bedeutung mitzuteilen hatten? Sollten sie wieder umkehren?

Huldchen und Agnes saßen am Tisch, aßen den letzten Klunkermus zum Frühstück und dachten, während die Erbsen auf dem Herd langsam weich wurden, über ihre Lage nach.

Sollten sie zurückgehen, sich wieder dem Hunger und der Willkür aussetzen, um zu erfahren, ob und wann Transporte abgingen, oder hin und her pendeln, wie das viele taten, die ihre Familien zu Hause mit den Hamsterfahrten durchbringen mußten? Sogar zehn- und zwölfjährige Kinder hatten sie schon getroffen, die wußten, daß das Leben ihrer kranken oder alten Angehörigen von dem abhing, was sie aus Litauen heimbrachten.

Und wie viele Waisenkinder hatten sie gesehen, kleine Kinder, die, allein und verwahrlost, bettelnd durchs Land zogen. Ein Schicksal, das den Pekan-Kindern auch geblüht hätte. Agnes und Hulda waren froh, in diesen Zeiten noch ein gutes Werk vollbracht und diese Kinder vor dem Schlimmsten bewahrt zu haben. Es ist seltsam, je mehr sie selber litten, desto mehr Verständnis und Hilfe konnten sie an andere weitergeben. Agnes dachte daran, daß sie in den guten Popelker Zeiten nie auf den Gedanken gekommen wäre, arme leidende Waisenkinder aufzunehmen. Huldchen allerdings, diese Seele von einem Menschen, hätte es immer und zu jeder Zeit getan. Sie lebte mehr für andere als für sich selbst. Sie war so, wie Agnes nie werden könnte.

Die Erbsen waren gar, sie gossen sie ab und schütteten sie in das Kochgeschirr, das sie immer mit sich führten. Es war eine ganz schöne Last zusammengekommen. Doch sie waren ja nicht allein, eine schöne Begleiterin sollte an ihrer Seite sein. Sie führten eine Goldquelle spazieren. Als sie fix und fertig hinaustraten in einen strahlenden Sommermorgen, satt und unausgeschlafen, von Unruhe erfaßt, hatten sie doch Bedenken, die Ziege einfach mitzunehmen. Sie gehörte ihnen nicht, auch wenn sie ihnen vom Sohn des Hauses anvertraut war. Wenn sie den Miliz-Kontrollen in die Hände fielen, würde es unangenehme Fragen geben, sie konnten eventuell sogar wegen Diebstahls ins Gefängnis kommen. Arme verhungerte Deutsche, die um ein Stück Brot betteln, hätten schließlich keine Ziege von Ostpreußen mitgebracht, und Geld, eine zu kaufen, hätten sie auch nicht, also mußte sie gestohlen sein. Auch war eine ohnehin schon schwierige Fahrt mit der Eisenbahn nun noch weniger möglich.
Das Gras glänzte feucht vom Tau, als sie vorbei an den Ebereschen, in denen rot die Vogelbeeren aufleuchteten, durch den Duft des frühen Morgens den Weg zur Straße gingen.
An der Stelle, wo das schwarze Auto der Skribokai gestanden hatte, sahen sie sich noch einmal nach dem verlassenen Blockhaus um, und Agnes wußte nicht, warum sie gerade in diesem Moment so sehr an Lieske denken mußte.

*

Königsberg – eine tote Stadt, ein einziger Trümmerhaufen. In einer Nacht im Herbst 1944 in Schutt und Asche gelegt, und so war es die Jahre bis zu diesem Frühjahr 1948 geblieben. Nichts aufgebaut, die Trümmer nicht beseitigt. Gespenstisch ragte das ausgebrannte Königsberger Schloß in den Himmel, die Fensterhöhlen wie ausgestochene Augen ins Leere blickend, nur Kaiser Wilhelm stand unversehrt auf seinem Sockel auf der Schloßterrasse, in seinem faltenreichen Hermelinmantel, das Schwert erhoben und die hier in der Schloßkirche empfangene Krone auf dem Haupt. Auch der Kaiser in seiner achtungsgebietenden Pose mußte sich in russische Gefangenschaft begeben.

Bismarck war leicht beschädigt, aber er stand noch da, und kein Stalinmonument hatte ihn bisher vom Sockel gedrängt.

Die stattlichen Fassaden der Giebelhäuser in der Kneiphöfschen Langgasse gaben noch recht aristokratische Trümmer ab, während andere Stadtteile nur Schutthaufen und Kraterlandschaften aufzuweisen hatten.

Da war die vom Pregel umflossene Insel mit dem zerstörten Dom, in dessen Nähe Immanuel Kant den Bombenangriff in seinem doppelten Zinksarg überlebt hatte. Auch die imposante Börse am Ufer des Pregel hatte überlebt. Und wenn die Welt in Trümmer fällt, die Börse bleibt bestehen – dieser Ausspruch aus der Kaufmannswelt hatte sich hier bewahrheitet. Es war sieben Jahre her, daß Agnes Genske hier an dem breiten, von zwei gravitätischen Löwen bewachten Eingang zur Börse gestanden hatte und dann von der Brücke auf die Kähne und Binnenschiffe geschaut hatte, die vom Pregel über Deime und großen Friedrichsgraben bis nach Memel, zum Kurischen Haff und zur Alle fuhren.

Und es war neun Jahre her, daß sie mit Lieske – das weiße Voilekleid vom Wind gebauscht – über die Promenade am Schloßteich schlenderte und dann beim Kahnche fahren auf dem Schloßteich den Anblick der

Türme und prachtvollen Häuserfassaden bis hin zum Roßgärter Tor genoß.
Lieske hatte diese Aufmunterung im Jahre 1939 dringend nötig, denn ihr Verlobter, ihr geliebter Max, war gerade eingezogen worden, und Angst und Sehnsucht quälten sie. Abends hielt Agnes für die Marjell eine besondere Überraschung bereit: Sie führte sie in das berühmte und vornehme Weinlokal »Blutgericht« im Innenhof des Schlosses; hier in dem alten Kellergewölbe zwischen den prunkvoll geschnitzten Fässern und den alten Leuchtern lebte das Kind wieder auf, und die Blicke der über den Krieg debattierenden Studenten am Nebentisch taten ihr sichtlich wohl, obgleich sie sie als tugendsame Verlobte zunächst nicht erwiderte, aber dann zu später Stunde schwemmte der Wein wenigstens kurzfristig Hemmungen und Sorgen hinweg, Worte und Blicke flogen von Tisch zu Tisch. Die Studenten hielten sie für Mutter und Tochter, natürlich taten sie das, und sie hatten recht damit.

Das, was sie jetzt sah, war nicht mehr ihre Stadt, ihr geliebtes altes Königsberg. Das war die russische Stadt Kaliningrad mit ein paar Relikten aus der Vergangenheit. Manche Dinge sind selbst dann schwer zu glauben, wenn man sie vor Augen hat.
Vielleicht wurde Agnes jetzt erst wirklich bewußt, daß sie die Heimat lassen muß. Drei Jahre Odyssee bis hierher, drei Jahre immer noch Hoffnung, noch Festhalten und Anklammern – und das Warten auf ein Wunder ganz tief innen im Herzen, wo der Verstand keine Macht hat. Jetzt ist sie bereit loszulassen, aufzugeben. Bis hierher, bis zu diesem Anblick der geschändeten Stadt hat sie gebraucht, um zu begreifen, daß ihr Land, ihre Heimat, ihr Haus, ihr Grundstück, ihr Dorf mitsamt ihrer Jugend und ihrem Leben in die Vergangen-

heit rutschen, zur Erinnerung werden, unwiederbringlich verloren sind.
Ein schmerzlicher Gedanke, aber gleich daneben und genauso stark die neue Empfindung, die neue Hoffnung, die sie und Huldchen den weiten Weg von Kaunas in Litauen bis nach Königsberg geführt hat. Seit vor zwölf Monaten auf der Kommandantur in Popelken die Fotos der hohlwangigen Gesichter gemacht wurden, ging das Gerücht um, daß bald erste Transporte nach Deutschland geschickt würden. Aber nichts geschah, und von offizieller Seite wurde alles abgestritten.
Erst jetzt gab es vielleicht für sie eine Chance, die fremdgewordene Heimat zu verlassen. Sie wollten dabei sein, kein Weg war zu weit für diese Aussicht. Einige Transporte waren schon abgegangen, aber noch warteten Tausende im ganzen Land, und es war nicht ersichtlich, nach welchem Prinzip die Deutschen für die Ausreise ausgewählt wurden.
Sie waren ohne den Umweg über Popelken schnurstracks hierher gekommen, hatten nach einigem Suchen und Herumfragen herausbekommen, wann und wo sie ihren »Propusk« erhalten könnten, das für die Ausreise nötige und hochbegehrte Papier.
Huldchen hatte die erste Schicht des Anstehens auf der Kommandantur, wo die Papiere ausgehändigt wurden, übernommen, und nun wollte Agnes hin, um sie abzulösen oder vielleicht schon – so Gott ihnen helfe – den erlösenden Propusk in Empfang zu nehmen.
Agnes, die auf die wieder in Betrieb genommene Straßenbahn vom Königstor zum Wilhelmplatz wartete, saß auf dem Bordstein, weich und bequem auf ihrem Kissen, das sie sich aus gesammelten Federn genäht hatte. Um sie herum ein Pulk von Russen, die ebenfalls warteten. Sie war die einzige Deutsche, merkwürdigerweise erkannte man die Deutschen gleich, ob-

wohl sie nicht besser angezogen waren oder sonst ein Erkennungszeichen trugen. Da war etwas in den Gesichtern, das aus einem anderen Stoffwechsel oder wer weiß woher zu rühren schien.
Agnes konnte man allerdings auch an der besseren Kleidung erkennen. Sie hatte sich unter fachmännischer Anleitung von Schneider Jonas ein Kostüm aus grauem Wollstoff genäht, darunter trug sie eine grüne Bluse, die sie gegen zwei Kinderkleidchen getauscht hatte. Sie hatte auch richtige gute Lederhalbschuhe an, zwar gebraucht, aber noch ganz passabel, schließlich wollte sie nicht wie ein Lachodder auf Schlorren in Deutschland ankommen. Sie war sogar bei einem »Parikmacher« – wie hier die Friseure hießen – gewesen und hatte sich die grauen, abgegnubsten Haare richtig schneiden und sich sogar Locken drehen lassen. Das war keine »staraja Schenschtina«, die sie da aus einem Schaufenster anblickte. Sie war nicht mehr alt und verhungert wie in Popelken, sie war wieder die alte Agnes Genske trotz all der Entbehrungen, der Ängste und Todesgedanken. Der ochspreußische Dickschädel hatte doch wieder die Oberhand gewonnen, die Momente von Krankheit und Lebensmüdigkeit waren vorübergegangen; wenn auch die ominösen Schwindelanfälle und das Herzrasen sie noch von Zeit zu Zeit heimsuchten, so wartete sie ohne Furcht, bis sie wieder verschwanden. Sie wußte, sie würde nicht daran sterben.
Die alte Prophezeiung hatte sich erfüllt, sie war nicht die Frau, die sterben mußte. Sie fühlte sich sicher und hatte wieder Vertrauen in die Funktionen ihres Körpers, er war eine verläßliche, weise und feinabgestimmte Maschine. Die Tabletten, mit deren Hilfe sie vor unerträglichen Situationen in diesem Leben fliehen wollte, waren arg dezimiert. Ein paar besaß sie noch, die anderen hatte sie nach und nach verbraucht, um

den kleinen Bruder des Todes, den Schlaf, heranzulocken, wenn er sich gar zu weit entfernen wollte.

Während sie gequetscht in der Straßenbahn mit den teilweise zerbrochenen Scheiben fuhr und den Weg bis zur Kommandantur durch die zerbombte Stadt ging, dachte sie an ihr gutes altes Popelken, das weit weg und doch ziemlich nah war, das sie über ein Jahr nicht gesehen hatte und das sie wahrscheinlich auch nie mehr sehen würde, das aber trotzdem immer gegenwärtig war und von dem sie sogar im tiefsten Litauen Nachrichten erreicht hatten.

*

Oft hatten Agnes und Hulda an die so ereignisreiche kurze Zeit im Blockhaus der litauischen Familie gedacht, deren Namen sie ebensowenig kannten wie den Namen des Dorfes, in dem sich alles abgespielt hatte. Im Dunkel des abziehenden Gewitters waren sie in irgendeines der vielen litauischen Dörfer gekommen, in früher Nacht waren sie wieder gegangen, und dazwischen lag die Tragödie einer Familie, deren Gesichter sich ihnen um so tiefer eingeprägt hatten.
Wo mochten sie jetzt sein? Und wer wohnte wohl jetzt in dem Haus, in dem Agnes und Hulda einen kurzen Traum vom eigenen Heim träumten? Diesen unglücklichen Menschen verdankten sie es, daß sie in den nächsten Wochen genug zu essen und fette Ziegenmilch hatten und schließlich auch noch einen schönen Batzen Rubel, als sie sich von dem so gehegten und gepflegten Tier trennten und es auf einem Wochenmarkt verkauften. Sie hatten keine Stelle gefunden, wo sie bleiben konnten, und das Umherziehen mit der vierbeinigen Gefährtin gestaltete sich schwierig, wenn sie auch am Anfang recht nützlich zum Tragen ihrer Lasten war. Sie

lebten ständig in Angst, daß sie ihnen gestohlen werden könnte oder beschlagnahmt oder sonst irgendwie abhanden kommen könnte. Der Tag, als sie sich schweren Herzens von dem Tier trennten, war ein weiterer Schicksalstag, den sie wohl nie mehr vergessen sollten.

Es war August, sehr heiß, die Luft schwül und flirrend. Sie waren nicht sehr weit gekommen, hatten oft an Flußauen geruht, um sich vor der Hitze zu schützen. Sie liefen plan- und ziellos. Geschäfte, in denen man etwas kaufen konnte, gab es auf den Dörfern nicht, der Handel spielte sich auf den Wochenmärkten der Marktflecken ab, wo Bauern und Handelsleute aus der Umgebung zusammenkamen. Auf einem dieser Märkte erhielten sie von einem Polen ein gutes Angebot für die Ziege, gaben sie ab und erneuerten ihren geschrumpften Vorrat an Eßwaren. Manche, die sie als Deutsche erkannten, schenkten ihnen Brot, Äpfel oder ein paar Rubel.

Als sie sich vom lauten Trubel des bunten Marktes zurückziehen wollten, sahen sie am Kirchplatz vor der typisch litauischen Holzkirche einen Menschenauflauf, hörten lautes Weinen und Schreien, wütende Befehle und dazwischen die bekannten russischen Kommandorufe. Agnes und Huldchen drängten sich heran und sahen zu ihrem Erschrecken fünf tote Männer nebeneinander in der Mitte des Kirchplatzes liegen, daneben russische Miliz. Eine junge Frau kniete laut weinend vor einem der Toten, nahm sein Gesicht in die Hände, küßte es, warf anklagend ihre Arme zum Himmel. Sie wurde von einem der Milizionäre am Arm gepackt, wehrte sich, spuckte dem Mann ins Gesicht. Er wischte sich ab, übergab die Frau einem anderen, der sie abführte. Er selbst blieb bei den Toten stehen und winkte den Umstehenden, daß sie weitergehen und die anderen vorbeiziehen lassen sollten. Was hatte das zu bedeuten? Von einem weißrussischen Siedler aus der Gegend, mit dem Huldchen schon auf dem Markt russisch geschwatzt hatte, erfuhren sie, was passiert war.

Waldbrüder hatten Miliz- und Vertreibungskommandos überfallen, die gekommen waren, um den Bauern einen Teil ihrer Ernte wegzunehmen. Es hatte ein Gefecht gegeben, bei dem diese fünf Partisanen gefallen waren. Man ließ die Gefallenen mehrere Tage auf dem Platz liegen und trieb Bewohner und Marktleute aus der Umgebung an den Leichen vorbei, um die Toten zu identifizieren. Es würde schon jemand dabei sein, der einen der Waldbrüder kennen und seinen Namen der Miliz verraten würde, oder die Angehörigen würden sich durch ihr Entsetzen, ihre Trauer selbst verraten. Auch dann, wenn sie ihren Schmerz nicht so wie die junge Frau zeigten. Man beobachtete scharf die Reaktion der Leute, ein kleines verräterisches Zucken des Erkennens, und schon hatte man wieder einen gefunden. Die Angehörigen der so erkannten Partisanen wurden nach Sibirien verbannt, ihr Eigentum beschlagnahmt und ihre Höfe niedergebrannt.

Noch während sie sprachen, waren sie in den Pulk der Menschen geraten, die an dem grausigen Bild vorbeigeschleust wurden. Agnes, die die Erklärungen des Weißrussen über die Praxis seiner Landsleute nicht so gut verstanden hatte, war erschrocken über das, was sie sah, und wollte schon Huldchen auf einen der Toten aufmerksam machen, als diese ihr gerade noch zuflüstern konnte: »Vorsicht! Nichts sagen! Sei ruhig!«

Ohne eine Miene zu verziehen, gingen Agnes und Hulda an den mit offenen Mündern daliegenden Männern unter den Augen der Posten vorüber, gingen weiter, fast bis zum Ausgang der Ortschaft, ohne zu sprechen, glaubten, noch die bohrenden Blicke der Miliz oder irgendeines Spitzels im Rücken zu haben.

Sie hatten ihn erkannt. Der feurige, wütende, traurige junge Mann, der so verzweifelt über das Verschwinden seiner Familie war – da lag er, hingeworfen wie ein Köder.
Sie konnten sich lange nicht über das Gesehene beruhigen. Das Schicksal dieser litauischen Familie verfolgte sie. Und gerade noch hatten sie sein Geschenk sozusagen, die Ziege, von der er auch Abschied genommen hatte, verkauft, und Agnes trug den Fetzen aus der Trikolore im Gepäck, die er ihnen so feierlich überreicht hatte.
Agnes, die neulich wieder ihre Karten befragt hatte, wußte, daß ihnen eine rätselhafte Begegnung bevorstand. Sollte es dieses Ereignis heute gewesen sein, diese so einseitige Begegnung? Lange noch verfolgte sie der Anblick des jungen ausgelöschten Lebens. Ob seine Familie je erfahren würde, was geschehen war?

Ihre eigenen Dinge standen gut, Handel und Wandel würde erfolgreich sein, hatten die Karten verkündet. Es war eingetroffen, die Vorsehung meinte es gut mit ihnen. Alles fügte sich zusammen. Wie leicht hätten sie sich heute der Miliz verraten können, und wer hätte ihnen geglaubt, daß sie weder den Namen der Familie des Toten noch den Namen des Dorfes wußten, aus dem er stammte. Als Deutsche sowieso bei den Russen unbeliebt und verdächtig, hätte man ihnen Kollaboration mit den Partisanen unterstellt, und das sibirische Straflager wäre so gut wie sicher gewesen.
Wieder einmal waren sie einer Hölle entkommen, hatten Glück im Unglück, und je länger sie über die Vorgänge jener entscheidenden Minuten nachdachten, desto mehr waren sie der Ansicht, daß einer ihrer Schutzengel im rechten Moment, als abtrünniger Weißrusse getarnt, in das Geschehen eingegriffen hatte,

um sie zu warnen. Huldchen erinnerte sich, daß sie den Weißrussen im Gedränge der Menschen noch etwas fragen wollte, aber er war wie vom Erdboden verschluckt. Ein weißes Leuchten sei in seinen Augen gewesen, schon vorher, als er auf dem Markt die zum Kauf angebotene Ziege berührte und Hulda auf russisch ansprach. Er sah in seiner hellen Leinenkleidung nicht wie ein Bauer aus, etwas ganz Besonderes sei an ihm gewesen, das habe sie gleich bemerkt, und als er ging, sei er für kurze Zeit in eine weiße, zerfließende Aura gehüllt gewesen.

*

Vielleicht war es derselbe Schutzengel, der ihnen acht Monate später, im April 1948, eine weitere entscheidende Begegnung bescherte. Es war auf dem Paradeplatz in Kaunas.

Seit Herbst 1947 lebten Agnes und Hulda in Kaunas, wohnten bei einem Schneider zur Untermiete, dem sie manchmal nachts beim Schwarznähen halfen und der ihnen dafür einen Mietnachlaß gewährte.

Aus Angst vor der Steuerbehörde, die nachts Kontrolle machte, wurde hinter stark verdunkelten Fenstern genäht und alles so eingerichtet, daß innerhalb von Sekunden alle Spuren der Arbeit, jedes Fädchen, jede Schere, jedes halbfertige Stück verschwinden konnte. Zweimal schon hatten sie gegen Mitternacht an die Tür geklopft und sich von dem außerordentlich schlaftrunkenen Schneider im Morgenrock den kahl aufgeräumten Arbeitsraum zeigen lassen, derweil Agnes und Hulda angezogen und zitternd unter ihren Decken in der Kammer lagen.

Tagsüber konnten sie hin und wieder mal eine Beschäftigung in einem Haushalt finden, Agnes arbeitete zwei Monate in einer Hotelküche. Später konnte der Schnei-

der dank ihrer Mithilfe seinen Kundenkreis so erweitern, daß sie fast jede Nacht für ihn arbeiteten und als Gegenleistung freies Wohnen und Essen erhielten. Aus Stoffresten, die sie behalten durften, zauberte Huldchen wunderschöne Kinderkleidchen mit gestickten Posamenten und manchmal auch kleine Stofftiere, die sie mit Schneiderabfällen ausstopften. Agnes strickte und häkelte Kindersachen oder setzte dort, wo der Stoff nicht reichte, Strickteile an, aber alles so geschickt, daß die Notlösung zur Zierde wurde.
Sie boten ihre recht ungewöhnlichen Erzeugnisse auf dem Markt in Kaunas oder auch in umliegenden Ortschaften an, konnten hin und wieder etwas verkaufen und so die recht eintönige Kost im Schneiderhaushalt etwas durch frisches Obst, Zucker und Tee aufwerten und ihre zerschlissene Unterwäsche und Kleidung nach und nach ersetzen.

Es war also auf dem Paradeplatz, als eine Stimme »Frau Genske!« rief. Erstaunt drehte sich Agnes um, sah, wie eine Frau ihr Pferd mit »Brrr« zum Stillstand brachte, vom Wagen heruntersprang und direkt auf Agnes zukam.
Es war die Miskatsche aus Popelken.
Das gab ein »Acheu, acheu« und ein »Achott, achott!« Wiedersehensfreude hier in litauischer Fremde.
»Wo kommen Sie denn her, Frau Miskat? Na, das ist ja eine Überraschung. Was ist denn damals mit Ihnen passiert? Warum sind Sie denn nicht zurückgekommen? Wir haben auf Sie gewartet. Und Anni? Was ist mit Anni? Lebt sie noch?«
»Ach, Frau Genske, das ist eine lange Geschichte. Die arme Anni, sie starb noch bevor wir den Arzt erreichten. Das war sehr schlimm, ich mußte sie irgendwo unterwegs begraben. Aber wissen Sie, daß ich erst kürz-

lich so viel von Ihnen hörte? Ich war nämlich in Popelken. Stellen Sie sich vor!«
Um das Wiedersehen zu feiern, wurde beschlossen, gemeinsam nach Hause zu Hulda zu fahren, um in Ruhe bei einer Tasse Tee alles zu erzählen, was sie in den letzten Jahren erlebt hatten.
Obwohl die Miskatsche behauptete, daß die Russen ihr damals das ausgeliehene Pferdegespann abgenommen hatten, war Agnes sich fast sicher, daß es genau dasselbe Pferd und genau derselbe Wagen war, in dem sie jetzt Richtung Memel zum Schneiderhaus fuhren.
Auf die Frage hin, wie sie denn hier in Litauen zu Pferd und Wagen käme, erzählte die Miskatsche von einem Bauern im Umland, dem alles gehörte und den sie demnächst heiraten wolle, ja, sie wolle hierbleiben. Ein schöner Hof, genug zu essen und liebe Leute als Ersatz für ihre Familie, die sie verloren hatte. Hulda, die die Miskatsche flüchtig aus Popelken kannte, war sehr erfreut über den Besuch aus der Heimat. Und in der ginge es ja nun drunter und drüber. Nur noch wenige Deutsche lebten in Popelken, die meisten waren gestorben, auch der arme Herr Warstat, der gute Mann, aber das hätten sie ja wohl noch mitbekommen. Die Russen hätten ja das wenige, was noch erhalten war, runtergewirtschaftet. Es gäbe nichts zu brechen und zu beißen. Traurig, traurig, das schöne Land. Frau Warstat wäre noch da, es ginge ihr sehr schlecht, nur noch Haut und Knochen, immer Durchfall, nichts zu essen. Sie habe ihr auch erzählt, was in Popelken alles geschehen sei. Die armen Schukiesens, die Mutter und die Tochter und das mit dem Kind. Nun alle tot. Ach, das wissen Sie ja noch nicht. Kurz nachdem Sie weg waren, hat sich Fräulein Schukies erhängt. An einem Balken in der Kirche. Sie muß auf eines der Pferde, die die Russen dort untergebracht

haben, geklettert sein und hat sich an einem Querbalken aufgehängt.
Der Kommandant, vor dem sich alle fürchteten, sei kurz danach spurlos verschwunden. Die Kommandantur wurde dann zugemacht. Und diese arme junge Frau mit den drei Kindern, die bei ihnen gelebt hatte, die mit der Frau Warstat nach Litauen gegangen war, wie hieß sie doch gleich? Pekan, ja Pekan. Gleich nach der Ankunft mußte sie sterben, ohne mit ihren Kindern gesprochen zu haben. Was ist denn aus den Kindern geworden?
Die Hoffnung, vielleicht einen von den Miskats dort wiederzufinden oder wenigstens einen Hinweis zu erhalten, habe sich nicht erfüllt. Sie wollte das aber unbedingt machen, bevor sie sich entschlösse, ganz in Litauen zu bleiben. Nun müßten ja auch die Deutschen bald raus aus Litauen. Wenn sie aber heirate, könne sie hierbleiben, und da sie vielleicht niemanden mehr habe, wolle sie das tun. Aus Ostpreußen könnten die Deutschen jetzt nach und nach auch ausreisen, habe sie gehört. Es gingen Transporte von Königsberg aus.

Das waren genau die Nachrichten aus Popelken, die Agnes und Hulda befürchtet hatten, ja, mit denen sie tief im Inneren – das mußten sie gestehen – auch gerechnet hatten. Das arme Fräulein Schukies – es stand in ihren Augen geschrieben beim Abschied. Sie hatte damals schon ihre Wahl getroffen. Waren sie nicht auch schuld? Sie hätten sie nicht ihrem Schicksal überlassen dürfen, sie hätten sie überreden müssen. Vielleicht hat das arme Wesen sogar darauf gewartet, daß man um sie, um ihr armseliges Leben, an dem niemandem etwas zu liegen schien, kämpfte.
Die Miskatsche lief öfter hinaus, um zu kontrollieren, ob Pferd und Wagen noch auf der Straße ständen und

keiner sich an den beiden Kisten zu schaffen machte, die sie aufgeladen hatte. Agnes fand, daß sie sich sehr merkwürdig verhielt, irgend etwas schien bei ihr nicht zu stimmen. Als sie den Namen des Ortes und den des Bauern, den sie heiraten wollte, sagen sollte, weil Agnes und Hulda bei ihren Verkaufstouren viel in der Gegend herumkämen und dann einen Gegenbesuch machen könnten, druckste die Miskatsche herum, sagte, da müsse sie erst Antanas fragen, er sei da etwas komisch.
Auch machte sie keine Anstalten zu fahren, als es bereits dämmerte, sie saß und redete und aß und brach erst auf, als es schon dunkel war und sie die Stallaterne am Wagen anzünden mußte.

Als Agnes und Huldchen sich diese Nacht hinter den verdunkelten Fenstern an ihre Näharbeit setzten, hatten sie genügend Gesprächsstoff. Aufgewühlt von der Begegnung und den gehörten Ereignissen, vergaßen sie manchmal ihren nächtlichen Flüsterton und mußten von Schneider Jonas zur Ruhe gemahnt werden.
Was auch immer mit der Miskatsche los sein sollte, auch wenn sie Pferd und Wagen gestohlen hatte und die Geschichte mit ihrer Heirat etwas mysteriös war, so hatten sie doch keinen Grund, den Wahrheitsgehalt der Nachrichten aus Popelken anzuzweifeln. Alles war wieder da, was sie in diesem Jahr in Litauen zurückgedrängt hatten. Es gab ein Dorf in der Ferne, dessen Namen mit so viel Leid und auch so viel Glück verknüpft war, daß man gar nicht wußte, woran man zuerst denken sollte, an die Menschen, an die Häuser, an die Jugendzeit, an die Nationalsozialisten, die selbst in Popelken ein kleines Häuflein und ein bißchen Macht zusammengeschart hatten, an die Sowjets, die ihnen nachfolgten.
Jonas, der Schneider, hörte beim Nähen dem geflüster-

ten Singsang der fremden Sprache zu und spürte etwas von der Erregung, die die beiden alten Frauen erfaßt hatte, spürte, daß ein Strudel der Sehnsucht sie mitriß und daß er sie vielleicht bald verlieren würde. So hörte es sich an, wenn Menschen Zukunftspläne schmiedeten, wenn ein Traum Gestalt annimmt, wenn Gedanken ihre Schwingen ausbreiten und sich in die Lüfte erheben.

*

Das Kapitel Litauen ging zu Ende.
Agnes und Hulda wollten ihren Träumen hinterdrein fliegen, es war beschlossene Sache, schon in den nächsten Tagen. Die Miskatsche hatte nur noch den letzten Anstoß gegeben für den Plan, den sie schon längere Zeit hegten, seit sie in litauischen Zeitungen vage Meldungen über die vielleicht geplante Ausreise von Deutschen gelesen hatten. Sie wollten nicht mehr warten. Die Zeit war reif. Obwohl es ihnen in Kaunas gar nicht so schlecht ging, sie waren frei, hatten ein Dach über dem Kopf, genug zu essen und eine, wenn auch recht ungewöhnliche Arbeit.
Sie wollten heim, ohne zu wissen, wo das jetzt sein könnte, die Sehnsucht war übermächtig, als Deutsche unter Deutschen zu leben und vor allem, endlich nach ihren Lieben zu suchen, nach Lieske und Emmchen und Huldchens Kindern. Es war wieder eine Reise ins Ungewisse, was würde sie erwarten? Gingen wirklich Züge von Königsberg ab? Und wenn, wo würden sie landen, wieder im Lager, wieder ohne eigenes Bett? Wieder das Suchen nach Wohnraum und Arbeit?
Ihre paar Habseligkeiten waren schnell gepackt. Von Schneider Jonas, der sagte, er würde auf ihre Rückkehr warten, bekamen sie zum Abschied gemeinsam drei Meter bunten Kattunstoff geschenkt mit der Auf-

lage, daß sie sich daraus Zwillingsblusen nähen sollten, die sie immer an Litauen erinnern sollten, an ein geknebeltes Land voll stolzer Menschen, die eines Tages frei sein werden. An diesem Tage sollten sie zurückkommen, um mit ihm zu feiern und der alten Zeiten zu gedenken.
Sie versprachen es und verließen im Morgengrauen die Stadt, in der sie nie heimisch waren, eigentlich hatten sie sich hier nicht eingerichtet, hatten auch vieles von der Stadt nicht wahrgenommen; so wie man sich nicht mit unnötigem Gepäck belasten will, so hatten sie sich dagegen gewehrt, zu enge Verbindungen zu knüpfen, zu viel Herz an Dinge und Menschen zu hängen, die man ohnehin bald verlassen muß. Alles hatte den Charakter des Vorläufigen, es lohnte sich nicht, zu sehr hineinzusteigen, um sich vielleicht noch mehr Abschiedsschmerz zu verschaffen. Zu viele leidvolle Abschiede hatten sie schon hinter sich, zu viele Trennungen und vielleicht noch einige unvermeidliche vor sich. Sie mußten sich gegen aufkeimende Gefühle wehren, sie waren nur Durchreisende.
Dabei wußten sie zu der Zeit, als sie den Zug bestiegen – diesmal mit ordnungsgemäßen Fahrkarten –, noch nicht, welch unvermutete Trennung ihnen noch bevorstand. Nach zweimaligem Umsteigen kamen sie in Tauroggen an und waren dann noch einen halben Tag zu Fuß unterwegs, bis sie zu den Mengeleitis kamen, um die Kinder, ihre Kinder, abzuholen, ohne die sie auf keinen Fall gehen wollten.
Doch Birute und Jedwige, richtige kleine Litauerinnen, mächtig gewachsen, rotbäckig und vor Gesundheit strotzend, wollten ihre Pflegeeltern nicht verlassen, und auch die Mengeleitis hätten sie niemals hergegeben. Man hatte sie als Kinder eines verstorbenen Verwandten ausgegeben, derer man sich angenommen

hätte. Niemand ahnte, daß sie Deutsche waren, und das sollte auch so bleiben, besonders seit man davon hörte, daß Deutsche sich bald auf den Milizen zu melden hätten.
Die Mädchen sprachen fließend Litauisch. Hier hatten sie ein Zuhause gefunden, eine neue Mutter, einen neuen Vater. Was sollten sie in Deutschland, wo sie niemanden kannten? Agnes und Huldchen konnten ihnen natürlich auch nicht garantieren, daß sie zusammenbleiben könnten. Wahrscheinlich müßten sie doch zuerst in ein Waisenhaus. Aber vielleicht könnten sie sie später, wenn sie selbst eine Bleibe gefunden hätten, zu sich nehmen. Doch Renate und Sophie wollten nicht mehr umherziehen, sie freuten sich auf die bevorstehende Erdbeerernte, nahmen den Besuch mit auf die Felder, wo hin und wieder schon eine rote Beere unter den Blättern am Boden aufleuchtete.
Günter war herumgereicht worden von einem Bauern zum anderen. Wo er jetzt wäre, wußten sie gar nicht, aber er käme ab und zu mal vorbei, er wäre schon ein richtiger Mann, ging zu den Tanzfesten und sang abends mit den Frauen in der Spinnstube litauische Lieder. Erst vorgestern, am zweiten Mai, sei er dagewesen, und da hätten sie in der Dämmerung ein Feuer auf dem Feld gemacht, hätten sich drumherum gesetzt, sich an den Händen gehalten und sich geschworen, daß sie von nun an jedes Jahr am zweiten Mai ein Gedenkfeuer für die Mama anzünden wollten. Sie sähe es sicher von oben und freue sich.
Einen Abend und eine Nacht lang blieben Agnes und Hulda bei den vier Mengeleitis, bevor sie am nächsten Morgen mit dem Versprechen, bald zu schreiben, mit Tränen und Küssen und besonders gutem Proviant verabschiedet wurden. Vater Mengeleitis, dem anscheinend besonders viel daran lag, sie möglichst schnell

vom Hof zu bekommen, fuhr sie sogar mit dem Einspänner zur Bahn nach Tauroggen.
Unterwegs erkannten sie einige Dörfer, durch die sie voriges Jahr gezogen waren, abgerissen und krank vor Hunger. Und jetzt – gut genährt, mit blanken Augen, richtigen Schuhen und selbstgenähten ordentlichen Kleidern. Agnes in ihrem grauen Kostüm und Hulda in einem weiten braunen Mantel. Verwegen mit einer Blume im Knups, die Sophie ihr hineingesteckt hatte.

Den Litauern hatten sie alles zu verdanken, diese hilfsbereiten Menschen, die selbst sehr arm waren, hatten ihnen das Leben gerettet. Die ersten Stücke Brot, die sie hier in dieser Gegend bekommen hatten, waren die wichtigsten gewesen. Ohne die hätten sie nicht mehr lange durchgehalten.
Agnes sah, wie Hulda sehr gerade am Zugfenster stand, dem entschwindenden Litauen nachblickend, eine Träne auf der Wange wie damals beim Gottesdienst in der Holzkirche, als die Orgel sie jubilierend mit einschloß in die feierliche sonntägliche Dorfgemeinde, sie, die Fremden aus der Wildnis, die sich schon gar nicht mehr wie Menschen gefühlt hatten, sondern wie hungrige Tiere. Der Hunger nimmt den Menschen die Würde, den Charakter, die Liebe; alles Menschliche frißt der Hunger auf. Hunger im Alter ist noch schlimmer als Hunger in der Jugend. Im Alter, wenn der Mensch vom Leben gezeichnet ist, wenn die Kräfte nachlassen, sollte er ein Anrecht auf ein gewisses Maß an Achtung haben, und wenn ihm das schon verweigert wird, dann wenigstens ein Anrecht auf Essen. Beides war ihnen, den alten Frauen, verwehrt worden. In der litauischen Kirche war ihnen wieder zu Bewußtsein gekommen, was aus ihnen geworden war.

Agnes schwor sich, daß sie für den Rest ihres Lebens nie mehr hungern wollte, was auch geschehen würde. Nie mehr.

*

Da waren sie nun. Auf dem alten Königsberger Ostbahnhof.

Zwei von mehreren tausend deutschen Propusk-Inhabern, die hier durcheinanderwimmelten, in heller Aufregung über die Reise nach Deutschland, die in absehbarer Zeit erfolgen sollte. Wann, wußte keiner. Erstmal hieß es warten. Schubweise wurden die Menschen durch die Kontrolle geschleust. Das ging sehr langsam voran, dauerte die ganze Nacht. Ein Zug sei schon abgefahren, hieß es, die anderen kämen erst am anderen Morgen weg. Agnes und Huldchen spähten, ob sie jemand Bekannten sähen. Oft hörte man ein »Hallo« und ein »Acheu« – Leute, die sich hier wiedersahen. Eine Königsbergerin, die neben ihnen wartete, bewunderte die gute Kleidung von Agnes und Huldchen, vermutete Friedensware. Sie selbst war auf Schlorren, trug ein Kleid, das sie sich aus einem Zuckersack genäht hatte. Die Zuckersäcke seien ganz besonders wertvoll, und tatsächlich sah man etliche in diesen Zuckersackkleidern, eine junge Frau hatte sich sogar ein elegantes, mit Bändern besetztes Jackenkleid daraus gemacht.

Wieviel elende und abgehärmte Gestalten warteten mit ihnen; Agnes taten die Alten besonders leid, sah sie doch sich selbst oder Hulda in jedem alten abgerissenen Mütterchen.

Es wurde bekanntgegeben, daß kein russisches Geld mitgenommen werden dürfe, man solle sich für die fünftägige Zugfahrt selbst versorgen und genügend Brot kaufen. Agnes und Hulda hatten noch zweihundert Rubel, für die sie sich an den Ständen zwei

Weißbrote, die es hier erstaunlicherweise gab, kauften und ein Stück gute Seife. Zu essen hatten sie mehr als genug, noch Speck und Brot aus Kaunas und dazu das gute Freßpaket von den Mengeleitis. Sie teilten und tauschten mit der Zuckersackfrau, die sehr wohlschmeckende saure Gurken im Gepäck hatte. Als Toilette für die vielen Menschen hatte man vor dem Bahnhof eine Grube ausgehoben, Pfähle eingeschlagen und ringsherum Stangen genagelt, auf denen einträchtig Männlein und Weiblein nebeneinander sitzen mußten, um ihr Geschäft zu erledigen.
Agnes und Hulda war es ganz entsetzlich, dorthin zu gehen, aber es gab keine andere Möglichkeit. Sie hatten wenigstens bis zur Dunkelheit ausgehalten, aber dann gegen Morgen war es auch schon egal. In fünf Tagen sollte alles vorbei sein.
In fünf Tagen.
Nach einem kurzen unruhigen Schlaf über ihren Pungels wurden sie geweckt, es ginge weiter und bald, bald wären sie an der Reihe. Ein paar Russen drückten sich seit dem Morgen vor dem Bahnhof herum, sie wollten den Deutschen Sachen abkaufen, selbst für ihre alten Plosen aus Popelken wollte einer Agnes noch ein paar Rubel geben, aber sie schenkte sie ihm. Huldchen gab ihre alten Gummischuhe von der Warstatsche weg und ein Stück Brot obendrein. Bald brauchten sie das alte Zeug nicht mehr, bald waren sie in Deutschland. Zu Hause.
In fünf Tagen.
Es war bereits neun Uhr, als der letzte entscheidende Moment für sie näher rückte. In Gruppen zu zehn Mann wurden sie aufgerufen, mußten ihren Propusk vorzeigen. Sie hatten schon vorher gesehen, daß einzelne ihre Habseligkeiten ausbreiten mußten, und Agnes war sich ziemlich sicher, daß sie mit ihrer für

hiesige Verhältnisse guten Ausstattung Argwohn erregen würde. Und so war es dann auch. Sie wurde aufgefordert, Rubel und Schmuck abzugeben und ihren Rucksack zu öffnen. Geld und Schmuck habe sie nicht, ihre Sachen könnten sie gern ansehen, entgegnete Agnes und zeigte ihre Pungels, die nur die erlaubten Eßwaren und ihre alten Plosen enthielten. Schließlich wurde sie auch noch am Körper nach Schmuck abgetastet, ehe sie endlich durch war und mit Hulda, die schneller an der Kontrolle vorbeikam, in einen der Viehwagen des bereitstehenden Zuges geschleust wurde. Die erste Hürde war geschafft.
Nun vergingen noch einige Stunden, erst am Nachmittag gegen vierzehn Uhr setzte sich der Zug in Bewegung, begleitet von einem russischen Offizier, einer deutschen Ärztin und zwei deutschen Schwestern.
Ein Aufatmen ging durch die Reihen der Leute, die zusammen mit Agnes und Hulda im Waggon auf Strohballen saßen. Einige junge Leute ließen ihre Freude über den Abschied lautstark heraus, sangen und scherzten.
Die neue Königsberger Freundin, mit der sie zusammengeblieben waren, erzählte Dinge über das Leben in Königsberg, die Agnes und Hulda die Haare zu Berge stehen ließen. Auf einem der Märkte konnte man zeitweise größere Mengen Fleisch kaufen, bis das Gerücht ging, es sei Menschenfleisch gewesen. Es gab ein Viertel in Königsberg, wo man besser nicht hingehen sollte. Dunkle Gestalten trieben in Ruinen ihr Unwesen, und man wußte von zahlreichen Menschen, die dort spurlos verschwunden waren. Eine gute Bekannte von ihr, die auch in Trümmern wohnte, sei eines Nachts ausgeraubt und umgebracht worden.
Sie selbst habe einen kleinen Laden aufgemacht, wo sie alles mögliche kaufte, tauschte und verkaufte. Einer

brachte vom Land ein Stück Butter mit und wollte dafür Brot haben, andere suchten Schuhe und boten dafür eine Jacke oder Wodka oder sonstwas. Die Frau eines russischen Offiziers wollte unbedingt einen Hut haben, den habe sie ihr auch beschafft. Sie schlief auch in dem Laden, immer in Angst vor Einbrechern. Wenigstens konnte sie sich so recht und schlecht damit über Wasser halten.

»Sie haben es richtig gemacht, daß sie nach Litauen gegangen sind«, sagte die Königsbergerin. »Das Beste, was Sie tun konnten. Wer weiß, was aus Ihnen geworden wäre, wenn Sie in dem Nest ... wie hieß es doch gleich ... ach ja, Popelken ... wenn Sie dort geblieben wären. Es muß ja immer weitergehen. So ist das Leben. Wissen Sie, was eine Kundin von mir, eine alte Russin, immer sagte: ›Saftra budjet lutsche. Saftra budjet lutsche.‹ Das können wir jetzt auch sagen.«

Und dann rief sie den lustigen jungen Leuten ihren Schlachtruf zu, die ihn gleich skandierten und ihn in einen übertriebenen russischen Singsang umwandelten ... Saftrrra ... budjeeet ... lutscheee ...

Morgen wird es besser sein ...

*

Langsam bummelte der Zug über Preußisch Eylau und Niemandsland in das polnisch besetzte Ostpreußen hinein. In Bartenstein übernahm die polnische Miliz den Zug, kontrollierte noch einmal und rief die Insassen mit Namen auf.

Oft hielt der Zug auf freier Strecke, man konnte aussteigen und seine Notdurft verrichten und dann auch, wenn es längeren Aufenthalt gab, seine Mahlzeiten auf offenem Feuer neben den Gleisen zubereiten. Hier im polnischen Teil sah es anders aus, das Land war bestellt, es gab kaum brachliegende Felder, auf denen nur

Disteln wuchsen, wie das im sowjetisch verwalteten Teil überall gang und gäbe war.
Die Reise dauerte nicht fünf, sondern zehn Tage.
Doch was machte das schon, nachdem sie fast vier Jahre gewartet hatten. Als sie über Thorn und Landsberg an der Warthe schließlich in Pasewalk in der Ostzone Deutschlands eintrafen, war aller Proviant aufgebraucht; sie waren hungrig und müde und sehnten sich danach, sich endlich waschen zu können und wieder einmal die Glieder lang ausstrecken zu können, was in dem vollgepfropften Waggon nicht möglich war.

Am zwanzigsten Mai 1948 betraten sie zwölf Uhr mittags zum ersten Mal deutschen Boden. Das Reich, das sie immer im Hinterkopf hatten, gab es nicht mehr, es gab kein Vaterland, nur vier Besatzungszonen, und sie waren natürlich wieder bei den Russen gelandet, in der sowjetisch besetzten Zone.
Es war ein trüber, regnerischer Tag.
In einer Baracke mußten sie zur Registrierung anstehen, danach in der nächsten Baracke zur ärztlichen Betreuung. Die Masse der Flüchtlinge mußte schnell abgefertigt werden; ein Arzt fragte: »Sind Sie gesund?« und antwortete gleich selbst: »Gesund.«
Alles, was sich auf zwei Beinen halten konnte, wurde als gesund eingestuft und in den nächsten Raum zur Entlausung geschickt, wo eine Frau im weißen Kittel aus einer großen Flitspritze eine Ladung weißen Pulvers auf den Kopf abgab. Danach hieß es: »Halsausschnitt vorne aufhalten!« – eine Staubwolke flutschte hinein. »Hinteren Ausschnitt aufhalten!« und eine weitere weiße Nebelwolke stiebte hoch.
Damit war die ärztliche Betreuung abgeschlossen.
Agnes und Hulda hatten sich ihren Empfang in Deutschland etwas anders vorgestellt, glaubten, einer

vom Deutschen Roten Kreuz würde die Flüchtlinge empfangen und sie mit ein paar herzlichen Worten auf deutschem Boden willkommen heißen.
In der nächsten Baracke waren lange Holztische und Bänke aufgestellt, jeder bekam einen Teller Erbsensuppe und ein Stück Brot. Das war doch die beste Begrüßung, die es gab. Die fürstliche Mahlzeit wurde nur dadurch beeinträchtigt, daß das Ungezieferpulver einen fürchterlichen Juckreiz am ganzen Körper verursachte, es kitzelte und pickte und scheuerte, mehr als die Tierchen es selbst getan hatten, als sie sie noch beherbergten in Popelken und in der ersten unruhigen Litauerzeit. Seit Kaunas waren sie die Gesellen längst los und empfanden die Behandlung diskriminierend. Aber sie hatten Schlimmeres erlebt, alles, was jetzt noch kam, konnte nur harmlos im Vergleich mit den letzten vier Jahren sein.
Sie waren endlich in Deutschland. Nur das zählte.
Hier in der Auffangstelle wurde der Transport aufgeteilt, Agnes und Hulda verabschiedeten sich von ihrer Reisegefährtin mit dem während der Reise zum geflügelten Wort gewordenen »Saftra budjet lutsche« und reisten weiter in ein Quarantänelager nach Dessau. Endlich konnten sie ein Bad nehmen, ihre Kleider wurden desinfiziert, und es erfolgte wieder die übliche Registrierung und Dokumentenkontrolle.
Hulda erfuhr hier schon vom Suchdienst, daß ihr Sohn Erwin in Kiel lebte und ihre Tochter Erika mit Mann bei Arnstadt in Thüringen. Noch am selben Tag schrieb sie an Erwin und Erika, Agnes schrieb an Franz und Franziska, an die alte Adresse nach Berlin.
Während der zwei Wochen, die sie im Quarantänelager verbrachten, bekamen sie die ersten Briefe von ihren Lieben; endlich wurde der Ungewißheit ein Ende gesetzt.

Erwin schrieb überglücklich aus Kiel – er hatte jede Hoffnung aufgegeben, seine Mutter je wiederzusehen, und jetzt, drei Jahre nach Kriegsende, dieser Brief! Er habe das letzte Kriegsjahr in verschiedenen Lazaretten verbracht. Im Herbst 1944 nach seinem fast ausgeheilten Bauchschuß sei er noch heimlich nach Popelken gekommen und dann mit Lieske und Backendorff im Auto nach Skirbst gefahren und habe dort den schrecklich toten, leeren Hof vorgefunden. Das wäre sehr schlimm für ihn gewesen, keine Ahnung, wo die Eltern, die Geschwister sind, alles weg, nur die Katz habe ihn noch begrüßt und im Hintergrund schon das Grollen der nahen Front. Leute hatten ihm berichtet, daß Vater tot sei, ein anderer habe gesagt, daß Vater noch lebte, als die Reste von Gut Düwell sich zum großen Treck gesellten. Es gäbe so viel zu erzählen. Er ging danach nach Allenstein zur Weiterbehandlung in ein Lazarett, und dort sei er erst richtig krank geworden, Bauchhöhlenentzündung, Operation, Vereiterung und wieder Operation. Um ein Haar hätte er es nicht gepackt, und auch jetzt habe er hin und wieder Bauchschmerzen und Verdauungsstörungen. Er habe sich verlobt, mit Reni, einer Postangestellten. Sie lebten zusammen in einem Zimmer von zehn Quadratmetern. Er mache mal dies, mal das, wolle so schnell wie möglich sein Lehrerstudium wiederaufnehmen. Erika lebe mit ihrem Mann in einem Dorf bei Arnstadt auf einem Bauernhof, wo sie beide mitarbeiteten. Von Ella und Herbert hätten sie keinerlei Nachricht erhalten. Alle Suche sei vergebens gewesen, Herbert nach wie vor vermißt und von Ella keine Spur.
Die Adresse von Lieske habe er über Berlin erfahren und ihr geschrieben, sie lebe mit Mutter und Tochter in einer Kleinstadt in Sachsen.
Erika schrieb aus Roda, dem Dorf bei Arnstadt, einen ebenso glücklichen, aber recht kurzen Brief. Sie wolle

alles persönlich erzählen, und sie käme nach Dessau in das Lager, um sie abzuholen und mit zu sich nach Roda zu nehmen. Ihr Mann, der Hartmut, sei einverstanden und der Bauer Drescher mit seiner Familie auch. Es würde etwas eng werden, da sie nur zwei kleine Stuben hätten, aber für den Anfang ginge es schon.

Agnes erhielt Post von ihrem alten Franz, auch mit großer Freude, daß sie noch am Leben sei. Ihre Kisten ständen für sie bereit, und sie könnte auch hier bei Franziska mit wohnen, wenn es auch längst nicht mehr so viel Platz wie früher gäbe – eine dreiköpfige Flüchtlingsfamilie wäre bei ihnen einquartiert.
Die penible Franziska wäre darüber entsetzt und könnte sich nicht damit abfinden, daß jetzt Kinder in ihrer keimfreien Küche lärmten. Er habe eine Arbeit in einem Sägewerk im Ostsektor, etwas außerhalb von Berlin, müsse jeden Tag zwei Stunden hin- und herfahren. Natürlich habe er die Adresse von Lieske. Sie wäre ja dagewesen und habe ihre Sachen aus den zwei Kisten abgeholt.

Agnes zitterte, als sie den Brief mit der klaren, schwungvollen Schrift Lieskes in der Hand hielt. Sie war es wirklich, die diesen Brief geschrieben hatte. Sie wohnte mit Emmchen und Brittchen in Peinig in Sachsen, in der sowjetisch besetzten Zone.
Sie waren rechtzeitig herausgekommen, hatten all die Jahre in Sicherheit gelebt. Es ging ihnen gut, sie waren gesund. Nur von Max habe sie nichts gehört, aber jetzt, wo viele aus Rußland heimkehren, wird auch er vielleicht eines Tages vor der Tür stehen, nachdem schon das Wunder geschehen sei, daß die liebe gute Tante Agnes, die sie so vermißt habe, wieder aufgetaucht sei. Sie habe sich so oft Sorgen um sie gemacht, sie müsse Schreckliches erlebt haben, und sie, Lieske, wolle alles

wissen über jene Zeit und sie recht bald wiedersehen. In Berlin ständen noch ihre Kisten bei der Franziska im Keller, alles unversehrt, sie sei also reich und habe bestimmt genug für den Anfang. Und wo sie denn nun leben wolle, möchte sie wissen. In Berlin wäre Platz in der großen Wohnung der Franziska, sie selbst hätten hier in diesem Peinig nur zwei kleine Zimmer. Erst habe sie in einer Fabrik gearbeitet, Schuhwichse und Lippenstift abgefüllt, jetzt habe sie Arbeit im Büro einer Textilfabrik, von der sie auch die Wohnung unterm Dach bekommen hätten.
Die übriggebliebenen Grigulls lebten jetzt in einer Baracke in Stuttgart, Mutter, Else und Emil. Der Vater und das Käthchen seien tot. Nun warteten alle auf Max.
Die Elfriede sei mit ihren Kindern auch hier und die Bartuschatsche und einige andere. Ewig wollte sie auch nicht bleiben in diesem Peinig, es gefiele ihr hier nicht, aber man muß froh sein, ein Heim zu haben, jetzt, wo noch viele in den Lagern lebten. Schön wäre es, daß Tante Huldchen die ganzen Jahre mit Tante Agnes zusammengewesen sei, ihre beiden liebsten und einzigsten Tanten in schweren Zeiten vereint, das sei ein so guter Gedanke. Und Mutter freue sich so, daß ihre Schwester lebte. Wie oft hätten sie sich gefragt, wo mögen Agnes und Huldchen wohl sein, wie mag es ihnen ergehen, und wie oft hätten sie versucht, etwas über den Suchdienst zu erfahren. Alles ohne Ergebnis, so daß sie schon befürchten mußten, sie sähen sich nie wieder. Aber nun sei es wunderbar, sie könnte springen vor Glück. Und jetzt, wo sich dieser Traum erfüllt habe, wolle sie um so mehr glauben, daß ihr lieber guter Max auch eines Tages einen Brief schreibe oder plötzlich vor der Tür stehe, so wie ihr beide es hoffentlich bald tun werdet. Am besten sofort. Kommt! Kommt umgehend!

VII

Das Jahr 1948 brachte große Veränderungen in Peinig.

Herr Weitfeld schloß seine kleine Fabrik mit Ende des Jahres 1947 und verkündete seinen Arbeiterinnen pünktlich zu Weihnachten die frohe Botschaft.

Liesa hatte nun zu dem großen, alles beherrschenden Kunststück, von den zugebilligten tausend Kalorien am Tag satt zu werden, das Problem der Arbeitssuche. Außerdem war die Situation mit den Hahns so unerträglich geworden, daß sie immer wieder ins Rathaus ging, um sich nach dem Wohnungsantrag zu erkundigen und sich Termine beim Bürgermeister geben zu lassen. Der für diese Zeit recht behäbige Mann saß an einem ebenso behäbigen Schreibtisch, über seinem Kopf prangte das Foto vom historischen Händedruck zwischen Otto Grotewohl und Wilhelm Pieck, der die Vereinigung von SPD und KPD zur SED besiegelte.

Immer wieder schlüpften dieselben Worte aus dem Munde des Bürgermeisters: die Wohnungen seien knapp, einige Häuser zerstört, und dazu die vielen Umsiedler, die Wohnung brauchten. Sie seien nicht die einzigen, die in diesen Zeiten in Notunterkünften leben müßten. Aber sie solle nicht verzagen, jetzt, wo auf den Trümmern des Faschismus eine neue Zeit entstehe, ein ganz neues demokratisches, friedliebendes und sozialistisches Deutschland unter Führung der SED und gemeinsam mit den sowjetischen Kampfgenossen, wird es den Werktätigen bald besser gehen. Wir müssen alle ge-

meinsam anpacken und auch Entbehrungen auf uns nehmen, um dieses Ziel zu erreichen. Wir müssen uns gegen die Imperialisten und Kriegstreiber behaupten, sie bekämpfen, wo es nur geht. Wir sind sehr bemüht, alles nur erdenklich Mögliche für unsere Neubürger zu tun. Sie, liebe Frau Grigull, werden bald vergessen, daß sie als Umsiedlerin in unsere Stadt kamen, der Sozialismus wird auch Ihnen eine gute Zukunft bieten.
So lange konnte Liesa nicht warten. Am meisten ärgerte sie bei den Gesprächen das Wort Umsiedler, daß alle so taten, als hätte sie mal eben einen ganz normalen Umzug von Popelken nach Peinig hinter sich, als hätte sie freiwillig ihre Wohnung verlassen, nur um hier die Wohnungsnot zu vergrößern. Noch schlimmer klang das Wort Neubürger. Umsiedler mußten wenigstens irgendwoher gekommen sein. Neubürger sind einfach da, geradewegs vom Himmel gefallen. Sie haben keine Vergangenheit und kein Vorleben. Sie sind eben neu. Man mußte wohl mit diesen heuchlerischen Bezeichnungen leben, sie waren immer noch besser als das Schimpfwort »Pollacken«, mit dem sie auch schon mal bedacht worden waren.

Und wenn sie nun doch versuchten, irgendwie in die Westsektoren zu kommen, über Berlin, wie das so viele jetzt taten? Gewiß, Wohnungen waren dort genauso knapp, und zu essen gab es auch nicht viel mehr als hier, aber sie wären weg von ihren »Befreiern« und hätten bestimmt bessere Zukunftschancen. Sie mußte an Brittchen denken, sie sollte in einem freien Land aufwachsen, sie sollte es einmal besser haben. Was war das Richtige? Eine Rückkehr in die Heimat schien es nicht mehr zu geben, Ostpreußen gehörte jetzt den Russen, alles war verloren. Es gab nur eine Lösung für sie. Weg! So schnell wie möglich. Nicht mehr der Willkür der

Hahns ausgeliefert sein, nicht mehr diesem Kerl begegnen müssen. So viel schlimmer konnte es in einem Lager auch nicht sein. Das war immer der Punkt, der sie zurückgehalten hatte. Sie, Mutter und Brittchen in einem Lager, wieder wie zu Anfang in der Schule in Peinig auf Strohballen zwischen gespannten Decken schlafen, mit unzähligen anderen in einer Halle. Eine grauenhafte Vorstellung. Und sie konnten nichts mitnehmen, ihre gute Bettwäsche, das wertvolle Federbett, alles, was sie sich hier mühsam zusammengeklaubt hatte, was sie von hilfsbereiten Einheimischen geschenkt bekommen hatte und die schönen Sachen, die noch von den Popelker Kisten übriggeblieben waren.

Doch noch bevor diese Pläne Gestalt annahmen, gab Luzie ihr den Tip, in der Dekodruckerei gegenüber der Papierfabrik anzufragen. Sie hätte dort eine Stelle im Kontor gefunden und dabei erfahren, daß sie noch jemanden fürs Büro suchten. Sie solle sofort hingehen.

Liesa bewarb sich, reichte ihre Unterlagen ein, schrieb einen Lebenslauf, alles wieder mit den üblichen Problemen wie bei den Behörden, wenn es um ihren Geburtsort ging. Königsberg zu erwähnen war ein Tabu, als ob der Fluch des Bösen an diesem Wort hing. Kaliningrad würde sie nie schreiben, und selbst wenn man sie dazu zwingen würde, es stimmte ja einfach nicht. Als sie 1915 geboren wurde, war es eben nicht Kaliningrad. Also verlangte man ein umständliches, umschreibendes, lächerliches Mischmasch: geboren im ehemaligen Königsberg in Ostpreußen, heute Kaliningrad. Die nächste Hürde in Lebenslauf nach der Geburt war das Verlassen der schwierigen Heimat. Wie solle sie schreiben? 1945 wurde ich vertrieben, floh, siedelte um, wurde umgesiedelt, ging weg, verließ, flüchtete, fuhr weg, zog um. Von rechts wegen dürfte sie auch nicht Popelken schreiben, das hatte Hitler schon 1938 mit

dem künstlichen Allerweltsnamen Markthausen belegt, und wer weiß, welchen Namen Stalin nun für das Dorf gefunden hatte, wenn es noch existierte. Da müßten sie ihr schon den russischen Namen mitteilen, wenn sie das so haben wollten. Liesa gab nach reiflicher Überlegung als Geburtsort Königsberg in Ostpreußen an. Kein Kaliningrad und keine Umsiedelei kam in ihren Fragebögen vor. Sie schrieb geflüchtet. Vertrieben, dies zutreffendere Wort, war wie Gift, das fuhr ihnen in die Nase, es paßte nicht in ihren Kram, weil dann nichts mehr stimmte, weil Befreier kommen, um zu befreien und nicht um zu vertreiben. Zu ihrer großen Freude und trotz der eigenmächtigen Äußerungen erhielt sie die Stelle gleich und obendrein das Angebot, in einem angrenzenden Wohnhaus, das zum Werk gehörte, zwei Zimmer unter dem Dach zu beziehen.
Liesa kam es wie ein Wunder vor. Da wurde sofort zugegriffen, am ersten Februar trat sie ihre neue Stelle an. Am zehnten Februar zogen sie um. Der alte Hahn hatte als letzte Schikane den Kohlenschuppen zugeschlossen, so daß sie nicht an ihre Kohlen konnten, die Liesa sich teilweise mühsam am Bahndamm zusammengesammelt hatte. Als nach langem Gezeter die Hahnsche aufmachte, sah ihr Haufen ziemlich geschrumpft aus. Den Handwagen borgten sie nun natürlich nicht mehr aus. Schließlich besorgte Ekhard, die treue Seele, einen Handwagen, mit dem sie den gesamten Umzug auf der kurzen Strecke bewerkstelligen konnten. Da waren die Matratzen, die Betten, ein geschenktes Schränkchen, der Tisch und zwei Stühle. Die Waschkommode, der Schrank und das Regal in der Kammer gehörten den Hahns. Die Kohlen paßten in drei Säcke, und ein Sack Sägespäne gehörte ihnen auch noch. Beim Umzug selbst konnte Ekhard nicht helfen, da er seinen Neulehrerkursus in Dresden antrat.

Die Bartuschatsche nahm Brittchen in Obhut, und so konnten Mutter und Liesa den Umzug recht zügig bewältigen. Da waren sie nun in ihrem neuen Reich, zwei Treppen hoch, etwas versteckt, sozusagen als Zwischenstation auf dem Weg zum Dachboden – ein Schlafzimmer, ein Wohnzimmer mit Herd, eine Speisekammer. Wasserhahn und Ausguß im Flur, zusammen mit einer alten Frau, die nebenan auch zwei Zimmer bewohnte. In diesen Flur könnten sie auch etwas hinstellen, sagte die alte Frau Petrus, es kämen ja nur die Leute, die auf den Boden wollten, hier durch. Jetzt brauchten sie dringend einen Schrank für ihre Sachen, zwei Bettgestelle, ein Kinderbett, ein Sofa, eine Anrichte und tausend andere Dinge. Eine Treppe tiefer lagen die sechs Toiletten für die neun Parteien im Haus. Zwischen Vorder- und Hinterhaus ein Hof mit Waschküche auf der rechten Seite und Schuppen auf der linken Seite. Sie bekamen einen Schuppen ganz für sich allein, sogar ein Hackklotz stand darin, und etwas Holz hatten die Vorgänger auch dagelassen.
Hinter dem Haus weitere Schuppen, die Aschengrube und ein Garten, der an die Fabrik grenzte und an deren hohen, etwas schiefen Schornstein, der leicht zu schwanken schien, wenn man hinaufblickte. Mutter und Liesa waren sehr zufrieden, als sie nach getaner Arbeit losgingen, um Brittchen bei der Bartuschatsche abzuholen. Die empfing sie leicht angesäuselt, sie trank Johannisbeerwein mit einem vierschrötigen Mann, der wie angemauert auf seinem Stuhl saß und sie dumpf anblickte.
»Tach«, sagte er und trank weiter. Brittchen rollte mit den Augen, war seltsam still. Draußen flüsterte ihnen die Bartuschatsche zu, daß dieser Mann sie heiraten wolle, ein Bauer aus Chursdorf, eine gute Partie. Was meint ihr dazu? Ich auf meine alten Tage noch heiraten,

und dann lachte sie schallend und ging trällernd zu ihrem Bräutigam zurück.
»Die wird doch nicht so dammlich sein und dem griesen Kujel nehmen«, sagte Mutter auf dem Heimweg. »Kind, nu sieh doch, wo hintrittst. Der Kind ist ganz beduselt. Mir scheint, sie haben ihm von dem Wein gegeben, diese Aaskreten.
Ach, Lieske, jetzt gehen wir heim. Endlich haben wir wieder zwei Stuben für uns. Da ist einer doch bei wenigstens allein, kann einer tun, was er will, und braucht nicht immer die alte Zibb zu betteln. Dank dem Herrgott, Lieske! Wenn auch noch alles rumliegt wie Krummstroh und wenn einer auch nuscht hat, kein Schaff und kein garnuscht. Wird schon werden, paß man auf, ich werd die Stub schon fein machen für euch zwei Gnosen. Dank dem Herrgott, daß er es so gefügt hat! Dank ihm!«

*

Die ersten Wochen des neuen Lebens waren anstrengend, ungewohnt und voller Freuden. Liesa saß mit fünf Kollegen in dem mit dunklem Holz getäfelten Kontor, das durch eine Wand aus geriffeltem Glas vom Gang und vom gegenüberliegenden Zimmer des Direktors getrennt war. Sie saß ganz vorn, und es gehörte auch zu ihren Pflichten, Besucher, die sich an dem offenen Fenster meldeten, zu empfangen und weiterzuleiten. Manchmal kamen gut angezogene Geschäftsmänner, die sie dann zum Direktor führen mußte. Sie spürte ihre Blicke im Rücken, wenn sie vorausging und die doppelte, gepolsterte Ledertür ins Allerheiligste öffnete. Wenn sie dann wieder herauskamen, manchmal in Begleitung des Direktors, sah sie die Konturen der Männer hinter dem Milchglas und bemerkte oft suchende Blicke durch das Anmeldefenster, die nur ihr galten.

Das Maschineschreiben fiel Liesa schwer, sie hatte vier Jahre nicht geschrieben und es auch nie besonders gut gekonnt. Wenn sie abends nach Hause kam, tat ihr der Rücken weh. Sie freute sich jeden Abend auf Brittchen und wurde auch von Mutter, die nun in der neuen Wohnung zufriedener schien, besonders verwöhnt. Vielleicht aber war es auch der Umstand, daß sie jetzt, da Ekhard weg war, weniger fortging. So wollte Mutter es haben, keine Männer, nur Arbeit und abends gutes, von ihr gekochtes Essen. Zur Einweihung des Kleiderschranks, den sie günstig kaufen konnten, gab es sogar Kissehl, erst mir Spirgelfett, dann mit selbstgekochtem Sirup. Brittchen, die diese ostpreußische Köstlichkeit zum ersten Mal bekam, leckte sich alle Finger. Das war was Gutes, der dicke, gesäuerte Haferbrei, der dann am folgenden Tag auch noch in Scheiben aufgebraten wurde.
Mutter hatte jetzt ganz die Versorgung an sich gerissen, sie verwaltete die Lebensmittelkarten, die Punktkarten für Textilwaren. Am Anfang der Dekade, wenn Nährmittel, Butterschmalz, Fleisch, Marmelade oder Stearin aufgerufen wurden, stand sie schon sieben Uhr, wenn Liesa zur Arbeit ging, mit dem schlaftrunkenen Brittchen an der Hand am Konsum in der immer länger werdenden Schlange.
Dienstags holte sie Molke in der Lunzenauer Straße, mittwochs durfte sie bei Bauer Pfeiffer einen Liter Milch kaufen. Sie selbst hatte die schlechteste Lebensmittelkarte, die Karte sechs. Ihr standen pro Tag zweihundert Gramm Brot, sieben Gramm Fett und fünfzehn Gramm Fleisch zu. Es reichte vorn und hinten nicht, und trotzdem zauberte sie manchmal aus Milchpulver, Eipulver, Margarine, Mehl, Süßstoff, Pudding und Malzkaffee wunderbare Torten. Und es gab sogar richtigen Bohnenkaffee dazu. Grigulls hatten in Stuttgart

Carepakete erhalten und schickten nun der armen Schwiegermarjell zweihundert Gramm Kaffee und zweihundert Gramm Kakao. Der Kakao wurde für Brittchen reserviert, die damit einen weiteren, leider seltenen Hochgenuß kennenlernte. Für eine Tasse Kaffee, die natürlich nur für Liesa bestimmt war, wurden neunzehn Kaffeebohnen abgezählt. Und dann gab es wieder Streit, weil Liesa wollte, daß sie gemeinsam Kaffee tranken. Doch Mutter hätte sich eher ins Bein geschnitten, als von dem kostbaren Naß zu sich zu nehmen. Wieder ihre Demuts- und Opferhaltung, wieder Geschrei und Tränen. Es lief immer nach demselben Muster ab. Liesa suchte Zuflucht auf ihrem Spazierweg an der Mulde entlang, beruhigte sich wieder und kehrte mit Brennesseln und Sauerampfer heim in das neue Reich, das jetzt mit verdruckten Zellwollresten aus dem Betrieb schön geschmückt war, Gardinen mit Reißzwecken auf der Stange befestigt, selbstgenähte Bettwäsche und Tischdecken.
Ekhard schrieb holprige Briefe mit vielen Fehlern. Der Kursus ging zu Ende, bald war er Lehrer und immer noch nicht der Rechtschreibung mächtig. Dafür arbeitete er jetzt in der FDJ, in der Freien Deutschen Jugend, mit und legte Liesa ans Herz, da auch einzutreten. Sie machten Fackelumzüge, sangen Lieder, wollten gemeinsam ein neues Deutschland errichten. Und er liebe sie immer noch und möchte sie aus dem schwierigen Zusammenleben mit der Mutter befreien und sie heiraten und Brittchen ein guter Vater sein. Nachdem sie Max für tot erklärt hätte, könnten sie recht bald, noch in diesem Sommer, heiraten.
Liesa war entsetzt über diesen Brief. Max für tot erklären! Der Gedanke allein gab ihr schon einen Stich. Gerade jetzt, wo Heimkehrer aus Rußland kamen, wo es immer noch Hoffnung gab, ja die Hoffnung sogar

wuchs, nachdem sie erst kürzlich gelesen hatte, wieviel Deutsche noch in russischer Kriegsgefangenschaft seien. Max käme nach Hause, und sie hätte ihn für tot erklärt! Sie hätte einen anderen geheiratet, und seine Tochter hätte einen anderen Vater! Unglaublich.
Selbst, wenn das Schicksal es wollte und er käme nicht wieder, selbst, wenn sie wieder heiraten wollte, Ekhard würde es bestimmt nicht sein, der sie zum Traualtar führen würde.
Von dem schwierigen Zusammenleben mit Mutter befreien! Ja, wie sollte denn das gehen. Ganz unmöglich, sie konnte doch Mutter nicht allein lassen, sie bekam keine Rente, sie mußte sie doch ernähren, und überhaupt ein gänzlich wahnsinniger und undurchführbarer Gedanke. Sie waren aneinandergekettet, einander auf Gedeih und Verderb ausgeliefert. Trennen konnte sie nur der Tod. Sie mochte sich gar nicht Mutters Reaktion auf ein solches Ansinnen vorstellen. Sie würde schon Mittel und Wege finden, um ihrer Tochter einen Schock und ein lebenslanges Schuldgefühl aufzuhängen. Was dieser Bursche sich einbildete!
Und FDJ, das fehlte noch. Im Betrieb hatte man sie auch schon gefragt, aber sie hatte ja ein gutes Argument für ihre Ablehnung, das sei was für die Jugend, und sie mit ihren dreiunddreißig Jahren sei dafür viel zu alt.
Max für tot erklären zu lassen! Niemals!
Wenn schon ein Mann ihr Leben verändern werde, dann müßte es einer sein, der ihre Vergangenheit verstünde oder sogar teilte, mit dem sie Erinnerungen verbanden, weit, weit zurückliegende Erinnerungen, an den Bahnhof in Heinrichswalde beispielsweise, auf dem ein trauriger kleiner Junge mit verschorften Knien stand und ihr mit seinem schmutzigen Taschentuch nachwinkte, an den Heuboden in Skirbst, wo er sie mit einer alten Gardine zur Königin krönte, an das sanfte

Licht des Mondes auf dem Popelker Friedhof, wo er ihr im Angesicht des offenen Grabes von Großmutter die Tränen wegküßte, an ihre Rückkehr in das ausgestorbene Gut Skirbst im Krieg, an die Stunde auf ihrem alten Dachboden, in der sie vergessen wollte, daß ganz in der Nähe die Schlachten zum Endsieg tobten und daß sie eine verheiratete Frau war, die Stunde, in der sie wieder zu seiner Königin wurde, als wäre die Zeit stehengeblieben.
Wenn nicht Max, dann er. Der sie schon mit sieben Jahren zur Frau genommen und ihr drei Murmeln als Morgengabe gebracht hatte.
Der ihr Briefe aus Skirbst geschrieben hatte, Kinderbriefe, Jugendbriefe, Männerbriefe, Liebesbriefe, eine kühle Gratulation zur Hochzeit und eine liebevolle Gratulation zu Brittchens Geburt, Feldpostbriefe und jetzt wieder einen Brief, nicht aus Skirbst, nicht von der Front, sondern aus Kiel. Der Gefährte ihrer Jugend, der Vetter, die erste Liebe. Erwin.

*

Bläulich sank die Dämmerung auf die Gärten hinter dem Zaun, die Fliederbüsche dufteten, rechts schwamm die untergehende Sonne in einem rötlichen Meer am Horizont.
Liesa saß mit Frau Petrus auf der Bank im Garten und beobachtete Brittchen, die auf dem Rasen tollte, wies sie ab und zu zurecht, wenn sie zwischen die aufgehängten großen Wäschestücke kroch, die auf den langen Grashalmen schleiften, oder wenn sie an den Stützstangen rüttelte, die das Absacken der Wäscheleine verhindern sollten.
Neben ihnen die Hasenställe und der Nachbar, der gerade mit einer vollen Tasche von seiner Suche nach Hasenfutter zurückkam. Er öffnete nacheinander die Ma-

schengittertüren und stopfte allerhand Grünzeug hinein. Brittchen kroch unter dem hellen Wäschezelt hervor und kam näher, fasziniert vom Schauspiel der Hasenfütterung. Über der Schuppenreihe und der abgedeckten Aschengrube befanden sich die großen Fenster vom Drucksaal eins, in dem die Spätschicht der Filmdruckerinnen gerade ihre Pause beendeten und ihre Akkordarbeit an den Drucktischen fortsetzten. Liesa mußte lächeln, als sie an die ersten Tage im Büro dachte, als die Kollegen sich unterhielten und dabei erwähnten, daß Eva sowieso jetzt beim Film sei. Sie war beeindruckt, daß ein einfaches Mädchen aus Peinig es geschafft hatte zum Film zu kommen. Aber als es dann hieß, daß zwei andere auch beim Film wären und die und die hätte beim Film aufgehört, da erst ging ihr ein Licht auf. Der Film, das war die Filmdruckerei, eine schwere und anstrengende Arbeit, die die Frauen jetzt aufnahmen. Hier von unten konnte sie nicht viel sehen, aber von oben, vom Schlafzimmerfenster aus, hatte sie einen guten Einblick in den anderen Drucksaal. Liesa wußte, wie die Frauen arbeiteten.
Paarweise, konzentriert und schnell. Präzise wie Maschinen setzten sie ihre Schablonen auf die langen, mit Stoff bespannten Tische, schoben die Farbe mit einem Holzschaber über das eingeätzte Muster der Filmschablone dem Gegenüber zu, das die Farbe ein zweites Mal herüberschob. Gemeinsam hoben sie die Schablone an und setzten sie am nächsten Rapport wieder auf, das Farbmuster auf den Stoff zurücklassend.
Wenn die Farbe getrocknet war, ging es mit dem nächsten Farbton und einer anderen Schablone weiter, so lange, bis alle Teile des Druckmusters sich wie ein Puzzle zusammensetzten. Liesa sah die nackten Arme hin und her schwingen. Sie wußte, wie heiß es dort war. Sie mochte den Geruch von Farbe und Druckverdickung.

Manchmal hatte sie im Betrieb zu tun, dann sah sie sich die einzelnen Abteilungen an, die Farbküche, in der jeder Farbton nach genauem Rezept zusammengestellt und mit der Druckverdickung gemischt wurde, die Warenschau, in der die Stoffballen über Schautafeln rollten und nach Druckfehlern abgesucht wurden, die Wasch- und Appretierabteilungen. Eine der Frauen machte jetzt ein Fenster auf, sah Liesa auf der Bank an der Hauswand sitzen, winkte ihr zu und rief ein paar Worte herunter. Der Schornstein mit den eingelassenen Steigeisen ragte dunkel und steil auf. Er schien wieder ein wenig zu schwanken, manchmal empfand sie ihn als bedrohlich, sie hatte auch schon geträumt, daß er einstürzen und Brittchen erschlagen würde.
»Jetzt wird Ihre Wäsche auch schon trocken sein«, sagte Frau Petrus. »Nehmen Sie sie nur ab, bevor es ganz dunkel wird.«
»Ja, gleich«, antwortete Liesa, »erst muß das Kind ins Bett.«
»Ein schöner Abend«, seufzte Frau Petrus. »Schade, daß Ihre Mutter so selten in den Garten kommt. Sie könnte doch auch mal abends hier sitzen. Da könnte man sich ein wenig unterhalten.«
Wie auf ein Stichwort trat Mutter ein, um Brittchen zu holen. Die ahnte schon, daß jetzt die ungeliebte Schlafenszeit war, und versuchte durch vehementes Wehren und Verstecken noch ein bißchen mehr Leben aus diesem Tag herauszuschlagen. So fingen sie erst an, gemeinsam die Wäsche abzunehmen und die großen Stücke an den Zipfeln über Kreuz glattzuziehen, bevor sie sie zusammenlegten.
»Ist ja noch ganz feucht«, sagte Mutter, »da werden wir sie wohl noch auf dem Boden aufhängen müssen.«
»Hätten Sie die Wringmaschine benutzt, wäre sie jetzt schon trocken«, rief Frau Petrus.

»Was will die dammlige Zibb«, knurrte Mutter, »was weiß ich, wie die dammligen Wringmaschin funktioniert. Werd ich noch gehen und Leute fragen ...«
Oben angekommen, war wieder Stromsperre. Mutter holte das Talglicht aus der Speisekammer. Die Flamme flackerte und warf Mutters Schatten übergroß, schwarz und geknickt an Wand und Decke.
Mit dem Licht gingen sie die Bodentreppe hoch und hingen hier die Wäsche noch einmal auf. In ihrer Bodenkammer trocknete schon ihre zerkreste und gestopfte Leibwäsche, versteckt vor den Blicken der Nachbarn.
Später saßen sie am Tisch, Mutter betete mit geschlossenen Augen, murmelte vom Jammertal, seufzte und beugte sich über ihre gefalteten Hände. Ab und zu blickte sie auf und beobachtete, wie Liesa ihre Briefmappe hervorholte, wie sie Briefe las und im schwachen, flackernden Kerzenlicht anfing, einen Brief zu schreiben. Sie wußte schon, was das für Briefe waren. Hoffentlich schreibt sie nicht an dem dammligen Ekhard, dachte sie. Nebenan hustete Brittchen im Schlaf.
»Schreibst an Erwin, dem guten Jung?«
»Ja.«
»Dann grüß ihm man. Weiß auch nuscht von Huldchen. Meine arme Schwester ist vielleicht al längst tot. Herr im Himmel, erbarme dich. Erbarme dich unser.«
»Weißt Kind«, fuhr sie nach eine Weile fort, »ich komm am Sonntag nicht mit auf die Hochzeit der Bartuschatsche.«
»Warum denn nicht?«
»Ich werd in die Gemeinde gehen und beten. Was soll ich da bei der Dramdokerei. Und das ewige Gepleter und Geschabber. Und dann dieser dammlige Kerl, mit dem sie sich behängt. Nein, nein! Geh du man mit dem Kind hin.«

»Wenn du meinst.«
Erwin schrieb, daß er sie wiedersehen möchte, daß er vielleicht einmal zu Besuch kommen wollte, wenn Tante Emmchen nichts dagegen habe. Wenngleich er auch etwas Angst habe, zu den Russen zu kommen, Angst, daß sie ihn vielleicht nicht wieder rauslassen. Und dieser schlimme und sinnlose Krieg, der alles zerstört habe, alle Pläne und allen Besitz und so viele Leben. Nirgendwo gäbe es freie Wohnungen. Es sei ja auch kein Wunder bei insgesamt sieben Millionen Flüchtlingen, die hier zusätzlich untergebracht werden müssen. Deutschland liege am Boden, ein verkrüppeltes Land. Und doch, jetzt kann es nur noch besser werden.
Er sei froh, daß er wenigstens ein Zimmer von zehn Quadratmetern gefunden habe. Wenn er da an zu Hause, an Skirbst denke, an das große Haus, die vielen Zimmer und das weite Land, überall Fläche, Großzügigkeit, Weite. Und hier dränge man sich zusammen und sei auch noch froh und glücklich, ein Dach über dem Kopf zu haben. Oft kämen ihm die Erinnerungen in den Sinn, er denke dann nach, wie alles gekommen sei und auch darüber, wie anders so mancherlei hätte kommen können ...
Liesa schrieb ein paar Sätze, sah wieder auf, überlegte, ließ ihre Blicke über Mutters lange Ohrläppchen gleiten, über ihren unförmigen Sitzschatten an der Wand, über Brittchens achtlos hingeworfene Flickerjule. Wie sollte das gehen, wenn er wirklich kam?
Jetzt mußte sie seine Frage nach Max beantworten, ob er gesund wiedergekommen sei. Während sie schrieb, dachte sie daran, daß keiner ein Interesse an einem lebenden Max hatte, Mutter nicht, Ekhard nicht und Erwin auch nicht. Alles war so weit weg, sein Gesicht verblaßte schon, doch dann war da wieder eine Geste sei-

ner Hand, sein salziger Kuß am Strand von Nidden, die Art, wie er den Arm fest um ihre Taille geschlungen hatte, und die Art, wie er sie mit Worten überhäufte, mit gesprochenen und geschriebenen Worten, lieben, erregenden, geflüsterten, geraunten Worten von Liebe und von einem schönen Leben in schwebender Leichtigkeit.

*

Manchmal war es jetzt wie in Popelken. Liesa konnte wie früher von Drücklers oder von Lotzes über Mittag nach Hause kommen, wo Mutter sie schon mit dem Essen erwartete. Und genau wie früher hoffte sie darauf, daß Post für sie daliegen würde, Post von Max natürlich oder auch Post von Erwin, dem sie ein neues Familienfoto zusammen mit ihrem Brief geschickt hatte. Ein weiterer Abzug war mit dem Dankesbrief für Kaffee und Kakao an Schwiegermutter Amalie nach Stuttgart abgegangen. Mutter hatte es wieder mal geschafft, etwas auf den Tisch zu bringen. Aus Graupen, Sago und ein paar Knochen mit Fleischansatz zauberte sie noch was Gutes. Der Tisch war gedeckt, die Suppe dampfte, und natürlich bekam Brittchen die paar Gramm Fleisch von den Knochen.

Sie mußte das Beste haben, brauchte eine gute Grundlage für das Leben. Im Gegensatz zu den dünnen Gestalten war sie rundlich und wohlgenährt. Das mußte auch so sein, denn sogar der Arzt sagte, daß sie gut essen müsse, denn da wäre ein Schatten auf der Lunge, und seit er das gesagt und Liesa einen großen Schrecken eingejagt hatte, wurden alle Hebel in Bewegung gesetzt, um wenigstens für das Kind genug zu essen herbeizuschaffen. Liesa dachte schon an die morgige Hochzeitsfeier in Chursdorf; bei den Bauern würde es bestimmt genug geben, da würde sie mit

Brittchen schon kräftig zulangen und vielleicht auch noch Gelegenheit haben, heimlich etwas in ihrer Handtasche verschwinden zu lassen, Haskebrot für Brittchen. Das schmeckte ihr am besten, das Haskebrot, das man von woanders mitbrachte.
Liesa mußte sich beeilen, die Mittagspause war gleich um. Sie wollte hinten durch den Garten, da hatten sich die Hausbewohner, die in der Druckerei arbeiteten, durch Entfernen von ein paar Zaunlatten einen Durchgang geschaffen. Auf der Straße stand der Jauchewagen. Bis zur Jauchegrube im Hof war ein dicker geriffelter Schlauch durch den Hausflur gelegt, mit dem die Grube leergepumpt wurde. Liesa ging schnell, um dem Geruch zu entkommen, schlüpfte durch die Lücke im Zaun. Die Männer aus der Schreinerei pfiffen ihr hinterher, als sie über den Werkshof lief, auf dem sich die leeren Fässer mit den Chemikalien stapelten. Noch vier Stunden, dann war Feierabend. Samstags kam sie etwas früher heim, sonst gab es oft bis sechs oder bis sieben Arbeit. Dann malte sie sich wieder in wilden Phantasien aus, welche Köstlichkeiten die Bauernhochzeit bereithalten würde. Die Bartuschatsche machte es schon richtig. Heiratete einfach und hatte ausgesorgt. Dabei war sie schon über fünfzig.

Als Liesa abends mit schmerzendem Rücken nach Hause kam, hackte Mutter wieder auf ihr herum mit der ewigen Litanei, was der Sadrach von Kind alles angestellt habe, daß sie vollkommen fertig sei von der Ansteherei und daß es heute nur Seife im Konsum gegeben habe, daß sie auf dem Schwarzmarkt schon zwölf Mark für ein Ei verlangten und daß sie heute nur eine Brotrinde und drei Löffel Graupensuppe gegessen habe.
»Komm doch morgen mit nach Chursdorf, da wirst du

dich schon satt essen können. Du bist ja ausdrücklich eingeladen.«

»Was soll ich da. Die kicken einem bloß scheel an bei jedem Bissen. Vielleicht gibt auch gar nuscht. Der griese Kujel wird ja nicht für alle was zu fressen geben. So einem Söffke nimmt die Bartuschatsche sich. Und wie der aussieht. Dagegen war ja der Söffke Alfred – Gott hab ihn selig – noch eine Schönheit. Geh du man. Jungen Menschen geben sie eher was. Mir alte Zibb gönnt keiner einem Bissen.«

Liesa wußte, wenn sie jetzt sagte, was ihr auf der Zunge lag, war im Nu der übliche Krach da, das gleiche Gezeter wie immer, also biß sie sich auf die Lippen, legte schon ihr blaues Seidenkleid zurecht, die Brennschere und das Seidenpapier und Brittchen blaues Hängerkleidchen mit dem weißen Kragen.

Glücklicherweise hatte Mutter sich angewöhnt, oft schon gegen acht Uhr schlafen zu gehen. Wenn sie weg war, begann für Liesa die schönste Stunde des Tages. Endlich allein. Wenn Mutter und Brita in der Stube nebenan in ihren Betten lagen, hatte sie ein oder zwei Stunden, die nur ihr gehörten, wo sie für niemand da zu sein brauchte, wo sie sich nur auf ihre Bedürfnisse konzentrieren konnte. Niemand stürmte auf sie ein; es war, als ob die Wellen des Tages langsam abebbten, sich beruhigten und leicht dem Ufer entgegenkräuselten, bis sie ganz still wurden und im Sand versickerten.

Am Sonntagmorgen war Mutter außergewöhnlich sanft, legte dem Kind feierlich die Hände auf den Kopf, ließ es die Hände falten und beten. »Ich bin klein, mein Herz ist rein.«

»Lieske, mein gutes Kind. Der Herrgott wird von nun an immer bei uns sein. Von all unseren Sünden befreit, begeben wir uns gereinigt an Körper, Geist und Seele in

seine Arme, er nimmt uns an, uns sterbliche Menschen, die wir auf dieser Erde gesündigt haben. Möge der Herr auch dir vergeben. Er vergibt auch denen, die unwissend und ungläubig sind.«
Liesa wunderte sich über diese Predigt am frühen Morgen. Mutter trug auch schon das gute schwarzbekurbelte Kleid von Großmutter, das sie sonst nur unmittelbar vor dem Kirchgang gegen die Kittelschürze tauschte. Es gab frische, warme Flinsen mit Apfelmus zum Frühstück, und erstaunlicherweise aß Mutter selbst zwei Stück davon zum Malzkaffee und nahm sogar Mus.
Wenn schon einmal Feuer im Herd gemacht werden mußte, dann wolle sie das auch ausnutzen, habe sie sich gedacht, um mal wieder Flinsen zu machen.
Warum auch nicht, Mutter hatte ja auch neulich einen ganzen Abend lang Gerstenkörner in der Kaffeemühle zu Mehl gemahlen, und so war auch gleich für das morgige Mittagessen gesorgt. Es würde Klunkermus mit Flinsenklunkern geben. Wenn sie überhaupt noch Hunger nach dem zu erwartenden Gelage hätte …
Endlich war die Brennschere im Herdfeuer heiß genug geworden, schon wieder zu heiß, denn das Seidenpapier, an dem sie ausprobiert wurde, war schnell angebrannt. Nach einer Weile und der Prüfung mit dem feuchten Zeigefinger hatte sie die richtige Temperatur, und es konnte losgehen. Bald kringelten sich die Löckchen in Liesas hochgezwirbelter Frisur, noch zwei Kämmchen rangesteckt und Lippen feuerrot mit dem letzten der Weitfeldschen Lippenstifte. Dazu paßten die schwarzen Igelithalbschuhe aus der Zuteilung nicht sehr gut, aber es waren die einzigen, die noch intakt waren.
Das blaue Seidenkleid saß locker um die Hüften, modellierte die überschlanke Figur; deutlich zeichneten

sich die Schenkel an dem schmalen fließenden Rock ab, der um die Knie etwas weiter wurde und bei jeden Schritt leicht nach vorn wippte und wieder zurückschwang. Lieske ging in ihrem Hochzeitskleid auf eine fremde Hochzeit.

*

Als sie den Hof von Bauer Hugo, dem Bräutigam, sah, wußte sie gleich, daß sie bei ihren Äpfellesetouren auf der Chaussee hier oft vorbeigekommen war, manchmal auch angeklopft hatte, um etwas Milch, ein paar Kartoffeln oder Eier zu kaufen oder zu tauschen. Eine Bäuerin hatte aufgemacht und ihr hin und wieder etwas gegeben, erinnerte sie sich. Nun ja, wer sie auch war, jetzt würde die Bartuschatsche die bäuerliche Vormachtstellung einnehmen. Dabei hatte sie nie in der Landwirtschaft gearbeitet, mußte auf ihre alten Tage noch allerhand lernen. Doch mit ihrer unentwegten Fröhlichkeit und ihren Sangeskünsten würde sie auch diese Hürde nehmen. Früher mal war sie Krankenschwester, nach der Heirat dann zu Hause, bis zu dem großen, von Agnes vorausgesagten Unglück 1936, als das Haus abbrannte und ihr Mann in den Flammen umkam.
Die Trauung fand in der winzigen, überfüllten Dorfkirche statt. Von der Zeremonie bekam Liesa nichts mit; da Brittchen mit einem Hustenanfall die Feierlichkeit der Stunde zu sprengen drohte, ging sie mit ihr hinaus und blieb dann auch draußen sitzen, bis das Brautpaar und die Gesellschaft herauskam, empfangen von einem Pulk neugieriger Dorfbewohner.
Es dauerte eine geraume Zeit, bis alle Gratulationen, alle Umarmungen ausgetauscht waren und das Brautpaar auf seinem Weg durchs Dorf auch all denen zugewinkt hatte, die aus den Fenstern schauten und ihre Glückwünsche per Zuruf kundtaten. Endlich waren sie

am Hof angelangt, Liesas Magen, schon klein wie eine Faust, knurrte, das letzte Flinsenstück hatte ihn längst verlassen, und auch Brittchen quengelte nach Essen. Der entscheidende Teil des Tages schien unmittelbar bevorzustehen. Im Hof waren Holzbänke und lange Tische aufgestellt, auf denen schon diverse Teller mit Brot und Gläser und Tassen standen. Der größte Teil der Gesellschaft bestand aus Leuten, die Liesa nicht kannte, Verwandte und Freunde von Hugo. Von der Braut waren außer Liesa noch Elfriede mit ihren Kindern, Luzie und einige andere Ostpreußen eingeladen. Endlich hatte Liesa auch Gelegenheit, dem Brautpaar zu gratulieren und Mutter zu entschuldigen.
»Sie wissen doch, wie Mutter ist, sie geht lieber in die Kirche als zum Feiern.«
»Weiß ich, Lieske. Weiß auch, daß sie heute nicht kommt, sie muß ja zum Baden.«
»Zum Baden?« fragte Liesa erstaunt, aber da drängten sich schon wieder Leute dazwischen, und dann kam in einer weißen Schürze die angebliche Bäuerin aus dem Haus, die Liesa früher empfangen hatte. Wie sich herausstellte, war sie die Schwester von Hugo, die sich derweil um die Hochzeitssuppe gekümmert hatte, die sie nun auftragen wollte. Mit einem fröhlichen Klatschen trieb die Bartuschatsche die schwatzenden Grüppchen auseinander und forderte zum Platznehmen auf. »Oder wollt ihr gern kalte Suppe essen!« rief sie. Die ostpreußische Fraktion winkte sie sich an ihre Seite, sie wolle doch ein bißchen heimatliches Plachandern haben an diesem, ihrem Ehrentag. Doch vorerst herrschte andächtige, genießerische Ruhe, nur die Löffel, die die Kartoffel- und Gemüsesuppe mit Fleisch und Fettaugen einschaufelten, klirrten auf den Tellerböden. »Mama, Fettaugen. Ich hab Fettaugen!« freute sich Brittchen.
»Acheu, wie sie mit ihre Augchens gluddert«, rief die

Bartuschatsche. »Brittchen, hau man rein. Wer weiß, wann wieder so was Gutes kriegst. Hinterher gibt noch Pudding, da jankert dich schon. Was? Mein klein Kanuppelchen!«
Die großen Suppentöpfe wurden abgetragen, und Schüsseln mit Vanillepudding und wieder andere Schüsseln mit einer roten Fruchtsoße schwebten heran, und dann gab es selbstgebrauten Schnaps und Johannisbeerwein. Bald war die Andacht der löffelnden Gesellschaft verflogen, es wurde erzählt und gelacht, und später kam noch ein Akkordeonspieler, der die Stimmung der Gesellschaft anheizte, bis alle »Lilli Marlen« mitsangen, vom Johannisbeerwein beflügelt, sentimental und juchzend, als wäre der Bauernhof die Kaserne mit der Laterne und die Lilli Marlen direkt in ihrer Mitte. War sie ja auch, die Schönste von allen, wie einer halblaut flüsterte, die Blonde mit der Hochfrisur und dem blauen Kleid. Da drüben. Liesa bekam über den Tisch von einem fremden Mann mit gegerbtem Gesicht Kußhände zugeworfen, ein schmachtender Blick, noch Marlene-Kiekser, dann zerkrümelten die letzten Takte, und das Grunzen der Schweine im gegenüberliegenden Stall wurde wieder hörbar.
»Ein Gewitter wird kommen. Ich höre es donnern, ganz von fern«, sagte Hugo, der frischgebackene Ehemann, hob den angefeuchteten Zeigefinger in die Luft und prüfte den Wind.
»Ich hör nuscht«, sagte die Bartuschatsche. »Alles ist ganz ruhig. Was du nur wieder hast, Hugo. Es kommt kein Gewitter. Wir feiern weiter. Hört nicht auf ihn, das ist einer, der hört die Mies fieste. Da kannst nuscht moke.«
»He, he, was tu ich? Ich hör die Mies fieste?«
»Ja, du bist einer, der die Mäuse furzen hört«, lachte die Bartuschatsche schallend. »So sagen wir Ostpreußen.

Und beim Trinken heißt es: Prost, wer nuscht hat, der host! Prost Lieske, Prost Elfriede!«
Liesa dachte an ihre eigene Hochzeit am kalten Neujahrstag 1943, als auch eine ausgelassene Gesellschaft in ihrer kleinen Wohnung in Popelken versammelt war. Eine Kriegshochzeit, überschattet von dem zu kurzen Fronturlaub von Max, den Unstimmigkeiten zwischen den Grigulls und den Düwells, die Agnes noch vergeblich zu beeinflussen versuchten, und der ewigen Boßigkeit von Mutter, die sich mit wütender Geschäftigkeit in die Vorbereitungen gekniet hatte. So geht das mit den Hochzeiten, so sieht es nach fünf Jahren aus. Das Kleid lebt noch, der Ring lebt noch und das Kind, das in der Hochzeitsnacht gezeugt wurde …
Als der Malzkaffee serviert wurde und dazu Streuselfladen, Mohn- und Stachelbeerkuchen, lugte Brittchen unter dem Tisch hervor, unter dem sie mit Elfriedes Kindern spielte.
Liesa begab sich halb unter den Tisch, um Brittchen zu holen und nutzte die günstige Gelegenheit, um zwei große Stücke Streuselkuchen in ihrer Handtasche verschwinden zu lassen.
»… Und da kam doch eines Tages die Frau von dem Seilermeister auf den Markt«, erzählte die Bartuschatsche, »und sagte: ›Ihre Eier sind ja so pirkschich, so klein.‹ Wißt ihr, was ich der antwortete: ›Ja, glauben Sie, meine Hühner werden sich wegen Ihnen dem Arsch aufreißen!‹«
Ein Grölen ging durch die Reihen. Die Einheimischen stießen sich an. Die ist schwer in Ordnung, die sich der Hugo da an Land gezogen hat. »Prost Hugo. Wie sagt sie? Prost, wer nuscht hat, der host!«
»Was heißt das eigentlich?«
»Prost, wer nichts hat, der hustet! Aber das klingt doch nicht!«

In dieser Beziehung stimmten ihr alle zu und erhoben den ostpreußischen Trinkspruch zu ihrem neuen Schlachtruf.
»Prost, wer nuscht hat, der host!«
Reihenweise bekamen alle Hustenanfälle, so daß die Schwester des Bauern, noch erschöpft vom Kuchenschleppen, schon wieder nach dem Schnaps laufen mußte.
»Du, Liesa«, wandte sich Elfriede ihr zu, »der Ekhard kommt wahrscheinlich auch noch vorbei. Ich habe ihm gesagt, daß wir hier sind.«
»So? Mir hat er nicht geschrieben, daß er dieses Wochenende nach Hause kommt.«
»Ja, er hat dir wohl geschrieben, aber du hast ihm nicht geantwortet.«
Liesa drehte sich der Kopf ein wenig von dem süßen Johannisbeerwein, und als sie aufstand, um ins Haus zu gehen, wurde ihr schwindlig. »O weh, der Wein hat es in sich!« Der Handkußmann vom anderen Tisch war zur Stelle, um sie intensiver als nötig zu stützen. Liesa hatte Mühe, ihn im Haus abzuwimmeln.
Als sie zurückkehrte, kam Ekhard gerade mit seinem Motorrad auf den Hof geknattert, so daß die Hühner flatternd aufstoben. Das Gewitter war nicht gekommen, im Gegenteil, jetzt gegen Abend schob sich die lang vermißte Sonne sogar ein wenig hinter den Wolken hervor und warf schräge, dunkelgelbe Strahlen auf die Szene, die so anheimelnd und freundlich auf Liesa wirkte, und jetzt war auch noch Ekhard da. Im ersten Moment erfaßte sie eine freudige Welle, als sie ihn sah, plötzlich hatte sie ein Bedürfnis nach seinen Zärtlichkeiten. Er konnte ja so zärtlich sein, in jener Nacht nach dem Schützenfest, wie hatte er sie verwöhnt, wie hatte er sie geliebt, und sie ihn auch, und auch jetzt fuhr ihr diese Liebe in den Körper. Ekhard stieg vom Motorrad,

ging auf die Bartuschatsche zu, um sie zu begrüßen, und dann setzte er sich auf Liesas Platz neben Elfriede, legte den Arm um deren Schulter und küßte sie auf den Hals.
Max für tot erklären, hämmerte es in ihrem Kopf. Max für tot erklären …
Elfriede machte ihn auf Liesa, die noch am Haus stand, aufmerksam, er winkte ihr zu und stürzte sich dann auf den Kaffee und den Kuchen, der ihm gereicht wurde.
»Komm noch mit rein, Liesa«, sagte er und rückte, Brita auf dem Schoß haltend, näher zu Elfriede. »Der Mohnkuchen, der schmeckt. Na, Brittchen, willst du mal kosten, oder hast du schon zuviel davon gegessen?«
»Ich will zu meiner Mama«, sagte das Kind und rollte sich über seine Beine zu Liesa, die sie aufnahm und ihr die Krümel vom Kleidchen strich.
Ekhard sprach mit Elfriede über irgendeine Arbeit an ihrem Gartenhaus. Er war beim Friseur, dachte Liesa, als sie seinen abgewandten, ausrasierten Nacken sah. Dieser Nacken, immer war es dieser Nacken, der sie erinnerte. Wirre Gedanken gingen durch ihren Kopf, sie hatte plötzlich das starke Bedürfnis, von ihm in den Arm genommen zu werden. Er sollte sich von Elfriede ab- und ihr zuwenden. Er wollte sie doch heiraten … Max für tot erklären lassen … Seine Küsse brannten auf ihren Lippen im roten Schimmer des Glühdrahtes, ihr wurde heiß, hier glühte der Draht weiter, vielleicht war er auch in ihr. Wollte sie ihn vielleicht doch, liebte sie ihn denn nicht? War er nicht Max, war er nicht Erwin? … Max für tot erklären lassen …

»Lieske, komm mal her!« winkte die Bartuschatsche sie heran. »Mir scheint, du weißt gar nicht, wo deine Mutter heute ist.«
»Wieso? Wo soll sie sein? In der Bibelstunde bei den

Baptisten, beim frommen Herrn Heide. Was meinten Sie übrigens vorhin mit dem Baden?«
»Die sind doch heute alle nach Chemnitz gefahren, ins Schwimmbad. Dort lassen sie sich taufen. Ich weiß das von Weitfeld.«
»Taufen? Mutter ist doch getauft. Als Kind, wie alle.«
»Lieske, das ist bei denen so Sitte, die Erwachsenentaufe. Dachte mir schon, daß Emmchen da mitmacht. Sie war ja schon immer recht fromm, aber jetzt wird es immer schlimmer. Du mußt das ja am besten wissen. Ja, manch einer wird mit dem schweren Schicksal, das unsereins getroffen hat, nicht fertig. Die Alten verkraften es schwerer, da wird manch einer noch wunderlicher, als er schon ist. Wir Jüngeren schaffen das eher. Na, ich gehör ja nun auch nicht mehr zu den Jungen, aber das vergesse ich immer. Denk, ich bin noch dreißig.«
Die Bartuschatsche lachte schallend, und dann sprang sie auf, feuerte den Akkordeonspieler an und begann mit ihrem Hugo zu tanzen. Sie forderte alle zum Mitmachen auf, und schon war der Handkußmann zur Stelle, packte die verdutzte Liesa und drehte sie im Kreise, daß ihr noch schwindliger wurde.
In ihrem Kopf wirbelte alles durcheinander. Sie wußte nicht mehr, was sie denken sollte. Mutter … Taufe … Ekhard … Max … tot erklären … Erwin … Ernst … Elfriede … Skirbst … Dachboden … Backendorff … Hochzeit … Agnes … Popelken … Frömmigkeit … Das Kind muß ins Bett … Wie nach Hause kommen … vier Kilometer bis Peinig … Müdigkeit … Frohsinn … Wein … Schnaps … Trunkenheit … Kuchen in der Handtasche …
Auch Elfriedes Kinder mußten ins Bett. Liesa sah, wie sie halb schlafend in den Beiwagen des Motorrads gesetzt wurden, wie Elfriede hinten aufstieg und sich an

Ekhards Jacke festklammerte. War es Ekhard oder war es Ernst? Warum stand sie schon wieder abseits? Sie, die doch die Schönste war.

*

Auf dem Flur des Krankenhauses hörte man einen dreistimmigen Choral aus einem der Zimmer dringen, immer lauter wurde er, je näher Liesa und Brita dem Zimmer von Mutter kamen, und tatsächlich, um Mutters Bett am Fenster hatte sich der Baptistenchor versammelt und sang unter einem nur angedeuteten Dirigieren von Pfarrer Heide auf Mutter hernieder, die weiß wie das Laken dalag, den Mund leicht geöffnet, die Augen verwirrt aufgerissen.
Sie nickten Liesa im Singen zu, beendeten ihr Lied, zogen sich wortlos zurück, während Pfarrer Heide sich zu Mutter beugte, ihr etwas zuflüsterte und segnend ihre gefalteten Hände berührte.
»Gott schütze sie«, sagte er zu Liesa, tätschelte Britas Kopf und ging dann zu den draußen wartenden Frauen. Mit leisem Gemurmel, das langsam versickerte, und viel Geschneuze verschwand der Chor und tauchte dann auf der Straße unten auf. Auch die jungen Frauen trugen zurückgekämmtes Haar und einen Knups wie die Älteren. Etwas berührte Liesa an der Szene unangenehm. Die Frauen und besonders der Pfarrer taten so, als ob sie Mutter die Letzte Ölung verabreichten, dabei hatte sie doch nur eine Lungenentzündung und würde bald wieder auf dem Posten sein. Wahrscheinlich war es das schlechte Gewissen, denn sie waren es mit ihrer verrückten Taufe, die schuld an dem Unglück waren. Wie konnte man nur alte Menschen zwingen, in eiskaltes Wasser einzusteigen, sich nicht nur ein bißchen zu benetzen, wie das mit Babys im Taufbecken geschieht, nein, ganz unterzutauchen im Badeanzug, den Mutter

nicht einmal besaß. Weiß der Himmel, wo sie den her-hatte. Die letzten dreißig Jahre war Mutter nicht baden gegangen, und nun dies. Sie, die schon schauerte, wenn sie bloß zusah, wie Liesa sich morgens ihre Schüssel kaltes Wasser holte, tauchte mit dem ganzen Körper in die Eiseskälte. Es war unglaublich, wohin die Frömmigkeit sie geführt hatte. Es muß entsetzlich für sie gewesen sein, wahrscheinlich ist sie sich wie eine Märtyrerin vorgekommen, das paßte doch in ihre Rolle, sie, die Leidende, die Gepeinigte aus Peinig, mußte wieder mal Qualen, wenn auch diesmal selbstauferlegte, erdulden. Sie mußte sich im Wasser des Chemnitzer Schwimmbades von ihren Sünden reinwaschen. Welche Sünden bloß? Ihre wirkliche Sünde, das Quälen ihrer Tochter durch ihre Selbstverleugnung und Gehässigkeit, war für sie ja keine.
Das war doch bestimmt nicht Gottes Wille, daß sie sich aus Liebe zu ihm in dieses krankmachende Abenteuer stürzte. Wenn es nicht so traurig wäre, könnte man wirklich darüber lachen. Wie es schien, hatten ein paar aus dem Chor sich auch taufen lassen, Jüngere und Gesündere, die sich dabei nur – wie dem Geschneuze vorhin zu entnehmen war – einen gottgewollten Schnupfen geholt hatten. Einen Augenblick dachte sie daran, den Pfarrer für seine Untat zur Verantwortung zu ziehen. Glaubte er vielleicht, daß es mit dem bißchen Singen erledigt sei, die Schmerzen, die Angst, das lange Krankenlager?
Er hätte verhindern müssen, daß Menschen sich aus lauter Gottesfurcht selbst schädigten. Sie würde ihm bei nächster Gelegenheit gehörig ihre Meinung sagen.
Mit Entsetzen sah Liesa, daß Mutter phantasierte, ihr Kopf glühte, sie stammelte unzusammenhängende Worte. Eine furchtbare Angst packte Liesa, sie könnte tatsächlich sterben. Wenn sie das auch schon mal in

Zeiten höchster Wut gewünscht hatte, eine Welt ohne Mutter war für Liesa ganz und gar nicht vorstellbar, das war genauso unvorstellbar wie ein Weltuntergang. Aber hatte sie nicht den Weltuntergang erlebt, war er nicht genauso unwahrscheinlich für alle, und war dann doch geschehen? Sie bat das verängstigte Kind, am Bett sitzen zu bleiben, und machte sich in höchster Panik auf, einen Arzt zu suchen.
Er kam, fühlte Mutters Kopf, ging, kam mit einer Schwester zurück, bat Liesa mit dem Kind das Zimmer zu verlassen.
Als die beiden wieder herauskamen, fragte Liesa: »Doktor! Wie sieht es aus? Sie wird doch wieder gesund? Sie wird doch nicht sterben.«
»Ich hoffe nicht. Das ist jetzt die kritische Phase. Wenn sie die übersteht, geht es aufwärts.«
Wenn sie übersteht ... Die Worte des Arztes trafen sie wie Nadelstiche. Sie mußte sie einfach überstehen, eine andere Möglichkeit darf es nicht geben, versuchte sie sich selbst Mut zu machen.
Mutter schlief jetzt, den Kopf zur Seite gedreht, die runzligen braunfleckigen Hände immer noch gefaltet.
Warum gerade jetzt. Jetzt, wo Agnes und Huldchen kommen werden, jetzt, in dieser Zeit des Wiederfindens, die so wunderbar sein könnte, voll neuer Freuden und Gemeinsamkeiten. Liesa drückte ihr Kind an sich, sah die schlafende Mutter an, sah dieses so unendlich vertraute Gesicht mit abgezirkelten roten Wangen plötzlich und unvermutet im Anmeldefenster auftauchen und Liesa heftig zuwinken. Sie wußte sofort, etwas Ungeheures mußte passiert sein, wenn Mutter hierher in die geheiligten Hallen kam.
Brittchen, schoß es ihr durch den Kopf. Etwas mußte ihr zugestoßen sein. Mit einem Aufschrei lief sie zum Fensterchen und war unendlich erleichtert, als sie das

Kind unterhalb des Fensters stehen sah. Mutter, hochrot, nestelte bebend den Brief hervor.
»Lieske, gutes Kind … Ein Wunder, ein Wunder! … Sieh doch! Kennst die Schrift? Kennst du sie?«
»Mein Gott. Das ist doch … das ist Tante Agnes …!«
»Ja, es ist Agnes und Huldchen auch. Sie lebt. Meine Schwester lebt und Agnes auch. Sie waren beide zusammen bei den Russen. Gerade sind sie zurückgekommen aus Popelken. Sind in einem Lager. Lies selbst! Lies! Acheu, acheu. Ich bin ganz beduselt von die Neuigkeit, muß mich hinhucken.«
Mutter ließ sich auf das dunkle Ledersofa fallen, das vor der Tür des Direktors für Besucher bereitstand. Wenn sie so was tat, mußte ihr der Brief ungeheuer zugesetzt haben. Heute wußte Liesa, das es nicht nur die frohe Botschaft, sondern auch die sich anbahnende, zunächst harmlose Krankheit war.
Liesa konnte sich vor Freude kaum fassen. Kollegen, die die Szene verfolgt hatten, ahnten, daß gewaltige Dinge vor sich gehen mußten. Luzie kam näher und fragte, ob Max gekommen sei, er mußte es sein oder wenigstens eine Nachricht von ihm. Als Luzie Max erwähnte, wußte Liesa plötzlich, daß er auch kommen würde, solche Wunder waren möglich, sie hatte es eben erlebt. Ihre beiden lieben, guten Tanten, Agnes, ihre Zweitmutter, sie lebte und hatte sie gefunden. Das gab es, das geschah. Also konnte auch noch mehr geschehen. Noch mehr, noch mehr, noch mehr. Immer wieder las sie den Brief, und sie setzte sich gleich an die Maschine, um ihn zu beantworten, um ihre Freude auszudrücken und die beiden gleich nach Peinig einzuladen.
Ohne zu überlegen, wo sie schlafen sollten, ohne Mutter zu fragen, schrieb sie, wie es ihnen ergangen war in den letzten Jahren, sah ihr Leben so gerafft in ein paar Zeilen, nüchtern und abstrakt, befreit von den verwäs-

sernden Alltäglichkeiten, nur das Wesentliche, und das hörte sich gar nicht schlecht an. Es ging ihnen gut. Wirklich. Und erst recht im Vergleich zu dem, was Agnes erlebt haben mußte und was in dürren, hintergründigen Worten aus ihrem Brief herausklang. Liesa mußte mehr wissen, alles wollte sie erfahren, sie mußte unbedingt kommen. Unbedingt. Sie wollte sie sehen, sie in die Arme schließen.
Die Müdigkeit, die ihr nach der Hochzeitsfeier schon den ganzen Tag in den Knochen saß, der Kater und der Kopfschmerz von dem süßen Wein waren in der Aufregung untergegangen, ja es war, als habe sie neuen Wein getrunken mit noch berauschenderer Wirkung. Vergessen der Heimweg zu Fuß, das schwere müde Kind auf dem Arm, bis dann ein Pferdewagen neben ihr hielt und der Handkußmann sie beide nach Hause brachte und nur durch das Versprechen eines Rendezvous dazu gebracht werden konnte, sie nach oben gehen zu lassen. Brita erst elf Uhr ins Bett und Liesa noch später, es war schon halb zwölf, als sie, immer noch schwindlig über die schwer atmende Mutter hinweg in ihr Bett stieg, verwirrt und durcheinander wegen Ekhard und all der seltsamen Neuigkeiten, die sie von der Bartuschatsche gehört hatte, wütend und eifersüchtig auf die Schlange Elfriede, die jetzt auch in der FDJ war, vielleicht, um Ekhard zu gefallen, und die den Russen abgelegt hatte und sich nun offensichtlich wieder in Konkurrenz zu Liesa befand, wie zu Hause, ganz wie damals, als der Ernst Elfriede verließ, um Liesa zu lieben, und dann Liesa verließ, um Elfriede zu heiraten. Sollte mit Ekhard, der doch sie liebte und nicht Elfriede, der doch sie heiraten wollte, dasselbe Spiel von neuem beginnen?
Erst sehr spät, als der Morgen schon graute, fand sie Ruhe und kam übernächtigt und krank im Büro an, bis die herrliche Nachricht sie wieder aufbaute.

Am Abend ging sie mit Mutter zu früher Stunde ins Bett, sie sprachen noch im Bett über den Brief. Mutter war erkältet, hustete, und Liesa wußte, warum. Aber diese Dinge waren zu intim, um sie anzusprechen, und außerdem waren sie, so erstaunlich sie auch waren, überlagert von den anderen Ereignissen. Erst als am nächsten Tag das Fieber kam, der Arzt gerufen werden mußte und dann der Transport ins Krankenhaus erfolgte, wurde Liesa die Tragweite der religiösen Zeremonie klar. Mutter klammerte sich angstvoll an der Trage fest, als die Männer in den weißen Kitteln sie in dem engen Treppenhaus bedrohlich schräg hielten. Sie wimmerte ein wenig, bis der untere Träger sie wieder hochstemmte, und in der nächsten Treppenkehre dasselbe, und dann im gelben Wagen ins Krankenhaus. Brita, die ihre Großmutter so liebte, fragte da schon, ob sie sterben müßte.
»Natürlich nicht, Großmutter ist nur krank, bald ist sie wieder da«, hatte Liesa geantwortet, und nichts hätte ihren Glauben daran erschüttert.
Ohne Mutter funktionierte nichts, kein Essen war gekocht, und wo sollte Brittchen den ganzen Tag bleiben? Vor einiger Zeit hatten sie einmal einen Versuch mit dem Kindergarten gemacht, aber von dort hatte man Liesa das Kind als nicht kindergartentauglich wieder zurückgegeben. Sie wollte nicht mit anderen Kindern spielen, saß immer nur allein in der Ecke, weinte und sagte den ganzen Tag, daß sie zu ihrer Großmutter wollte.
So blieb sie eben zu Hause, auch wenn sie Mutter auf die Nerven ging und jeden Tag, wie Liesa abends erfuhr, allerhand Katastrophen anrichtete. Nun mußte Brita doch wieder in den Kindergarten. Das Kind schrie und weinte, war kaum zu halten, die Kindergärtnerin stöhnte und wollte sie abweisen. Liesa, übernervös, geriet noch in Streit mit ihr, wurde wütend.

Es wurde für alle ein schlimmer Tag. Als Liesa nach der Arbeit Brittchen abholte, um mit ihr zum Krankenhaus zu gehen, war das Kind ganz verwirrt und verstört und wie Liesa krank vor Angst um die Großmutter.
Am nächsten Morgen kam sie mit dem Kind ins Büro, meldete sich beim Abteilungsleiter an und ließ sich freigeben. Erst war er nicht sehr zugänglich, doch dann konnte er sich der Schilderung der Notlage – Mutter im Krankenhaus, Kind krank – nicht verschließen. Liesa erhielt ihren Urlaub.
Und in drei oder vier Tagen würde der Besuch vor der Tür stehen.

VIII

Muß wie ein Pojaz hier im Hotz liegen und der Kind weiß nicht, wo ihm der Kopf steht. Gerade jetzt, wo Hulda und Agnes kommen und so viel vorzubereiten ist. Die Marjell ist doch so dammlig im Haushalt, kann nicht kochen, hat nie was zu tun brauchen. War auch nicht nötig, ich hab ihr alles abgenommen. Ein Dankschön hat einer nie gekriegt. Wollt auch nicht haben, Hauptsach, Lieske hat es fein gehabt zu Haus. Was wird sie bloß tun, Bratkartoffeln und Kartoffelflinsen, was anderes kann sie doch nicht, höchstens noch arme Ritter, aber ist doch wie ein Fladder, verschlägt doch nuscht. Wenn ich da wär, ich hätt eine feine Kaffeetort gebacken aus bißche Mehl und Milchpulver und Malzkaffee, einem Ei und Süßstoff und mit Marmelad bestrichen.

Nun müssen sie sehen, daß sie allein zurechtkommen. Hat bei wenigstens auch was Gutes, daß einer hier ist, so können sie in unsere Betten schlafen und Lieske auf dem Sofa. Sonst hätt Lieske in die Ritz schlafen müssen. Wär doch gar nicht gegangen. Schlimm, wenn einer kein Gelaß hat.

Das liebe Gottche wollt mich noch nicht haben. Um ein Haar gäb es mich nicht mehr. Das war ein Zeichen, eine weitere Prüfung, die der Herrgott für mich bereithielt. Muß mich noch bewähren in diese Welt, bevor ich, lieber Gott, vor dich hintreten kann. Du kannst so viel Opfer von mir verlangen, wie du willst, ich werd alles geduldig tragen. Alle meinen Sünden sind abge-

waschen mit dem geheiligten Wasser, und du hast mir verziehen. Hast mich geläutert und mir den Schmerz aufgegeben. Eines Tages wirst du rufen, und ich werde sagen: Nimm mich zu dir, hol mich heim ins ewige Reich. Aber jetzt noch nicht. Laß mich noch ein bißche bei meinem Lieske sein. Du weißt doch, wie hilflos sie in diese Welt ist. Und laß mich Huldchen wiedersehen, meine gute Schwester. Achott, achott, was wird sie alles durchgemacht haben, kann sich einer gar nicht vorstellen. War noch zwei Jahre zu Haus. Wird berichten. Wie mag da aussehen. Der Russ' hat da vielleicht gehaust wie ein Berserker. Eines Tages werden wir wieder nach Haus kommen in unsere Stuben, und alles wird sein wie vorher. Lieske geht früh in die Mühl, und Agnes seh ich im Garten wurachen, und ich paß auf dem Kind auf, zeig ihm alles, was er nicht mehr weiß. Hat vergessen, daß er schon mal da war, als so ein ganz klein Affche. Dem Schlüssel zu unsere Stuben hab ich immer noch, sogar hier in dem Krankehaus ist er mitgekommen, in meine Handtasch im Nachtkastche. Vielleicht finden wir alles so vor wie an dem Tag, an dem wir gingen. Hab ja gut zugeschlossen, wird vielleicht keiner reingekommen sein. Agnes hat ja noch zwei Jahr in ihrem Haus gewohnt, wird schon aufgepaßt haben, daß da keiner was kaputtmacht. Einmal will ich noch nach Haus, dann kannst mich holen, lieber Gott.
Hier paßt einer doch nicht her. Das ist kein Platz für unsereinem. Keiner will einem haben. Keiner versteht einem. Unter all den Larven keine fühlende Brust. Arm wie die Pracher.
Wenn mir nicht so koddrig wär, ich würd aufstehen und gehen und Lieske helfen. Aber ich zwing nicht, zwing kaum aufzustehen. Da hilft kein wuien und knauen, da muß einer aushalten. Wird schon werden,

nuscht is nu al. Wie sagte doch Agnes immer: Kommst übern Hund, kommst auch übern Zagel.
Wie spät mag sein? Wenn al drei ist, dann wird sie bald kommen. Mir scheint, ist schon Besuchszeit, hör schon Menschen trampeln. Vielleicht sind Huldchen und Agnes al da. Sie wußten ja nicht genau, an welchem Tag sie kommen. Vielleicht kommen sie gleich mit hierher. Das wär eine Freud. Eine so große Freud in diesem Jammertal. Daß sie einem aber auch so sehen müssen, faul im Hotz liegen, molsch und krank.
Agnes hat nun auch alles verloren. Hat ja immer so fein getan, die reiche Gärtnersche. Jetzt ein armer Pracher wie wir, jetzt werden wir mehr haben als sie, haben ja schon die Stuben eingerichtet, und sie hat nuscht. Kommt vielleicht mit zerkreste Plosen an. Hat sich immer was eingebildet auf ihr Haus, dem Schmuck, dem Besitz. Hat wer weiß wieviel auf die Kass gehabt. Alles beim Deiwel. Ich war ihr ja nicht fein genug für dem Eugen. Ihr Bruder sollt doch was Feineres heiraten. Aber der Eugen hat mich gewollt, hätt mich auch geheirat, wenn er nicht in den dammligen Krieg hätt ziehen müssen. Was hat so ein Krieg für einem Sinn? Damals und jetzt, immer dasselbe, macht Menschen und Häuser kaputt, nimmt einem alles. Warum?
Männer bringen einem nur Unglück. Bei Lieske dasselbe mit dem Max. Der kommt auch nicht wieder. Aber es hat auch was Gutes, ohne dem Eugen hätt ich dem Lieske nicht. War doch gut, daß die Agnes so an ihr hing. Hätt ihr die Gärtnerei vererbt, und mein Lieske wär eine reiche Frau geworden. Nun ist auch das zum Deiwel. Nicht mal unser klein Erbteilche von Kalkeningken ist übriggeblieben, nuscht vom großen Hof der Eltern. Wenn Hulda nicht dem Hermann geheirat hätt, wär sie auch so ein Pracher geblieben. Nun

ist alles egal, Gut Skirbst ist weg, die Gärtnerei ist weg, und unser Geld ist weg.
Und in ein paar Tag ist das Geld nuscht mehr wert, gibt ganz neues Geld. Jeder nur ein paar Dittchen. Alle sind gleich arm. Es heißt ja, dann soll alles anders werden. Währungsreform. Na, da wird einer sehen, was das gibt.
Hoffentlich kommt die Marjell mit die Karten zurecht, hat sich doch nie gekümmert. Hoffentlich hat sie genug Brotmarken. Sollt ja Zuckermarken aufheben für einem Kuchen. Wird ja keinem gebacken haben. Kann ja nicht. Hat noch nie einem gebacken. Schimpft, ich laß sie nicht. Wollt sie ja nur beschonen.
Wenn ich man bloß nach Haus könnt und kochen. Für Lieske und dem klein verfressenen Marjellche. Immerzu ist ihm jankrig. Pranselt immer um Fressen, und einer kann ihm nuscht geben. Will auch leben, so ein kleiner Schetterjahn. Wenn noch wär wie in Popelken, würd ich ihm feines Klunkermus kochen und Eierflinsen mit Blaubeeren und Schmandschinken und Schuppnis mit Spirgel und Grue Arfte und arme Ritter und herrlichen Streuselfladen und Glumsfladen. Was wir nicht alles hatten! Hab ja jetzt keinem Appetit, wenigstens nicht auf dem Pauchel, dem sie einem hier geben, aber so eine Eierflins mit Blaubeeren, das würd mir jetzt auch schmecken. Oder Schokoladenpudding und ein Toppche Kaffee. Wenn ich hätt, dann wär es nur für dem Lieske, ich würd mich bezähmen. Wie war das immer schön, wenn sie aus die Mühl kam zu Mittag. Braucht sich bloß hinhucken und essen. Ist immer noch so spiddrig und dünn.
Muß so viel arbeiten, immerzu auf die Maschin hacken. Ist al über dreißig und sieht aus wie ein Kind. Keiner möcht glauben, daß Brittchen ihr Kind ist. Als sie mal nach Rochlitz fuhren, hat einer im Zug gefragt: »Dürft

ihr beide denn schon allein verreisen?« Da haben sie aber gequiddert, als sie erfuhren, daß es Mutter und Kind war.

Wie lang sie wohl bleiben werden? Wohnen kann ja keiner auf Dauer bei uns da auf die Lucht. Aber die Agnes kann ja nach Berlin zu dem Franz gehen, und seine Schwester und Huldchen hat ja den Erwin, dem guten Jung, und die Erika. Die können sie aufnehmen. Hoffentlich geht das nicht wieder mit dem Erwin und dem Lieske los wie früher. Das wär nicht gut, wenn auch der Erwin immer noch besser ist als der dammlige lange Lachodder, mit dem sie jetzt herumzieht. Aber nun ist erst mal keine Zeit, muß sich um dem Besuch kümmern. Werden in die Höllmühl gehen und nach Amerika und nach Rochsburg. Über die Schaukelbrück. Da wird Hulda Angst haben. Hat so vor nuscht Angst, bloß vor Brücken. Und in die Köbe können sie gehen und meinetwegen auch in die dammligen Kinos, die Filme kicken, das Teufelszeug. Agnes war ja schon immer für das Teufelswerk mit ihre dammlige Karten und alles. Hulda wird sich so einem Dreck nicht ankicken. Werd sie mit in die Bibelstund nehmen. Da kann sie beten für ihrem Hermann, dem Seligen, und für Ella und Herbert, die beiden Verschollenen.

Hat doch Angst um mich gehabt, das Lieske. Hab es an ihre Augen gesehen. War nicht der Chor dagewesen und hat gesungen? Und der Heid? Oder hab ich nur geträumt? War alles wie im Nebel. Die Marjell hatt Angst, daß ich sterb. Dann möcht sie schon wissen, was sie an mir hatt. Bracht mir ein Stückche Weißbrot mit Marmelad. Ich wollt nicht nehmen. Aber sie wurd nicht boßig wie sonst. War ganz ruhig. Mir scheint, war froh, daß ich noch leb. Lieber Gott, gib mir die Kraft, daß ich gesund werd und für die beiden sorgen kann. Kommt doch allein nicht zurecht auf diese Welt. Mach mir die

Lung gesund und nimm mir das Spicken im Rücken. Und bitte, lieber Gott, mach, daß das Blut aufhört. Hab keinem was davon gesagt, daß immer Blut mit rauskommt. Mach, daß es keine böse Krankheit ist. Möcht nicht begraben sein in diese fremde graurig Erd. Mein klein Katze hatt ganz nasse Auge, als ich sagt, sie soll dem Efeu, der wo zwischen die Doppelfenster steht, auf mein Grab pflanzen. War ganz still, hat nuscht gesagt.
Da hör ich dem Marjellche tapsen auf dem Korridor. Jetzt kommen sie. Gib uns unser täglich Brot. Jesus Christus. Ich danke dir. Amen.

*

Seit sie im Lager waren, endlich in Deutschland, in der langersehnten Freiheit, gingen Veränderungen mit Hulda vor. Sie waren in ein zerstörtes Land gekommen, Mangel und Hunger herrschten, aber es gab eine Zukunft, es gab eine gewisse Sicherheit, Ordnung und die Möglichkeit, ein menschenwürdiges Leben zu führen. Verglichen mit den Zuständen in Popelken herrschte sogar eine Art bescheidener Wohlstand.
Doch Hulda, die vier Jahre lang beherzt und voller Tatkraft alle, auch die schlimmsten Situationen gemeistert hatte, die gearbeitet hatte wie ein Pferd und allen Menschen, die ihr begegneten, etwas von der großen Liebe in ihr abgegeben hatte, schien jetzt, als sie endlich ihr Ziel erreicht hatten, in eine unerklärliche Lethargie und Kraftlosigkeit zu verfallen.
Drei Tage lang konnte sie sich nicht aufraffen, Erika zu schreiben, daß sie sie nicht abholen sollte, da sie mit Agnes erst zu Liesa nach Peinig fahren wollte. Die Zeit wurde so knapp, daß Agnes schließlich selbst an Erika schrieb. Hulda lag die meiste Zeit auf ihrer Pritsche, sie hatte auch keine Lust, Dessau anzusehen. Sie sagte, daß

das morgendliche Waschen eine unbeschreibliche Anstrengung für sie bedeutete.
Meistens schwieg sie, wollte allein sein, um ihre Gedanken zu ordnen und sich in der Stille dem Gebet hingeben zu können. Sie hatte auch nichts mehr dagegen, daß man ihr geliebtes langes Engelshaar abschnitt, das sie früher immer sorgfältig gekämmt hatte. Es wäre ihr zu beschwerlich, jeden Morgen den Zopf zu flechten und täglich einen neuen Knups aufzustecken. Agnes sagte sich, daß es eine vorübergehende Schwäche sei, jetzt, nachdem alles überstanden war. Doch ihre gemeinsamen Erlebnisse waren wohl zu schwer, die Kraft schien verbraucht. Wenn sie zusammen sprachen, dann nur von früher, nur von dem anderen Leben, als wäre die Zeit stehengeblieben, als hätte es die vier unbeschreiblichen Jahre nicht gegeben. Sie wurden ausgespart. Litauen wurde nicht erwähnt, das geschändete Popelken nicht und nicht das verlassene Gut Skirbst, Hermann nicht und nicht das zurückgelassene Vieh, die vierzig Kühe, auf die Hermann immer so stolz gewesen war. Die Ställe geöffnet beim angeordneten Aufbruch. Wenn sie später schreiende ungemolkene Kühe durchs Land ziehen sah, dachte sie an ihre Kühe. Gut, daß Hermann das alles nicht mehr erleben mußte. Er, der Kränkliche und Empfindsame, hätte so unendlich gelitten, daß es noch eine Gnade war, daß sein Herz unterwegs einfach stehenblieb. Auch das ungewisse Schicksal von Ella und Herbert wurde nicht erwähnt. All diese Dinge beherrschten die Gedanken, aber manchmal und immer öfter gelang es, die Gedanken zu verdrängen und sie durch Gebete zu ersetzen oder einfach durch eine große Leere. Jedes Gespräch über die jüngste Vergangenheit hätte den Wirbel erneut entfacht. Agnes konnte das verstehen, und sie würde Liesa erklären, daß es für Hulda besser sei, wenn sie nicht ge-

meinsam darüber sprächen. Wenn sie einmal allein wären, würde sie Lieske schon berichten. Zumindest in groben Zügen, nur das Wichtigste, nicht den täglichen Schrecken und die jetzt kaum noch nachvollziehbaren entwürdigenden Geschehnisse.
Schon jetzt, da der Zug sie durch das unbekannte Sachsen fuhr, durch Wälder, Wiesen und friedliche Ortschaften, war es unvorstellbar, was sie alles erlebt hatten. Immer wieder drängten sich einzelne unzusammenhängende Bilder in ihren Kopf, wie die Pekan-Kinder im Jura badeten, die Natur in Litauen, plötzlich saß sie wieder am Ufer, da waren die Weidenbüsche, Moos, Rietgras, Binsen, leere Schneckenhäuser, da war die pechschwarze Nacht, in der sie mit der Warstatsche nach der Geburt des armen Peter durch Popelken ging, da war die entsetzliche Erschöpfung in ihren Armen, als sie die Schützengräben im Akkord zuschaufeln mußten, und da war der hölzerne Steg auf dem Schloßteich in Königsberg, und da war Lieske im weißen Voilekleid, die nachdenklich und versunken ins Wasser hinabsah, kurz darauf die blonden Haare schüttelte, sich umwandte und sie in den Arm nahm, meine liebe gute Tante Agnes sagte und ihr dann das Bild ihrer Traumzukunft entwarf.
Max, ein bekannter Schriftsteller geworden, arbeitete im Haus in seinem von Büchern vollgestopften Arbeitszimmer, und Lieske mußte die Kinder ermahnen, leise zu sein und ja nicht Papa bei der Arbeit zu stören. Sie gingen in den großen Garten, die Kinder schaukelten, und auf der sonnigen Terrasse standen die weißen Korbstühle und der gedeckte Tisch, an dem sie bald gemeinsam Tee trinken würden. Abends, wenn die Kinder im Bett wären, kämen Gäste, Dichter, Verleger, Schauspieler, und im Sommer würden sie mit den Kindern in die Bretagne fahren, und Tante Agnes müßte

natürlich zu Besuch kommen und sie bei der Anlage des weiten Gartens beraten.
So hätte es werden sollen, wenn der gerade zum Kriegsdienst eingezogene Max aus dem Felde zurückgekehrt sei und seine ersten Romane veröffentlicht habe. Und Lieske hatte sich wieder dem Wasser zugewandt, als würde ihre Vision dort unten vom Grund des Schloßteiches heraufschimmern.
Was war von ihrem Traum übriggeblieben? Ihr Max höchstwahrscheinlich längst irgendwo verscharrt, vielleicht würde sie nie etwas erfahren. Brittchen wird ohne Vater aufwachsen müssen, und Lieske muß sich wie immer mit ihrer komischen Mutter herumschlagen, anstatt in ihrem Traumhaus zu sitzen. Ob sie wohl noch an Erwin denkt? Jetzt, da er geschrieben hat, schienen alte Erinnerungen und vielleicht sogar neue Hoffnungen wach zu werden, so klang es jedenfalls zwischen den Zeilen durch, die Lieske ihr geschrieben hatte. Von seiner Verlobten hatte er wohl in seinem Brief nichts erwähnt.
Wie wird es sein, mein Lieske wiederzusehen? dachte Agnes. All die Jahre hatte ihr der Gedanke an dieses Wiedersehen Kraft gegeben, das war es, wofür es sich lohnte, durchzuhalten und selbst in der Hölle von Grulauken nicht aufzugeben. Und nun sollte dieser Traum Realität werden. Schon in der nächsten Stunde. Ihr Herz klopfte bei dem Gedanken, ihre Hände zitterten vor Freude und Angst zugleich. Aber warum Angst? Sie brauchte keine Angst zu haben, die Karten hatten ein frohes und gesundes Wiedersehen mit einer geliebten Person vorausgesagt und auch, daß ihre Angelegenheiten zum besten stünden, daß über einen kurzen Umweg ein Neuanfang gelingen würde. Wenn dieser Hokuspokus etwas Gutes voraussagte, wollte sie gern daran glauben, alles andere wollte sie entschieden ignorieren.

Ja, froh wollten sie sein und lachen wie früher, als sie in Popelken die Leute durch den Kakao zogen, den Franz, den Alfred, den dicken Backendorff. Wie sagten sie immer: »Komm bei mich in die Kich, da räuchert nich!« Und Lieske kam, und der Portwein wurde aus dem Versteck geholt.
Doch das Lachen erstarb jetzt schon in Gedanken, es ging nicht mehr, es war nicht mehr möglich – das herzhafte unbeschwerte Lachen. Zuviel Düsteres trugen sie mit sich herum, um mehr als ein oberflächliches Lächeln zustande zu bringen. Es würde alles zurückkommen. Irgendwann einmal. Der ochspreußische Dickschädel war noch immer Sieger geblieben.

Huldchen lächelte. Zum ersten Mal seit Tagen. Sie wurde nun, da der Zug sie immer näher ans Ziel brachte, auch munterer. Wie immer saß sie hochaufgerichtet und gerade, das strenge, gütige Profil mit der Habsburger Nase der draußen vorbeifliegenden Landschaft zugewandt. Sie trugen beide ihre selbstgenähten Kostüme aus Kaunas, es war wie in dem Zug, der sie vor wenigen Wochen erst aus dem lebensrettenden Litauen herausgebracht hatte, doch diesmal war es keine Abschiedsfahrt, sondern der Anfang eines neuen Abschnittes in ihrem Leben. Huldchen würde nun, da sie entlaust waren – entlaust, wie sich das schon anhörte –, ihre Haare wieder wachsen lassen, das kurze Haar paßte nicht zu ihrer häßlichen Schönheit, machte sie herber, männlicher.
Ihre Schwermut würde vielleicht auch vorübergehen, wenn sie erst bei ihrer Tochter wäre. Aber ob es auch das Richtige war, dorthin zu gehen? Vielleicht sollten sie besser zusammenbleiben wie bisher und sich in Berlin gemeinsam eine Wohnung suchen? Was hatten sie überhaupt noch zu erhoffen, was noch zu erwarten?

Wieviel Zeit war verschwendet, wieviel Kraft vergeudet! Und wieviel Lebenszeit würde ihnen noch bleiben?

Während die Gedanken kreisten, hielt der Zug in Rochsburg, Agnes sah das spiegelnde Band der Mulde zu ihrer Linken, einen Wald an deren Ufer, eine schmale schwingende Brücke, und als sie sich umdrehte, hoch oben auf einer Anhöhe halb verdeckt die Burg.
»Huldchen, paß auf! Jetzt müßten wir nach Amerika kommen. Lieske schrieb, wenn ihr erst in Amerika seid, dann seid ihr so gut wie da!«
»Da ist es«, sagte Hulda, als der Zug nach ein paar Minuten wieder hielt. »Hätte nicht gedacht, daß wir beide auch mal nach Amerika kommen! Was? Und daß wir Emmchen und Lieske und Brittchen in diesem Leben noch mal wiedersehen. Gott, ich danke dir aus tiefstem Herzen.«
Hulda hatte die Augen geschlossen und betete, und mitten im Gebet tauchten Bilder aus der Kindheit in Kalkeningken auf, wie sie und Emmchen dem immer wieder davonfahrenden Vater nachsahen, von dem man nicht wußte, wohin er fuhr, selbst Mutter wußte nicht, wohin er fuhr und wann er wieder zurückkommen würde, und das Bild des breiten, bärtigen Gutsverwalters tauchte auf, der in der Abwesenheit des Vater das einst so schöne Gut herunterwirtschaftete und sich schließlich aus dem Staub machte. Damals brach das erste Mal eine behütete Welt zusammen, und Emmchen hatte wohl am meisten darunter gelitten. Sie hatte nicht wie sie das Glück gehabt, einen gütigen Mann wie Hermann zu finden und einen Besitz, den sie ihr eigen nennen konnte. Nein, Emmchen mußte auch noch den Mann verlieren, den sie liebte, und blieb mit einem unehelichen Kind zurück. Kein Wunder, daß sie so gewor-

den ist, so eigensinnig, so verschroben. Und wie mochte sie jetzt erst sein, nach diesem dritten Schlag? Wie mochte sie ihn verkraftet haben?
Hulda sandte ihren Segen zu Emmchen voraus, sah in ihrem Inneren deutlich den Bogen des weißen Strahls, der sich über den Himmel spannte und der jetzt nur noch einen kurzen Weg zurücklegen mußte. Sie betete auch um Kraft für sich selbst und darum, daß sie wieder Freude empfinden könne wie früher, daß diese unerklärliche, zentnerschwere Last der Traurigkeit von ihr genommen werde.
Der Zug ließ mehrere Fabrikgebäude und die weiße aufschäumende Gischt eines Wehrs hinter sich, fuhr hoch oben über der Mulde weiter. Agnes sah den Fluß unten liegen, sah helle Stellen auf dem dunklen Wasser. Auf der Böschung am anderen Ufer grasten Schafe, da war ein breiter, von weißblühenden Holunderbüschen gesäumter Weg oberhalb der Böschung, auf dem Menschen entlangschlenderten. Hier ging sicher auch Lieske spazieren, hier spielte sich ihr neues Leben ab. So fern von Popelken. Dann die ersten Häuser von Peinig, wieder eine Fabrik, ein hoher Schornstein, langgezogene Gebäude, ein Bauernhof, Gärten, Ziegeldächer. Auch hier blühten dieselben Frühlingsblumen wie zu Hause, Rhododendronbüsche blitzten blutrot und lila auf. Weiße Wölkchen jagten über den stahlblauen Himmel.
Gleich würde der Zug halten, doch Agnes erschien es, als verlangsame er seine Fahrt, als bewege er sich nur noch im Zeitlupentempo vorwärts, ja, als begänne er über den Schienen dahinzuschweben. Agnes dachte an den einen – immer wiederkehrenden – Alptraum, der sie seit zwei Jahren verfolgte; sie fuhr im Zug und plötzlich hörten die Schienen auf. Doch jetzt schien dieser Traum das Bedrohliche zu verlieren. Es folgte kein

Sturz, kein Unglück, als die Schienen aufhörten, der Zug hob ab und glitt schwerelos weiter. Ein kleiner Junge lief langsam und federnd neben dem Zug her und winkte ihr zu.

Die Zeit hielt für eine Weile den Atem an. Sie blieb stehen. Agnes sah sich selbst, wie sie in ihrer grünen Schürze und dem Messer in der Hand durch ihren blühenden Garten ging und die Rosen abschnitt, und sie sah Max und sie sah Alfred als abgeschnittene und verwelkte Blumen am Boden liegen, und sie blickte in die Tiefe dieser Welt; sie wußte nicht warum, aber dies war die tiefste Welt, die dunkelste, die fremdeste, die hellste. Das Unfaßbare, ein Seufzer, ein Nichts. Die Vergangenheit auf einen Moment verengt, nur ein Atemzug der Zeit. Die Erinnerung, ein anderer Erdteil oder der innerste, abschließbare Raum. Als die Zeit wieder atmete, der Zug der Schwerkraft gehorchte, kreischend und funkensprühend zum Stillstand kam und geschäftige, bodenverhaftete Menschen mit ihnen zur Waggontür drängten, empfand Agnes plötzlich ungläubiges Staunen darüber, daß sie immer noch am Leben war. Sie lebte noch. Hulda lebte noch.

Sie stiegen aus, gingen ins Bahnhofsgebäude. An der Sperre wurde die Kette für sie aufgemacht. Draußen fragten sie jemanden nach dem Weg.

Erklärung ostpreußischer Ausdrücke

Aapen	–	Affen
Aaskreten	–	Schimpfwort, Kröten
angehibbert	–	halb verdorben
baggrig	–	schwach, wacklig, kaputt
benuschelt	–	beschmiert
berissen	–	etwas angestellt haben
boßig	–	böse
blubbern	–	reden
beschwiemt	–	beschwipst, beduselt
blärren	–	schreien
bölken	–	dito
dammlig	–	dumm
Dammelskopp	–	Dummkopf
Dittchen	–	Groschen
dramdoken	–	laut feiern
Flickerjule	–	Lumpenpuppe
Flinsen	–	Pfannkuchen
Forke	–	Schaufel
Gejacher	–	Gelächter
Geschabber	–	Geschwätz
Gepleter	–	dito
Glumse	–	Quark
gluddern	–	blinzeln
Gnos	–	Kind
Grand	–	Sand, Steinchen
Grue Arfte	–	Erbsengericht

graurig	–	schlecht, böse, widerlich
gries	–	grau, farblos
Hachel	–	Splitter, Krümel
Hemske	–	Ameise
Hotz	–	Bett
hucken	–	sitzen
Hubberhas	–	frierendes Häschen
jankern	–	großen Appetit auf etwas haben
Kaburr	–	Käfig, Kämmerchen
kaldreiern	–	herumschwatzen
karjolen	–	sinnlos herumfahren
kicken	–	gucken
kiewig	–	gewitzt, listig
Klunkermus	–	Milchsuppe mit Mehlklößchen
knauen	–	jammern, wimmern
Knups	–	aufgesteckter Zopf, Haarknoten
Kobbel	–	schweres Pferd, Stute
Kodder	–	Lappen
koddrig	–	krank, übel
Krepsch	–	Beutel, Sack
kritzchen	–	bißchen
Kujel	–	dickes Schwein
Kutzche	–	Stückchen
Lachodder	–	Lümmel, verkommener Mensch
Labommel	–	Taugenichts
Lorbaß	–	dito
Lucht	–	Boden, Speicher
Marjell	–	Mädchen
molsch	–	faulig, krank
nuscht	–	nichts

obsternatsch	–	widerspenstig, aufrüherisch
plachandern	–	schwatzen, klatschen
Plosen	–	Kleider
Pogg	–	Frosch
Pojaz	–	Narr, fauler, dummer Mensch
Pomuchelskopp	–	Schimpfwort, Fischkopf
Pracher	–	Bettler, armer Mensch
pranseln	–	bitten, betteln
Prickel	–	Stock, Stab
Pungel	–	Bündel
qualstern	–	husten, röcheln
rachullen	–	arbeiten, zusammenraffen
Rawasche	–	Umstand, Aufruhr
Sadrach	–	Teufel
schabbern	–	reden, schwatzen
Schaff	–	Schrank
Schlorren	–	Holzpantoffeln
Schlubberche	–	Schlückchen
Schmand	–	Sahne
Schnodder	–	Rotz
Söffke	–	versoffener Mensch
spacheistrig	–	schwach, dünn, wacklig
spicken	–	stoßen, stechen
spiddrig	–	zart, dünn
Spirgel	–	ausgelassener Speck
Vengtiner	–	Strolch, Landstreicher
verkrutzt	–	mickrig
veruschelt	–	wirr, ungekämmt
verspenkern	–	vergießen, ausstreuen
verzoddert	–	ungekämmt, schlecht frisiert
weimern	–	jammern
wuien	–	stöhnen, klagen
wurachen	–	schuften, wild herumwirtschaften

Zagel	–	Schwanz
zerkrest	–	zerlumpt, zerrissen
Zibb	–	altes Weib
ziedraht	–	eilig